Seligenstadt
Magonza
Parigi
Strasburgo
Germania
Troyes
Bar-Sur-Aube
Basilea
Francia
Besaçon
Lausanne
Milano
Venezia
Piacenza
Bologna
Lucca
Italia
Roma
Bari
Montecassino
Brindisi
Napoli
Salerno
Palermo
Italia
Grecia
Turchia
Mediterraneo
Egitto
Itinerari
Itinerario di Suger de Petit-Pont
Itinerario di Konrad von Marburg
Itinerario di Ignazio da Toledo

Marcello Simoni

Il labirinto ai confini del mondo

Newton Compton editori

A Celeste e Alfredo
che guardano dalle stelle

PROLOGO

Anno del Signore 1229, 15 gennaio
Basilica minor *di Seligenstadt*

L'alba indugiava, soffocata da una notte impenetrabile. Una notte che forse sarebbe durata in eterno. Nella basilica carolingia, in una stanza lontana dal dormitorio, Konrad von Marburg era affacciato alla finestra. Osservava il paesaggio ammantato di buio, immobile come un cane da punta che ha fiutato la preda. Era in attesa di qualcosa, un segno, una visione, e in cuor suo non sapeva se si sarebbe manifestato davanti ai suoi occhi o nel profondo dell'anima. Aveva già intuito, tuttavia, di cosa si trattasse. Dopo trent'anni di roghi ed esorcismi, era certo di non sbagliarsi. L'aveva percepito come un suono uscito dalle tenebre, il nitrito di un destriero. Ed era pronto a combattere.

Socchiuse le palpebre, sprezzante dell'aria gelida che gli sferzava il viso. Il vento del nord sibilava per i campi e lungo le strade come una furia. Carezze di una natura matrigna, doni di un inverno che stringeva la Turingia e la Renania in una morsa ghiacciata. Vi coglieva quasi un avvertimento, un anticipo di quanto l'aspettava. Perché lui, Konrad von Marburg, era riuscito a scorgere la trama del Maligno negli eventi umani.

«*Fiat voluntas tua*», ruminò, chinando lievemente il capo.

Chiuse gli scuri e si rivolse alla stanza in penombra. Sopra uno scrittoio l'attendevano due lettere, una vergata in tedesco, l'altra in latino. Le aveva scritte entrambe nel corso della notte, quasi di getto, e lasciate sul ripiano in attesa che l'inchiostro si fosse asciugato. La situazione era assai grave. Entro poche ore una staffetta sarebbe partita per consegnarle.

La prima era destinata al langravio di Turingia, il signore di quelle terre; la seconda invece a Sua Santità in persona, papa Gregorio IX. Avevano più o meno lo stesso contenuto, con lievi variazioni riguardo le formule di omaggio e di encomio.

Konrad sedette allo scrittoio e prese la missiva vergata in latino, per rileggerla alla luce di una bugia. Era consapevole di aver viziato il testo con qualche germanismo, ma sapeva anche di non doversene preoccupare. Quando ancora non era papa e rispondeva al nome di Ugolino di Anagni, Gregorio IX aveva viaggiato come legato apostolico in Germania ed era perfettamente in grado di comprendere la lingua tedesca.

Il testo diceva:

In nomine Domini Jesus Christi. A Sua Santità papa Gregorio, episcopo della Chiesa Cattolica e servo dei servi di Dio, il sottoscritto Konradus de Marburc, predicator verbi Dei, riporta i risultati delle sue indagini sulla corruzione eretica che infetta la Germania.

Nel mese di gennaio dell'anno corrente mi recai nella diocesi di Magonza per visitare la casa di un chierico di nome Wilfridus, già sospettato di eresia, e in quel luogo ravvisai le tracce inequivocabili dell'evocazione del Maligno. Presi atto dei molti segni necromantici che potei identificare, feci arrestare il chierico e infine lo sottoposi a interrogatorio. Nonostante mi trovassi di fronte a un religioso e non a un semplice laico, ottemperai con fermezza al mio ufficio.

L'interrogato provò a mentire, com'è solito fare chi intende nascondere la propria colpevolezza, poi confessò di venerare una trinità eretica più antica di quella cristiana, che io sospetto essere Lucifero nell'atto di anteporsi alla Santissima Trinità. A riprova di tali sospetti, Wilfridus recava sulla mano destra il segno del patto con il Maligno, che per decenza e timor di Dio ometto di descrivere alla Santità Vostra.

Cosa ancor più grave, l'interrogato confessò di essere stato iniziato a questo culto blasfemo da un *magister* di Toledo. Lo descrisse come un uomo alto, magro, vestito di scuro, e giurò di non conoscerne il nome. Io però, in base a precedenti indagini, so bene di chi si tratti. È l'*Homo Niger*, l'Uomo Nero che sovente si manifesta agli eretici durante i loro turpi conciliaboli.

Di fronte a simili evidenze, chiedo licenza di estendere l'indagine a sud della corona alpina, dove, a detta dell'interrogato, si nasconderebbe la setta più importante fondata dal magister di Toledo. E poiché i gregari di codesta setta si abbandonano alla più aberrante delle eresie, ovvero il culto di Lucifero, auspico che questi Luciferiani siano fulminati da anatema e puniti dal vincastro della Santa Romana Chiesa.

Risuonò un rumore, uno scalpiccio di sandali proveniente dal corridoio attiguo. Konrad sollevò lo sguardo dall'incartamento e rimase in ascolto finché non vide un uomo presentarsi all'uscio. Era un francescano con un'ampia tonsura cinta da una raggiera di capelli ispidi, il volto illuminato da due occhi d'asceta.

«Gerhard von Lützelkolb, amico mio». Von Marburg si alzò in piedi, allargando le braccia. «Stavo proprio interrogandomi sul vostro indugiare».

Il frate fece un breve inchino e inspirò profondamente, a più riprese. Doveva aver corso. «Sono stato trattenuto, magister. Perdonatemi».

Magister. Konrad veniva chiamato in quel modo da circa due anni, da quando il Santo Padre gli aveva affidato un compito di grande importanza, un indubbio segno di predilezione ma anche un immane fardello. A nessuno, prima di allora, era mai stato conferito l'incarico di indagare sull'eresia con lo scopo preciso di estirparla, a ogni costo. Un simile potere lo metteva al di sopra di qualsiasi vescovo, priore o abate, e suscitava in chiunque un reverenziale timore.

Gerhard von Lützelkolb si guardò intorno, stringendosi nella guarnacca di lana che indossava sopra il saio. Dava l'impressione di cercare una fonte di calore, che però non trovò. «In questa stanza si gela».

«Il gelo purifica», ribatté il religioso, con una nota di rimprovero.

Il frate si morse la lingua. Il rigore di von Marburg era ben noto. «Ebbene, magister. Cosa ordinate?».

Konrad gli fece cenno di attendere. Diede un'ultima scorsa alle lettere, poi le sigillò con la cera e gliele porse. «Vanno inviate subito, mi raccomando».

«Le staffette sono già pronte a partire». Gerhard soppesò i due rotoli con titubanza. Le mani gli tremavano, una strana luce trapelava dal suo sguardo.

Konrad lo scrutò con attenzione. Era solito non lasciarsi sfuggire nulla, nemmeno il minimo particolare. «Qualcosa vi turba?».

Prima di rispondere, il francescano emise una sorta di rantolo. «È accaduta una cosa terribile, magister».

«Spiegatevi».

«Riguarda il clerico Wilfridus, l'eretico che avete appena interrogato».

«Ebbene? L'ho fatto segregare in cella, in attesa che venga impiccato».

«Non ce ne sarà bisogno». La bocca di Gerhard si storse. «È già morto».

Konrad serrò i pugni contro il petto. «Ma come...».

«Le guardie l'hanno trovato coperto di ustioni, ecco il motivo del mio ritardo. Ustioni terribili, a causa di... *qualcosa* che si è conficcato nel suo costato». Il frate indugiò. «La sua cella è pregna del tanfo dello zolfo».

«Nessuno ha visto nulla?»

«No, ma... Come può essere accaduto? Era impossibile entrare in quella cella. La finestra che dà all'esterno è troppo angusta perché vi possa passare un...».

«Un *uomo*?». Konrad gli batté le mani sulle spalle, un sorriso cupo sul volto. Ecco, pensò, il segno che stava aspettando. Prima di parlare pregustò il sapore delle parole. «Non abbiate tema di dar voce ai vostri pensieri, amico mio. Stanotte, il Maligno cavalca su queste terre».

Gerhard si fece il segno della croce, quasi per proteggersi da una maledizione.

«Suvvia, fate consegnare quelle lettere», lo spronò Konrad. «E pregate il Signore di darci la forza».

Poi, nonostante il freddo intenso, si portò di nuovo alla finestra e spalancò gli scuri. Aveva bisogno di guardare fuori, di cercare nel buio. Il vento entrò con un sibilo nella stanza, smorzando la fiammella della bugia. E l'oscurità della notte, densa come il catrame, sommerse ogni cosa.

PARTE PRIMA
IL SEGNO DEL SAGITTARIO

Non si dovrà temere neppure il diavolo. Egli in verità è il Sagittario armato di frecce infuocate, che in ogni momento infonde il terrore nei cuori del genere umano.

Zenone di Verona, *De duodecim signis ad neophytos*

1

Parigi, notte del 26 febbraio

Suger si guardò ancora alle spalle. Qualcuno lo stava seguendo. Era una figura imponente, avvolta in un mantello cencioso. L'aveva notata pochi minuti prima, mentre scendeva dalla collina di Sainte-Geneviève in direzione della Cité, e temendo un'aggressione aveva deciso di allungare il passo. Oltre a quella presenza, lungo la strada non aveva scorto anima viva, soltanto guizzi di ratti e cumuli di ciarpame. Sporcizia ovunque, per buona parte vestigia dei bagordi di Carnevale.

Alzò il cappuccio della cappa per proteggersi dal freddo e dopo una svolta controllò di nuovo dietro di sé. L'uomo con il mantello era sempre più vicino… Se solo l'abate di Saint-Victor non l'avesse fatto chiamare! Suger insegnava allo *Studium* come *magister medicinae* ma non era abbastanza ricco da poter rifiutare una visita dopo il tramonto, specie se i pazienti pagavano bene. Oltre a un infuso di santoreggia e a un cataplasma per i piedi gonfi, l'anziano abate aveva richiesto una buona dose di pazienza. Suger detestava le lagnanze dei vecchi e, ogni volta che si imbatteva in persone del genere, rimpiangeva di non aver scelto il mestiere del padre, che aveva costruito vetrate di cattedrali per oltre quarant'anni.

L'uomo con il mantello non demordeva, continuava a trascinarsi con tenacia sulla gamba destra. Il medico suppose che fosse ferito, poi si accorse che gli stava facendo cenno di fermarsi e temette il peggio. In preda allo spavento, svoltò a sinistra e percorse un vicolo fangoso fino a raggiungere un vigneto.

Proseguì di soppiatto tra i filari finché non si convinse di aver fatto perdere le proprie tracce, allora uscì allo scoperto per lanciarsi di corsa verso la Grande Rue. Conosceva bene quelle borgate. I teologi del convento di Saint-Jacques l'avrebbero aiutato, alla bisogna. Ma non appena fu nelle vicinanze di quell'edificio, si accorse di essere fuori pericolo.

L'uomo con il mantello era scomparso.

Rallentò il passo e si appoggiò a un muro, respirando a grandi boccate. Aveva la fronte sudata e le ginocchia indolenzite, erano secoli che non correva. Guardò ripetutamente dietro di sé, timoroso di essersi ingannato. Invece no, l'aveva davvero seminato. Poteva proseguire con calma verso casa propria.

Tirò un sospiro e percorse la Grande Rue verso le rive della Senna, scivolando tra i bagliori delle fiaccole infisse ai muri, mentre la via diventava sempre più larga e pulita. L'ansia però continuava ad assediarlo. Chi era quell'individuo? Cosa voleva da lui? Tentò di distrarsi pensando agli impegni del giorno successivo. L'indomani sarebbe stato martedì grasso, ma lui avrebbe comunque dovuto tenere lezione e incontrare il suo allievo prediletto, Bernard, che aspirava alla carica di baccelliere.

Immerso in simili pensieri, raggiunse la *rive gauche*. La Senna scorreva poco più in là, dietro una schiera di casupole erette su un ponte di pietra, il Petit-Pont. Suger lo percorse fino a metà, ascoltando il cupo fluire delle acque, poi si fermò davanti a una porta consumata dall'umidità. Finalmente era a casa.

Prima di entrare puntò lo sguardo verso l'Île de la Cité, che si stagliava come una grande nave in mezzo al fiume. Il cuore di Parigi. Là sorgevano la cattedrale di Notre-Dame e la scuola del Capitolo. Là si dava udienza a uomini dai nomi altisonanti come quel Rolando da Cremona, il teologo domenicano venuto dall'Italia. Cattedratici illustri, che per mantenersi non dovevano di sicuro ricorrere a miseri espedienti…

Eppure anche lui era magister! Non era certo da meno perché aveva rifiutato di farsi prete, o perché insegnava una materia malvista dai teologi. Che quei baciapile lo ammettessero o meno, la salvezza dell'umanità dipendeva dallo studio di Avicenna, non di sant'Agostino. E mandandoli tutti al diavolo con un gesto sprezzante, varcò l'uscio. Era stanco e desiderava soltanto mettersi a dormire, ma mentre si tirava dietro la porta fu scosso da un improvviso trasalimento.

La punta di un calzare si era insinuata tra lo stipite e il battente. Suger agì d'istinto e tentò di schiacciarla contro la porta, ma prima che potesse rendersi conto di cosa stesse accadendo, vide una grossa mano infilarsi nello spiraglio e fare resistenza. Continuò a premere, sfruttando tutto il suo peso, però l'intruso era più forte e riuscì a farsi abbastanza largo da entrare. Fu allora che lo riconobbe. Era l'uomo con il mantello!

Incapace di trattenerlo, lo guardò varcare la soglia. «Cosa volete da me?», gli chiese tra l'adirato e lo sgomento.

«Non è mia intenzione farvi del male», rassicurò lo sconosciuto, con un marcato accento tedesco. Era alto e ben piantato, ma sembrava allo stremo delle forze. Con la mano destra reggeva un sacco sulla spalla. La sinistra invece era alzata in segno di resa. «Ho bisogno di voi».

«Di me o dei miei denari?», ribatté Suger, indietreggiando. Alle sue spalle, in un ambiente piuttosto sacrificato, c'erano un letto, un tavolo e una cassapanca, il tutto circondato da scansie di libri. Frugò tra i ripiani in cerca di qualcosa da usare come arma e trovò un pestello da mortaio, che brandì con fare minaccioso. Quasi rise di sé.

L'uomo con il mantello avanzò circospetto. «Non sono un ladro».

Suger notò il pugnale che portava alla cintura e, più in basso, le macchie di sangue sulle brache, in corrispondenza della gamba sinistra. La ferita doveva trovarsi più in alto, e gli stava causando una grave emorragia.

«Mi serve un medico...», spiegò l'uomo, in risposta ai suoi sguardi. «Stavo per chiedere aiuto a Saint-Victor, quando vi ho visto uscire dall'abbazia. Il monaco guardiano mi ha detto chi eravate e ho deciso di seguirvi». Senza domandare licenza, scostò una sedia dal tavolo e vi si accomodò, mettendo il sacco in grembo. «Mi rincresce avervi spaventato...».

Non sapendo cosa ribattere, Suger esaminò il suo volto. Le linee di espressione potevano rivelare molto sullo stato di salute, sul temperamento e persino sul destino delle persone. Aveva appreso quell'arte da ragazzino, frequentando un guaritore giudeo, e da allora era diventata una sua piccola ossessione. Lo straniero aveva tratti nordici e aristocratici, quasi mansueti. Le rughe della fronte denotavano una tempra robusta, da soldato, ma convergevano sopra l'occhio sinistro formando una sorta di croce. Brutto segno, pensò. Preannunciava una morte violenta.

L'uomo gli rivolse un mezzo sorriso. «Mi guardate come fossi già cadavere».

«Il modo in cui vi osservo non è affar vostro», ribatté il medico, ostile. «Mi avete seguito e siete entrato di prepotenza nella mia dimora. Aggredire un magister dell'*Universitas* è reato grave, punito severamente!».

L'individuo si strinse nelle spalle, quasi in risposta alla minaccia di un fanciullo. «Non temo la morte, ma l'eventualità che la mia impresa fallisca», rivelò. «Se dovessi perire, è mio desiderio che qualcun altro la prosegua».

«In tal caso, sarebbe stato meglio se vi foste rivolto ai monaci di Saint-Victor». Suger gli indicò la porta. «Siete ancora in tempo».

«No, siete voi la persona adatta». L'uomo si portò la mano alla fronte, sforzandosi di mantenersi lucido. «Un laico, per giunta dotto... Ecco perché non ho esitato a seguirvi».

«Credevo voleste farvi medicare».

«Non solo. Sono un pellegrino in terra straniera... Ho bisogno di...». Si piegò di scatto, scoppiando in un accesso di tosse.

Suger ripose il pestello e lo aiutò a rimettersi dritto. «State vaneggiando, messere. Ve ne rendete conto?».

Quell'uomo era allo stremo, diventava sempre più pallido e

scottava per la febbre. Doveva aver esaurito le forze durante l'inseguimento. «No... La mia missione...». Scosse il capo e sollevò il sacco che teneva in grembo. «È necessario consegnare questo a un mio sodale che si trova nella città di Milano...», e tossì ancora.

Il medico si lasciò sfuggire una risatina nervosa. «Fino a Milano? Siete pazzo! Portateglielo voi, quel sacco cencioso».

«Farei di tutto per riuscirci, potete giurarci... Ma temo di non vivere abbastanza a lungo...».

Suger troncò il discorso con un gesto spazientito. Quell'uomo doveva soffrire di confusione mentale, probabilmente a causa del dolore e della perdita di sangue. Ma era anche disperato. «Non abbiate tema», lo tranquillizzò, seguendo l'etica a discapito della prudenza, «e sdraiatevi sul pavimento affinché possa visitarvi». In verità avrebbe dovuto farlo coricare sul proprio letto, ma quell'uomo era lercio, e lui odiava la sporcizia.

«Se non sarà questa ferita a uccidermi», gemette lo sconosciuto, stendendosi al suolo, «lo farà il cavaliere... Come già fece con il buon Wilfridus...».

«Affari vostri», lo zittì il medico. Si chinò su di lui e scostò il mantello, scoprendo una tunica insanguinata e bruciata in più punti. Slacciò la cintura, allontanò il pugnale e scoprì il torace. Come previsto, la ferita si trovava sul fianco sinistro, sotto il costato. Era una lacerazione larga quasi tre pollici e assai profonda. La carne intorno emanava tanfo di zolfo. «A quanto pare, hanno cercato di farvi allo spiedo».

«Sono vivo per miracolo», sospirò l'uomo.

«Tranquillizzatevi, sopravvivrete». Suger si rialzò in piedi, prese dal tavolo una fiasca di ceramica e tornò a chinarsi sul paziente. Stappò il turacciolo con i denti e gli versò un liquido rosso sulla ferita, poi vi passò sopra un panno.

«Brucia... Cos'è?»

«Vino. Lo uso per mondare la ferita». Ora che l'aveva pulita, poteva scorgerne i contorni. Non gli parve difficile da curare, tuttavia aveva un aspetto insolito. Intorno alla perforazione, l'epidermide era lacerata e ustionata; anche i tessuti interni versavano nello stesso stato.

La voce dello sconosciuto lo distolse dalle riflessioni: «Se farete ciò che vi ho chiesto, sarete ricompensato a dovere...».

«Ricompensato?». Per un attimo Suger mise da parte l'ipotesi della confusione mentale e si chiese se quell'uomo non fosse più lucido di quanto sembrasse. Lo fissò in volto, ma si accorse che stava per perdere i sensi, quindi allontanò ogni pensiero e impugnò ago e filo, concentrandosi.

Non appena sentì forare la carne, lo sconosciuto si inarcò di scatto e torse la bocca in un'espressione di spasimo.

«Abbiate pazienza», lo invitò il medico, cercando di mantenerlo fermo, «sto cucendo la ferita».

«Mi rammendate come un vecchio abito? Non cauterizzate?»

«Il cauterio può andar bene per marchiare una vacca, non certo per curare un essere umano». Suger teneva le labbra serrate e gli occhi fissi sul proprio lavoro, usando una destrezza che avrebbe suscitato l'invidia di una sarta. Terminata la sutura, si rese conto che il paziente era tornato vigile e ne approfittò per riprendere l'argomento: «Parlavate di una ricompensa. Dicevate sul serio?».

L'uomo era una maschera di sofferenza, ma ebbe comunque la forza di piegarsi in avanti per controllare la medicazione. Poi annuì. «Se consegnerete l'oggetto contenuto in questo sacco... riceverete una pietra preziosa». La sua voce era flebile, però distinguibile.

«Una pietra preziosa?»

«Così ho detto...». Lo sconosciuto tentò di mettersi seduto sul pavimento, ma il dolore lo costrinse a restare sdraiato. «Una pietra di draconite».

Suger ripeté quella parola a fior di labbra. Draconite. Non la si udiva di frequente, e capitava soltanto in ambienti eruditi. Bisognava aver studiato il *Naturalis historia* di Plinio il Vecchio o viaggiato in Paesi lontani, per conoscere l'esistenza di quella pietra.

Il suo sconcerto non dovette passare inosservato, poiché l'uomo lo fissò con insistenza e rincarò la dose: «Avete idea di cosa si tratti?»

«Esistono pietre ricavate dalle interiora degli animali, pietre speciali dalle proprietà curative», disse allora Suger, facendosi serio. «La draconite, o *draconitide*, è la più rara. Si dice provenga dalla testa del *draco*, un mostruoso serpente». Puntò il dito contro l'interlocutore. «Ma soltanto un ingenuo presterebbe fede alle vostre parole».

Lo sconosciuto lo fissò con sdegno. «Affermo il vero, lo giuro… E come prova della mia franchezza, vi ricompenserò con qualcosa del genere per avermi medicato». Aprì un sacchetto di pelle che teneva appeso al collo e gli consegnò uno strano oggetto. «Tenete… e osservate».

In principio Suger credette di avere tra le mani un animaletto morto, poi capì che era ben altra cosa. Si trattava di una pietra simile alla radice della mandragora, ma rivestita da una sorta di pelliccia. Ne percepì l'aroma di muffa, senza riuscire a capire di quale materiale fosse composta. Tuttavia, la riconobbe. «Questa è una pietra curativa detta *caprius*», rivelò. «Proviene dalle viscere di una capra».

«Siete al corrente del suo valore?»

«Come ogni bravo medico, benché prima d'ora non ne abbia mai vista una. Cura le secrezioni oculari, le ulcere di stomaco e le febbri acute».

Lo straniero annuì. «La pietra di draconite è mille volte più preziosa. Possiede proprietà miracolose».

«Ciò nondimeno, sprecate il vostro fiato». Suger era incuriosito, ma non fino a quel punto. Aveva ben altro a cui pensare, l'ultimo dei suoi problemi era prestare ascolto a quello strano individuo. «Guarirete dalla ferita, ve lo garantisco. E per il resto, ve la caverete da solo».

«Probabilmente avete ragione, ma non è detto… Il cavaliere! Il cavaliere mi ha già trovato una volta, anche se mi ero nascosto a Parigi. Lo farà di nuovo…».

«Di qualunque cosa si tratti, sono affari vostri».

«Non capite, la missione è di vitale importanza...».

«Siete voi a non capire, messere. Chiedete l'impossibile», lo interruppe Suger. Poi si accorse che lo sconosciuto non dava segni di volersi assopire e decise di assecondarlo quel tanto che bastava perché la spossatezza prendesse il sopravvento. «E poi», disse con finto interesse, solo per farlo parlare, «come potrei riconoscere il vostro sodale, in una città tanto grande?»

«Si chiama Gebeard von Querfurt... Un teutone... Cercatelo alla basilica di Santo Stefano Maggiore... Traffica reliquie e... reca gli stessi miei segni».

Detto ciò, l'uomo gli mostrò il dorso della mano destra. Era ricoperto di tatuaggi che fino ad allora Suger non aveva notato. Sotto le nocche dell'indice e del medio era raffigurato un cavaliere armato di arco. Un serpente si arrampicava sul suo dito mignolo puntando il muso verso una piccola coppa tatuata sull'ultima falange dell'anulare.

Dopo avergli mostrato quei segni, l'uomo chiuse la mano in un gesto benedicente, come se volesse indicare il numero tre. Allora Suger vide sul suo palmo l'immagine di una Madonna con Bambino sovrastata da una colomba ad ali spiegate.

Simboli cristiani insieme a simboli pagani. Il medico ebbe un moto di ripulsa. Sapeva dell'esistenza di amuleti dotati di simili raffigurazioni, di fattura ebraica o frigia, e non li temeva. Ma anche un semplice feticcio, se scorto da un uomo di chiesa, avrebbe scatenato conseguenze terribili. «Attento!», sbottò. «Non so chi voi siate, ma se un domenicano qualsiasi vedesse questi segni fareste una brutta fine. E la farei anch'io, avendovi dato asilo».

«Lasciatemi spiegare...», lo scongiurò il ferito, ormai sull'orlo del delirio.

«Ho già i miei problemi», ringhiò il medico. «Tacete, se non volete che vi cacci».

Lo sconosciuto restò sdraiato a terra, fissandolo con lo sguardo implorante. «Presto il cavaliere mi troverà... E questa volta...».

Suger lo ignorò. Aveva già fatto abbastanza per lui. Gli aveva curato la ferita e l'aveva messo al riparo in casa propria. Continuare a sopportare i suoi sproloqui era davvero troppo. Non l'aveva ancora messo alla porta perché il discorso sulla draconite l'aveva affascinato. Ma Milano era lontana, e lasciare Parigi gli sarebbe costato la carriera.

Si sdraiò sul letto ed esaminò a lungo la strana pietra pelosa, mentre lo straniero iniziava finalmente a prendere sonno.

Infine, anche lui si assopì. Quando chiuse gli occhi, sognò se stesso circondato dal collegio della scuola di Notre-Dame, mentre mostrava con fierezza una pietra di draconite a una moltitudine di interessati.

E tutti i *magistri* gli si stringevano intorno sbalorditi.

2

Al sorgere dell'alba, lo scorrere della Senna aveva una tonalità cristallina. Le acque zampillavano lungo le sponde, intonando una laude alla fioca luce solare. Nella penombra della sua dimora, Suger non era in vena di abbandonarsi a simili amenità. Aveva dormito pochissimo ed era di pessimo umore. L'ospite indesiderato aveva iniziato a delirare come un ossesso ai primi rintocchi del mattutino. Il medico era stato costretto a scendere dal letto per accertarsi delle sue condizioni, senza astenersi dal maledirlo a denti stretti. Niente di grave, tuttavia. La febbre era salita ma la ferita sembrava reagire bene alla medicazione.

Si sedette ai bordi del giaciglio, sfregandosi gli occhi. L'estraneo giaceva a terra, sprofondato in una tormentosa incoscienza. Lo svevo. Così l'aveva soprannominato, ignorando come si chiamasse. A giudicare dall'accento, doveva provenire dall'Alemannia. Non che a Suger importasse granché. Non provava nulla per lui, né compassione né simpatia. Nutriva ancora curiosità per la questione della draconite, questo sì, ma dal punto di vista personale lo svevo non era affar suo. Del resto, non poteva certo definirsi un uomo pietoso. Pensieri di carità e altruismo sfioravano di rado il suo cuore, senza lasciare traccia del loro passaggio.

In gioventù era stato una persona diversa, ma dopo la morte del padre non gli era importato più di nessuno fuorché se stesso. E non aveva più guardato le vetrate di una cattedrale allo stesso modo.

Il fitto vociare proveniente dall'esterno lo distolse dai pensieri.

Ormai era tempo di andare, gli impegni della giornata reclamavano la sua presenza.

Indossò l'abito rosso e il copricapo di magister medicinae, prese sottobraccio un paio di tomi che gli sarebbero serviti per la lezione e si accostò all'uscio. Dopo una breve esitazione, decise di lasciare lo svevo lì dov'era. Secondo le sue previsioni, sarebbe rimasto in stato di incoscienza fino al pomeriggio e non avrebbe causato problemi. La tentazione di sbatterlo fuori di casa era ancora fortissima, ma il timore che quei tatuaggi necromantici potessero richiamare l'attenzione di qualcuno lo persuase ad agire con cautela.

Non appena fu in strada, si trovò immerso nel rutilare del martedì grasso. Una turba di giovani correva per le vie fra grida e risate, alla ricerca di vittime per i loro scherzi. Infastidito da tanta frenesia, camminò rasente i muri per evitare di essere coinvolto in qualche schiamazzo. Aveva fretta, e l'idea di attraversare mezza città per tenere lezione inaspriva il suo malumore.

In seguito ai recenti dissapori tra il vescovo di Parigi e l'*Universitas magistrorum*, la maggior parte dei docenti si era allontanata dalla Cité, eleggendo l'abbazia di Sainte-Geneviève a sede provvisoria dello Studium. Gli unici maestri che ancora insegnavano presso Notre-Dame erano i religiosi.

Camminando a testa bassa sotto un sole insolitamente tiepido, Suger si sforzò di stemperare il malumore pensando a qualcosa di piacevole. Suo malgrado, l'unica cosa che gli venne in mente fu la pietra di draconite. Come poteva ignorarla? Al pari di ogni medico e cerusico, conosceva bene le proprietà terapeutiche delle pietre. Aveva letto diversi libri al riguardo, tra cui il lapidario di Michele Psello e quello di Marbodo de Rennes. Tempo addietro, un benedettino di Oxford gli aveva addirittura mostrato la propria collezione di pietre curative, per la maggior parte provenienti da interiora animali: la *chelidonia*, cavata dalla testa della rondine e idonea a placare le infiammazioni degli occhi; la *liguriena*, estratta dalla vescica urinaria della lince, ottimo rimedio per i dolori di stomaco e per l'itterizia; la *heyena*, proveniente dai bulbi oculari della iena, in grado di arrecare beneficio se tenuta sotto la lingua; infine la *margarita*, nascosta nelle conchiglie, e il *panthero*, ricavato dalle viscere dei grossi felini.

Ma nessuna di quelle pietre poteva essere paragonata alla draconite. Se Suger ne fosse entrato in possesso e avesse scritto un trattato medico sulle sue virtù curative, si sarebbe senz'altro guadagnato una posizione di prestigio presso la scuola del Capitolo.

Allontanò in fretta simili fantasticherie, scansò con malgarbo un gruppo di pellegrini e si addentrò nel quartiere latino. Lì i festeggiamenti del Carnevale avevano assunto proporzioni surreali. Spuntavano ovunque giovani travestiti da femmine, orsi e selvaggi. Alcuni danzavano, altri scorrazzavano in groppa a muli o su grotteschi carri del malgoverno, bersagliando i passanti con verdura marcia.

C'era da aspettarselo. In quelle borgate alloggiava la maggior parte degli studenti giunti a Parigi per frequentare lo Studium. Il fatto di trovarsi sotto l'ala tutelare del Capitolo, quindi immuni alle sanzioni civili, li rendeva ancora più audaci nel trasgredire le regole.

Il medico superò il baccano senza essere infastidito, l'abito da magister lo proteggeva dall'esser fatto oggetto di scherzi. Anzi, ricevette diversi inchini e saluti rispettosi, finché non scorse un capannello di ragazzi raccolto intorno a un giovane alto e di bell'aspetto. Era Bernard, il suo migliore allievo. Fiutando odore di guai, allungò il passo verso di lui.

Lo studente abbozzò un saluto impacciato, mentre i suoi compagni si dileguavano in fretta.

Non appena gli fu vicino, Suger notò che aveva un occhio pesto e un labbro rotto. «Ragazzo mio, si può sapere cosa ti è capitato?».

Il giovane si scompigliò i capelli. Capelli nerissimi e molto folti. Bernard era uno dei pochi studenti a non portare la tonsura. Al contrario dei suoi coetanei, che la sfoggiavano come segno di protezione del Capitolo, la riteneva un'umiliazione. «Niente di grave, magister».

«Niente di grave, dici?», rimbrottò il medico. «La Quaresima incombe e con essa la *determinatio*. Te ne rammenti? È l'esame che dovrai sostenere per diventare baccelliere. Farai proprio una bella figura, presentandoti con questa faccia! E lo stesso sarà per me, visto che sono il tuo magister».

«Perdonatemi, ve ne prego», disse il giovane. «Non intendevo arrecarvi problemi».

«Invece l'hai fatto. Ogni tua azione si riflette su di me, capisci?». Suger l'avrebbe preso a schiaffi, tanto si era innervosito. Bernard era uno studente assai dotato e applicandosi nello studio avrebbe sanz'altro fatto strada, ma non riusciva a frenare il temperamento focoso che lo spingeva ad attaccar briga e a rincorrere ragazze.

In quel mentre un giovanotto gracile e rossiccio si fece largo tra i passanti e si mise al fianco di Bernard, quasi volesse prenderne le difese. Suger lo squadrò di sfuggita, per non incoraggiarlo. Lo conosceva di vista. Si chiamava Ramón, gli occhi da faina e le labbra sporgenti gli conferivano la tipica espressione del piantagrane.

Il rosso si schiarì la gola e fronteggiò il magister con un sorrisetto sfacciato. «Stanotte il nostro Bernard le ha prese da un oste di Saint-Marcel». Benché fosse aragonese si esprimeva in latino, come tutti gli studenti stranieri a Parigi.

«E per quale motivo?», volle sapere il medico.

«Colpa di quel taccagno!». Ramón allargò le braccia con fare drammatico. «Voleva farci pagare il vino a peso d'oro! E noi...».

Suger lo tacitò con un gesto e si rivolse al suo allievo. «Bernard, la domanda era rivolta a te. Vuoi spiegarmi?».

Il giovane annuì con imbarazzo. «Ramón ha protestato con l'oste per il prezzo del vino. Si è rifiutato di pagare, e quello ha iniziato a picchiarlo...».

«Otto denari!», continuava Ramón, battendosi la fronte con

aria da martire. «Otto denari per quattro fogliette di vino! Un latrocinio!».

«L'oste era più grosso di lui», spiegò Bernard. «Così l'ho difeso».

Il suo compagno prese a sbraitare: «Vedeste, magister! Vedeste che rissa!».

Sempre più scuro in volto, il medico rimproverò Bernard: «Ti ho detto mille volte di stare alla larga dalla periferia, soprattutto dal borgo di Saint-Marcel. Là puoi trovare soltanto guai».

Ramón scoppiò a ridere. «Se per "guai" intendete vino e baldracche...».

Suger ne aveva abbastanza di quell'impertinente. Se avesse continuato a tollerarlo, il suo buon garbo sarebbe andato definitivamente a farsi benedire. Quindi lo prese per la collottola e lo spinse dentro un carro che stava passando per strada proprio in quel momento.

Ramón si accomodò sul bancale, allontanandosi basito come un re deposto.

«In quanto a te», il medico trascinò Bernard per il braccio, «mi seguirai a lezione».

3

Bernard camminava imbronciato al fianco del magister, prendendo a calci i sassi sul selciato. Ora i rumori del Carnevale erano attenuati e distanti. La strada, quasi deserta, tagliava per un declivio erboso fiancheggiando antiche rovine, le terme romane e l'arena di Lutezia. Il giovane le degnò di un'occhiata oziosa. Rughe di vecchiaia sul volto di Parigi.

L'abbazia di Sainte-Geneviève era vicina, ma Suger aveva rallentato il passo di proposito. I ricordi della notte precedente erano ormai lontani. L'ansia e la paura provate durante l'inseguimento sembravano echi di un sogno sbiadito. Il pensiero dello svevo, abbandonato esanime nel suo alloggio, non suscitava in lui la benché minima apprensione. Tutto ciò che gli importava, al momento, era far rinsavire il ragazzo che gli stava accanto. «Non diventerai baccelliere facendo soltanto sfoggio di sapienza», lo esortò. «Dovrai correggere il tuo atteggiamento».

Bernard lo fissò contrariato. «Pensavo fosse una prerogativa dei preti».

«Lascia perdere i preti. Se vorrai ottenere rispetto, dovrai comportarti con dignità. E la dignità poggia su tre regole fondamentali: la gravità, la pudicizia e la maturità». Elencandole, Suger non poté evitare di rammentare quante volte lui stesso le avesse infrante. Ma ora non si trattava di sé. Lui sapeva come nascondere le proprie meschinità dietro un'aria rispettabile. Bernard, al contrario, era sincero e leale, ma si lasciava traviare dall'esuberanza.

Il giovane annuì, calciando l'ennesimo sasso lungo la strada.

«Tu non mi ascolti!», si irritò Suger. «Vuoi stare attento?».

Per tutta risposta, Bernard gli rivolse uno sguardo tanto profondo da spiazzarlo. «Devo farvi una confessione, magister».

Il medico lo squadrò incuriosito. «A quale riguardo?»

«Vi rammentate dei ragazzi con cui stavo parlando quando mi avete incontrato?»

«Sì, erano in molti. Ebbene?»

«Sono venuti a sapere di quel che mi è successo stanotte. Intendono vendicarsi dell'oste di Saint-Marcel, sono diretti alla sua locanda».

«La cosa non ti riguarda».

«Ma magister!», insistette Bernard. «Temo facciano del male a quel taccagno. Mi sentirei responsabile».

Con un gesto esasperato, Suger gli si piazzò di fronte. «Una volta per tutte, Bernard. Devi imparare a non immischiarti in simili faccende». Gli batté l'indice sulla fronte. «Sei un ragazzo intelligente, hai altro a cui pensare. Dopo Quaresima, a Dio piacendo, sarai baccelliere. Se lavori sodo, nel giro di pochi anni diventerai magister. Lo capisci? Basta con le zuffe! Basta con i colpi di testa!».

«Ma io...».

«E basta con i "ma"! Non ti preme il titolo di baccelliere?».

Gli occhi di Bernard scintillarono di ambizione. «Certo che mi interessa, magister. Mi interessa eccome».

«Allora farai come dico io».

Due ore dopo Suger stava tenendo lezione nel chiostro di Sainte-Geneviève. Un folto numero di studenti lo ascoltava senza fiatare, prendendo appunti su dittici di cera. Per la maggior parte erano ragazzi sprovvisti di libri propri, perciò costretti ad affidarsi alla memoria e alla speranza che il magister elargisse qualche nota scritta a fine lezione. Bernard assisteva in prima fila.

Avrebbe potuto trattarsi di una mattinata qualsiasi, se non fosse stato per due frati domenicani infiltrati tra gli allievi. Si erano appostati sotto le arcate del chiostro come due corvi e ascoltavano la lezione con aria di dissenso, quasi che le parole del magister celassero riferimenti sacrileghi.

Suger li ignorò per tutto il tempo e, com'era solito fare, a fine lezione coinvolse gli allievi in una disputa perché prendessero confidenza con gli argomenti appena trattati. Il dibattito verteva sull'asserto che la malattia fosse conseguenza di una causa scatenante, senza la quale il male fisico non avrebbe potuto manifestarsi. Dopo un iniziale scambio di opinioni, uno studente obiettò che se a Dio fosse piaciuto, la malattia si sarebbe manifestata a prescindere da qualsiasi causa. Suger negò, spiegando che neppure Dio poteva sovvertire le leggi della natura, poiché Egli le aveva create. Un principio divino, specificò, non poteva contraddire se stesso.

Quelle parole bastarono a scatenare il putiferio.

Uno dei due domenicani si alzò di scatto e attraversò il chiostro a lunghe falcate, diretto verso il magister. Gli allievi fecero largo al suo passaggio, osservandolo basiti. Raramente qualcuno si prendeva la licenza di interrompere una lezione.

Innervosito da simile affronto, Suger si preparò a inveire contro quel frate impertinente. Aveva già pronti un paio di insulti che gli avrebbero fatto rizzare i capelli come i peli di un gatto, ma non appena lo riconobbe si morse le labbra. Non era un religioso qualunque. Era Rolando da Cremona, il teologo italiano!

Fra Rolando si fermò a pochi passi da lui. Lineamenti affilati e occhi color metallo, venati di una rabbia calcolata. Con la foga di un cavaliere che getta il guanto di sfida, pronunciò un'unica parola: «Aristotele!».

Tanto bastò a sprofondare gli astanti nel mutismo.

In mezzo a quel timorato silenzio, si levò una voce dalle prime file: «Frate, come vi permettete?».

Tutti si voltarono verso Bernard, il volto paonazzo, gli occhi fissi sul domenicano.

«Andatevene!», continuò il ragazzo. «La scienza medica non compete agli uomini di chiesa».

Suger gli ordinò di tacere, ma fra Rolando lo sovrastò con la voce e con il carisma.

«È vero», confermò il domenicano, senza rivolgersi a nessuno in particolare. «Noi uomini di chiesa ci asteniamo dal praticare la scienza medica. Ci è proibito versare sangue umano, finanche per scopi curativi». La sua voce aveva un che di legnoso, come il soffio del vento in un albero cavo. «Però è nostro dovere fugare dalle menti l'ombra del dubbio».

Disobbedendo per la seconda volta al suo magister, Bernard continuò a polemizzare: «Quale ombra? Quale dubbio? Anche i teologi studiano Aristotele».

Fra Rolando sembrava attendere proprio quella domanda. «Aristotele ha scritto cose mirevoli, e tuttavia la sua mente pagana l'ha indotto a commettere errori». Puntò lo sguardo verso Suger. «Errori che il vostro magister spaccia come verità assolute. Errori che escono dalla sua bocca come bestemmie».

Suger strinse i pugni in cerca di un qualsiasi argomento di difesa. L'accusa che gli veniva mossa era assai grave, insegnare l'aristotelismo era proibito dalla Chiesa. E sotto la sferza dialettica di quell'abile domenicano, ogni tentativo di discolparsi gli si sarebbe senz'altro ritorto contro.

«Ebbene, magister, non dite nulla?», lo sfidò fra Rolando. «Preferite continuare a farvi difendere dai vostri discepoli?».

Suger aprì le braccia, fingendo arrendevolezza. «Reverendo padre, se dovessimo misurarci in materia teologica voi avreste senz'altro la meglio. Io però non sono teologo, sono medico. Se intendete muovere accuse contro la mia docenza, lo si farà al cospetto di un'autorità competente: la corporazione degli insegnanti di Parigi».

«Corporazione?». Fra Rolando scosse la testa. «Io non riconosco l'autorità di alcuna corporazione, ma soltanto quella di padre Philippus de Noyon, il cancelliere del Capitolo. Egli è l'unico e vero tutore dello Studium».

Suger non poteva più tirarsi indietro. «Sta bene», disse con tono altezzoso.

«Allora affrettiamoci», ghignò il domenicano, rivolgendo lo sguardo al suo confratello. «Ci presenteremo subito al cospetto di Philippus Cancellarius. Siamo ancora in tempo per ricevere udienza».

Suger attraversò Parigi al seguito dei due domenicani, come un condannato al patibolo. Sapeva di avere la coscienza sporca, e sapeva pure che sarebbe stato arduo tenerlo nascosto. A turbarlo però era un'altra cosa, cioè il sospetto che Rolando da Cremona avesse agito con premeditazione. Più ci pensava, più ne era certo. Quel domenicano doveva essere giunto a Sainte-Geneviève apposta per provocarlo, e pronunciando il nome del cancelliere l'aveva messo con le spalle al muro. Philippus Cancellarius nutriva antipatia verso qualsiasi magister laico, figurarsi se accusato da un frate!

Sempre più avvilito, Suger avanzava un passo davanti all'altro senza riuscire a farsi un'idea precisa della situazione. Per un attimo ebbe l'impulso di fuggire, di correre via come aveva fatto la notte precedente. Ma non poteva infischiarsene delle conseguenze. Inoltre, di quale esempio sarebbe stato per Bernard? Quel testardo si era scagliato in sua difesa come un toro infuriato, senza logica né prudenza. Il magister disapprovava, pur avendo apprezzato il suo gesto. Bernard viveva a Parigi solo, senza parenti né amici stretti. Suger rappresentava per lui l'unico punto di riferimento e l'unica fonte di consiglio. Non si vergognava di ammettere che quel ragazzo fosse riuscito ad aprire una breccia nel suo animo cinico.

Il cammino verso il Capitolo li portò attraverso il quartiere latino, dove i festeggiamenti del martedì grasso stavano toccando l'apice. Fra Rolando e il suo confratello si guardarono intorno con disgusto, i loro occhi lanciavano muti anatemi contro ogni passante.

«Solo l'altro giorno il Carro dei Folli sfilava per queste vie, ed eccoci di nuovo tra schiamazzi e gozzoviglie», pontificò fra Rolando, scuro in volto. «Possibile che non si possa fare a meno del riso?».

Suger non replicò. Anche lui detestava la confusione, inoltre percepiva qualcosa di preoccupante tra la folla. C'era troppa agitazione. La presenza delle guardie cittadine si faceva pressante. Berrovieri e birri a ogni angolo... Doveva essere accaduto qualcosa.

I tre si allontanarono dal trambusto e raggiunsero l'Île de la Cité, dove si festeggiava con maggior moderazione. Nella cornice degli edifici gentilizi, l'andirivieni del Marché-Palu era animato da musica e cortei, mentre nella piazza di Notre-Dame un gruppo di uomini giocava alla *soule*, prendendo a calci una palla.

La sede del cancelliere era vicina.

Si portarono lungo il fianco meridionale della cattedrale, non ancora ultimata dopo sessant'anni di lavori, ed entrarono nel palazzo del Capitolo. Proseguirono fino a raggiungere l'ingresso di un ambiente spazioso, circondato da bifore e *armaria*. La sala della cancelleria.

Due religiosi stavano confabulando all'interno, uno di fronte all'altro. Suger riconobbe il corpulento Philippus Cancellarius e il parroco del borgo di Saint-Marcel. Quest'ultimo, un pretino basso e smunto, gli era noto perché si recava spesso allo Studium per lagnarsi delle scorribande degli studenti nella sua parrocchia. Il cancelliere invece, attempato e adiposo, non incuteva l'osannata soggezione per cui era tanto temuto. Con quell'espressione assente e il gozzo floscio, non si poteva credere che anni addietro fosse stato *magister theologiae* e avesse scritto trattati di un certo spessore.

La conversazione tra i due religiosi sembrava volgere al termine.

«Sono solo ragazzi», insisteva il parroco di Saint-Marcel. «L'intervento delle guardie è eccessivo. Un'esagerazione».

«È quanto sostengo anch'io», gli faceva eco il cancelliere. «Ma la Corona non vuole sentire ragioni. Ha già sguinzagliato i berrovieri del preposito».

«Ah, il preposito! Tutti conoscono la sua brutalità».

«Non so cosa dire, padre», sospirò il cancelliere. «Questa volta gli studenti sembrano averla combinata davvero grossa».

Il dialogo si protrasse per un altro po', infine il parroco di Saint-Marcel si allontanò amareggiato. Non appena rimase solo, Philippus Cancellarius invitò i tre uomini sulla soglia a farsi avanti.

Fra Rolando entrò per primo, salutandolo con un inchino. «Scusate, vostra paternità, ma non ho potuto fare a meno di ascoltare», esordì. «Problemi gravi?»

«Problemi enormi», ribatté il cancelliere, avvicinandosi a uno spazioso scrittoio. «Pare che stamane una compagnia di studenti abbia distrutto un'osteria di Saint-Marcel. Non contenti, quei disgraziati si sono riversati in città creando scompiglio».

A tali parole, Suger rammentò quanto udito da Bernard e non poté astenersi dall'intervenire: «Sbaglio o accennavate all'intromissione dei birri?»

«Non sbagliate», disse il cancelliere. «La Corona ha disposto di mobilitare il preposito».

«Ma non si sta parlando di comuni cittadini», obiettò il medico. «La punizione degli studenti è affare del Capitolo della cattedrale, non della Corona. Questa è la legge».

Annuendo con aria mesta, Philippus girò intorno allo scrittoio e si accomodò su un seggio dall'alto schienale. «È da più di un'ora che un legato pontificio tenta di spiegarlo a sua maestà la regina Bianca», commentò, sempre rivolto a Suger. «Se credete di poter fare meglio, accomodatevi».

Il medico arretrò leggermente. Aveva già abbastanza problemi per conto proprio, e non era affatto solito battersi per cause altrui. In quel mentre si avvide che gli astanti stavano consultandosi con un gioco di sguardi. Non poté evitare di sentirsi a disagio.

Poi il cancelliere ruppe il silenzio, interpellando fra Rolando: «Ebbene, padre, cosa vi ha spinto ad abbandonare il chiostro di Saint-Jacques in una giornata tanto movimentata?»

«Una questione da sottoporvi», rispose il frate.

«Non altre grane, mi auguro».

«Purtroppo sì». Il domenicano indicò Suger. «Costui è magister medicinae presso lo Studium...».

«Lo conosco, come chiunque occupi una cattedra a Parigi», tagliò corto Philippus. «Perché l'avete portato al mio cospetto?»

«Ha trasgredito i divieti riguardanti Aristotele. Insegna filosofia naturale[1]».

Il cancelliere si rivolse all'accusato. «Vi si attribuisce un reato assai grave, magister. Intendete pronunciarvi in vostra discolpa?»

«Si tratta di un malinteso, reverendo padre», minimizzò Suger. «Io insegno medicina, non filosofia naturale. Fra Rolando dev'essersi confuso».

«Menzogna!», strepitò Rolando da Cremona. «Io e il mio confratello abbiamo udito benissimo. Costui ha ammesso che Dio non può modificare le leggi della natura, mettendo così in discussione la Sua onnipotenza. Com'è noto, si tratta di un asserto aristotelico».

«Era un espediente per far ragionare i miei alunni», si giustificò il medico, per calmare le acque. «Ogni fenomeno dipende da una causa, ecco in sintesi cosa stavo spiegando». Una difesa blanda, pensò tra sé. Tuttavia c'era ben poco da fare. Non potendo negare le accuse, si appellava alla clemenza del cancelliere. Che, di tutta risposta, scosse la testa.

«State divagando, magister». Un crescendo di irritazione trapelò dallo sguardo di Philippus. Ora sì che incuteva soggezione. «Fra Rolando sta sporgendo accuse precise. Siete forse lento di comprendonio?».

Parole pesanti, quasi offensive. Suger si sentì punto nell'orgoglio e accantonò la moderazione. «Fra Rolando non capisce nulla di scienza medica», esclamò, mandando al diavolo ogni pos-

[1] L'insegnamento medievale della "filosofia naturale" si basava in buona parte sui testi aristotelici, nei quali si spiegavano i principi e il funzionamento dell'universo.

sibilità di compromesso. «Come osa mettere becco nel mio operato?»

«Abbassate la voce, magister, non siamo al mercato». L'uomo sul seggio lo portò all'attenzione con un cenno autoritario. «E lasciate che vi rinfreschi la memoria. Il sinodo di Sens del 1210 ha vietato la lettura e il commento di Aristotele. Tale divieto è stato rinnovato dagli Statuti del 1215, e più di recente espresso apertamente dal nostro pontefice...».

Mentre il cancelliere sciorinava quel ventaglio di divieti, Suger si sentiva cuocere a fuoco lento. Un principio di nausea iniziò a tormentargli lo stomaco mentre le pareti della stanza parevano farsi sempre più strette. La situazione non prometteva nulla di buono. Fino a qualche anno prima, si tollerava che i maestri insegnassero la filosofia naturale e facessero ricorso ad Aristotele. A Tolosa lo si permetteva ancora. Ma non a Parigi, dove il tradizionalismo imperante continuava a vedere nella filosofia l'ancella della teologia, da sacrificare quando risultava scomoda.

«In ottemperanza alla carica che ricopro», concluse Philippus, «non posso consentire per nessuna ragione che un docente di Parigi divulghi l'aristotelismo. Voi capirete, se giungesse all'orecchio del papa...».

«Reverendo padre, comprendo benissimo», si schermì il medico. «In tutta franchezza, però, credo si stia facendo la cosa più grave di quello che è».

Rolando da Cremona lo aggredì come una furia. «Anteporre Aristotele alla Bibbia sarebbe per voi una piccolezza? Mi stupisce che vi sia stata concessa la *facultas docendi*».

«Ma voi non potete certo revocarmela, frate», si difese Suger, che bruciava dalla voglia di torcergli il collo.

«Io sì, però», lo mise in guardia il cancelliere. «Se mi dimostrassi clemente nei vostri riguardi, darei l'impressione di parteggiare per chi divulga la filosofia naturale. Troppe volte ho lasciato correre. Troppe volte ho fatto finta di nulla!».

Il medico rimase interdetto. Non si era mai sentito tanto umiliato. Il suo titolo e le sue competenze venivano spogliati di ogni valore, la sua opinione messa in ridicolo. Pensò a suo padre e ai sacrifici che aveva fatto per farlo studiare. Pensò alle difficoltà superate in tutti quegli anni... No, si disse. Non poteva accettare quelle accuse senza almeno provare a battersi. E premendosi l'addome per contenere l'indisposizione, puntò un dito contro il cancelliere. «Sfidereste la corporazione dei maestri sulla base di una calunnia?»

«Una calunnia?», ripeté Philippus in tono sarcastico. «Non dite sciocchezze, magister. I vostri riferimenti ad Aristotele non si limitano all'episodio di oggi, lo sappiamo bene. Inoltre sappiamo che possedete libri di filosofia naturale. *Libri proibiti*».

Suger avvampò di rabbia e di vergogna. Non aveva più dubbi, gli era stata tesa una trappola. «Esattamente, per quale ragione mi trovo qui? Volete umiliarmi? Volete confermare il primato della teologia sulla scienza medica?»

«No, questa è soltanto la premessa». Il cancelliere si concesse un mezzo sorriso, lasciando trapelare un aspetto della sua vera personalità. Rolando da Cremona, al confronto, era un gattino indifeso. «Il motivo è informarvi che le vostre infrazioni potrebbero costarvi la scomunica».

«Vostra paternità, è inaudito!», protestò Suger. «Mi pare una misura eccessiva».

«Eccessiva non direi, però evitabile». Philippus oscillò sul seggio, quasi una manovra diversiva. «Ci sarebbe una soluzione indolore».

«L'esilio», puntualizzò fra Rolando, rapido come una stilettata.

Suger si sentì mancare. «Non potete chiedermi di lasciare lo Studium di Parigi...», disse con voce strozzata. Al solo pensiero ebbe l'impressione di precipitare in un pozzo senza fondo, e per poco non cadde in ginocchio. «La scienza medica è la mia vita! È tutto per me! Non capite? Se lasciassi questa città...».

«Lagnarvi non vi servirà a nulla», lo ammonì Philippus, quasi impassibile.

«Avete ragione, ma se giurassi di non divulgare mai più la filosofia naturale...».

«L'avevate già fatto una volta, quando vi fu affidata la cattedra. A quanto pare, non è servito a nulla».

«E tuttavia, come potete pretendere che me ne vada senza un ragionevole preavviso, dopo anni di duro lavoro...».

«Pensateci bene», lo interruppe il cancelliere. «Gravato da scomunica, non trovereste mai più un impiego degno delle vostre maestranze, né a Parigi né altrove».

Era vero, ragionò Suger. Nessuna scuola avrebbe accolto un magister fulminato da anatema. Nemmeno il più geniale. Era sconvolto, ma insistere serviva soltanto a peggiorare le cose. Perché l'accusa era fondata. Come ben sapeva, i decreti ecclesiastici vietavano categoricamente che i libri di filosofia naturale venissero letti e commentati in pubblico o in segreto, pena la scomunica. Molti altri maestri, prima di lui, erano stati costretti a migrare a Tolosa per poter continuare a insegnare Aristotele senza essere perseguitati. Eppure non sopportava l'idea di darla vinta a Philippus Cancellarius e ai suoi leccapiedi. La frustrazione gli mordeva lo stomaco e alimentava una rabbia sdegnosa, ma era soprattutto la disperazione a stringergli il cuore. Cos'avrebbe fatto di lì in poi? Dove sarebbe andato? In preda a un tumulto di sentimenti, avanzò di scatto e batté il pugno sullo scrittoio. «Non pensiate che finisca qui!», sibilò. Poi si morse le labbra, rammentandosi d'un tratto di un'altra questione. «Inoltre», esclamò, «non vi illudiate che smetta di esercitare prima di aver preparato un mio discepolo per il baccellierato».

«Non se ne parla», disse tra i denti fra Rolando. «Il vostro discepolo sarà affidato a maestri ben più competenti. Dovrete andarvene subito».

«Suvvia padre, siate caritatevole», lo rabbonì il cancelliere, con la sua finta calma. «Lasciamo al nostro magister questa magra consolazione. Dopotutto, entro breve, a Parigi non ci sarà più posto per chi insegna le menzogne di Aristotele». Un sorriso si fece spazio tra le sue grosse guance. «Suger de Petit-Pont non è che il primo di una lunga lista».

Al limite della sopportazione, il medico si trattenne a stento dal lanciarsi contro i suoi accusatori. Poi si accorse di due guardie alle sue spalle.

Lo trascinarono fuori, umiliandolo ancora.

4

Le strade del quartiere latino erano diventate un fiume in piena. In bilico tra l'euforia e la violenza, la calca spintonava come una mandria spaventata. Nei punti di maggior confusione, drappelli di birri interrogavano i passanti e trattenevano quanti più ragazzi possibili. Inquisivano, gridavano, picchiavano. Ovunque si parlava del borgo di Saint-Marcel e di un'aggressione da parte di alcuni studenti. Un'osteria era andata distrutta. Diversi locandieri sostenevano di aver ricevuto maltrattamenti e minacce. Erano stati gli studenti, si diceva ovunque. Difficile reperire notizie certe. Difficile discernere la verità dalla menzogna.

I birri del preposito cercavano i responsabili nelle borgate studentesche. La loro brutalità, aizzata dal temperamento riottoso dei giovani, trasformò un tentativo di ristabilire l'ordine in una piccola sommossa. Fu così che si venne alle offese e alle botte. E alle spade.

In fondo a una traversa della rive gauche, Bernard sfidava con lo sguardo tre berrovieri. Dietro di lui si nascondeva Ramón, spaventato e tremante.

«Allora, canaglie», grugnì uno dei birri, «dicono che siete stati voi a provocare il disastro a Saint-Marcel!».

Bernard cercò di spiegare: «Abbiamo avuto un alterco ieri notte, è vero, ma non abbiamo causato danni. Non siamo le persone che state cercando».

«Per me invece sei stato proprio tu», sentenziò uno del gruppo. «Quell'occhio nero parla da solo. Come te lo sei procurato?»

«Non è affar vostro», ribatté il ragazzo. «Spiegherò tutto al cancelliere».

«Senti senti, il saputello», ghignò l'armigero in direzione dei compagni. «Vuole andare a piangere dal cancelliere».

Si fece avanti un altro birro. Ventre prominente, occhi bovini. «Ti conviene abbassare la cresta, ragazzo. Se non sei il colpevole, dimostralo. Dicci chi è stato».

Bernard conosceva i nomi dei responsabili, o almeno si era fatto un'idea di chi potesse essere stato. Erano suoi compagni di studio. Una combriccola di scalmanati, certo, ma non gente cattiva. Avevano sogni e progetti per il futuro, proprio come lui. Non li avrebbe mai denunciati agli sgherri del preposito come delinquenti comuni, però non intendeva neppure lasciare correre. Appena uscito da quell'impiccio, ne avrebbe parlato con il magister Suger. Lui avrebbe saputo cosa fare.

Forte di quella decisione, il giovane si ostinò a farla valere. «Non parlo con i birri!». Alzò la voce, scandendo le parole: «Sono uno studente dello Studium, non un comune cittadino. Farò i nomi dei responsabili a chi di dovere».

«Non tiriamola per le lunghe. Il colpevole sei tu! Tu e il tuo compare!». Il birro dal ventre prominente strinse i pugni, facendo crocchiare le nocche. «Chiederemo conferma al tuo amichetto. Ha l'aria più remissiva. Parlerà».

L'uomo scattò in avanti verso Ramón, ma Bernard si parò in difesa del compagno. «Stai lontano!», e spinse l'aggressore, facendolo cadere nel fango.

L'armigero si rialzò con goffaggine e mostrò i pugni. «Perché, altrimenti cosa fai?»

«Vigliacco!». Il giovane lo fulminò con lo sguardo. «Siete soltanto dei vigliacchi!».

Furono le ultime parole che gli uscirono dalla bocca. I birri lo aggredirono tutti insieme. E mentre Bernard veniva schiacciato dalle botte, dagli insulti, dalle armature di cuoio e metallo, continuava a pensare che sarebbe diventato baccelliere. E poi medico. E poi magister.

Proprio come Suger, l'unica persona per cui avesse mai provato stima.

5

Cacciato da Parigi!

Suger si allontanò dal Capitolo con la coda tra le gambe. Più di una volta fu sul punto di tornare indietro, pronto a invocare, se necessario, la clemenza del vescovo. Poi aveva rinunciato. Benché fosse di temperamento orgoglioso, non era un cuor di leone. Philippus Cancellarius godeva di un enorme potere e di un'influenza ancora maggiore. Di fronte a una nuova protesta, l'avrebbe fatto di certo mettere ai ceppi.

Era così abbattuto che invece di rivolgersi alla corporazione degli insegnanti, andò in cerca di un'osteria. Strada facendo, però, si rese conto che imbruniva e si rammentò dello svevo. Ormai doveva essersi riavuto, meglio rincasare.

C'era silenzio per le strade. L'agitazione di poco prima era cessata. Giunto alla rive gauche, scansò un gruppo di ragazzini e, prima che le loro risate svanissero, si sentì trattenere per un braccio.

Reduce da troppe disavventure, si voltò di scatto con le peggiori intenzioni, ma con grande sorpresa vide Ramón. «Be', cosa vuoi?», gli chiese sgarbatamente.

Il ragazzo stava piangendo. «Magister… Magister… È accaduta una cosa terribile…».

«Una cosa terribile?», ripeté l'uomo, prendendo le distanze.

«Bernard…».

Suger ebbe un sobbalzo. Afferrò Ramón per le spalle e lo scosse ripetutamente. «Cosa gli è capitato?»

«È morto», singhiozzò il ragazzo. «Morto ammazzato!».

Il medico lo respinse. «Non è vero».

«Invece sì!». Ramón cadde sulle ginocchia, disperato. «È morto per difendermi... E io sono scappato, come un vigliacco...». Batté i pugni per terra. «Sono fuggito mentre lo pestavano!».

Suger credette per un attimo di vivere in un brutto sogno. «Ma come... Chi...».

«I birri... Sono stati i birri».

«I birri del preposito...», intuì Suger, ricordandosi delle parole del cancelliere.

«Sì, loro».

Colto da un senso di vertigine, il medico pose la mano sulla testa di Ramón. Trovò riccioli rossi e crespi. Li strinse, quasi per non perdere il contatto con la realtà. «Sei sicuro che...».

Il ragazzo annuì. Non aveva più voce.

Suger lo lasciò lì, in ginocchio, in preda ai conati di vomito. Camminò come un sonnambulo, cercando di comprendere cosa gli stesse accadendo. Non provava dolore, come gli era accaduto alla morte del padre, ma qualcosa di inesprimibile. Si accorse di avere il volto rigato di lacrime e cercò di pulirsi con le mani, ma senza riuscire a smettere di piangere. Si sentiva svuotato. Prima gli erano state tolte le ambizioni, ora gli affetti. E con Bernard se ne andava anche una parte di sé. Il se stesso che avrebbe voluto essere. Perché a ben pensarci, Suger aveva appreso da Bernard molto più di quanto non fosse riuscito a insegnargli.

Mentre veniva schiacciato dal cordoglio, una rete di pensieri iniziava a dipanarsi nella sua mente. Era l'egoismo che bisbigliava nell'ombra, spingendolo a valutare se in qualche modo potesse restare coinvolto nella vicenda. La morte di uno studente non sarebbe passata inosservata. Di certo avrebbero cercato il suo magister. La corporazione avrebbe sollevato un polverone, la notizia si sarebbe diffusa in tutta Parigi...

Doveva provvedere a se stesso, si disse. E si sentì un verme. La cosa giusta da fare sarebbe stata fare ritorno al Capitolo, denunciare l'accaduto e ricercare i responsabili. Inoltre sentiva un bisogno quasi fisico di inginocchiarsi dinanzi al corpo di Bernard per dargli l'estremo saluto e ringraziarlo di avergli fatto provare, almeno una volta, la gioia di riporre le proprie speranze in qualcun altro. Perché nei rari momenti in cui pensava alla vecchiaia, Suger si vedeva abbandonato da tutti tranne da quel ragazzo... Bernard sarebbe potuto diventare un magister più brillante di quanto lui sarebbe mai stato, e l'avrebbe potuto rendere orgoglioso come un figlio.

Il mio Bernard, pensò un'ultima volta. Fu così che lo lasciò andare, immaginandolo scivolare tra i flutti della Senna, sempre più lontano.

Quando raggiunse la propria dimora, un torpore malsano si era impadronito di lui. Persino i sensi del tatto e della vista parevano essersi attenuati, l'udito pervaso da un cupo ronzio.

La porta d'ingresso non era chiusa, ma soltanto accostata. Suger sbirciò all'interno, intuendo che lo svevo se ne fosse andato. Non che avesse importanza, ormai. La sua vita era finita, almeno per come la conosceva. L'onta dell'esilio e il dolore per Bernard l'avevano sprofondato in un gorgo tenebroso. La salute di un povero diavolo non avrebbe certo potuto fare la differenza. Eppure, la draconite... Seppur flebile, si riaccese in lui la fiamma dell'ambizione. La speranza di fronte al nulla. Mosse qualche passo per la strada, guardandosi intorno. Con quella ferita, lo svevo non poteva essere andato lontano.

Proprio allora vide un ragazzino avvicinarsi. Era il figlio del macellaio che abitava accanto a lui.

«Messere, cercate l'uomo che è uscito da casa vostra?», gli chiese il giovinetto, sfregandosi il naso.

Suger annuì.

«Vedeste che roba. È saltato giù dal ponte come un gatto!».

Il medico si limitò a interrogarlo con lo sguardo.

«Si è gettato su una delle barche che portano la legna al Porto dei Ceppi», spiegò il ragazzino. «È successo poco prima che voi arrivaste».

Il Porto dei Ceppi non era distante. Suger si incamminò in quella direzione e continuò a muoversi senza pensare, temendo che se l'avesse fatto sarebbe scoppiato in una crisi di pianto. Al momento, si disse, voleva soltanto ritrovare lo svevo. Aveva bisogno che almeno quell'impresa, nell'arco della giornata, andasse a buon fine.

Il Porto dei Ceppi era un grande deposito di legna. Navigli di varie dimensioni erano attraccati alla sponda, una dozzina di uomini stava caricando fasciami di legno e tronchi d'albero.

L'oscurità conferiva alle acque il colore dell'ebano, mentre una lieve foschia velava i dossi. Suger si avvicinò agli operai per chiedere se qualcuno di loro avesse notato un individuo sospetto, ma prima che potesse aprire bocca lo vide lui stesso. Stava sulla sponda opposta del fiume. Fece per chiamarlo, ma si bloccò. Capì immediatamente che stava fuggendo da qualcuno.

Lo svevo ruzzolò giù dal dosso, poi riprese a muoversi lungo una banchina seguendo il corso del fiume. Era lento, arrancava per via della ferita. Forse intendeva salire su una delle barche attraccate a poca distanza, ma Suger non riuscì a comprenderne il motivo. Poi vide il cavaliere che gli stava alle calcagna. Non poté distinguerlo bene, a causa della foschia. Vide soltanto che indossava un elmo e un usbergo coperto da una pelliccia.

Il cavaliere si fermò in cima al dosso, senza curarsi di raggiungere l'inseguito. Brandì una lancia non molto lunga e gliela puntò contro, come per ammonirlo o minacciarlo. Il medico seguì la scena senza capire, poi udì uno scoppio. Una vampata di fuoco uscì dalla lancia. Lo svevo gridò di dolore, poi cadde a terra con la schiena in fiamme.

Il cavaliere osservò per un istante la vittima, mentre sbuffi di fumo nero uscivano dalla sua lancia, trasformandolo in una sorta di miraggio.

Suger era impietrito, il rossore del fuoco ancora negli occhi. Non aveva mai visto nulla di simile.

Infine, facendo impennare il cavallo, il cavaliere sparì oltre il dosso.

Cercando di riprendere il controllo dei suoi nervi, il medico chiese di essere traghettato al di là del fiume per soccorrere il malcapitato, ma quando lo raggiunse capì di non poter fare più niente per lui. La schiena dello svevo era squarciata, come se qualcosa di rovente fosse esploso all'interno, lasciando frammenti solidi anneriti dal fuoco.

Suger rincasò con l'immagine del cavaliere impressa nella mente. Quella era stata di gran lunga la giornata più tragica della sua vita. Si lasciò cadere sul letto, incapace di pensare, troppo esausto per prendere sonno. Lo strazio e l'umiliazione non gli davano requie, al punto che scoppiò di nuovo in lacrime e pregò il Signore di liberarlo dal tormento. Rimase sdraiato a lungo, in mezzo a un'oscurità che sembrava nascergli dall'anima, finché, come già gli era capitato qualche ora prima, si sentì pervadere dal desiderio di fuggire. Fu più intenso della volta precedente, quasi un bisogno. Fuggire dal dolore. Fuggire dal fallimento... Si rammentò della notte precedente, quando aveva corso verso la Cité, inseguito dallo sconosciuto. Aveva provato paura, sì, ma anche una sensazione di euforia. La verità era che si era sentito vivo come non gli accadeva da anni. E soprattutto libero.

Forse lasciare Parigi non era una cattiva idea, si disse. Perché chiedere aiuto alla corporazione dei docenti e coltivare false speranze, quando avrebbe potuto ricominciare tutto da capo? Opporsi al cancelliere gli sarebbe costato altre umiliazioni, senza contare le conseguenze della morte di Bernard... Ma andarsene non sarebbe stata impresa facile. Non si illudeva. Fuori da Parigi non conosceva nessuno e ignorava persino le difficoltà di viaggiare per giorni e giorni, verso un destino ignoto.

Tuttavia da giovane aveva coltivato un sogno. Ormai lo aveva abbandonato, ma c'era stato un tempo in cui non passava giorno senza che lo rincorresse con la fantasia. Raggiungere la città di Salerno, sede della scuola medica più rinomata del mondo. Era ancora bambino quando aveva sentito parlare della leggenda di

Costantino l'Africano, il sapiente fondatore dello Studium salernitano, e da allora non se ne era più scordato. Dunque, quale momento migliore per tentare di raggiungere quel luogo? Forse a Salerno avrebbe riscosso maggior apprezzamento per le proprie qualità. Forse avrebbe potuto persino conquistare la fama e il rispetto che tanto desiderava. Senza contare i benefici di esercitare la scienza medica lontano dal tradizionalismo parigino...

Però Suger non era un ingenuo. Salerno era lontana, sarebbe servito denaro. Molto denaro. Il viaggio avrebbe prosciugato tutte le sue sostanze...

Fu allora che lo vide.

Il sacco dello svevo.

Stava ancora sul pavimento, vicino al tavolo.

Seguendo una scia di pensieri troppo seducenti per essere ignorati, il medico scese dal letto e lo aprì.

Con sua grande sorpresa, scoprì che conteneva un solo oggetto. L'oggetto che avrebbe dovuto trasportare fino a Milano. Un mantello simile a quelli indossati dagli imperatori. Sulla stoffa blu scuro, forse sciamito, riluceva una serie di ricami dorati che rappresentavano simboli di forma geometrica. Al centro campeggiava un cavaliere armato di arco simile a quello tatuato sulla mano dello svevo, ma raffigurato nell'atto di portarsi l'indice alla bocca.

Un monito a restare in silenzio.

6

Suger se ne andò da Parigi senza salutare nessuno, in groppa a un mulo dalle zampe robuste. L'unico addio lo diede alla tomba del padre, che aveva sempre visitato di rado e malvolentieri. Giunto a Troyes, imboccò la deviazione per la via Francigena e proseguì per i centri di Bar-sur-Aube, Besançon e Lausanne. Prima di allora non aveva mai viaggiato, e la convinzione di non essere adatto alla vita di strada si rafforzò in lui di giorno in giorno. Tuttavia, la fatica del tragitto era il male minore. I momenti più brutti li viveva nel sonno, quando rivedeva i volti di Bernard, dello svevo, del cancelliere e di fra Rolando, che gli compariva puntualmente nelle sembianze di un diavolo grottesco. Peggio ancora era quando sognava il cavaliere con la lancia fiammeggiante. A dire il vero, quell'uomo teneva occupati i suoi pensieri anche nelle ore di veglia. Non era escluso che, dopo aver ucciso lo svevo, potesse essersi messo sulle sue tracce. Il suo timore era che fosse interessato proprio all'oggetto misterioso che stava trasportando.

Nei momenti di sosta, apriva la sacca e sfilava il mantello per studiare le raffigurazioni dei suoi ricami. In principio non ne era stato molto attratto, ma poco per volta si era reso conto di essere interessato tanto alla ricompensa quanto al significato di quel bizzarro indumento. L'abilità di un artigiano non sarebbe bastata a realizzarlo. Immagini del genere dovevano essere nate dalla sapienza di un astrologo, o forse di un cabalista, ma Suger ne ignorava il senso. Erano troppo dettagliate, troppo minuziose per corrispondere a semplici decorazioni. Ed erano inquietanti. Sembravano fondere insieme costellazioni celesti, simboli occulti e formule matematiche, ma tracciavano geometrie talmente astruse da non poter provenire dall'ingegno di un comune essere umano. Sempre che fossero davvero opera di un essere umano...

Ben presto si accorse anche che viaggiare in solitudine era rischioso, quindi si mise in cerca di compagnia. Coprì buona parte del tragitto insieme a un monaco girovago di nome Heudo, un robusto normanno che si appoggiava a un bordone su cui teneva appeso un gambuccio di maiale. Era diretto in Sicilia, verso il duomo di Monreale, e al momento di congedarsi gli spiegò l'itinerario da seguire fino a Salerno. Valicarono le Alpi e si separarono alle rive del Ticino. Mentre Heudo andava in cerca di un imbarco per Piacenza, Suger spronò il mulo verso est, lungo la strada per Milano.

Proseguì in solitudine per tre giorni, durante i quali temette di essersi smarrito. Fu il momento peggiore, poiché cadde in preda alla paura e allo sconforto. Il ricordo di Bernard lo tormentava con insistenza, quasi che lo spirito del ragazzo fosse impossibilitato a trovare pace e si accanisse contro di lui in una sorta di vendetta. Dopotutto, Suger si sentiva responsabile della sua morte. Se avesse saputo farlo ragionare e consigliarlo meglio, forse... Il senso di colpa divenne un pensiero costante, così come il timore di imbattersi nell'assassino dello svevo. Gli parve addirittura di scorgerlo, in una notte di bruma, al valico di un monte.

Ma la strada non era smarrita e quando Suger giunse a Milano si sentì rinfrancato. Superò il terrapieno che cingeva l'abitato e varcò le porte cittadine, oltre le quali c'era un grande fossato alimentato da canali provenienti da ogni dove. Lo scorrere delle acque e la presenza di piccole imbarcazioni gli diedero l'impressione di essere tornato sul Petit-Pont. Turbato da quella sensazione, andò in cerca di dettagli che lo facessero sentire lontano dal teatro delle proprie sconfitte.

Benché avesse udito soltanto una volta le indicazioni dello svevo, le ricordava bene. Doveva rivolgersi a un tale Gebeard von Querfurt, presso la basilica di Santo Stefano Maggiore. In cambio del mantello avrebbe ricevuto una pietra di draconite, dopodiché si sarebbe lasciato alle spalle quell'assurda vicenda e avrebbe ripreso il cammino per Salerno. Ragion per cui andò subito in cerca di indicazioni per la basilica. Ma al risuonare della sua favella, la gente lo squadrava in malo modo e gli rispondeva in un volgare incomprensibile.

Finalmente si imbatté in un barcaiolo in grado di capirlo. «*Kella ke te disî ill'è la ggesa 'd Sancti Steven in Brolo*», cantilenò l'uomo, mentre attraccava un burchio alle sponde del fossato. «*'Lla se ste' appressu la basilega 'd Sancte Marie*».

Il medico fece cenno di aver inteso. La chiesa che cercava veniva detta Santo Stefano in Brolo, quindi proseguì per Santa Maria fra grovigli di vicoli e rogge dalle acque verdastre. Si fermò al banco di un pannaiolo per chiedere altre informazioni e gli fu detto di seguire un vecchio muro di mattoni, finché non si fosse imbattuto in una *pusterla*, un ingresso aperto nelle mura stesse, al di là della quale si trovava il Brolo, un campo di alberi da frutto. Là sorgeva la basilica di Santo Stefano.

Quando giunse a destinazione era ormai il vespro. Chiese subito di Gebeard von Querfurt e ricevette il consiglio di rivolgersi a padre Landolfo. Il custode dell'ossario.

L'ossario sorgeva ai margini del Brolo, di fronte alla basilica di Santo Stefano. Un ambiente tetro, circondato da un fitto di alberi di fichi. Suger fece un segno della croce e salì i gradini del portale, ma prima di varcare l'ingresso notò un uomo che stava uscendo dall'ombra degli alberi. Era alto e magro, occhi intelligenti, senz'altro un religioso. Si stava pulendo le labbra, probabilmente dopo una scorpacciata di fichi.

«Padre Landolfo, suppongo», disse in latino.

«In persona. Abbisognate del cimitero o dell'ossario?»

«Nessuno dei due. Sto cercando Gebeard von Querfurt».

Lo sguardo di Landolfo si fece più attento. «Cosa volete da lui?»

«Devo consegnargli una cosa. Una questione assai importante».

«Potrebbe esserlo, in effetti». Il monaco lo squadrò dalla testa ai piedi, poi assunse un tono più confidenziale. «E tuttavia Gebeard non alloggia più qui».

Suger ci rimase di sasso. «Ma mi era stato detto che...».

«E comunque», lo interruppe, «attendeva un germanico, non un francese».

«Il germanico è morto. Agisco in sua vece».

Landolfo fece cenno di comprendere. «Il mantello. Posso vederlo?».

Il medico non riuscì a nascondere lo stupore. «Come fate a sapere che devo consegnargli un mantello?»

«Non vi riguarda, mostratemelo e basta».

Suger non amava essere trattato con sufficienza, ma era impaziente di risolvere quella faccenda. Slacciò la sacca in sella al mulo e la aprì.

Landolfo sbirciò con interesse. «Sì, non c'è dubbio», e osservò di nuovo il medico. «È proprio il mantello del Sagittario».

«Il mantello del Sagittario?»

«Gebeard lo chiamava così».

«Posso consegnarlo a voi?»

«Neanche per sogno». Il religioso gli fece segno di chiudere la sacca, poi si guardò intorno con circospezione. «È già molto se mi trattengo a parlare con voi di simili argomenti».

«Devo aver inteso male, perdonatemi...». Suger tentò di ammorbidire quell'improvvisa ritrosia. «Siete amico dell'uomo che vado cercando?»

«Le persone come Gebeard von Querfurt non hanno amici. Diciamo pure che eravamo in affari. Gli interessava l'ossario, anzi il suo contenuto. Ecco perché è entrato in confidenza con me».

Dapprima Suger non comprese, poi si rammentò di quanto gli era stato accennato dallo svevo riguardo l'attività di Gebeard. Commerciava reliquie. E a giudicare dalle parole di Landolfo, ricorreva a metodi alquanto discutibili per procacciarsi la merce.

«Se prima di andarsene mi ha fatto menzione del mantello, è stato per una sola ragione», proseguì il religioso. «Sapeva che l'avrebbero cercato qui e gli serviva qualcuno che potesse recapitare un suo messaggio. Il mantello deve assolutamente tornare nelle sue mani. Così mi ha detto».

«Se gli premeva a tal punto, perché se n'è andato?».

Landolfo esitò a rispondere. «Aveva paura».

Il medico ripensò alla morte dello svevo, e si chiese se von Querfurt temesse di fare la stessa fine. «Spiegatevi meglio», disse.

«Non so altro, credetemi. Posso soltanto organizzarvi un incontro con i suoi sodali che risiedono in questa città. Gente assai riservata, non so se intendete…».

«Credo siate voi a non capire», insistette Suger, facendoglisi appresso. «Io mi sono già esposto oltre il dovuto. Sono qui soltanto per la ricompensa…».

«Non dite sciocchezze», lo tacitò Landolfo. «Ormai siete coinvolto, proprio come me. Recatevi domani a mezzogiorno al campo della Vetra, dietro la chiesa di San Lorenzo. Verrete avvicinato da qualcuno che prenderà in consegna il mantello».

«Non potreste andarci voi in mia vece?».

Il religioso alzò un sopracciglio. «In tal caso, la ricompensa spetterebbe a me».

Suger fece un passo indietro. Si era cacciato in una situazione più intricata del previsto. Lo svevo e Gebeard von Querfurt dovevano appartenere a una congrega più estesa di quanto supponesse. Inoltre non riusciva a immaginare di cosa si trattasse. Eretici? Negromanti? No, doveva esserci dell'altro. Il mantello del Sagittario doveva essere legato a misteri più impenetrabili, per questo desiderava scoprire il significato dei suoi simboli. D'altra parte, non intendeva rinunciare nemmeno alla pietra di draconite. «Sta bene», sospirò. «Incontrerò queste persone. Ma come potrò fidarmi?»

«Vi mostreranno i segni che già dovreste conoscere», rispose Landolfo, sollevando allusivamente la mano destra.

«Domani a mezzogiorno?»

«Sì. Alla Vetra, dietro San Lorenzo». Il religioso alzò l'indice con fare perentorio. «E badate di non riportare ad anima viva gli argomenti di questa conversazione, nemmeno ai miei confratelli. Nessuno deve sapere del mantello e, agli occhi di tutti, Gebeard von Querfurt deve restare un comune mercante di reliquie».

Il giorno dopo, mentre le campane di Milano scandivano i rintocchi di mezzogiorno, Suger si aggirava per il campo della Vetra all'ombra della chiesa di San Lorenzo. Una volta capito come orientarsi, aveva raggiunto quel luogo senza difficoltà. Non era stato altrettanto facile, la sera precedente, ottenere un giaciglio all'ospitale di Santo Stefano in Brolo. In principio i preti della basilica si erano rifiutati di accoglierlo, ma scoprendo di essere al cospetto di un magister medicinae, gli avevano subito offerto un letto in cambio di mezza giornata da dedicare alla cura dei loro infermi. Anche se di umore non particolarmente caritatevole, Suger aveva accettato.

A un certo punto un uomo con indosso un saio uscì dalla basilica e camminò a braccia conserte verso di lui. Non appena gli fu appresso, sollevò la mano per impartirgli una benedizione. «Sono qui su richiesta di padre Landolfo della chiesa di Santo Stefano», disse in perfetto francese. «Avete il mantello?»

«Prima dovreste mostrarmi dei segni», puntualizzò Suger con diffidenza.

«Li vedrete presto», ribatté lo sconosciuto. «Ora siate sincero, avete davvero il mantello?»

«Sì». Il medico fece per aprire la sacca di tela. «Eccolo...».

«Non qui».

Suger lo interrogò con lo sguardo, ma l'individuo gli aveva già voltato le spalle invitandolo a seguirlo.

«Dove mi conducete?»

«In un luogo sicuro».

Entrarono nella basilica attraverso un colonnato di marmo che le conferiva l'aspetto di un tempio antico, quindi proseguirono lungo il sagrato e l'aula. Suger ammirò di sfuggita la vastità dell'ambiente e soprattutto la cupola che lo ricopriva. Quando abbassò lo sguardo, vide lo sconosciuto svoltare a destra in una cappella laterale e si affrettò a raggiungerlo, prima che varcasse un minuscolo ingresso nascosto dietro la statua di un santo. Oltre quel passaggio, si ritrovò a percorrere una discesa alquanto scomoda.

La luce si diradò sempre di più, fino a rendergli impossibile proseguire. Poi scorse la scintilla di un acciarino, da cui scaturì una lingua di fuoco. L'uomo con il saio riemerse dal buio con una torcia in mano, e riprese a fare strada.

Suger lo seguì. In principio credette di trovarsi in una cripta, ma presto si rese conto che quel sotterraneo si estendeva ben oltre le fondamenta della chiesa. Le pareti erano basse e strette, coperte da vecchi mosaici e da loculi scavati nella roccia. La torcia dissipava le ombre, illuminando file di scheletri avvolti in stracci.

Poco per volta la catacomba si allargò in un corridoio di mattoni coperto da arcate a tutto sesto, quindi sboccò in una sorta di anticamera, dove l'unico elemento degno di nota erano due sedili di pietra collocati sotto una nicchia. Sopra uno di essi sedeva un uomo. Per un attimo Suger lo scambiò per una salma, poi si accorse che muoveva gli occhi. Era un vecchio dalla barba lunga e bianca, vestito da frate domenicano.

Il vegliardo gli fece cenno di avvicinarsi e, dopo averlo osservato con attenzione, gli mostrò la mano destra. Era completamente avvolta da pezze di lana, che una volta tolte scoprirono i tatuaggi che nascondevano.

Ecco i segni, si disse Suger. Gli stessi sulla mano dello svevo. Riconobbe la Madonna con Bambino e la colomba sul palmo, il serpente sul mignolo e il calice sull'anulare. E per la prima volta notò, sotto la rappresentazione del cavaliere, una breve iscrizione. Tentò di leggerla, ma era tracciata in caratteri a lui ignoti.

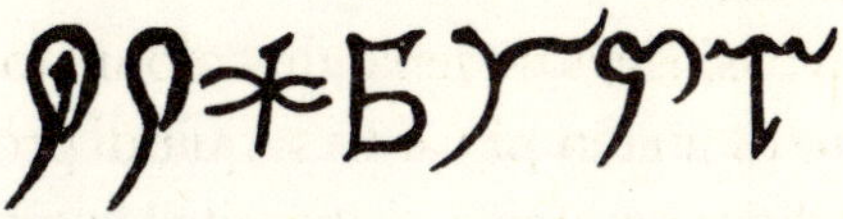

Il vegliardo dovette cogliere la sua curiosità, poiché disse: «In molti credono sia il nome di Satana. Ebbene si sbagliano, poveri stolti. Questa parola nasconde il segreto della potenza divina».

«Non ne conosco il significato», mormorò Suger, ansioso di sapere.

«*Eritis sicut Deus, scientes bonum et malum*», citò il vecchio, nascondendo lo sguardo sotto le folte sopracciglia. «E ora, messere, mostratemi il mantello del Sagittario».

Il medico obbedì. Posò a terra la sacca e sfilò l'oggetto che conteneva. Nel frattempo, l'uomo con la torcia restava di guardia. Suger era quasi certo che non fosse un monaco, e che sotto quel saio celasse una lama affilata.

Il vecchio si mise in grembo il mantello e lo controllò con perizia, studiando ogni figura del ricamo. A volte si soffermava su una di esse e annuiva ripetutamente, come se si trovasse dinanzi a una grande verità. In attesa del suo responso, Suger ripensò alle parole che gli aveva rivolto poc'anzi. Aveva citato Satana, poi la frase pronunciata dal Serpente davanti all'albero del bene e del male. Le parole che avevano portato al peccato originale e alla dannazione eterna. Inquietato da simili pensieri, non sentì più così forte l'impazienza di conoscere i segreti di quel mantello. Al momento provava un solo desiderio, uscire da quel sotterraneo.

«È il mantello autentico, ne sono certo», disse all'improvviso il vecchio. Poi, con voce incupita: «Ora vi rivelerò dove portarlo».

«Dev'esserci un equivoco», obiettò Suger. «Credevo di essere qui soltanto per consegnarlo».

«In verità, sarebbe dovuta andare così», chiarì il vecchio. «Ma è accaduto un imprevisto. Le circostanze richiedono di agire altrimenti».

«Un imprevisto?»

«Pare che un uomo del nord sia giunto a Milano per indagare su di me e sui miei sodali. Ecco perché Gebeard von Querfurt si è dato alla macchia».

«Un uomo del nord?», trasalì il medico. «Non sarà per caso un cavaliere con una strana lancia?».

Il vegliardo lo osservò con curiosità. «No, messere, mi riferisco a un uomo di chiesa. Proviene dalla diocesi di Magonza».

Suger rimase senza parole e, assecondando i propri istinti, si guardò intorno in cerca di vie di fuga. L'uomo con la torcia gli scoccò un'occhiata intimidatoria, a intendere che in quel luogo non c'erano scappatoie. Solo gallerie e loculi pronti ad accoglierlo.

Il vecchio batté i palmi sulle ginocchia, richiamando la sua attenzione. «L'uomo di cui vi parlo opera in nome del papa, capite? Se il mantello restasse a Milano, entro la nostra congrega, sarebbe in pericolo. Voi invece siete un forestiero, uno sconosciuto, e non avete nessun legame con questa loggia. Non sapete nemmeno chi siamo veramente. Ecco perché sarete proprio voi a consegnarlo a Gebeard von Querfurt».

Il medico scosse il capo. «Non sono la persona adatta».

«Il fatto che l'abbiate portato fin qui dimostra il contrario», ribatté il vecchio, con un sorrisetto complice. «E come immaginerete, noi non siamo irriconoscenti verso chi ci aiuta». Così dicendo, estrasse da una tasca dell'abito una grossa gemma e gliela offrì.

Dopo averla soppesata, Suger la osservò con avidità alla luce della torcia e ne riconobbe i riflessi verdi screziati di vermiglio. Era un'*eliotròpia*, una pietra curativa di grande pregio proveniente dall'Africa o forse da Cipro. Si diceva avesse le proprietà di ridurre le emorragie e di annullare l'effetto dei veleni. Il *Libro delle gemme* di Marbodo le attribuiva anche doti straordinarie, come quella di accedere alla conoscenza del futuro e – usando le formule giuste – di rendere invisibile chiunque la possedesse.

Intascò la gemma come se nulla fosse. «Mi è stata promessa anche una pietra di draconite», ebbe il coraggio di aggiungere.

Irritato da tanta sfrontatezza, l'uomo con la torcia portò la mano libera sotto la tonaca e minacciò di sguainare un'arma. Il vecchio lo trattenne con un gesto frettoloso. «Ve la consegnerà Gebeard von Querfurt in persona», disse. «Lo troverete a Montecassino, nella rocca di San Germano. È là che vi chiedo di recarvi».

A quel punto, Suger non poté più rifiutare.

Presi gli accordi con Suger de Petit-Pont, il vecchio con la barba bianca si raccomandò di nuovo per la missione e lo congedò con un abbraccio. Una volta che fu solo, abbandonò il luogo dell'appuntamento e imboccò una galleria che lo riportò al chiostro di Sant'Eustorgio, poi proseguì per un ambulacro frequentato da frati domenicani che camminavano con breviari alla mano, meditando e ruminando preghiere. Un gregge inconsapevole di quanto accadeva nelle catacombe sottostanti. Pochi conoscevano il passaggio segreto che collegava quella chiesa alla basilica di San Lorenzo.

Da molti anni il vecchio non usciva da Sant'Eustorgio, eppure aveva potuto tenere decine di incontri nella riservatezza di quei sotterranei affinché il culto della Vera Trinità potesse diffondersi nel mondo al tempo stabilito. Mancava ormai poco, e l'Antico Cacciatore sarebbe stato venerato da tutti come il più grande degli dèi. Questa era la volontà del magister di Toledo, l'unico a conoscere il segreto più profondo del mantello del Sagittario. L'unico ad aver scoperto, dopo secoli di ignoranza, lo splendore della verità.

Ma il magister di Toledo aveva un unico referente, Gebeard von Querfurt. Perciò era necessario che Suger de Petit-Pont lo raggiungesse al più presto.

«Fra Beniamino», si sentì chiamare.

Voltandosi di soprassalto, il vecchio si trovò a fissare un estraneo. «Sì, sono io», disse. «Con chi ho la compiacenza di parlare?».

Lo sconosciuto era senz'altro un religioso. Il petto in fuori e le spalle squadrate gli conferivano l'aspetto dei veterani di fanteria, ma lo sguardo affabile e il viso perfettamente rasato contraddicevano quella prima impressione.

«Il mio nome è Konrad von Marburg». Disegnò un mezzo inchino, cordiale ma distaccato. «E vorrei chiedere il vostro consiglio in merito a una certa questione».

«Il mio consiglio?». Il vecchio si finse perplesso. Dopo anni trascorsi a condurre una doppia vita, era in grado di riconoscere un'insidia al primo sguardo. Quello doveva essere il nemico tanto temuto, l'uomo venuto dal nord su ordine del papa. «Sono solo un povero frate, non saprei come servirvi».

«Nulla di complicato, reverendo padre», insistette Konrad, mentre i suoi occhi rapaci si abbassavano all'improvviso, attratti da qualcosa. «Forse però sono inopportuno, vedo che avete una mano fasciata. Siete ferito?»

«I dolori alle ossa mi costringono ad applicare questi bendaggi», mentì il vecchio, il cuore in tumulto. «È un male da poco».

Konrad reagì come se avesse ricevuto un oltraggio. «Invece il vostro male è assai grave, padre Beniamino». Con un gesto repentino gli afferrò il polso, disfò il bendaggio e portò alla luce i segni nascosti sotto di esso. «Tanto grave da aver infettato la vostra anima!».

Mentre la mano dell'inquisitore si stringeva come l'artiglio di un'aquila, il vecchio si sentì obbligato a raccontare la verità. Non per timore dell'accusa di eresia, né per evitare lo strazio della tortura, ma per sottrarsi il prima possibile dalla presa di quel terribile germanico, che lo sovrastava come un'enorme cappa di oscurità, bramosa di avvolgerlo e di divorarlo. Fra Beniamino accolse quasi con sollievo l'idea del sacrificio. Morire per nascondere il segreto del Cacciatore. Sì, l'avrebbe fatto... Avrebbe trovato il modo... Ma prima non poté evitare di parlare del mantello del Sagittario e del magister di Toledo.

E di Suger de Petit-Pont.

7

Rocca di San Germano, 17 marzo

Come locuste, i soldati del papa sono giunti alle porte di Montecassino. Clavigeri è il loro nome, poiché recano in vessillo le chiavi di san Pietro. Nulla però hanno da spartire con il primo apostolo. Sono mercenari al soldo di un pontefice ambizioso e crudele che ha portato sciagura sulle terre di san Benedetto. E io, che tutto osservo da questa rocca, prego il Signore Iddio che l'imperatore Federico II non sia perito tra i saraceni come molti sostengono. Invoco il suo ritorno, restando egli l'ultima speranza contro gli invasori. Dopo una strenua resistenza, le nostre milizie sono capitolate. Il Gran Giustiziere, il conte Raone di Balbano e Adenulfo d'Aquino, figlio del signore d'Acerra, hanno trovato scampo entro queste stesse mura. Neppure guerrieri di tal fatta hanno saputo opporsi ai Clavigeri...

Riccardo di San Germano allontanò il calamo dalla pergamena e scosse la testa, insoddisfatto di quanto appena scritto. Si era ripromesso di compilare un resoconto fedele degli avvenimenti, e invece aveva dato libero sfogo alle emozioni. Il problema risiedeva nel suo buon cuore. Non riusciva a mostrarsi imparziale di fronte a eventi che lo coinvolgevano in prima persona, ma se aspirava a comporre una cronaca doveva sforzarsi di cambiare atteggiamento. Avrebbe dovuto raschiare via quelle righe di inchiostro e scriverle daccapo, usando un tono più distaccato. Via la citazione delle locuste, per cominciare. Via anche le parole di speranza riposte sull'imperatore e, soprattutto, quelle di biasimo nei riguardi del papa. Il giudizio spettava soltanto a Dio. A Dio e a chiunque altro, un giorno, avesse studiato la vicenda con rigore storico.

Mentre si accingeva a riformulare i pensieri, udì degli strepiti che lo fecero correre alla finestra. Guardò verso le mura di San Germano, nell'accampamento sottostante, e si accorse che era stato catturato un uomo. Un'altra spia dei Clavigeri, probabilmente. I soldati lo stavano conducendo verso la rocca Janula, il fulcro difensivo dell'abitato, dove l'avrebbero interrogato e sottoposto a tortura.

Tuttavia, si disse, quel prigioniero non aveva l'aria della spia. Non era il solito miliziano camuffato da capraio, ma un uomo vestito di scuro in groppa a un mulo. E benché di aspetto inoffensivo, serbava un portamento indignato. L'atteggiamento tipico dei dotti sottomessi dagli inetti.

Assai incuriosito, decise di scendere per controllare di persona.

Suger aveva una gran voglia di mettersi a piangere, ma dubitava che sarebbe servito a impietosire qualcuno dei soldati. Perciò continuò ad avanzare a mento alto, con dignitoso riserbo, maledicendo la sfortuna che continuava a perseguitarlo. Nei giorni precedenti si era spostato da Milano a Roma senza troppi intoppi, poi aveva proseguito insieme a una compagnia di attori girovaghi lungo la costa campana e infine sui colli latini, alla volta di Montecassino. Strada facendo aveva appreso che l'abitato di San Germano sorgeva a valle della celebre abbazia, presso le rive del fiume Rapido. Ma quando ormai si trovava a un passo dalla meta, era stato fatto prigioniero da un drappello di soldati.

Per ironia della sorte, era stato scortato proprio nel luogo in cui avrebbe dovuto cercare Gebeard von Querfurt, ma quei villici in armatura non avevano voluto ascoltare alcuna spiegazione. Inoltre, l'avevano accusato di essere una spia.

Varcate le porte di San Germano, si ritrovò in una rocca dominata da una torre a base pentagonale e da due di dimensioni più ridotte. Era un accampamento militare in pieno subbuglio. I soldati correvano per la corte, indaffaratissimi, con le uniformi macchiate di sangue e fango. Sembravano reduci da un feroce scontro.

Suger fu condotto al cospetto di un uomo altissimo dai lunghi capelli biondi e la barba raccolta in treccine. Come avrebbe appreso più tardi, si chiamava Raone di Balbano ed era di sangue normanno, della schiatta dei Dragoni. Aveva ereditato dal padre la contea di Conza e la signoria d'Apice, insieme alla ferocia dei guerrieri barbari. Armato di tutto punto, si appoggiava a uno scudo a mandorla tenendolo piantato a terra.

«Questa volta i porci Clavigeri ci hanno mandato un prete», commentò faceto, quasi si trovasse di fronte a un bel dono.

«Non sono un prete, mio signore», disse Suger, che viaggiando si era impratichito dei volgari italici. «Ma un magister medicinae».

«Peggio ancora», ribatté Raone, suscitando l'ilarità dei commilitoni.

«Ho udito le accuse mosse dai vostri uomini», proseguì il medico. «Io non sono una spia. Non parteggio per i Clavigeri, qualsiasi cosa essi siano. Non so neppure quale battaglia stiate combattendo. Provengo dallo Studium di Parigi e...».

«Un *frosch* francese non ce lo avevano mai mandato». L'armigero si accarezzò le treccine della barba, bionde anch'esse sotto strati di untume. «E ditemi, magister medicinae, cosa ci fate qui?»

«Cerco un uomo».

Raone alzò un sopracciglio con finta malizia. «Il vostro promesso sposo?». I soldati alle sue spalle sghignazzarono ancora, ma lui li zittì con un cenno.

«Devo consegnargli un mantello», puntualizzò l'interpellato, madido di sudore.

«Decidetevi». Benché il Balbano usasse un tono burlesco, pareva sull'orlo di un accesso di collera. «Siete un medico, un sarto... o una spia del papa? Parlate, sto per spazientirmi!».

«È una situazione astrusa, mio signore. Se mi lasciaste spiegare...».

«Non ho tempo per i giochetti». Raone lasciò cadere lo scudo e sguainò un pugnale. «Voglio la verità, per Satana! E subito!».

Suger fece per tirarsi indietro, ma fu trattenuto da due soldati. Era spacciato, si disse, sentendo il pugnale premergli sull'addome. *Zac!*, gli sussurrò qualcuno alle orecchie.

Poi tutto cessò.

Raone ritrasse l'arma e soffocò un'imprecazione, mentre veniva richiamato all'ordine. Da un monaco, un semplice monaco uscito da una torre della rocca Janula. I soldati lo lasciarono passare, producendosi in una serie di inchini.

«Padre Riccardo, cosa ci fate qui?». Le parole del Balbano risuonarono come una protesta, benché piene di rispetto.

Il religioso poteva avere sessant'anni, passo svelto e sguardo accorto. «Faccio il mio dovere, conte. Proprio come voi», rispose, fronteggiandolo a viso aperto. «Frenate la vostra foga. Se costui è davvero un medico come afferma, ci viene mandato dal Signore», e si rivolse al prigioniero: «Un nostro uomo è stato ferito a un braccio. È il nobile Adenulfo d'Aquino, figlio del signore d'Acerra. L'unico rimedio sembrerebbe l'amputazione, ma forse voi potreste evitarla».

«Portatemi da lui», disse Suger, provando un immediato sollievo, «e vi dimostrerò di essere chi affermo».

«Non fidatevi, padre», protestò Raone, agitando il pugnale. «Non sappiamo in quale rapporto sia questo gallo con i Clavigeri».

«Calmatevi, conte», lo chetò il monaco. «Voi ci seguirete, così potrete controllarlo di persona», e tornando a fissare il prigioniero, si presentò: «Io sono Riccardo di San Germano, *notarius* dell'imperatore Federico II. Venite con me, magister, prima che sia troppo tardi».

Adenulfo d'Aquino, un giovane vigoroso di circa vent'anni, era stato trasportato entro una torre della rocca Janula, in un cubicolo del pianterreno. Giaceva su un pagliericcio lordo di sangue e combatteva contro il dolore, stringendo al petto il braccio destro. La ferita si apriva sotto il gomito, dove un colpo d'azza aveva squarciato la carne e spezzato l'osso.

Non appena fu al suo cospetto, Suger si sentì stringere il cuore. A meno che la spossatezza e la paura non gli avessero giocato un brutto scherzo, gli parve di riconoscere nel volto di Adenulfo i lineamenti di Bernard. E preso dall'impeto, allontanò il cerusico in malo modo prima che praticasse l'amputazione, poi iniziò a visitare il ferito sotto gli occhi attenti di padre Riccardo e del conte Raone.

Nascondere le emozioni gli costò un enorme sforzo, ma non volle fare mostra delle proprie debolezze. Non sapeva più cosa stesse provando, se rimpianto o gratitudine, nel potersi prendere cura di un giovane dell'aspetto del suo Bernard.

Mentre tastava il braccio chiese a un servitore di procurargli della *consolida*, una pianta officinale dalle foglie lunghe come orecchie d'asino, e nell'attesa che gli venisse portata spiegò come avrebbe operato. C'era un osso rotto da steccare e una lacerazione da ricucire, prima però bisognava pulire la ferita e sistemare la frattura. Il paziente avrebbe sofferto molto, perciò consigliò di farlo ubriacare. Fu così che Adenulfo trangugiò mezza fiasca di vino d'un fiato, e l'altra metà a piccoli sorsi.

Non appena poté disporre della consolida, Suger ne sminuzzò le radici in un mortaio, poi dispose che venissero cotte e allungate con l'acqua. Sistemò la pietra di eliotròpia vicino alla ferita, sperando che potesse risultare di qualche beneficio, infine ordinò ad alcuni uomini di immobilizzare Adenulfo e ad altri di tenere in trazione l'arto fratturato. A quel punto, il giovane emise un urlo straziante.

«Dovete sopportare il dolore, messere», lo pregò Suger, quindi allargò i lembi della ferita per esaminare la frattura e ripulì l'interno dai coaguli con un panno imbevuto di aceto. Così facendo, poté notare che le ossa rotte erano uscite dal loro assetto. Le risistemò con uno strattone, facendole combaciare. Adenulfo urlava tanto forte da sembrare sottoposto a tortura, e nel tentativo di divincolarsi imprecò contro i presenti.

In quel mentre un valletto portò una ciotola con la pozione ricavata dalla consolida. Il medico ne raccolse una piccola quantità in un cucchiaio di legno e la spalmò prima sopra poi all'interno della frattura, sulla carne viva, spiegando che quella sostanza avrebbe favorito la cicatrizzazione dei tessuti e, soprattutto, il rinsaldarsi delle ossa rotte. A quel punto, gli restava soltanto da cucire e da steccare l'arto.

Stava per concludere la medicazione quando vide Riccardo di San Germano avvicinarsi a lui. Le altre persone si erano allontanate. Adenulfo d'Aquino invece aveva perduto i sensi, sopraffatto dal dolore.

Suger rivolse al monaco un cenno rispettoso. Gli piacevano i suoi modi sbrigativi ma gentili. E ne apprezzava soprattutto il carisma. «Grazie per la fiducia, reverendo».

«Grazie a voi per esserne stato all'altezza», gli rispose Riccardo. «Oltre alla vostra bravura, ho scorto la grande umanità che trapelava dal vostro volto. Siete una persona buona».

«Non equivocate, padre. Ero semplicemente tormentato dai ricordi».

Il monaco si strinse nelle spalle e, portandosi a una bifora, cambiò discorso: «Vi sarete senz'altro chiesto cosa stia accadendo in questo luogo».

Suger annuì.

«Anche se venite da lontano», spiegò Riccardo, «immagino sappiate dei dissidi tra il papa e l'imperatore. Federico II è partito per le crociate e invece di fare strage di saraceni ha firmato un armistizio con il sultano d'Egitto. Un'ottima mossa, a mio avviso, ma non secondo la Sede Apostolica. Il pontefice lo accusa di parteggiare per i maomettani e di essere l'incarnazione del Male, l'Anticristo… Vi rendete conto? Parliamo dello stesso uomo che i bizantini chiamano *Soter*, il Salvatore». Rise tra sé. «Comunque sia, il papa ha approfittato della sua assenza per invadere i territori a lui soggetti. I castelli di Pastena e di San Giovanni di Incarico sono già passati dalla parte dei Clavigeri. Ora è la volta di Montecassino e di San Germano. Attendiamo l'assedio».

Suger si limitò ad annuire, poi finì di stringere i bendaggi e si sciacquò le mani in un catino. Un assedio. Non riusciva nemmeno a immaginare la devastazione che avrebbe potuto portare in termini di morti e feriti.

«I soldati imperiali si sono opposti ai mercenari del papa», continuò il monaco, «ma hanno avuto la peggio. Perciò si sono ritirati qui, a San Germano». Accorgendosi che il medico si asteneva dal replicare, gli si avvicinò con la scusa di controllare la medicazione al braccio di Adenulfo. «Eccellente lavoro. Si rimetterà?»

«Completamente», rispose Suger con una punta di malanimo. «Io invece non faccio che passare da una sciagura all'altra».

Riccardo lo osservò con curiosità. «Non mi è ancora noto perché vi troviate a San Germano».

«Come tentavo di spiegare prima di finire quasi accoltellato, sto cercando un uomo. Il suo nome è Gebeard von Querfurt».

Il volto del religioso si accese di stupore. «Lo conosco». Suger lo scrutò speranzoso, ma il monaco scosse subito la testa. «Non è più qui, mi rincresce. Se n'è andato pochi giorni fa, temendo l'avanzata dei Clavigeri. È diretto a Napoli».

Il medico batté un pugno sul palmo. Gebeard von Querfurt continuava a sfuggirgli, quasi si facesse beffe di lui. «Come fate a conoscerlo?»

«Abbiamo avuto modo di parlare durante il suo soggiorno a San Germano. È un tipo singolare, ma intelligente. Mi ha venduto una reliquia».

«Ossa da Milano, suppongo», disse Suger.

«Come fate a saperlo? Le ho pagate una fortuna, cinquanta tarì...».

Il medico non rispose. Iniziava a farsi una vaga idea di Gebeard von Querfurt. Un uomo spregiudicato che probabilmente mercanteggiava reliquie per mantenersi nei suoi spostamenti. Abile a conquistare la fiducia degli estranei e altrettanto rapido a tagliare la corda. Quasi lo invidiava.

La voce di Riccardo lo riportò alla conversazione: «Immagino vi prema raggiungerlo».

«Lo farei, se potessi. Tra l'altro Napoli è di strada per Salerno, la mia destinazione finale. Ma se come voi dite, l'assedio dei Clavigeri è imminente, uscire da queste mura sarebbe da pazzi».

«Ve lo concedo. Tuttavia, pur restando, non avreste la certezza della vostra incolumità».

«Ho forse alternative?».

Riccardo annuì, e dopo avergli posto una mano sulla spalla, abbassò il tono della voce e disse: «Potreste andarvene stanotte, insieme ad alcuni soldati intenzionati a lasciare San Germano prima dell'assedio. Si tratta di uomini fidati, che non vogliono cadere nelle mani del nemico. Fuggiranno per una via segreta, con il favore del buio. Se lo desiderate, potete unirvi a loro».

Suger fu colto da un brivido di eccitazione. «Verrete anche voi?»

«No, io resterò. Voglio essere testimone degli eventi».

«Non capisco. Perché mi aiutate?»

«Come ricompensa per il vostro operato». Il monaco indicò Adenulfo sdraiato sul giaciglio, ancora incosciente. «E perché, in tutta franchezza, mi serve un vostro favore in cambio. Vorrei che accompagnaste a Napoli un bambino».

«Un bambino?»

«Il suo nome è Tommaso d'Aquino. È figlio del signore di Roccasecca, anch'egli nemico dei Clavigeri. Il padre l'ha affidato ai monaci di Montecassino perché lo istruissero e lo iniziassero alla vita monastica. Ma date le circostanze, preferirei saperlo a Napoli, presso i suoi parenti. Sarei più tranquillo se fino ad allora rimanesse sotto la vostra tutela, piuttosto che sotto quella di un comune soldato».

«Se addirittura mi affidate questo fanciullo, significa che mi state proponendo una fuga sicura».
«Senz'ombra di dubbio. Sarete nelle mani di uomini valorosi».
«Allora accetto».

Quando Suger seppe che sarebbe fuggito al seguito di Raone di Balbano, fu sul punto di rifiutare l'offerta. Quell'uomo lo spaventava, benché la sua tempra di barbaro gli infondesse sicurezza. Tommaso d'Aquino, invece, di appena cinque anni, non stava mai zitto ed era così intelligente da risultargli odioso.
Lasciarono San Germano con il favore del buio, una compagnia di circa venti uomini. Raone li guidò oltre un'uscita segreta delle mura, conducendoli lungo un sentiero nascosto tra la vegetazione. Avanzava sicuro tra i cespugli, guidando per le redini un destriero carico di armi e dei pezzi dell'armatura.
Elusero più volte la sorveglianza dei Clavigeri finché non scesero a valle, verso la chiesa delle Cinque Torri, in un territorio infestato da acquitrini e paludi. Zona ideale per nascondersi.
Suger avanzava in coda alla compagnia, sobbalzando a ogni stormire di fronda, con il piccolo Tommaso che gli camminava al fianco come se niente fosse. Il medico detestava quella tranquillità al limite dell'ascetismo, ma non poteva negare che ne ricevesse un po' di conforto. Quel tanto che bastava per dedicarsi ad altri pensieri, per lo meno.
Prima di congedarsi da Riccardo, aveva ottenuto informazioni precise su come rintracciare Gebeard von Querfurt, una volta giunto a destinazione. Il monaco gli aveva accennato di un affare piuttosto importante riguardante una reliquia. Il sangue di un santo. L'interessato all'acquisto era il canonico della cattedrale di Napoli. Gebeard doveva svolgere per lui la funzione di mediatore, agevolando la trattativa con chi disponeva della reliquia: un mercante di Toledo dalla fama di negromante.

PARTE SECONDA
IL CERCHIO DEL MALIGNO

Se sporgerai una parte qualsiasi delle tue membra oltre questo cerchio morirai, poiché i demoni ti trascineranno subito fuori da esso, e per te sarà la fine.

Cesario di Heisterbach, *De daemonibus*, II

8

Napoli, 13 aprile

Ignazio da Toledo espose l'ampolla alla luce del fuoco. La tenne stretta in mano, sfregandola appena, mentre le concrezioni rossastre contenute al suo interno iniziavano a sciogliersi, diventando sempre più fluide. Benché si aspettasse quel tipo di reazione, non poté trattenere un fremito di entusiasmo.

«Sangue», disse il canonico Alfano Imperato, quasi annunciasse un miracolo.

La parola echeggiò nell'oscurità della catacomba, mentre la fiamma dell'unica torcia conferiva tonalità luciferine ai volti dei tre presenti. In superficie, sul crinale di Capodimonte, una moltitudine di fedeli si stipava sotto il sole davanti alla basilica dei Santi Gennaro e Agrippino, ma lì, nel sotterraneo, dominava un silenzio di oltretomba. Della luce e della vita, quelle pareti di tufo non serbavano il benché minimo ricordo.

«Non è sangue, anche se gli somiglia». Lo sguardo di Ignazio, razionale ma sfuggente, parlava di un uomo avvezzo a sciogliere enigmi esclusivamente per crearne altri. «È uno speciale composto. Se stimolato con moderato calore, passa dallo stato solido a quello liquido».

«Un composto? Spiegatevi meglio, di grazia».

La domanda proveniva dal terzo individuo, l'unico fino ad allora rimasto in silenzio. Era un teutone dall'aria vissuta, un prete girovago di nome Gebeard von Querfurt. Si trovava a Napoli di passaggio e per l'occasione accompagnava il canonico Alfano, ponendo domande in sua vece. Ignazio lo degnò di un'occhiata fugace. Conosceva bene gli uomini di tal fatta, supposti intenditori di reliquie, avvezzi a guadagnare credito a suon di chiacchiere. Quei professionisti del sacro avevano come patrono un leggendario capostipite, Deusdona, profanatore di catacombe al soldo dei prelati carolingi.

Ed eccolo lì, Ignazio da Toledo, lui stesso dentro una catacomba, non troppo fiero di mercanteggiare su un oggetto che chiamava in causa la peggiore aberrazione della fede: la superstizione. Ma in fondo non se ne curava granché, era indifferente alle opinioni dei suoi committenti quanto degli uomini in generale. Pur essendo lui stesso un mercante di reliquie, aveva imparato a tenere la bocca chiusa per salvare la pelle. Anche se troppo tardi per evitare di essere tacciato di negromanzia e di suscitare il sospetto dei prelati di mezzo mondo.

Non era certo avveduto quanto sostenevano i suoi nemici, considerò fra sé.

Fu sulla scia di quella riflessione che rispose alla domanda con voce un po' cavernosa: «Un composto, secondo l'alchimia, è un miscuglio di vari elementi». Scosse l'ampolla. «Nel nostro caso, il principale ingrediente è un minerale estratto dal Vesuvio sottoposto a calcinazione».

«Siete vago», commentò Gebeard von Querfurt.

«Quanto il prezzo che intendete pagarmi», ribatté l'ispanico, senza scortesia. «Se solo lasciaste trattare il canonico Alfano al vostro posto...».

«Voi approfittereste della sua generosità». Il teutone gli girò intorno con passi misurati. «Sareste così gentile da rivelare come siete entrato in possesso di questa... sostanza?»

«Me ne fece dono un alchimista, credendola inutile».

«Inutile? Al contrario», intervenne Alfano Imperato. «Questo gingillo servirà a rafforzare la devozione del popolo verso san Gennaro, il nostro patrono. Lo si potrebbe far passare per il suo sangue miracoloso».

«Ben detto, reverendo», accondiscese Gebeard. «I prodigi del sangue riscuotono un gran clamore di questi tempi. E considerato che fra tre giorni sarà Pasqua...».

«L'impiego che intendete farne non è affar mio», precisò Ignazio. Ancor prima di prendere parte a quell'incontro, aveva intuito le mire di Alfano Imperato e di von Querfurt. Erano in cerca di false reliquie, soprattutto se in grado di compiere prodigi. Ecco perché gli avevano imposto di scendere da solo in quel sotterraneo. Persino a suo figlio Uberto era stato intimato di non intromettersi e di attendere all'esterno la conclusione della trattativa. E il mercante di Toledo non vedeva l'ora di raggiungerlo, poiché i cunicoli erano tra le poche cose in grado di turbarlo. L'idea di trovarsi al chiuso, sovrastato da strati di terra e roccia, gli toglieva quasi il respiro. D'altro canto i sotterranei gli portavano sfortuna, non aveva dubbi. Undici anni prima era stato fatto prigioniero nella cripta della basilica di Venezia, e tremava al solo ricordo. Più di recente, nel 1227, aveva esplorato i labirinti sotterranei di un castello delle Cévennes, rischiando di non uscirne vivo.

Quella paura risaliva a un momento preciso della sua infanzia, quando aveva perduto il fratello maggiore, Leandro, in una tomba ipogea. Era accaduto in un pomeriggio d'estate, alle radici dei Pirenei. Rincorrendosi tra gli alberi, erano giunti insieme ai piedi di un monte e avevano trovato l'ingresso di quella tomba antica. Spinti da curiosità erano entrati per giocare, e Leandro si era smarrito. Ignazio l'aveva cercato per un lasso di tempo interminabile, seguendo nei cunicoli sotterranei il richiamo delle sue grida, senza trovarlo. Lui stesso si era perso ed era rimasto intrappolato nel sottosuolo per quasi due giorni, finché il padre non l'aveva ritrovato, traendolo in salvo. Di Leandro, però, nessuna traccia. Dopo quella sciagura, Ignazio era rimasto in stato di incoscienza per oltre una settimana, sognando le grida atterrite del fratello.

A volte gli pareva ancora di udirle, quelle grida, e si svegliava nel cuore della notte piangendo disperato. Erano quei rari momenti in cui il mercante di Toledo non riusciva a occultare le sue emozioni dietro una maschera impassibile.

«Cento tarì». L'offerta di Gebeard von Querfurt lo distolse dai pensieri.

«Vorrete scherzare», ribatté Ignazio, fingendosi indispettito. «Vale almeno il doppio».

«Centocinquanta», intervenne il canonico.

Il mercante di Toledo rivolse ad Alfano un sorrisetto compiaciuto. «Potrei accontentarmi, reverendo. Se aggiungeste le spese per un imbarco diretto in Spagna, l'affare si potrebbe considerare concluso».

Il canonico annuì e tese la mano per ricevere l'ampolla. Nel porgergliela, Ignazio lo fissò negli occhi e si rese conto che non era affatto ottuso. Sotto quella maschera di avidità, Alfano doveva essere accorto. Forse addirittura sapiente. Ma il mercante non ebbe il tempo di comprenderlo appieno.

Echeggiò un crepitio, poi un lampo scarlatto guizzò dal fondo della catacomba e colpì Gebeard alle spalle. Ignazio rivolse immediatamente lo sguardo verso di lui e si accorse che qualcosa di rovente gli aveva perforato la nuca, riempiendogli la bocca di lapilli e liquidi sfrigolanti.

Seguì un altro rumore, più acuto e prolungato: le grida del canonico. Alfano Imperato stringeva al petto l'ampolla del falso sangue, come se quell'oggetto avesse il potere di proteggerlo. Nel frattempo indicava l'ingresso della catacomba, sul quale si stagliava in controluce la sagoma di un uomo con indosso un elmo e una pelliccia.

Mentre il corpo di Gebeard von Querfurt stramazzava al suolo, Ignazio scorse l'intruso in controluce voltarsi di scatto e correre verso l'uscita. Ma prima di vederlo sparire, notò la sua lancia. Aveva una forma tozza e dalla sommità uscivano scintille e sbuffi di fumo.

Uberto non staccava gli occhi da un ciondolo di agata esposto in una bancarella del mercato. Pensava a Moira, sua moglie, che l'attendeva in Castiglia, nella loro casa a Mansilla de las Mulas. E soprattutto pensava a Sancha, la loro figlioletta nata da pochi mesi, da cui aveva già dovuto separarsi per imbarcarsi alla volta di Napoli con il padre. Gli mancavano entrambe in modo indicibile, e quando pensava di aver messo da parte la malinconia, s'imbatteva in qualcosa in grado di farla riaffiorare. Era il caso di quel ciondolo di agata. L'aveva scorto di sfuggita, passeggiando per il mercato davanti alla basilica dei Santi Gennaro e Agrippino, e aveva subito pensato a un dono perfetto per Moira. Si intonava con il colore dei suoi occhi e della sua pelle. Anche se nulla, secondo Uberto, l'avrebbe resa più bella di quanto già non fosse. Prima di conoscerla non avrebbe mai immaginato di poter provare sentimenti tanto intensi, eppure l'amava ogni giorno di più. Quando poi era nata Sancha, aveva sentito il cuore allargarsi. Non perdeva occasione per stare vicino alla piccola, per tenerla fra le braccia, per giocare con lei. Si era ripromesso, non appena fosse stata grandicella, di regalarle uno di quei cavallini dei monti Baschi, minuti e robusti, per insegnarle a cavalcare. A costo di viziarla troppo e di farla diventare un maschiaccio.

«Vi piace quel ciondolo, mio signore?», chiese la vecchia dall'altro lato della bancarella.

Uberto tornò alla realtà. Quella donna gli si era rivolta con rispetto eccessivo, quasi fosse al cospetto di un aristocratico. D'altro canto non poteva certo dirsi un uomo comune. Grazie al mestiere del padre aveva ricevuto un'istruzione, insieme all'opportunità di conoscere uomini dotti e di conversare con nobili e prelati senza dover abbassare lo sguardo. Non aveva padroni né obblighi verso nessuno, ed era più ricco della maggior parte della gente che conosceva. E ora, davanti a quella bancarella, si accorgeva che il suo mantello di velluto, i calzari nuovi di zecca e il cappello che scendeva a punta sul viso venivano interpretati come segni di alto lignaggio. Per di più Uberto era bello, e i suoi occhi ambrati, i capelli neri e le spalle larghe stavano suscitando l'interesse di alcune donne sedute sotto un porticato.

Provò fastidio per quella situazione e desiderò scambiare i propri abiti con una semplice tenuta da pellegrino, per passare inosservato. Se suo padre l'avesse saputo, gli avrebbe dato dello sciocco. Ignazio era un tipo fatto a suo modo, e possedeva talenti per cui Uberto non sapeva se provare ammirazione o biasimo. Proprio come era accaduto poco prima, quando il padre aveva accettato di seguire Alfano Imperato e Gebeard von Querfurt nelle catacombe di San Gennaro. Benché quei due fossero uomini di chiesa non c'era da fidarsi, eppure Ignazio non aveva esitato a compiacerli. Uberto si era opposto a gran voce, avrebbe preferito accompagnarlo, ma non c'era stato modo di farsi ascoltare. Suo padre aveva alzato le spalle, incamminandosi con noncuranza al seguito dei due compratori.

«Il ciondolo, mio signore?», ripeté l'anziana donna, con un sorriso servile.

Ma lo sguardo di Uberto era già rivolto altrove. In mezzo allo spiazzo stava entrando un carro che trasportava la statua di un santo, seguito da un codazzo di fedeli. Canti e preghiere venivano sovrastati dalle invocazioni di alcune donne coperte da scialli neri, urlavano come fossero in preda a visioni mistiche.

La processione, di certo legata alla celebrazione del Venerdì Santo, sfilò lungo il porticato di Capodimonte, superò la facciata di un monastero e proseguì verso la basilica. A quel punto, la gente iniziò a manifestare inquietudine e si staccò dal corteo, riversandosi nella piazza.

Il disordine sembrava nascere proprio dinanzi all'accesso delle catacombe.

Temendo che fosse accaduto qualcosa al padre, Uberto corse verso il fulcro della confusione e si fece largo in mezzo alla calca finché non si sentì respingere. Allora vide emergere da quella marea di corpi un cavaliere in groppa a un grande destriero. L'animale si impennò, facendo arretrare una decina di persone. Uberto scivolò a terra, travolto dal panico, e per poco non finì sotto gli zoccoli della bestia. Dovette rotolare su un fianco, e rialzarsi a fatica tra la gente in fuga.

In un attimo, quella placida giornata di aprile si era trasformata in un putiferio.

Uscendo come una furia dal pandemonio che aveva creato, il cavaliere diede di sprone e schizzò via al galoppo.

Senza curarsi di lasciare il canonico Alfano da solo e al buio, Ignazio da Toledo prese l'unica torcia a disposizione e si lanciò verso l'uscita della catacomba. La vista dell'assassino aveva risvegliato in lui un'emozione violenta e incontrollata. Non era paura e nemmeno sgomento, ma desiderio di sapere. Intuiva di aver assistito a qualcosa di eccezionale, e mentre la fiamma della torcia fugava le ombre del sotterraneo, lui avanzava il più in fretta possibile per raggiungere il responsabile della morte di von Querfurt. Non gli era d'aiuto l'ampio mantello e nemmeno la tunica lunga fino al ginocchio, ma a intralciarlo nei movimenti erano soprattutto i calzari dalle punte affusolate. Li avrebbe sfilati, se così facendo non avesse perduto altro tempo.

Proseguì il più veloce possibile, mentre l'ansia di conoscere aveva la meglio sul buonsenso. Non c'era da temere, si disse. In caso contrario, l'assassino l'avrebbe già ucciso insieme ad Alfano Imperato, facendo affidamento sulla sua prodigiosa lancia. Il mercante di Toledo era certo che la luce, il rumore e il proietto incandescente fossero usciti proprio da quella strana arma.

Ma prima di giungere all'uscita della catacomba, andò quasi a sbattere contro due figure spuntate all'improvviso da un accesso laterale. Indietreggiò. Erano un uomo e un bambino.

«Forse potete aiutarmi, messere», disse l'uomo con accento francese. «Sto cercando padre Gebeard von Querfurt».

Ignazio stava già chinandosi per raccogliere una pietra con cui difendersi, quando comprese di trovarsi di fronte a una persona inoffensiva. «Giungete tardi», e si rialzò con diffidenza. «È morto».

Il francese si portò la mano alla bocca, nascondendo un'espressione incredula. Aveva un aspetto distinto, ma provato. Magro e con la barba incolta, sembrava reduce da un lungo viaggio.

Il mercante guardò verso l'uscita e manifestò l'intenzione di voler proseguire.

«Aspettate», lo trattenne lo sconosciuto.

«Non capite, sto inseguendo un uomo!», esclamò Ignazio, poi si rese conto che non c'era motivo per affrettarsi. Oramai l'assassino doveva essere fuggito... Maledisse i suoi calzari e l'età avanzata. «Un uomo in arme», mormorò rassegnato, «con una lancia che sputa dardi infuocati».

L'espressione del francese mutò dall'incredulo allo stupito. «So di chi parlate».

«L'avete visto uscire dalla catacomba?»

«No. Il mio ricordo risale a più di un mese fa, a Parigi».

Ignazio inarcò un sopracciglio. «Ma voi... Si può sapere chi siete?»

«Mi chiamo Suger de Petit-Pont e sono un magister medicinae. Dovevo incontrare Gebeard von Querfurt per consegnargli un oggetto. Mi aggiro fra queste catacombe da più di un'ora. Credevo ormai di essermi smarrito, quando mi sono imbattuto in voi...».

«Come facevate a sapere che von Querfurt si trovava qui?»

«Così mi è stato detto alla chiesa di San Gennarello *ad spolia morti*, dove alloggiava».

«E ci hanno pure detto che non era una persona dabbene...», precisò il bambino, perplesso.

«Zitto Tommaso», lo rimproverò Suger. «Parli sempre a sproposito».

«Lasciate stare il bambino e seguitemi», gli intimò Ignazio, incamminandosi verso l'uscita.

Suger lo guardò di sottecchi. «Seguirvi? E perché mai?»

«Perché vi conviene, a meno che non vogliate essere accusato di omicidio», ribatté l'ispanico. «Presto i birri di Napoli saranno qui, e quando si imbatteranno nel corpo di Gebeard von Querfurt andranno in cerca del responsabile. Sarà bene non farci trovare».

9

Benché Uberto fosse abituato alle stranezze del padre, a volte non riusciva a comprendere i suoi modi di agire. Fu con una certa rassegnazione, quindi, che lo vide uscire dalle catacombe di San Gennaro insieme a due perfetti sconosciuti, un uomo e un bambino. Nessuna traccia di Alfano Imperato e di Gebeard von Querfurt. Qualcosa doveva essere andato storto, pensò, e si chiese se fosse dipeso dalla comparsa del misterioso cavaliere. D'altra parte, Uberto era ancora scosso da quella apparizione e faticava a mettere in fila i pensieri. Non l'aiutava la confusione generale. Ovunque scorgeva persone allarmate, matrone sul punto di svenire e birri in stato d'allerta. Persino i buoi del carro processionale erano stati contagiati dal panico e scorrazzavano per Capodimonte con la statua del patrono, fomentando scompiglio.

Senza mostrare indecisione, Ignazio attraversò quel putiferio e raggiunse suo figlio. «Andiamocene», disse, prendendolo per il braccio.

Uberto aveva almeno una decina di domande da porgli, ma quando aprì bocca si rese conto di non riuscire a formularne nessuna. Si limitò a opporre resistenza, rifiutando di muoversi prima di ricevere spiegazioni.

Il padre lo fissò con aria grave. «Hai visto un uomo con una strana lancia?»

«Un cavaliere», precisò Suger.

«*Tutti* l'hanno visto», rispose Uberto, riacquistando il controllo di sé. «È sbucato dalle catacombe un attimo fa ed è fuggito al galoppo. Non prima di aver creato questo parapiglia».

«Ha fatto anche di peggio», commentò il mercante.

Uberto indicò con un cenno del mento i due sconosciuti. «E costoro chi sarebbero?»

«Vengono con noi», disse Ignazio. «Mi devono delle spiegazioni».

Abbandonarono Capodimonte e oltrepassarono le mura cittadine attraverso la Porta di San Gennaro, inoltrandosi nei vichi di Napoli tra case addossate e ingiallite dal sole. La luce del pomeriggio avvolgeva ogni cosa in una sonnolenza malsana. Napoli era una risacca di suoni, facce e movimenti senza fretta. Ogni cosa si svolgeva con una estrema lentezza, dando l'impressione di appartenere a un ciclo eterno. La città dell'attesa, pensò tra sé Uberto. La città del tedio.

Dopo aver superato il vico della Giudaica, incrociarono un gruppo di meretrici. Fu questione di un attimo, e una di loro lanciò un'occhiata interessata in direzione di Ignazio. Mora e procace, non più nel fiore degli anni ma di una bellezza assai voluttuosa, parve sul punto di accennare un saluto. Uberto ebbe l'impressione che suo padre ricambiasse quello sguardo e non riuscì a trattenere lo sdegno. Ma la scena si svolse in maniera troppo rapida perché potesse pronunciarsi.

Si ritirarono in una taverna del Borgo delle Vergini, dove si sedettero in disparte, ma in modo da poter avere una buona vista della strada, poi ordinarono da mangiare per non essere interrotti in seguito. L'oste servì al tavolo un fiasco di vino bianco e una zuppa di pesce a base di aceto, che Tommaso iniziò subito a sorbire, aiutandosi con una fetta di pane.

Suger invece si mostrò indifferente al cibo. Appariva nervoso e abbattuto, ma anche impaziente di parlare. Uberto lo interruppe mentre stava per aprire bocca e chiese al padre di essere messo al corrente di quanto era accaduto. Venne così a sapere delle catacombe, del sangue falso, della vampata di luce e dell'assassinio di Gebeard von Querfurt. «Incredibile», commentò alla fine. «E il canonico Alfano che fine ha fatto?»

«Chi lo sa», rispose Ignazio con un'alzata di spalle.

Il figlio lo guardò con rimprovero. «Non vorrai dire che l'hai lasciato indietro senza farti pagare!».

«Terrorizzato com'era, non mi pareva il momento opportuno per chiedergli i soldi», ironizzò il mercante di Toledo, mentre esaminava con aria schizzinosa la zuppa di pesce.

«E l'ampolla con il composto?»

«Era l'unica cosa in grado di tranquillizzarlo un po'. Povero diavolo, sarebbe stata una crudeltà strappargliela di mano».

«Lor signori mi scusino», si intromise Suger, troncando il battibecco.

Uberto gli rivolse uno sguardo scontroso. «Si può sapere cosa vuole costui?», domandò, battendo il pugno sul desco.

Il medico ebbe un moto di stizza, e forse anche di timore. «Pretendo soltanto qualche indicazione, poi toglierei il disturbo», scandì acidamente. «Molto volentieri, per giunta».

«Non prima di aver spiegato la questione della lancia del cavaliere», mise in chiaro Ignazio.

«So ben poco al riguardo».

«Eppure, più del sottoscritto».

Seguì una breve pausa. Gli occhi di Tommaso vagarono da un lato all'altro del tavolo, scrutando i volti dei commensali. Uberto si rese conto di provare per lui una naturale simpatia. Benché chino sulla scodella e con il capo spettinato, quel fanciullo aveva l'aria di essere assai più sveglio della norma e sembrava desideroso di prendere parte alla conversazione, ma si ostinava a restare zitto. Uberto conosceva bene quel senso di disagio, l'aveva provato lui stesso, trascorrendo l'infanzia in un monastero isolato tra le lagune. Intuiva lo stato d'animo del bambino che gli sedeva di fronte. Tuttavia c'era dell'altro. Tommaso gli dava l'idea di un piccolo monaco dai modi composti, pareva emanare una forza d'animo quasi palpabile, inconsueta per la sua età.

Invece Suger non gli piaceva affatto. Orgoglioso e scostante, palesemente irritato dalla presenza del fanciullo, non si lasciava sfuggire occasione per dimostrarlo. Lo rimproverava di continuo, al pari di quei ricchi signori che umiliano i loro servi per sfogare le proprie frustrazioni.

Fu proprio il medico a riprendere il discorso, dopo aver bevuto un sorso di vino. «Ho già visto quel cavaliere in azione, se dello stesso si tratta, ma non credo di saperne più di voi». Riempì di nuovo il bicchiere e lo mise davanti a sé. «Ha ucciso un uomo usando la sua lancia. Ho visto uscire da quell'arma una vampa infuocata che ha squarciato la schiena della vittima».

«Da quella lancia non esce soltanto fuoco», disse Ignazio. «Nel corpo di von Querfurt c'erano i resti di un proietto conficcato dentro la carne. Ma era troppo buio, e nella fretta non ho potuto controllare meglio».

«Anche nel caso a cui ho assistito c'erano i frammenti di un proietto», confermò Suger. «Ma al contrario di voi, ho avuto modo di esaminarli. Parevano i resti di un oggetto ovale, interamente in ceramica».

«Uova di ceramica», sbuffò Uberto, intrigato suo malgrado. Poi si rivolse al padre: «Si può sapere cosa vai cercando? Questa storia non ci riguarda».

«Non sei curioso?», gli chiese il mercante.

«Curioso?». Sul volto di Uberto si dipinse una smorfia contrariata. «Lo sarei, forse, se non fossi adirato per aver perduto il guadagno. E impaziente di tornare a casa, da mia moglie e mia figlia».

Ignazio gli chiese un attimo di pazienza e si rivolse di nuovo a Suger: «Per quale ragione uccide? Il cavaliere, intendo».

Il medico si fece scuro in volto e imprecò a bassa voce, lasciando trasparire una grande stanchezza emotiva insieme a una frustrazione ancor più opprimente. Qualsiasi cosa gravasse sul suo capo, Suger era chiaramente allo stremo delle forze e pareva impaziente di liberarsi di un fardello. Impaziente e spaventato. Uberto percepì in lui anche dell'altro – una punta di risentimento, forse rimorso – e comprese di averlo giudicato troppo in fretta. Lo vide annuire tra sé, come se avesse preso una decisione importante, e aprire la bisaccia che portava a tracolla. Sfilò un mantello ben piegato e coperto di ricami dorati, senz'altro un oggetto di grande pregio.

«Temo voglia questo», disse il francese. «Il mantello del Sagittario».

Ignazio osservò l'immagine ricamata al centro del mantello con crescente interesse. Un uomo a cavallo che portava l'indice alle labbra. Silenzio, diceva quella figura, silenzio o sei morto. Con l'altra mano impugnava un arco, tenuto basso e tuttavia minaccioso. Non era un guerriero, ma un cacciatore. Lo si intuiva dai finimenti leggeri, dall'assenza dell'elmo e dello scudo, dall'incedere leggero del corsiero. La barba e i capelli, raccolti in lunghe ciocche, gli conferivano un che di regale. Ma che andava ben oltre l'idea della comune maestà. Una signoria primordiale, quasi atavica, come doveva essere stata quella dei sovrani assiri.

«Il ricamo è di recente fattura, ma riproduce un disegno antico», concluse il mercante. «Molto antico».

Suger si strinse nelle spalle.

«Un mantello non comune, questo è certo», insistette Ignazio. «A chi era destinato?»

«Non ne ho idea», rispose il medico. «Io dovevo soltanto consegnarlo a Gebeard von Querfurt, in vece di un uomo morto ammazzato».

«Intendete l'uomo ucciso a Parigi dal cavaliere?».

Suger annuì. «Colui che aveva in custodia il mantello prima di me».

«Non escludo che anche von Querfurt fosse un semplice intermediario, dubito fosse abbastanza ricco da permettersi un oggetto del genere. D'altronde un simile cimelio ha di certo uno scopo preciso, altrimenti non si sarebbe lasciato dietro una scia di cadaveri».

«Sempre ammesso», obiettò Uberto, «che sia la causa dei decessi».

Il medico sorrise con indifferenza. «Comunque sia, Gebeard von Querfurt è morto. Il resto poco importa, dato che non saprei a chi altri rivolgermi».

Ignazio lo scrutò. Non conosceva la natura del suo attaccamento al mantello, ma Suger pareva averne abbastanza di quella storia. Anche se tentava di dissimulare, era spaventato. In condizioni normali, un uomo del genere non si sarebbe mai aperto con degli estranei, e invece l'aveva appena fatto di sua spontanea volontà.

Per ottenere conferma delle proprie intuizioni, il mercante provò a offrirgli una soluzione: «Fossi in voi chiederei al canonico Alfano», disse. «Lui conosceva bene Gebeard von Querfurt. Forse potrà esservi di qualche aiuto».

La fronte di Suger si distese. «Vi sono grato del consiglio, messere. Dove posso incontrarlo?».

Ignazio sorrise. «Abita vicino alla cattedrale. Se è uscito indenne dalle catacombe – come mi auguro – lo troveremo là». E alzandosi di scatto, batté la mano sulla spalla di Uberto. «Io e mio figlio vi accompagneremo. Il reverendo Alfano ci deve del denaro per un servigio resogli».

Suger non avrebbe saputo dire perché si era fidato proprio di quei due ispanici, ma dopo tanto viaggiare aveva sentito il bisogno di confidarsi con qualcuno. Del resto, non si era ancora ripreso dalle due settimane trascorse al seguito di Raone di Balbano, che per eludere la sorveglianza dei Clavigeri si era inoltrato nei boschi appenninici. Un'impresa estenuante condivisa con soldati rozzi e violenti, senza contare l'irritante presenza di Tommaso. Una breve sosta presso la rocca di Mondragone l'aveva corroborato, ma ora, nel cuore di Napoli, veniva coinvolto nell'ennesima tragedia. Ciò nondimeno, la morte di von Querfurt non era stata l'unico evento a sconvolgerlo. Benché troppo tardi, aveva infatti compreso di essersi imbattuto in un uomo molto pericoloso.

Quell'Ignazio da Toledo doveva essere il mercante di reliquie da cui Riccardo di San Germano l'aveva messo in guardia. Un negromante, a detta del monaco, o sospetto tale. Purtroppo Suger se ne era reso conto troppo tardi e aveva dovuto fare buon viso a cattiva sorte, sforzandosi di nascondere la sorpresa insieme a quante più informazioni possibili, benché qualcosa avesse dovuto dire. Del resto, se non avesse trovato una soluzione al più presto, rischiava di fare la stessa fine dello svevo e di von Querfurt. E il mercante di Toledo pareva abbastanza accorto da saperlo consigliare.

Ma non poteva fidarsi di lui. Negromante o meno, quell'ispanico aveva un che di torbido. E mentre gli camminava accanto, diretto verso la dimora del canonico Alfano Imperato, Suger si rese conto di non provare alcuna simpatia nei suoi confronti. Aveva cercato di "leggere" il suo volto, imbattendosi però in lineamenti singolari. Le pieghe della fronte in continuo movimento parlavano di lunghi viaggi e di pensieri ondivaghi, mentre quegli occhi color smeraldo scrutavano sempre di sbieco, come astuti guardiani. Non c'era da meravigliarsi, concluse. Suo padre gli aveva insegnato a diffidare degli ispanici, specie di quelli che somigliavano ai mori. E i tratti di Ignazio da Toledo erano schiettamente moreschi. Persino la voce tradiva un accento esotico, per non parlare di quel sorriso sornione, più insidioso della lama di un pugnale.

Al contrario, Uberto pareva persona più equilibrata. Esprimeva le proprie opinioni in maniera esplicita, quasi impulsiva, ma pur essendo prevedibile restava comunque un osso duro. Era troppo intelligente e troppo sospettoso perché Suger potesse sperare di portarlo dalla sua parte. Inoltre avrebbe giurato di non suscitargli particolare simpatia.

Pensandoci bene, temette di aver agito da stupido. Cosa sperava di ottenere da quei due individui? Morto Gebeard von Querfurt, ogni probabilità di ottenere la draconite svaniva nel nulla. Forse sarebbe stato meglio mandare al diavolo l'intera faccenda, finché era ancora in tempo per farlo.

Doveva fuggire a Salerno, si disse. Il suo futuro era là, non fra i sobborghi di Napoli. Non a portata della lancia del cavaliere. Inoltre c'era un'altra questione con cui non aveva ancora fatto i conti. Il mantello. Inutile mentire a se stesso. L'aveva trasportato per miglia e miglia, giungendo a ogni passo sempre più vicino alla verità. E dopo le parole dello svevo, dopo l'avventura di Milano, Suger ne era ossessionato. Non era escluso che potesse ancora ottenere qualche vantaggio dalla vicenda...

Quindi, benché ansioso di togliersi dai piedi quell'Ignazio da Toledo, si impose di sopportarne la presenza. Ancora per poco, promise a se stesso.

La casa di Alfano Imperato sorgeva al centro della città, presso la basilica di Santa Restituita. Era a un piano unico, con pareti in legno e pietra di tufo al pari della maggior parte degli edifici circostanti. Non molto lontano, davanti alla cattedrale, un gigantesco cavallo di bronzo si impennava su un piedistallo di marmo attirando gli sguardi dei passanti.

Giunti a destinazione, Ignazio e i suoi compagni furono accolti da una donna dal petto procace e i modi da matrona. Il mercante le si presentò con un inchino e chiese del canonico, sottolineando la gravità delle circostanze. In verità era soltanto interessato a conoscere altri risvolti della vicenda, per scoprire la parte della verità che gli era stata taciuta da Suger de Petit-Pont. Perché era evidente che quel medico francese conoscesse molto più di quanto aveva raccontato.

La donna lo fissò tenendo i pugni premuti sui fianchi, poi lo fece entrare insieme ai compagni. Comunicò che il canonico era rincasato da poco e fece strada per gli ambienti interni, sporchi e disordinatissimi.

Raggiunsero un cubicolo privo di finestre con le pareti stipate di libri, icone sacre e statuette. Alfano sedeva su un seggio di legno con un panno sulla fronte e i piedi a mollo in un bacile. Appariva assai provato, le mani penzoloni sui braccioli come fosse privo di energie.

«*Monsignó*, altre visite», annunciò la matrona, entrando nella stanza.

Il prelato posò lentamente lo sguardo sugli ospiti. Un moribondo, si sarebbe detto. Ma alla vista di Ignazio fu pervaso da una scossa di rabbia. Gettò il panno a terra e scattò in piedi, puntandogli l'indice contro. «Voi… Voi!», sibilò. «Come osate presentarvi di nuovo al mio cospetto?».

Il mercante aprì le braccia, fingendo di non capire.

«Delinquente!», inveì Alfano. «Mi avete abbandonato al buio, da solo!».

«Reverendissimo, avete frainteso. L'ho fatto per difendervi», mentì Ignazio. «Ho inseguito l'omicida per sincerarmi che non vi facesse del male».

«Omicida un accidente! Sono quasi morto per lo spavento!». Alfano tornò a sedere e attese che la serva gli asciugasse i piedi, poi calzò un paio di pantofole e ciabattò agguerrito verso il mercante. «Se non fosse stato per i birri, sarei ancora là, nelle catacombe! Lo sapevate che senza luce è praticamente impossibile uscire dai sotterranei di Napoli?»

«A maggior ragione, sono lieto che non vi sia capitato nulla di grave», disse Ignazio, cercando di rabbonirlo.

«Cosa sono le catacombe?», domandò Tommaso, attirando su di sé l'attenzione. Uberto gli accarezzò il capo e gli bisbigliò la risposta all'orecchio, continuando a seguire il discorso.

Il canonico proseguì nelle sue accuse, ma sempre con minor slancio. Doveva essere uno di quegli uomini incapaci di serbare rancore, non perché d'animo gentile, ma perché troppo pigri per perseverare nell'ira. Fu così che, dopo poco, si oscurò. «Povero Gebeard…», disse, battendosi la fronte. «Quanto mi rincresce per lui! Era così affidabile… Così onesto…».

Il mercante si limitò ad alzare un sopracciglio.

Alfano dovette cogliere in quel gesto una sfumatura di biasimo, poiché lo squadrò con rimprovero. «Ebbene, si può sapere cosa volete da me?»

«Concludere l'affare», chiarì l'ispanico. «Vostra paternità non avrà certo scordato di avere trattenuto con sé il... composto».

«Intendete il sangue». Il canonico indicò l'ampolla, già esposta in bella vista su una mensola. «Il sangue miracoloso».

«Chiamatelo come vi aggrada. Comunque sia, avete *scordato* di pagarlo».

«Dite davvero? Mi pareva...».

«Nello scompiglio vi sarete confuso», tagliò corto Ignazio. «Sta di fatto che non ho ricevuto il compenso pattuito».

«Ora me ne rammento, avete ragione». Alfano si avvicinò a un tavolo sommerso di pergamene. «Se non sbaglio, si parlava di cento tarì», e portò alla luce un piccolo scrigno colmo di monete.

«Centocinquanta», precisò il mercante, prestando attenzione agli scudi d'oro che venivano disposti davanti a lui. Commerciare nella penisola italica era assai complicato, per via dei conii di diversa provenienza che circolavano nelle varie città. Tarì, denari, mancusi, grossi veneziani... Bisognava saper tenere a mente valute diverse per non incorrere in imbrogli. «Inoltre, dicevamo, l'equivalente per un imbarco diretto in Spagna».

Alfano terminò di suddividere i tarì in pile da dieci. «Siete già di partenza? Così in fretta?».

Insolita domanda, pensò Ignazio. «Non è raccomandabile, di questi tempi, fermarsi nel *Regnum Siciliae*», rispose, intascando la somma.

«Comprendo la vostra posizione», disse il canonico. «I disordini dovuti ai Clavigeri, le voci sulla morte dell'imperatore...».

A quel punto Suger fece un passo avanti, schiarendosi la gola. «Se vostra paternità permette, avrei alcune domande da porre».

Alfano lo scrutò con curiosità, come se fino ad allora non avesse notato neppure la sua presenza. «A quale riguardo, messere?»

«Gebeard von Querfurt».

«E chi sareste, voi, per serbarne interesse?»

«Un magister medicinae. Provengo dallo Studium di Parigi».

«Ammirevole. Parlate pure».

«Ve ne rendo grazie», disse Suger, poi lanciò un'occhiata diffidente verso Ignazio e Uberto. «Ma gradirei farlo in privato».

10

Ulfus proveniva da Tikili Taš, la Foresta Paurosa. Aveva trascorso l'infanzia presso le sponde del Danubio, in una terra di confine tra la lingua latina, greca e slava, senza mai comprendere da quale delle tre derivasse quella che parlava. Pensandoci bene, non avrebbe neppure saputo dire a quale dio rivolgeva le proprie preghiere. A quello della Chiesa di Roma, composto da un padre, da un figlio e da uno spirito di un'unica sostanza, o forse a quello di Bisanzio, che predominava in quanto padre sul figlio e sullo spirito. Un problema da poco, tutto sommato, poiché Ulfus riusciva a figurarsi nella mente soltanto un dio: il cacciatore con tre teste che attraversa a cavallo il cielo stellato. Ne parlavano le leggende degli avi, i traci, e le antiche lapidi dimenticate al limitare dei boschi e delle necropoli. Ulfus si era sempre chiesto a cosa servissero tre teste, e perché un dio dovesse dar prova della propria superiorità attraverso un aspetto mostruoso. Poi aveva compreso. La mostruosità era tale soltanto per i mortali, che non riuscivano a contenere nelle loro menti il concetto del potere divino o infernale. Proprio come in quel canto slavo che attribuiva all'eroe Mussa tre cuori e tre costati. *Vide in Mussa tre cuori d'eroe. Vide tre costole, l'una sull'altra.*

Quella di Mussa non era deformità, ma grandezza. Una grandezza che superava di tre volte quella umana. Una grandezza a cui Ulfus aspirava, e che avrebbe potuto raggiungere soltanto portando a termine la propria missione. Doveva recuperare il mantello del Sagittario, uccidendo chiunque volesse impedirglielo. Aveva già eliminato tre uomini. Per la terza esecuzione aveva dovuto scendere da cavallo e spingersi addirittura nelle catacombe di San Gennaro. Non gli piaceva uccidere in quel modo, anche quando le circostanze lo richiedevano. In ogni caso, lo sforzo non era valso a nulla. Del mantello ancora nessuna traccia. Aveva ancora poco tempo per portare a termine la propria missione, e iniziava a temere di non essere all'altezza del compito. Se avesse fallito, il Mago non gliel'avrebbe mai perdonato.

Il Mago. Ulfus l'aveva visto fare cose al di fuori di ogni comprensione. L'aveva udito pronunciare oracoli che poi si erano avverati. L'aveva visto curare malattie spaventose e tenaci. L'aveva sentito svelare i segreti del cielo e del sottosuolo. E aveva ricevuto da lui, in dono, la Lancia del Fuoco.

Se gliel'avesse ordinato, sarebbe sceso all'inferno pur di compiacerlo.

In caso di rifiuto, il Mago l'avrebbe punito con pene che non riusciva nemmeno a immaginare.

11

«Carogna!», grugnì Ignazio, lasciandosi alle spalle la casa del canonico Alfano.

«Di cosa ti lamenti?», gli chiese Uberto. «Siamo stati pagati profumatamente, senza restare coinvolti nell'omicidio di Gebeard von Querfurt».

Nessuna risposta. Nessun commento. La fronte del mercante si aggrottava a ogni passo. Uberto lo spiava con rapide occhiate, in attesa di una frase, una parola, che sapeva benissimo non sarebbe giunta. Non ancora, per lo meno. Ignazio era solito torturare le persone con i propri silenzi.

Tacesse pure, pensò poi. Conosceva il motivo di tanta irritazione. Il proietto di ceramica, il cavaliere ricamato sul mantello e quello in carne e ossa uscito dalle catacombe… Quel succedersi di eventi aveva irretito suo padre, facendogli scordare tutto fuorché il canto delle sirene. E la carogna in questione era Suger de Petit-Pont, quel medicastro con la faccia da schiaffi che aveva preferito sviscerare la questione in privato con Alfano Imperato, senza terzi incomodi. Un diritto sacrosanto, del resto. Affari suoi, anche se Ignazio non pareva della stessa opinione.

Ma Uberto voleva tornare dalla propria famiglia e se ne infischiava di tutto il resto. Anzi, *quasi* di tutto. A onore del vero, gli dispiaceva lasciare il piccolo Tommaso nelle mani di Suger. L'avrebbe portato volentieri con sé per prendersene cura, se il bambino non gli avesse confidato di avere parenti a Napoli con i quali si sarebbe presto ricongiunto.

Ignazio, però, era diverso da lui. Con il pretesto di mercanteggiare reliquie, aveva trascorso buona parte della vita a svelare misteri. La sua *curiositas* lo guidava come l'istinto di un lupo per i sentieri del sapere e dell'avventura, spingendolo a viaggiare di continuo. Uberto non condivideva una simile condotta. Fosse dipeso da lui, non avrebbe mai trascurato i propri affetti per rincorrere chimere.

All'imbocco della Summa Plaza con vico Gurgite, il crepuscolo scivolava tra ragnatele di bucato steso all'aria. Uberto si sistemò il cappello e guardò verso l'alto, attratto da alcune sagome di uccelli marini che gridavano nel cielo. E quando non ne scorse più la forma, il silenzio gli parve insostenibile. «Suger de Petit-Pont non ci riguarda», mormorò, gettando l'amo.

Il padre gli rivolse un'occhiata distratta. «Forse hai ragione. Però...».

«Immaginavo ci fosse un "però"».

Ignazio raccolse quell'invito a spiegare: «Quale motivo è tanto forte da indurre un medico di Parigi a viaggiare fino a Napoli per consegnare un mantello?»

«È un fatto assai strano, te lo concedo».

«E cosa spinge un cavaliere a uccidere chiunque sia al corrente dell'esistenza del suddetto mantello?»

«Mi pare di avertelo già detto. Non puoi dimostrare che la morte di von Querfurt sia collegata al mantello».

«Eppure è un'ipotesi verosimile. Tieni presente che Suger sta agendo per sua stessa ammissione in luogo di un uomo morto... Un uomo che custodiva il mantello prima di lui. Due decessi collegati alla stessa persona fanno sorgere qualche dubbio, non credi?»

«Immagino tu abbia ragione. Ma conoscere le risposte potrebbe mandarci dritti a far compagnia a quei cadaveri, e io lo eviterei volentieri. Neppure il francese, a dire il vero, mi è parso troppo propenso a sacrificarsi».

«Forse sei più vicino alla verità di quanto pensi».

«Cosa intendi?», chiese Uberto, e subito si pentì di quella domanda. Suo padre era riuscito a incuriosirlo.

«Suger ha l'aria di non agire per ideali propri. Dev'essere stato coinvolto in una faccenda più grande di lui, e sta cercando di uscirne in fretta per non finire ammazzato».

«In questo caso, peggio per lui».

«Non lo diresti con eguale convincimento se avessi assistito alla morte di Gebeard von Querfurt. Uno spettacolo davvero raccapricciante. In tutta sincerità, non so come andrebbe a finire se Suger si imbattesse in quel cavaliere. E se qualcun altro fosse tanto sfortunato da trovarsi insieme a lui...».

«Giochi sporco», lo interruppe Uberto.

«Perché mai?»

«Stai insinuando che anche Tommaso possa correre dei rischi. Ti conosco, e so bene come ragioni. Hai notato che mi sta a cuore quel ragazzino e speri di indurmi a seguire lui e il suo tutore per accertarmi che il cavaliere non li aggredisca. E poi ti prodigheresti ad aiutarmi per soddisfare la tua curiosità».

«Mi compiaccio», sorrise Ignazio. «Stai diventando più contorto di me».

«Anche se fosse, non intendo lasciarmi coinvolgere. Tommaso ha parenti a Napoli, presto sarà al sicuro».

Il mercante alzò le mani con arrendevolezza. «Tutto risolto, quindi».

«Lo sarà quando ce ne saremo andati», disse Uberto, allungando il passo. «Non è saggio intrattenersi fra queste mura, non solo per la faccenda del mantello. Si dice che i Clavigeri siano alle porte della città, per non parlare delle spie del papa già infiltrate all'interno. Ti ricordo che non siamo ben visti da quella gente. E quant'è vero Iddio, domattina prenderò il largo per la Spagna, che tu ci sia oppure...».

Lasciò la frase in sospeso. Una donna uscita da una viuzza si era fermata davanti a loro. Uberto la riconobbe subito, era la meretrice che aveva rivolto lo sguardo a suo padre poco prima. Non fece in tempo a chiedersi il perché della sua presenza, che fu pervaso da uno sgradevole stupore.

Vide Ignazio avvicinarsi a lei con un'espressione di sconcerto.

«Ermelina, siete proprio voi», disse il mercante. «Quest'oggi, per strada, avevo creduto di essermi ingannato».

La donna fece un passo indietro. «Ho esitato a salutarvi, messere», spiegò. «Mi vergognavo, non volevo che mi vedeste in questo stato... Poi ci ho ripensato, il desiderio di parlarvi era troppo».

Uberto tacque, diviso tra l'irritazione e la curiosità.

«È trascorso molto tempo», continuò Ignazio, abbassando il tono della voce. «Cosa vi è successo?»

«Cosa mi è successo?». Un sorriso amaro affiorò sul volto della donna. Un volto sciupato e disilluso, che in gioventù doveva aver ammaliato molti uomini. E tuttavia Ermelina disse di aver sposato quello sbagliato. Un soldato di Napoli amante del gioco e dei bagordi, per giunta violento. Confessò di aver sopportato botte e umiliazioni per anni, incapace di dare una svolta alla propria vita. «Voi non sapete cosa significhi, messere», concluse. «Un uomo buono come voi non può saperlo».

Io non sono un uomo buono, parvero rispondere gli occhi del mercante. Sono un egoista che trascura la moglie, un bugiardo avvezzo alle ingiustizie del mondo. Infine quegli stessi occhi si posarono sul figlio, come a voler dare spiegazioni. Ma Uberto si rifiutò di comprendere, poiché quella donna non era sua madre. Tanto risentimento, pensò, non aveva ragione di esistere.

Ermelina sembrò non cogliere la tensione fra i due uomini e seguitò a raccontare. Non era trascorso molto tempo dalle nozze che il marito aveva sperperato tutte le loro sostanze, e per far fronte all'inconveniente l'aveva costretta a prostituirsi con i suoi commilitoni, nella stessa rocca in cui trovava quartiere. «Fu allora che persi l'orgoglio», disse. «Mi aveva trasformata in una cosa priva di volontà e di amor proprio». Poi tutto era finito con una pugnalata allo stomaco. Lo stomaco di suo marito, ucciso in una rissa tra soldati. E d'un tratto si era ritrovata libera, ma anche costretta a provvedere a se stessa. Non vedendo alternative, aveva continuato a vendere il proprio corpo.

«Permettetemi di aiutarvi», si offrì il mercante.

Ermelina fece un cenno di diniego. «Avete già fatto abbastanza, Ignazio da Toledo. In un altro tempo, in un'altra vita. Ma adesso è tardi, non potete salvarmi da ciò che sono diventata». Gli pose una mano sulla spalla e lo guardò un'ultima volta, con intensità. «È stato bello rivedervi».

Poi se ne andò.

Un attimo prima che si voltasse, Uberto avrebbe giurato di vederla piangere.

Ignazio la guardò allontanarsi, avvolto nel suo mantello e nel più completo silenzio, finché non scosse la testa come se volesse fugare un brutto sogno. «Dicevi di andarcene a dormire», disse al figlio, tornando di nuovo impassibile. «Ebbene, mi pare un'ottima idea».

Uberto non commentò. La scena a cui aveva assistito dimostrava quanto poco sapesse ancora di suo padre. C'erano fatti di cui ignorava l'esistenza, coni di oscurità talmente impenetrabili da farglielo risultare un perfetto sconosciuto. E mentre si sentiva pervaso da una sorta di sfinimento emotivo, la discussione su Suger de Petit-Pont diventava sempre più lontana, ormai priva di importanza.

Si ritirarono in una locanda a ridosso delle mura meridionali, in una borgata prossima alla zona portuale. L'intenzione era attendere il primo imbarco per la Spagna. Benché fossero stati consigliati di recarsi in quel luogo proprio dal canonico Alfano, fu loro assegnata una stanza già occupata da sette persone, con giacigli di paglia tenuti separati soltanto da tende. Impossibile trovare asilo migliore, disse il locandiere. L'avanzata dei Clavigeri aveva spinto centinaia di fuggiaschi verso Napoli, rendendo affollata ogni foresteria e ospitale. Furono quindi costretti ad accontentarsi e si prepararono a trascorrere la notte.

Per Uberto era sempre difficile prendere sonno in ambienti del genere. Il più delle volte scivolava in tediosi dormiveglia che lo accompagnavano fino alle prime luci dell'alba, rendendolo incapace di distinguere i sogni dalla realtà. Ecco perché, mentre giaceva sotto coperte che odoravano di altre persone, non comprese subito da dove provenisse – e a chi appartenesse – la voce che lo chiamava per nome.

Aprì gli occhi e si trovò di fronte alla sagoma di un bambino avvolta nell'ombra. Si mise seduto e gli pose le mani sulle spalle, per sincerarsi che non fosse una visione. No, si disse. Era Tommaso, sudato e spaventatissimo.

«Cos'è successo?», gli chiese, accorgendosi che era ancora notte fonda. «Come hai fatto a trovarci?»

«Messer Uberto, grazie al Cielo siete sano e salvo!», disse il fanciullo, ignorando le domande. «Hanno arrestato Suger!».

«Per quale ragione?».

La tenda a fianco del giaciglio si scostò, rivelando il volto di Ignazio. Il bambino si ritrasse, ma Uberto lo invitò a proseguire con un cenno.

«È stato un prete germanico», disse Tommaso. «Si è presentato a casa del canonico poco dopo che ve ne eravate andati, mentre Suger stava parlando con Alfano Imperato».

«E poi?», domandò il mercante.

«Ha interrogato tutti e due, ha chiesto se conoscevano una setta... Non ne ricordo il nome».

Uberto annuì, per fargli capire che si fidava. «Continua».

«In principio quel prete sembrava buono e gentile, poi ha accusato Alfano e Suger di negromanzia, ha fatto entrare i birri e li ha arrestati. Tutti e due. Grazie al Cielo nessuno ha badato a me, e sono fuggito».

Uberto era impressionato da tanta lucidità. D'altronde, fin dal primo incontro si era accorto che Tommaso non era un fanciullo comune. Eppure qualcosa gli sfuggiva. «Avresti dovuto rifugiarti dai tuoi parenti, invece di venire qui. Non hai detto che abitano a Napoli?»

«Conosco i loro nomi, ma non so dove vivono. Al contrario di voi, mi è stato facile raggiungere la zona del porto...».

«Ma come facevi a sapere?», gli chiese il mercante. «Soltanto Alfano era al corrente di dove eravamo alloggiati».

«L'ho sentito dire proprio da lui, infatti», rispose Tommaso, facendoli trasalire, «quando il prete germanico gli ha chiesto di voi».

Ignazio scattò in piedi. «Ha chiesto di noi?»

«Sì, e sta venendo a prendervi. Con i birri».

Fecero fagotto e uscirono dalla locanda in fretta e furia. La soluzione migliore sarebbe stata dirigersi verso il molo e salire a bordo della prima galea in procinto di salpare, ma Ignazio sapeva che nessuna nave avrebbe preso il largo prima dell'alba. Propose quindi di cercare un nascondiglio in attesa del mattino, per poi imbarcarsi senza dare nell'occhio. Il timore di finire sotto le grinfie del misterioso prete germanico andava ben oltre la curiosità di scoprire la verità sul mantello del Sagittario. E il mercante era quasi deluso di se stesso. Prima d'allora non gli era mai capitato di posporre la paura alla sua sete di sapere. Forse stava diventando vecchio, si disse, ma sentiva che non era così. Non del tutto, per lo meno. Era in preda a una sensazione di pericolo intimamente diversa da quanto sperimentato in passato. In tanti anni di pellegrinaggio era sempre riuscito a sfuggire a ogni genere di insidia, eppure quella notte non era stato abbastanza accorto da avvertire il fiato del Cacciatore sul proprio collo. Se non fosse stato per Tommaso, avrebbe fatto la fine di Suger e di Alfano. Non osava nemmeno immaginare a quale destino sarebbero andati incontro quei due sventurati... E mentre avanzava spedito fra le tenebre, continuò a interrogare il bambino sull'accaduto.

Fu così che Tommaso gli rivelò di aver ascoltato la conversazione avvenuta tra Suger e il canonico della cattedrale, prima che venisse interrotta dal prete germanico. I due avevano parlato di Gebeard von Querfurt e del mantello del Sagittario, sul quale Alfano era parso alquanto informato. Dopo aver appreso che Suger ne era il custode, il prelato gli aveva addirittura chiesto di mostrarglielo, menzionando un certo magister di Toledo di cui il medico non sapeva nulla.

Con sua grande sorpresa, Ignazio intuì che anche il canonico doveva essere coinvolto nella vicenda del mantello, anche se non poteva dimostrarlo.

Poi il bambino descrisse l'accaduto in seguito all'irruzione del prete germanico. Si chiamava Konrad von Marburg ed era interessato all'omicidio delle catacombe. Sosteneva di aver visto il cadavere di Gebeard von Querfurt e riconosciuto sulla sua mano dei *segni*. Segni uguali a quelli già trovati su altre vittime. Sì, ripeté Tommaso. Konrad aveva detto *altre vittime*, senza specificare di chi si trattasse. Ma furono le sue parole successive a turbare il mercante.

Konrad aveva preteso di conoscere l'identità del terzo uomo presente nelle catacombe di Capodimonte, e i due inquisiti avevano subito fatto il nome di Ignazio da Toledo, descrivendolo per filo e per segno. Aspetto, provenienza, reputazione, compagni al seguito... Il prete germanico aveva voluto sapere tutto, infine aveva fatto arrestare Suger e Alfano, rivelando di agire sotto mandato papale.

«Ha detto proprio così?», lo interruppe Uberto, adombrandosi. «Per mandato del papa?»

«Sì», rispose il bambino.

«E il mantello del Sagittario?», chiese il mercante. «Ha preso anche quello?»

«Né Suger né Alfano ne hanno fatto menzione», rivelò Tommaso. «Dev'essere rimasto nella casa del canonico».

«Invece tu sei scappato», seguitò Ignazio, cercando di ricostruire i fatti. «Ma se quel Konrad von Marburg si è davvero messo sulle nostre tracce, come hai fatto a precederlo? Avrai senz'altro impiegato molto tempo per orientarti».

«Avete ragione, messere», confermò Tommaso. «Sono riuscito ad anticiparlo perché quel prete voleva recarsi prima in un altro posto».

«Dove?»

«Non lo so, Konrad von Marburg non l'ha detto. Da come ne parlava, tuttavia, aveva premura di andarci».

Erano ormai usciti dal vico in cui sorgeva la loro locanda. Ignazio aveva intenzione di dirigersi verso il molo, per cercare rifugio tra le catapecchie dei marinai e dei pescatori. Non faceva che fissare ora il volto di Tommaso, ora la strada, mentre sentiva la preoccupazione crescere al ritmo dei battiti del suo cuore. Perché quel von Marburg aveva fatto arrestare Suger e Alfano? E cosa voleva da lui?

D'un tratto mise da parte ogni quesito.

In fondo alla via c'erano quattro soldati.

«Il bambino!», esclamò uno di loro, indicando Tommaso. «Lo riconosco».

«Devono essere loro!», gridò un altro. «Prendiamoli!».

E si lanciarono di corsa verso i tre compagni.

Uberto afferrò il bambino per il braccio e iniziò a correre via, Ignazio al seguito. Svoltarono in una strettoia stipata di casse di legno e anfore, pozzanghere sotto i piedi. Gli inseguitori gridavano alle loro spalle.

La strettoia si incanalò in un dedalo di porte sprangate, selciato malmesso e scivoloso. Ignazio inciampò e cadde. Uberto tornò sui propri passi, lo agguantò per le vesti e lo rimise in piedi con uno strattone. Il padre riprese a correre con il fiato corto, ma fu bloccato da uno sgherro. Tentò di opporsi, ma fu sopraffatto. Uberto fece per soccorrerlo, quando scorse un secondo armato uscire dall'ombra. Schivò la sua presa e fuggì, ma non poté evitare una spinta. Cadde di schiena, accorgendosi di aver perduto Tommaso. Un terzo soldato avanzava imprecando, dietro di lui un quarto.

Si rialzò da terra e riprese a correre. Prima con le ginocchia e con le mani, poi con i piedi. Veloce, nel buio, i segugi alle spalle. D'un tratto la via si chiuse davanti ai suoi occhi, rivelandogli soltanto una porta di legno marcio. La sfondò con una spallata e cadde riverso dentro un magazzino. Fu avvolto dall'odore di cose vecchie, reti da pesca, cocci d'anfora e... scale dirette verso il basso! Si lanciò d'istinto in quella direzione. Dieci, venti gradini di pietra divorati in equilibrio precario. Eco di voci alle spalle. Scese a rotta di collo fino a giungere in una sorta di cripta.

Per un attimo si sentì in trappola, poi un ingresso ad arco si stagliò fra le tenebre.

Entrò, attraversò un cunicolo e altre scale in discesa, avventurandosi nel buio mentre si tormentava al pensiero di cosa stesse accadendo al padre e al bambino. Ma non aveva scelta, non poteva fermarsi. Avanzò con le mani protese in avanti, incontrando pareti scrostate e ragnatele. Non fermarti, si ripeteva, imboccando l'ennesimo passaggio. Non fermarti o prenderanno anche te. E se dovesse accadere, non le rivedrai mai più.

Era già alla seconda svolta, o forse alla terza, l'orecchio teso a cogliere ogni rumore. Nessun suono, tranne un remoto scorrere d'acqua. Forse gli inseguitori avevano rinunciato, forse era salvo. Ma non poteva rischiare. Avrebbe atteso per sincerarsi di essere al sicuro, per poi pensare a come salvare Ignazio e Tommaso.

All'improvviso si rese conto di dover risolvere prima un altro problema. Si era smarrito.

12

Il Maligno era stato in quella stanza. Se ne percepiva ancora la presenza, il malefico afflato. Anche gli oggetti – la geometria in cui erano stati disposti – rivelavano un che di sinistro, per non parlare dei *simboli*... Ma Konrad von Marburg lo avvertiva soprattutto dentro di sé. Gli era ben familiare la sensazione che lo coglieva alle narici e al basso ventre, per poi salire alle tempie in un acuirsi di eccitazione.

Era nato con quel dono. Riusciva a percepire il sentore del peccato fin da bambino, e con il passare del tempo aveva appreso a riconoscerlo non solo nelle persone ma anche negli ambienti, come una scia di olezzo lasciata da parole e atti impuri. Lo studio della teologia l'aveva aiutato a comprendere che non possedeva un semplice talento, bensì una *vocazione*. Così si era fatto prete e l'aveva coltivato, imparando a discernere la verità dalla menzogna fra grida di spasimo e rantoli morenti. La persuasione di adempiere a un divino ufficio – una missione – l'aveva spronato a perfezionarsi.

Ed era diventato un cacciatore.

La sua preda favorita era l'eresia. Il più subdolo dei mali dello spirito, capace di insinuarsi nella mente umana di soppiatto, senza dare segno della propria presenza, e di corrompere poco per volta la vera fede fino a ridurla a una carcassa putrescente. Quando diveniva manifesta era già troppo tardi, e la si poteva estinguere soltanto con la purezza del fuoco. Ma esisteva anche un altro tipo di eresia, ancor più detestabile e spaventoso poiché derivava da una scelta volontaria. In quel caso gli eretici erano perfettamente consapevoli di contravvenire alle regole del cattolicesimo, e perseveravano nell'offenderle, insozzandole con le loro bestemmie fino alla fine, dall'alto delle pire infuocate. Ad accecarli era l'orgoglio. Lo stesso orgoglio di Eva. Quello dei Luciferiani.

Non esisteva peccato più grave. L'orgoglio istigava alla disobbedienza, a credersi più saggi degli altri e a rifiutare le leggi divine per crearne di proprie. E benché alcuni scambiassero tutto ciò per libertà, Konrad von Marburg vi scorgeva soltanto i tranelli del Serpente. Non si faceva illusioni al riguardo, sapeva che in molti la pensavano diversamente da lui. Ma la vera libertà era una soltanto, e consisteva nel lasciarsi guidare dal Pastore. Non c'era alternativa, poiché chi non segue il Cristo segue Satana. *Extra Ecclesiam nulla salus*, amava spesso ripetere. E se qualcuno avesse osato separarsi dal gregge per avventurarsi lungo il sentiero tracciato dal proprio sguardo, lui gli avrebbe strappato gli occhi dalle orbite piuttosto che abbandonarlo alle trame del Maligno. Per pietà cristiana. E con puro godimento.

«Reverendo padre», disse una voce, e Konrad si ricordò di trovarsi in una stanza, nel cuore della notte, con una missione da compiere.

Si voltò verso l'uomo che aveva parlato. Galvano Pungilupo, un miliziano dei reparti clavigeri finito al suo servizio per concessione del papa. Nulla da eccepire sul fatto che fosse una carogna mercenaria vomitata da una cloaca del Nord Italia. Non era nemmeno un gran combattente, a quanto si diceva, ma possedeva spiccate doti da segugio. Era abituato ad annusare nel fango fin da ragazzino. Lui stesso lo aveva rivelato sin dal loro primo incontro. Se Konrad cercava qualcosa, o qualcuno, Pungilupo non l'avrebbe deluso. Correvano voci sul fatto che fosse stato proprio lui a trovare il tesoro nascosto di Montecassino, grazie al quale il legato apostolico Pelagio aveva pagato il soldo ai Clavigeri. Ed era stato sempre lui a scovare Suger de Petit-Pont, dopo che von Marburg gli aveva ordinato di seguirne le tracce da Milano. Un ottimo servigio.

Ora si trattava di stringere il pugno di ferro, per schiacciare i nemici.

Konrad si aggirò per la stanza, ripassando mentalmente i segni del Maligno ravvisati fra quelle mura. Li controllò uno a uno al bagliore della lucerna, affinché non ne perdesse memoria. Ben presto avrebbe dovuto misurarsi con un uomo assai avveduto, e non voleva lasciare nulla al caso. Soltanto quando fu certo di aver inquadrato ogni cosa nel modo giusto, si rivolse al clavigero: «Ditemi Galvano, avete trovato l'ispanico che stavamo cercando?»

«Sì, magister», rispose il soldato. «Ma il figlio è scappato».

«Scappato?»

«Si è ficcato in un sotterraneo. Gli uomini hanno avuto paura di seguirlo».

Il religioso storse il naso. «Quattro soldati hanno avuto paura di braccare un fuggitivo?»

«Sono superstiziosi». Pungilupo esponeva i fatti senza tradire emozioni, torcendo la smorfia da vecchio predatore. «Nei sotterranei di Napoli riposano i morti antichi».

Konrad incrociò le dita dietro la schiena e gli si mise di fronte. Era più alto e massiccio di lui. Sull'abito nero, il crocifisso metallico riluceva come un'arma pronta a colpire. «E voi, Galvano? Temete anche voi i defunti?»

«Ci sono cose che mi spaventano di più», confessò il soldato.

«Bene». Il prete sorrise. «Bisognerà acciuffarlo. Il figlio, intendo».

«Lasciate fare a me, reverendo». Pungilupo si batté il pugno sul petto. «Chiedo licenza di muovermi da solo, sarà più facile».

«Permesso accordato», disse Konrad. «Ma prima di andare, fate entrare l'ispanico».

Ignazio fu scortato dai soldati verso ponente, sempre restando entro le mura di Napoli. In principio aveva temuto per se stesso e per Uberto, ma strada facendo era riuscito a mettere da parte la preoccupazione per il figlio e si era curato di tranquillizzare Tommaso, che camminava al suo fianco sempre più spaventato. Fu così che, giunto nei pressi della chiesa di San Gennarello ad spolia morti, notò in lui un cambiamento di stato d'animo, come se quel luogo gli fosse familiare. Allora si rammentò delle parole di Suger: Gebeard von Querfurt aveva alloggiato nell'ospitale di quella chiesa. Forse il fanciullo la riconosceva, dato che vi si era recato il giorno prima al seguito del medico francese. E con grande sorpresa del mercante, i soldati li scortarono proprio all'interno di quell'edificio.

Ignazio ignorava quale prova avrebbe dovuto sostenere. Si aspettava un confronto con l'uomo che aveva ordinato l'arresto di Alfano e Suger, questo era certo, ma dubitava dell'ufficialità della faccenda. Non stava certo per essere condotto dinanzi a un tribunale spirituale, e non era stato nemmeno informato sui suoi capi d'accusa.

L'ospitale di San Gennarello non sembrava una foresteria qualunque, ma un *dormitorium* per religiosi, con stanze predisposte per accogliere pellegrini per lunghe permanenze. Dopo essere entrati, percorsero un corridoio fino a raggiungere una porta guardata da un soldato con un ghigno da lupo famelico.

«Il clavigero», sussurrò Tommaso in direzione di Ignazio.

Il mercante ne ebbe subito conferma, scorgendo sulla fibbia dello sgherro lo stemma di due chiavi in fusto. L'insegna della milizia di San Pietro.

«Fate entrare l'ispanico», disse una voce dall'interno.

Il lupo famelico annuì e ordinò a un soldato di accompagnare il prigioniero all'interno della stanza. Ignazio si ritrovò in un piccolo studio arredato con una madia e uno scrittoio, e si diresse d'istinto verso l'unica fonte di luce presente, una lucerna sorretta da un uomo con le spalle larghe, forse più alto di lui. Il suo nemico, suppose.

L'uomo con la lucerna stava al centro dell'ambiente, il volto atteggiato in un sorriso affabile e insieme minaccioso. Gli occhi erano due buchi neri, inespressivi come quelli di un pesce. «Ebbene, voi sareste Ignazio Alvarez», disse con gentilezza eccessiva, quasi grottesca. «Ignazio da Toledo».

«Chi pretende di saperlo?»

«Padre Konrad von Marburg, da Magonza». Gli occhi neri si strinsero appena. «E la mia non era una domanda».

Il mercante annuì, attento a non tradire emozioni. «Ebbene, reverendo, perché sono stato portato al vostro cospetto?».

Invece di una risposta, giunse un quesito: «Sapete che posto è questo?»

«Non ne ho idea», mentì Ignazio, fingendosi rammaricato.

«Siamo nel luogo in cui alloggiava Gebeard von Querfurt», spiegò il religioso, «finché non è stato ucciso».

Il mercante allargò le braccia. Un altro gesto costernato, un'altra menzogna. «Chiedo venia, ma ciò non mi aiuta a comprendere la situazione in cui mi trovo».

«Siete sulla difensiva», osservò Konrad. «Forse i miei uomini sono stati troppo brutali? L'arresto vi ha scosso?»

«Questo non è un arresto, ma un sequestro», protestò l'ispanico con una certa dose di sarcasmo. Fu ripagato con la stessa moneta.

«Abbiate pazienza, il borgomastro mi ha concesso piena libertà d'azione».

Ignazio non aveva mai provato nulla del genere. Era come se l'uomo di fronte a lui emanasse una sorta di fluido venefico in grado di inibire le sue difese. Era quello sguardo, si disse. Gli specchi neri di quelle iridi maledette. Gli rendevano difficile ragionare, mettendolo quasi a disagio. E tuttavia il suo nemico si atteggiava in maniera cordiale, quasi amichevole. Bastava la sua presenza a incutere soggezione, poiché tanta quiete non era altro che un'illusione creata ad arte per nascondere una terribile minaccia.

Per liberarsi da quella morsa invisibile, il mercante si guardò intorno. Si trovava in una stanza chiusa da pareti buie. Oltre alla porta d'ingresso ne individuò una seconda, probabilmente l'entrata della camera da letto. Le uniche persone presenti erano lui, il prete e il soldato che l'aveva accompagnato. I conti non tornavano. «Dove sono il medico francese e il canonico?»

«Tutto a suo tempo, mastro Ignazio». Konrad affondò la mano in una tasca dell'abito ed estrasse un piccolo contenitore di vetro. Lo espose al riverbero della lucerna. «Sapete cos'è questo?».

Il mercante osservò con attenzione, sforzandosi di ricordare. Una commedia a unico beneficio dell'interlocutore. Aveva riconosciuto quell'oggetto al primo sguardo. «Un'ampolla contenente materiale indefinito», disse poi.

«L'avete mai vista prima?»

«È di proprietà di monsignor Alfano Imperato, il canonico della cattedrale». Inutile continuare a dissimulare, pensò Ignazio. Von Marburg sapeva, era evidente. «L'ha acquistata da me oggi stesso».

Konrad si lasciò sfuggire un sospiro di contrizione. «Vendita di false reliquie», ammonì.

«Io non ho mai affermato che quell'ampolla contenesse una reliquia. Se Alfano ha ammesso il contrario...».

«Mettete in dubbio la parola del canonico Alfano? Un uomo di chiesa?». Il prete si accigliò. «Non sapete che il quarto concilio Laterano vieta la compravendita di false reliquie? Esiste un canone specifico al riguardo».

Benché avesse fiutato la trappola, Ignazio non era riuscito a evitarla. Non aveva previsto un simile colloquio. Credeva di essere stato catturato perché coinvolto nell'omicidio di Gebeard von Querfurt, e d'altra parte ne era ancora persuaso. Forse Konrad intendeva fiaccare le sue difese con capi d'accusa secondari, prima di arrivare al dunque. Era una prova di resistenza, quella che veniva chiamato a sostenere. «Non era mia intenzione vendere quell'oggetto in qualità di reliquia», riformulò, con una fermezza che tradì una punta d'orgoglio. «Se il canonico ha frainteso, non è colpa mia».

Von Marburg lo assecondò con un cenno del capo. «Ciò nondimeno, il materiale contenuto in questa ampolla possiede proprietà singolari. Ne convenite?»

«Nulla di sensazionale. Si tratta di un ricavato della pietra vulcanica. Contiene il principio del fuoco. Se stimolato con il giusto calore, passa allo stato fluido».

«Non avete risposto. Ritenete siffatte proprietà singolari?»

«Sono fuori dall'ordinario, questo è indubbio».

«Sarete quindi d'accordo che qualsiasi cosa fuori dall'ordinario sia... come dire, un'aberrazione».

«Quando l'intelletto la comprende, un'aberrazione smette di essere tale».

«Opinione affascinante». Qualcosa brillò negli occhi di Konrad. «E dite, mastro Ignazio, come reputate l'omicidio di Gebeard von Querfurt? Un altro fenomeno fuori dall'ordinario?»

«Decisamente».

La voce del prete divenne un bisbiglio: «Attribuireste anche a quello il principio del fuoco, come per le false reliquie contenute nell'ampolla?»

«È un'ipotesi da non scartare». Nel timore di essere frainteso, il mercante si espresse nel modo più preciso possibile: «Forse si tratta di una reazione spiegabile secondo il principio della *sympátheia* aristotelica».

Konrad si portò la mano al mento, l'ipotesi di un sorriso. «Conoscete la filosofia di Aristotele?»

«Solo i fondamenti».

«E l'alchimia? Conoscete anche quella?».

Ignazio negò.

Konrad apparve deluso. «Il canonico Alfano sostiene il contrario. Mi ha detto che in sua presenza vi siete espresso con parole specifiche, come *composto* e *calcinazione*». Il mercante tentò di spiegarsi, ma il religioso glielo impedì. «No, vi prego, non ritrattate. Sarebbe imbarazzante. E in ogni modo, conoscere l'alchimia non è proibito dalla Chiesa... per ora. Ma non abbiate tema, la mia è banale curiosità. Cercavo semplicemente di capire da dove provenisse la vostra cultura».

«Nessun segreto. In gioventù studiai presso la Scuola di Toledo, al fianco del magister Gherardo da Cremona. Una scuola cattolica, sorta in seno alla cattedrale».

«Una scuola di traduttori», completò il religioso.

Ignazio annuì.

«Una scuola in cui circolano traduzioni dal greco, dall'ebraico, dall'arabo». Konrad contò sulle dita, poi chiuse il pugno. «Traduzioni di testi che in alcuni casi si sono rivelati sovversivi. Eretici. Negromantici».

Il mercante fece per obiettare, sicuro di scegliere con cura le parole. «Molti di quei trattati si sono rivelati illuminanti per la medicina, per la matematica e persino per la conoscenza degli astri. Hanno giovato non solo al mondo dei laici, ma pure all'Ecclesia».

«Siete un abile conversatore, sapete mantenere in equilibrio l'ago della bilancia», riconobbe il prete. «D'altronde non mi aspettavo niente di meno da voi», e posò la lucerna sullo scrittoio.

Fu allora che Ignazio notò l'oggetto che era riposto sopra il ripiano. Un fagotto oblungo.

«Ebbene», Konrad pose la mano sul fagotto, «nei trattati di cui state parlando, avete mai visto simboli come questi?». E così dicendo, disfece l'involto per rivelarne il contenuto.

Non appena lo vide, Ignazio si sentì pervadere dal raccapriccio e fece per arretrare, ma fu trattenuto dal soldato che aveva alle spalle.

Il fagotto conteneva un arto umano. Di preciso, un avambraccio amputato di netto. La mano era interamente coperta da tatuaggi. *Simboli.*

«Vogliate scusarmi». Il volto di Konrad von Marburg si distorse in un ghigno spietato. «Non ho potuto portare fin qui l'intero cadavere di Gebeard von Querfurt, quindi ne ho prelevato la parte di maggior interesse».

13

Suor Chiara di Grottaferrata si rigirò nel giaciglio, cullata dalla frescura delle prime ore dell'alba. Il sonno in quei momenti era più dolce, specie nella consapevolezza di poter poltrire ancora un po' prima della recita del mattutino. Benché sorgesse nel cuore di Napoli, il monastero di San Gregorio Armeno era un'isola di quiete e conciliava il riposo delle monache che ospitava fra le sue mura. Ma la quiete non era destinata a durare in eterno, e quella notte suor Chiara fu costretta a prenderne atto. La voce di Patrizia, la sua ancella, risuonò dai piani bassi facendola sobbalzare.

La monaca si alzò dal giaciglio, accese un lume e ciondolò verso la scala che conduceva al pianoterra. Scarmigliata e intorpidita, restò ferma sul primo gradino e attese sbadigliando, mentre un rumore di passi saliva verso di lei.

Il giovane volto dell'ancella emerse dall'ombra con un'esclamazione spaventata. «Oddio, oddio... Il pozzo dei morti!».

Suor Chiara la fissò negli occhi, due guizzi di turchese davanti alla fiamma del lume. Gli stessi occhi di sua nonna. Ogni volta che li vedeva ritornava bambina e ripensava a quella donna anziana che l'aveva cresciuta, opponendosi fino all'ultimo alla sua vocazione al claustro. Perché tu sei bella, le ripeteva di continuo, e le belle fanciulle si sposano, non finiscono nei monasteri.

Ma Chiara, dopo aver visto la madre maltrattata dal marito e morire di parto, aveva preferito servire il Signore anziché un uomo qualsiasi. «Il pozzo dei morti?», chiese, fugando i ricordi. «Di cosa stai parlando?»

«Il coperchio si muove! Sembra che qualcuno voglia uscire da là sotto!».

«Avrai sognato. Ti lasci trasportare troppo dalla fantasia, come faceva tuo padre».

Non si trattava di un rimprovero. Patrizia non era una semplice serva, ma la figlia dell'unico fratello di Chiara, morto di febbri insieme alla moglie due estati prima. E siccome ogni monaca di San Gregorio Armeno aveva diritto di vivere con un'ancella, Chiara aveva preso la nipote al proprio servizio per toglierla dalla strada.

«Non è una fantasia», insistette la ragazza. «Venite a vedere, zia, e fate presto!».

La monaca si ritrovò ad annuire.

Scesero insieme, tenendosi per mano, fino alla cella di Patrizia. Chiara si portò alla finestra e guardò il giardino confinante con le abitazioni delle altre monache. Proprio al centro c'era un vecchio pozzo. A onore del vero non era proprio un pozzo, dato che a memoria d'uomo non aveva mai contenuto acqua. Veniva chiamato "pozzo dei morti" perché si sospettava fosse collegato alle catacombe o – nella peggiore delle ipotesi – alle rovine di un tempio pagano. Perciò era tenuto sigillato con un coperchio di assi di legno.

Chiara uscì all'aperto.

«State attenta zia!», la mise in guardia la nipote, seguendola con apprensione.

Facendole cenno di restare indietro, la monaca si avvicinò al pozzo, costretta ad ammettere che sì, pareva proprio che un rumore provenisse dall'interno. In principio pensò al sibilare di una corrente d'aria o a qualche altro fenomeno naturale, ma avvicinandosi si rese conto che qualcuno stava forzando la copertura di legno, per cercare di uscire.

Chiara indietreggiò, rabbrividendo. In un istante ripensò alle molte leggende in cui il diavolo attirava uomini e donne dentro pozzi, grotte o fossati, facendoli scomparire per sempre, e già immaginava cosa si sarebbe detto della disavventura di suor Chiara caduta nel pozzo dei morti o della monacella rapita dal demonio. Forse l'avrebbero fatta pure santa...

Tutte sciocchezze, cercò di convincersi.

Ma dal pozzo continuavano a provenire rumori.

La monaca si fece coraggio, accostandosi alle assi che lo ricoprivano. «C'è qualcuno là sotto?», domandò a gran voce.

Dapprima i rumori cessarono, e lei si sentì quasi sollevata. Poi udì la risposta di una voce maschile. Chiedeva aiuto.

Chiara restò pietrificata. Non sei il diavolo, vero?, avrebbe voluto chiedere la bambina dentro di lei, poi vinse la paura e allungò le mani verso le assi che ricoprivano la cavità, ma esitò a toccarle finché non udì di nuovo la voce. E ne colse la disperazione.

Si rivolse a Patrizia: «Aiutami ad aprire!».

«Ma zia, non sappiamo chi sia...».

«C'è una persona in difficoltà qui sotto», insistette la monaca, afferrando i bordi del coperchio. «Vuoi darmi una mano o devo fare tutto da sola?».

La copertura di legno era fissata con delle semplici corde e grazie all'aiuto della nipote non fu difficile sbloccarla. Dopo che l'ebbero rimossa, le due donne si tirarono indietro per permettere al prigioniero del pozzo di uscire all'aperto. Fu così che videro emergere dalla cavità un uomo completamente ricoperto di polvere e fango, allo stremo delle forze. Chiara si sporse dal ciglio del pozzo per capire come potesse essere arrivato fin lì e scorse una scala a chiocciola che scendeva nelle profondità, scomparendo nel buio. Poi si diede un contegno e rivolse un'occhiata interrogativa allo sconosciuto.

«Il mio nome è Uberto...», disse lui, sdraiandosi esausto sull'erba. «E in nome di Dio, vi sarò eternamente grato».

14

Il braccio amputato si stagliava al bagliore della lucerna come un animale morto. I tatuaggi che decoravano la mano, dita comprese, lo rendevano più simile a una scultura, pensò Ignazio. L'opera di uno scalpellino consacrato a un intreccio tra il sacro e il blasfemo, a simboli remoti quanto la storia dell'uomo. Il cavaliere, il serpente e la coppa. Sul palmo erano però visibili anche una Madonna con Bambino e una colomba, che lasciavano spazio a un'unica interpretazione: magia talismanica, ibrido nato da un sovrapporsi di lingue, religioni e filosofie. Ma la bizzarria principale consisteva nel trovarsi al cospetto non di un amuleto o di una pergamena, bensì di una mano. Una mano destinata a chiudersi in un saluto benedicente. Un *signum*, come nei rituali orgiastici dell'antica Frigia.

Un accavallarsi di enigmi, avrebbe detto il mercante. Ma nello sguardo di Konrad von Marburg lesse una parola ben differente. *Aberrazione.*

«Prima d'ora non avevo mai visto nulla di simile», ammise con franchezza. Il soldato al suo fianco, muto come una tomba, continuava a trattenerlo per la spalla. Un atteggiamento soltanto intimidatorio, dato che non sarebbe potuto scappare da nessuna parte.

Il volto di von Marburg era un mosaico di chiaroscuri. «Io invece mi ci imbatto per la terza volta», rivelò. «Tre uomini diversi, in luoghi lontanissimi tra loro».

«Non avrete tagliato il braccio a tutti», ironizzò il mercante senza allegria.

Konrad non raccolse. «Avete notato l'iscrizione sotto il tatuaggio del cavaliere?».

Ignazio osservò l'arto con maggiore attenzione, e scorse sul dorso della mano sette geroglifici.

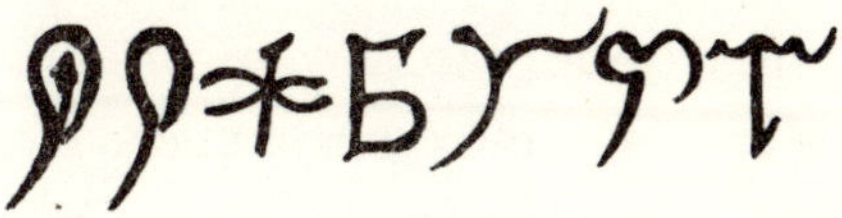

«A prima vista si direbbero rune, ma non lo sono. Sapete cosa significano?».

Il religioso lo fissò con freddezza. «Non ha importanza».

Il mercante non aveva dubbi al riguardo. L'unica cosa davvero importante per von Marburg era conoscere il suo grado di coinvolgimento nella vicenda, e tenerlo segregato in un pozzo per il resto della vita. Certi uomini sembravano nati apposta per infliggere tormenti in certi gironi infernali, e per schiacciare ogni forma di volontà e di pensiero. «Mi rincresce deludervi», disse, fingendo di non aver udito. «Non ho idea di cosa significhi quell'iscrizione».

Konrad non si scompose. «Può darsi che di *altri simboli*, però, abbiate esperienza». C'era tedio nella sua voce, o forse impazienza. Raccolse la lucerna dallo scrittoio e varcò la soglia che portava all'ambiente attiguo. «Permettete che ve li mostri».

Ignazio lo seguì, sempre scortato dal soldato, e come previsto si ritrovò in una camera da letto.

Gli altri simboli erano ben riconoscibili, e di una semplicità sorprendente.

Al centro del pavimento c'era un cerchio grande abbastanza da contenere un uomo, tracciato con del carbone. Al suo interno due lettere greche, un'alfa e un'omega. All'esterno, invece, erano stati disposti tre seggi di legno con sopra una colomba sgozzata, un pesce e una candela fusa.

«Qui si è tentato di compiere una...». Ignazio frenò la lingua. Non voleva pronunciare quella parola, non davanti all'uomo che gli stava di fronte.

«Un'invocazione?», suggerì Konrad, compiaciuto. «Sono d'accordo con voi, mastro Ignazio, con una riserva. Qui non si è semplicemente *tentato*. Qui il Maligno ha manifestato per davvero il proprio potere».

«Ne avete le prove?»

«Prove? Ne ho fin troppe! Ho trovato simboli identici anche a Magonza, nella casa di un eretico che ha fatto la stessa fine di Gebeard von Querfurt, e marchiato con gli stessi tatuaggi sulla mano destra».

«Sono eventi sconcertanti, ve ne do atto. Ciò nondimeno, credo si possano spiegare anche senza chiamare in causa il soprannaturale».

«Escludereste quindi la presenza di un *mediatore*? L'intervento di qualcuno che abbia favorito il verificarsi di simili fenomeni?»

«Intendete un *magus*?», azzardò Ignazio, incuriosito suo malgrado. Non credeva nella magia, ma era sua opinione che certi rituali avessero il potere di sprigionare forze sconosciute dagli effetti prodigiosi, a prima vista inspiegabili.

«Non un magus, ma un magister», precisò il religioso. «È conosciuto come Homo Niger e prende parte ai conciliaboli degli eretici. Deve aver viaggiato in Germania, in Francia, in Italia, e chissà dove altro ancora, raccogliendo intorno a sé una cerchia di discepoli che perpetrasse i suoi insegnamenti. Corre voce che provenga da Toledo e che abbia l'aspetto di un uomo alto e magro, sempre vestito di scuro. In altre parole, un ispanico edotto nelle filosofie occulte, quale voi siete».

Il mercante trasalì. «Non starete per caso insinuando che io...».

«Non insinuo proprio nulla, mastro Ignazio. Io *deduco*. Poc'anzi vi siete vantato di aver studiato a Toledo e di conoscere i libri negromantici che là vengono tradotti».

«Distorcete le mie parole! Non mi sono mai fatto vanto di nulla, e non ho neppure confermato quanto affermavate riguardo la negromanzia».

Konrad sorrise con astuzia. «Non l'avete neppure negato».

Ignazio si sentì sull'orlo di un baratro. Ora finalmente capiva! Fin da subito aveva intuito di essere caduto in trappola, ma non poteva certo immaginare che von Marburg avesse intenzione di accusarlo dell'omicidio delle catacombe. E tuttavia non poté reprimere lo sdegno, le parole che gli erano state rivolte sfioravano la calunnia. «In molti, a Toledo, hanno compiuto gli stessi miei studi», si difese.

«Voi tuttavia vi trovate in questa casa, implicato in questi eventi. Non eravate forse presente alla morte di Gebeard von Querfurt?»

«Non significa nulla».

«Davvero? Cosa siete andato a fare nelle catacombe?»

«Ve l'ho spiegato poc'anzi. Concludevo una trattativa con il canonico della cattedrale».

«Menzogna!». Nulla nel sembiante di von Marburg tradì la rabbia. Nulla eccetto la voce, che divenne cavernosa e intimidatoria: «Stavate corrompendo un uomo di chiesa offrendogli delle false reliquie! Poi l'avete fatto assistere allo scempio delle carni di von Querfurt. Uno scempio avvenuto per opera del Maligno, con il fuoco degli inferi!». Il suo indice si sollevò in segno di accusa. «Si è trattato del sacrificio di un vostro stesso discepolo, non è vero? Ammettetelo!».

Ignazio frenò le emozioni. La paura e il nervosismo sarebbero valsi soltanto a peggiorare le cose. «Non avete prove», ribadì, mentre la mano del soldato gli stringeva la spalla come una morsa di ferro. «Prima di ieri non avevo mai incontrato Gebeard von Querfurt. E non esistono precedenti che possano collegarmi a un simile delitto».

Konrad parve sul punto di avere una reazione violenta, ma dominò la furia che lo divorava, sfogandosi solo con alcune parole. «Sostenete di non avere precedenti?», sibilò, passeggiando intorno al cerchio senza staccargli gli occhi di dosso. «A Colonia si ricordano benissimo di voi, e anche altrove. Si dice abbiate viaggiato molto in questi anni. Siete stato persino in Oriente, fra i saraceni, e c'è chi parla di voi come di un negromante».

Storie vecchie, si disse il mercante, eppure capaci di tornare sempre a galla. «La vicenda di Colonia risale a quasi trent'anni fa. E per quanto riguarda la mia presenza in altri luoghi, ho sempre agito in buona fede». Adesso era la sua voce a esprimere tedio. «Le vostre non sono accuse, ma calunnie basate su dicerie senza fondamento. Come osate impugnarle contro di me?».

Per un attimo Konrad apparve impressionato da quel comportamento. Ma quando fu il suo turno di ribattere, si espresse con fermezza: «Oltre a essere un espediente inutile, negare le accuse di fronte all'evidenza è sinonimo di sfacciataggine. Mastro Ignazio, siete tanto orgoglioso da credere di potermi ingannare? Ebbene, sappiate che la vostra fama di negromante proviene da fonti assai più recenti e attendibili».

Il mercante lo fissò incredulo. «Quali fonti?»

«Suger de Petit-Pont». Il prete snocciolò le sillabe con puro piacere. Il piacere del ragno che avvolge la preda ancora viva nella tela. «Capirete quindi perché sia persuaso del fatto che voi siate l'Homo Niger, il magister di Toledo che ha dato avvio a questa torbida vicenda. Il gran maestro dei Luciferiani».

«E chi sarebbero mai i Luciferiani?», domandò Ignazio, incapace di credere alle proprie orecchie. Ma il soldato che aveva al fianco lo sorprese con un pugno all'addome. Il colpo fu tanto violento da costringerlo a piegarsi in avanti.

Quello doveva essere soltanto l'inizio, pensò con terrore.

E nella sua mente si profilò l'immagine di un rogo.

15

Galvano Pungilupo amava camminare di notte. Il fetore dei bassifondi non lo disturbava. Anzi, acuiva i suoi sensi di segugio. L'odore delle strade gli era di ispirazione, quasi potesse suggerirgli dove andare, cosa cercare. Trovava più stimolante cacciare tra i borghi infestati dai miasmi, piuttosto che per le selve e gli spazi aperti. Perché se la preda favorita da von Marburg era l'eresia, la sua era l'uomo.

Soprattutto, Pungilupo aveva una predilezione per la fauna notturna delle città. Ladri, putte, mendicanti, lenoni. Spiava con avidità i loro movimenti, le loro vite segrete, e non disdegnava di intrattenersi in compagnia della peggior feccia. In quelle creature umbratili coglieva una vitalità più schietta rispetto alle cosiddette persone dabbene. Una vitalità primitiva, brusca quanto un frutto acerbo, eppure tanto intensa da lasciare storditi. Per questo accettava sempre i doni della notte, qualsiasi essi fossero, sicuro di non restare mai deluso. Più il fetore era intenso, maggiore il godimento che ne ricavava.

Ed era intenso il fetore che si levava dai sotterranei in cui era sgattaiolato il figlio del mercante di Toledo. Ancora più intensa era la tenebra. Pungilupo controllò la discesa e il condotto principale, penetrando in quella che pareva una rete di catacombe dimenticate da secoli. Avanzò con cautela, dirigendo la luce della torcia verso nicchie, rigagnoli di fango, lacerti di affreschi dimenticati da Dio e dagli uomini. Ci sarebbero volute settimane per perlustrare quel labirinto.

Temendo di perdersi, ritornò in superficie.

Forse l'ispanico si stava ancora aggirando là dentro. O forse era bell'e morto, precipitato in qualche anfratto o aggredito dai topi. Si diceva che nelle cloache di Napoli ve ne fossero di enormi, e che aggredissero qualsiasi forma di vita capitasse loro a tiro, esseri umani compresi. Tuttavia l'ordine era di ritrovare il fuggiasco, perciò Pungilupo non si diede per vinto e continuò a perlustrare i vicoli circostanti nel caso fosse uscito da quel buco.

Se era tornato in superficie, l'ispanico poteva aver lasciato qualche traccia. Forse qualcuno l'aveva notato, o magari gli aveva addirittura rivolto la parola. Era difficile sparire nel nulla, specie per un forestiero, per quanto accorto. Il clavigero continuò quindi a cercare finché non gli giunsero all'orecchio delle voci femminili. Ne seguì il richiamo, curioso di verificare a chi appartenessero, e allontanandosi dall'ingresso della catacomba si imbatté in un gruppo di meretrici. Quattro o cinque, risalivano i bassifondi in cerca di clientela.

Si avvicinò guardingo. Se provocate, quelle donne potevano rivelarsi più pericolose di un sicario. Tanto abili nel dare piacere quanto a usare lame e veleni, non si poteva mai sapere cosa nascondessero sotto le loro vesti.

«I miei omaggi, signore», esordì. «Qualcuna ha per caso visto un ispanico aggirarsi nei dintorni?»

«Sono mesi che non mi faccio un ispanico», sospirò una biondina, suscitando le risate delle compagne.

«Si chiama Uberto Alvarez», proseguì il clavigero. Forse perdeva tempo, ma valeva la pena tentare. Di solito le puttane erano ottime osservatrici e più di una volta gli erano state d'aiuto. «Oggi è passato nei paraggi con il padre. Non è un comune plebeo, spicca in mezzo alla gente per gli abiti che indossa, ed è pure di bell'aspetto».

«E cos'avrebbe mai fatto questo tizio?», chiese la biondina.

«Vorrei aiutarlo», mentì Pungilupo. «Hanno arrestato il padre».

A tali parole si fece avanti la più matura del gruppo. Capelli neri e seni procaci, un volto da incantatrice. «Il nostro tempo costa, messere», disse con malizia. «Siete qui soltanto per parlare, o intendete passare ai fatti?».

Il clavigero allargò un sorriso da lupo famelico. «Entrambe le cose, s'intende».

«Allora dimostratelo», lo provocò la mora, prendendogli le mani per portarle al petto. «Siete un soldato, vero? So cosa piace ai soldati».

Pungilupo tastò la carne di Ermelina, poi la rigettò indietro con una smorfia delusa. «Non con te, vecchia troia», e scrutando in mezzo al gruppo, fece cenno alla biondina di farsi avanti. Non doveva arrivare ai quindici anni, ma aveva nello sguardo la spudoratezza di una donna navigata. Le abbassò la scollatura del vestito per scoprire i seni. Erano sodi, con piccoli capezzoli. Il clavigero li prese tra le mani, stringendoli senza curarsi di farle male. Carne fresca nel fondo di una cloaca, si disse. Infine le passò le dita sulle labbra e la fece inginocchiare davanti a sé.

E mentre sentiva crescere l'eccitazione, Galvano Pungilupo ebbe un'illuminazione. Si ricordò di un oggetto. Un oggetto che aveva visto nella casa di Alfano Imperato la notte addietro, quando aveva fatto irruzione al seguito di von Marburg. Un oggetto che era rimasto nelle mani del medico francese, finché non era stato posato in un angolo, senza che nessuno se ne curasse più...

Forse quell'oggetto avrebbe potuto offrirgli degli indizi.

E forse, il figlio del mercante sarebbe andato a cercarlo.

16

Patrizia l'aveva lasciato andare a malincuore, il bel messer Uberto.

Uscito dal pozzo dei morti, l'aveva visto stramazzare sull'erba. Zia Chiara le aveva ordinato di portarlo al coperto prima che le altre monache potessero accorgersi dell'accaduto. Era proibito intrattenersi con uomini presso il monastero di San Gregorio Armeno, specie di notte, e se qualcuna avesse fatto la spia, sarebbe stato un guaio. Per il momento non era nemmeno il caso di scomodare la badessa, solita a pretendere un mare di spiegazioni per un nonnulla. Figurarsi per una situazione del genere! Tanto meglio ricoprire in fretta l'imboccatura del pozzo e ritirarsi al chiuso, senza farsi notare da nessuno.

Disteso su un giaciglio al pianoterra, Uberto si era addormentato mormorando un ultimo "grazie". Scottava per la febbre. Era esausto, spaventato, e respirava a fatica. Laggiù, nei sotterranei, non ci doveva essere aria pulita, almeno a giudicare dai miasmi che fuoriuscivano dal pozzo nei giorni di pioggia.

«Occupati di lui», le aveva ordinato zia Chiara. «E non raccontare niente ad anima viva finché non te lo dico io».

Patrizia non se lo era fatto ripetere. In un convento di clausura erano rare le occasioni per stare in compagnia di uomini, specie belli come quel giovane. Per prima cosa l'aveva spogliato. Gli abiti erano laceri e sozzi, ormai inservibili. Poi l'aveva ripulito dalla testa ai piedi passandogli sulla pelle un panno bagnato. E man mano che rimuoveva lo sporco, se l'era mangiato con gli occhi. Com'era bello! Era stata sul punto di cedere alla tentazione di baciarlo, se la zia non si fosse presentata per controllare. Chissà da dove veniva, e soprattutto se era maritato.

Uberto si era svegliato poco prima dell'alba. Un rapido sbattere di palpebre, un sussulto, poi aveva chiesto dell'acqua. E portandogli da bere, la ragazza era rimasta incantata dai suoi occhi ambrati.

Poi lui era di nuovo sprofondato nel sonno.

Il mattino seguente si era destato di soprassalto e, senza perdersi in chiacchiere, aveva chiesto dov'era e da quanto tempo dormiva. Patrizia l'aveva pregato di riposarsi un altro po', ma lui sembrava intenzionato ad andarsene al più presto. Era gentile, ben educato e aveva addirittura detto di voler pagare per il disturbo arrecato. Figurarsi, aveva pensato Patrizia, nessun disturbo. D'altro canto zia Chiara aveva rifiutato l'offerta, dicendo che la carità non andava risarcita. A quel punto Uberto aveva fatto un'ultima richiesta: degli abiti di ricambio, qualcosa di semplice che non desse nell'occhio.

Si era congedato senza dare spiegazioni sul perché e sul come fosse capitato dentro al pozzo dei morti. E nel vederlo andar via, Patrizia si era quasi messa a piangere.

Che il Signore lo avesse benedetto, il suo bel messer Uberto.

Carri in movimento, gruppi di passanti. Massaie, mercanti, bambini a piedi scalzi. Alle prime luci del mattino, le strade di Napoli erano un intreccio di figure e rumori. Uberto uscì dal cavalcavia tra il monastero di San Gregorio Armeno e quello di San Pantaleone per proseguire sotto un loggiato che correva parallelo alla Summa Plaza. Si sforzò di comportarsi con naturalezza, senza esporsi al sole, pur essendo abbastanza certo di passare inosservato. In cambio degli abiti rovinati, suor Chiara da Grottaferrata gli aveva procurato un saio da francescano, rattoppato in più punti ma pulito. Uberto ne aveva apprezzato soprattutto il cappuccio, ampio abbastanza da nascondere il volto. Del precedente vestiario conservava i calzari, la bisaccia e la scarsella, assicurata al cordone. Inoltre, nascosto sotto il saio, portava un coltello appeso al collo con un laccio di pelle.

La notte precedente aveva temuto di non farcela. Addio a Moira e alla piccola Sancha, si era detto. Addio ai suoi genitori. Aveva proceduto a tentoni tra liquami e pareti scrostate, posando le mani su cose talmente repellenti da provarne disgusto al solo ricordo. Incapace di ritrovare il punto da cui era entrato, aveva dovuto avanzare nel buio, soffocato dai miasmi, e quando ormai aveva creduto di non farcela si era accorto di uno spiffero d'aria che l'aveva guidato fino a una cisterna collegata alla superficie. Non fosse stato per quel colpo di fortuna, avrebbe continuato a vagare nelle profondità fino alla morte.

Adesso però doveva provvedere a suo padre. Al momento si trovava probabilmente in compagnia di Alfano e Suger, che secondo il resoconto di Tommaso erano stati arrestati con l'accusa di negromanzia. Anche nel caso si fosse trattato dell'azione di un tribunale vescovile o di un religioso investito di poteri speciali, dovevano essere stati rinchiusi in un carcere gestito dalle autorità civili, come da prassi. Tuttavia, non aveva idea di dove iniziare a cercare.

Uberto era solo a Napoli. Non sapeva a chi rivolgersi e temeva che facendo domande nei posti sbagliati avrebbe soltanto destato sospetti. Inoltre era probabile che gli sgherri di von Marburg lo stessero ancora cercando, quindi doveva usare la massima discrezione. Del resto, la pista da seguire era una sola.

Si incamminò con passo svelto verso la casa di Alfano Imperato e quando la raggiunse si appostò dall'altra parte della strada, presso una vecchia colonna di marmo. Aveva un piano, ma doveva attendere. Trascorsero due ore prima che accadesse qualcosa. Nel frattempo assistette a una lite fra monelli, all'esibizione di un guitto e persino a una grida che annunciava l'espulsione dei francescani da Spoleto, perché colpevoli di parteggiare per i Clavigeri.

Infine l'attesa fu premiata. La porta della casa si aprì e ne uscì la serva del canonico con due secchi in mano. Uberto la lasciò procedere, e quando fu certo di non essere stato notato, la seguì.

La serva avanzò per la Summa Plaza evitando di proposito gli sguardi dei passanti. Ciò nonostante, fu costretta a fermarsi un paio di volte per rispondere alle domande di alcune comari. Domande riguardanti senz'altro l'arresto di Alfano, a giudicare dal suo atteggiamento evasivo e al tempo stesso imbarazzato. Infine riprese il cammino e raggiunse un pozzo al centro di uno slargo, riempì i secchi e si diresse di nuovo verso casa. Il carico doveva pesarle, poiché fu costretta a fermarsi sotto un porticato, appartandosi dal viavai.

Uberto non si lasciò sfuggire quell'occasione. Attese che la donna riprendesse fiato e le si avvicinò di soppiatto, poi la prese per un braccio e la trascinò all'ombra di un vico deserto, senza farsi notare da nessuno. Non poté evitare che i secchi d'acqua cadessero a terra, ma impedì alla serva di gridare, chiudendole la bocca. Immobilizzarla fu un'operazione più difficile del previsto. La donna era abbastanza tarchiata da fare invidia a certi tangheri da bassifondi, e richiese le maniere forti. Uberto se ne dispiacque, ma non aveva alternative.

«Zitta!», le bisbigliò, scoprendosi il volto. «Mi riconoscete?».

La serva, congestionata dallo spavento, annuì.

«Ora vi tolgo la mano dalla bocca, ma state attenta a non gridare...». Le mostrò il coltello. «Intesi?».

Un altro cenno affermativo.

Uberto non avrebbe mai creduto di essere capace di una condotta tanto ignobile, e nell'accorgersi che gli riusciva facile provò disgusto per se stesso. D'altronde, pensò, era finito in una situazione disperata. «Ieri hanno arrestato il vostro padrone», disse. «Dove l'hanno portato?».

La donna scosse il capo. «Non lo so...».

«Mentite!». Uberto le avvicinò il coltello alla gola. «Dovete saperlo per forza. Siete la sua domestica. Eravate presente all'arresto!».

Avvertì il timore della serva ma, anziché impietosirsi, aumentò la pressione della lama. «Non costringetemi a fare ciò che non voglio», la minacciò, trasfigurato più dalla disperazione che dalla rabbia. «Ditemi dove l'hanno portato».

La donna cedette. «All'isola del Salvatore», confessò, afflosciandosi come un otre sgonfio. «Insieme al medico francese».

«Un'isola?»

«Sì. L'isola del Castello Marino».

La pressione del coltello si allentò. «Ebbene, indicatemi dove si trova quel luogo e smetterò di importunarvi».

Dopo aver lasciato andare la donna, Uberto proseguì per il vico deserto. Ora sapeva dov'era rinchiuso suo padre. Quel progresso gli infuse un po' di speranza, ma non si fece illusioni. L'informazione non sarebbe valsa a nulla se non avesse scoperto il motivo della cattura di Ignazio. Era necessario avvicinare quel Konrad von Marburg, capire le sue ragioni e dissuaderlo. Uberto, tuttavia, era consapevole di non potersi rivolgere direttamente a quell'uomo senza rischiare di finire in gattabuia. Serviva un intermediario, una persona inserita negli ambienti ecclesiali che fosse disposta a parlare in sua vece. L'unico nome a venirgli in mente fu quello di suor Chiara da Grottaferrata, ma dubitò che una semplice monaca godesse di autorità sufficiente per farsi ascoltare da von Marburg.

Sentì un rumore di passi. Troppo lenti, troppo cauti.

Si voltò di scatto e incrociò lo sguardo di un uomo. Corporatura media, sopravveste militare, pugnale inguainato alla cintura.

Il soldato si fermò in mezzo al vico deserto e lo scrutò con attenzione, con un ghigno compiaciuto. Un ghigno da lupo famelico. *Ti conosco*, sembrò volergli dire. Invece posò a terra la bisaccia di tela che portava a tracolla e gli andò incontro a lunghe falcate.

Uberto capì di essere in pericolo e iniziò a correre, ma non poté evitare che l'inseguitore gli piombasse alle spalle. Ricevette una spinta, cadde sulle ginocchia e si sentì afferrare per le vesti.

«Stai fermo e fammi vedere la faccia!», abbaiò lo sgherro, tirandogli indietro il cappuccio. «Sei proprio tu, non è vero? Sei il figlio del...».

Il giovane lo colpì con una gomitata in faccia, si divincolò e cercò di fuggire. Ma il soldato gli sbarrò la strada, sfoderando il pugnale in un lampo di luce. Il colpo andò a vuoto. «Ispanico di merda!», ringhiò, la bocca e il naso lordi di sangue.

Evitando un secondo fendente, Uberto si chinò a terra e raccolse un grosso ciottolo per difendersi, ma prima di poterlo usare ricevette una ginocchiata all'inguine e un pugno alla mascella. Crollò bocconi, mentre una percossa in mezzo alle scapole gli mozzava il respiro.

«Sapevo che ti saresti fatto vivo a casa del canonico». Il soldato si sfregò il mento sporco di sangue e raccolse la bisaccia che aveva posato a terra. «Cercavi *questa*, non è vero?»

«No...», tossì Uberto, senza comprendere il significato di quelle parole. Allungò la mano per raccogliere il ciottolo, ma si accorse che era ruzzolato troppo lontano.

Irritato da quel gesto, lo sgherro sollevò un piede per sferrargli un calcio in testa, ma prima che potesse farlo lanciò un grido di dolore. Qualcuno l'aveva preso a sassate. Si voltò di scatto, feroce, e vide una donna dai capelli neri uscire dalla semioscurità. «Io ti conosco», latrò, puntandole contro il pugnale. «Vecchia troia».

Uberto era stordito e ammaccato, ma accorgendosi che il nemico gli voltava le spalle raccolse le forze per reagire. Si rialzò in piedi, impugnò il coltello che portava appeso al collo e lo colpì a tradimento.

Con un urlo straziante, lo sgherro lasciò cadere la bisaccia e il pugnale, poi si portò le mani al lato destro della faccia. L'orecchio era stato amputato di netto, il sangue colava a fiotti sulla guancia. Tenendosi premuta la ferita, rivolse all'aggressore un'occhiata talmente rabbiosa da tracimare nella follia, ma subito dopo arretrò. Uberto aveva raccolto il suo pugnale e glielo stava puntando contro.

Il soldato era una maschera di sangue e dolore. «Me la pagherai!», lo minacciò, schiumando dalla bocca. «Me la pagherete tutti e due!».

Uberto non sapeva cosa fare. Era diviso tra l'istinto di uccidere e il rimorso per aver inflitto a quell'uomo un dolore tanto grande. Fissava la sua figura ingobbita e tremante d'ira, incapace di prevedere la sua reazione.

Il clavigero approfittò della sua titubanza, spinse la donna a terra e fuggì gridando verso la Summa Plaza.

«Chiamate i birri! Chiamate i birri!», urlava Galvano Pungilupo, correndo tra la gente con la faccia grondante sangue.

«Seguitemi, messere», disse Ermelina, rialzandosi da terra. «O ve la vedrete con i birri».

Uberto l'aveva subito riconosciuta. Era la putta che il giorno prima si era intrattenuta a parlare con suo padre. Anziché ribattere, raccolse la bisaccia caduta allo sgherro e ne controllò il contenuto. Con sua grande sorpresa, trovò all'interno il mantello del Sagittario. Il soldato doveva essere tornato indietro, nella casa di Alfano, per riprenderlo, supponendo che lui e suo padre avrebbero fatto altrettanto. Quanto si sbagliava! Fino al giorno prima Uberto non avrebbe esitato a disfarsi di quell'oggetto senza alcuna remora, ma ora non gli era possibile. Poteva rivelarsi utile. Quindi mise la bisaccia a tracolla e, suo malgrado, seguì la donna.

Ermelina lo condusse lontano dalla Summa Plaza, facendogli strada in un intrico di viuzze, svolte e porticati, muovendosi in un mondo appartato che serpeggiava intorno alle vie principali. Dopo un lungo cammino, imboccò un androne che sfociò in un cortile cinto da catapecchie.

«Ora siamo al sicuro», disse, fermandosi.

Uberto fece per ribattere ma lei lo zittì con un cenno. «Ieri vi ho visto con Ignazio da Toledo, gli somigliate molto... Siete suo figlio, non è vero?»

«Lo sono».

«Ebbene, mi è giunta notizia di vostro padre. L'uomo che vi ha aggredito, be', sapevo che era sulle vostre tracce. Stanotte è venuto a cercarvi in queste borgate. Ha fatto domande a me e alle mie compagne, ha parlato di Ignazio... Sono qui per aiutarvi».

Uberto incrociò le braccia al petto. «E perché mai?»

«Affari miei». Ermelina sfidò il suo sguardo, fissandolo con severità. «Non vi fidate di me?»

«Siete intervenuta in mia difesa e ve ne sono grato», confessò lui. «Ma non mi piacete».

«Non ho bisogno di piacervi, dacché vi sono necessaria». La donna parlava con foga, ma senza lasciar trapelare emozioni. «Il mio aiuto vi sarà indispensabile se vorrete liberare Ignazio».

«Non è detto». Uberto mostrò la bisaccia raccolta da terra. «Qui dentro c'è un oggetto che proverà l'innocenza mia e di mio padre. Consegnandolo, darò prova di buona fede».

«Non so di cosa stiate parlando, ma se vi farete riconoscere verrete subito arrestato e non vi sarà data alcuna possibilità di spiegarvi, né di liberare vostro padre».

«Potrei rivolgermi a...».

«Nessuno vi ascolterà». Parole dure, quelle di Ermelina. «Non capite? Chi viene imprigionato nell'isola del Salvatore è spacciato».

«Conoscete quel posto? Conoscete il Castello Marino?»

«Conosco i soldati che vi trovano quartiere».

Uberto fece cenno di comprendere. «Me ne rammento», disse con dispiacere. «Vostro marito...».

«Sì, mio marito», confermò lei, con sprezzo. «E molti altri».

«Credete che qualcuno dei guardiani possa liberare mio padre?»

«Le grazie di una putta non bastano a guadagnarsi la complicità di un soldato. Sarà necessario agire in altro modo. Si dovrà entrare in segreto nel castello, trovare Ignazio e portarlo fuori».

«Preferirei metodi più discreti e meno rischiosi».

Ermelina scosse il capo. «Se vi preme per vostro padre, non

avete alternative. Dovrete strapparlo dalle mani dei carcerieri e fuggire da Napoli».

«E tuttavia il vostro piano ha dell'impossibile». Uberto si accigliò. «Come si può entrare in una rocca inespugnabile e fuggirne illesi?»

«C'è un uomo che l'ha già fatto», rispose Ermelina, allargando un sorrisetto complice. «È a lui che dovrete rivolgervi».

Uberto non poté evitare di essere contagiato da quel sorriso. «Iniziate a incuriosirmi. Parlatemi di questo individuo».

«Vive nella zona del Mandracchio. Si chiama Nicola di Bari, ma è noto a tutti come Cola Pesce».

PARTE TERZA
IL CASTELLO SUL MARE

Sono nato sotto la stella di Nicola di Bar
che se fosse vissuto a lungo, saggio sarebbe stato
e invece trascorse molto tempo fra i pesci, nel mar
e pur sapendo che prima o poi sarebbe spirato
mai più sulla terra andò a dimorar
o se lo fece, a morir là fu poi tornato
nel grande mar da cui non poté più uscire
e dove senz'altro finì per perire.

Raimon Jordan, *Aital astr' ai com Nicola de Bar*

17

La preghiera non bastava. Non in quel luogo. Non sotto un sole tanto caldo, mediterraneo, con un vento che portava gli odori di un mondo così diverso dal suo. Nella Turingia, il sole aveva l'aspetto di un astro pallido e lenticolare che al massimo, nel meriggiare estivo, emanava un discreto tepore. E il vento... il vento delle regioni germaniche non era certo uno zefiro profumato, ma una sferza rigida e sibilante.

La preghiera non bastava proprio a fargli raggiungere il raccoglimento.

Konrad von Marburg stava scendendo da una delle torri più antiche del Castello Marino, eretta durante la dominazione normanna. L'aveva preferita alle altre perché più spartana e compatta. Al contrario, la torre di Colleville, quella maestra e quella di mezzo possedevano abbellimenti che ricordavano lo stile arabo, suscitando in lui un istintivo disgusto. Per motivi analoghi aveva evitato la chiesa di San Salvatore entro le mura. Era un edificio vetusto e, come ogni monumento risalente all'età romana, tradiva una sgradevole somiglianza con i templi pagani.

Ma anche nella più sobria torre normanna, Konrad non era riuscito a trovare né silenzio né refrigerio. Salito in cima, era rimasto affacciato a un'angusta finestra che guardava verso il mare, finché la luce intensa e l'aria salmastra non l'avevano messo a disagio.

Fu quasi con urgenza, quindi, che scese le scale tenendo stretto il suo crocifisso di metallo. Il contatto con quella superficie fredda lo fece sentire un po' meglio, ma non abbastanza. Allora socchiuse gli occhi, cercando di richiamare alla memoria lande oscure spazzate dalla bufera, superfici brulle e foreste scheletriche, villaggi raccolti intorno a chiese aggrappate alla terra come alberi secolari. E finalmente sentì rinvigorire nello spirito il timor di Dio, quel sentimento puro e inflessibile che per un attimo aveva smarrito.

Il cedimento era avvenuto un'ora prima, nel trovarsi faccia a faccia con Tommaso. Quel bambino l'aveva scosso, infondendogli un calore tanto intenso da sconvolgerlo. Non si era trattato di una semplice esternazione di umanità, e nemmeno di dolcezza infantile. Tommaso aveva un che di speciale, gli era bastato pronunciare poche parole perché Konrad riconoscesse in lui il dono della grazia. La luce sublime dello Spirito Santo.

Ma la fede di Tommaso era diversa dalla sua. In principio von Marburg aveva temuto che fosse stata infettata dal seme dell'eresia, infine si era ricreduto e per un attimo aveva desiderato essere come quel fanciullo, per dare sfogo a un'interiorità trattenuta da anni, sin dall'infanzia. Poi aveva ricordato la sua natura di cacciatore e si era affrettato a reprimere quei sentimenti, per non soccombere a essi. Farlo sarebbe stato uno sbaglio, si disse. La luce divina, in lui, doveva rifrangersi su cristalli di brina invernale. Cristalli lucidi e taglienti come lame.

Grazie a quel rigore, Konrad era riuscito a mettere il negromante ispanico alle strette, anche se solo in un confronto preliminare. Per un autentico processo si sarebbe dovuto attendere. Prima doveva interrogare a fondo gli altri prigionieri, per non permettere a Ignazio da Toledo di scagionarsi a causa di qualche vizio d'indagine.

A tal riguardo, l'incontro con Tommaso si era rivelato infruttuoso. Il bambino era coinvolto nella vicenda soltanto a livello marginale. Per ingenuità, aveva creduto all'innocenza del mercante. Per altruismo, l'aveva avvertito del pericolo. Non si poteva certo fargliene una colpa. Aveva dato prova di bontà d'animo, esponendosi per difendere coloro che reputava innocenti.

Ancor meno interessante era stato il suo resoconto su Suger. Ma

Konrad disponeva di altre informazioni. Informazioni indipendenti da quelle ottenute da Tommaso, e che collegavano il magister medicinae non solo all'omicidio di Gebeard von Querfurt ma anche alla setta dei Luciferiani.

Ancora pochi elementi e li avrebbe messi tutti in ginocchio.

Sceso dalla torre normanna, superò un camminamento che passava sotto un arco e proseguì all'ombra di un loggiato di legno, incrociando un gruppo di monaci basiliani diretti alla chiesa isolana. D'un tratto mise da parte ogni ritrosia e fu tentato di seguirli. Nonostante l'architettura paganeggiante, San Salvatore restava comunque un luogo di preghiera. Avrebbe fatto bene a visitarla, ma non in quel momento. La sua presenza era richiesta altrove.

Schermandosi gli occhi dal riverbero del sole, uscì dal loggiato e camminò verso un'ampia terrazza affacciata sul mare, dove un gruppo di persone attendeva il suo arrivo. Fra tutti spiccava il corpulento borgomastro della Summa Plaza. Accanto a lui, segaligno e ritto come una verga, il baiulo cittadino si aggiustava l'allacciatura del mantello con palese disagio. Konrad gli si avvicinò con fare cordiale. In assenza di funzionari di corte, quell'uomo rappresentava la volontà dei *majores cives*, quindi l'autorità civile di Napoli.

«Reverendo padre», il baiulo disegnò un rigido inchino, «auspico che il soggiorno al Castello Marino vi sia gradito».

«Nessun soggiorno». Il religioso fece un cenno di sprezzo, irritato al solo pensiero di vedersi circondato dagli agi. «La mia necessità riguarda esclusivamente l'utilizzo delle carceri».

«Il castello è proprietà imperiale», puntualizzò il nobiluomo con malcelato dissenso. «Ma date le circostanze, e considerata la patente papale di cui siete provvisto, non possiamo impedirvi di utilizzarlo».

Von Marburg annuì per manifestare gratitudine, sentimento che in realtà non provava. A suo avviso, chiunque agisse per conto della Santa Sede aveva il diritto di disporre di qualsiasi cosa e persona. «Dopotutto, l'imperatore Federico II si è sempre pronunciato a favore della caccia dell'eresia». Con simili parole, sfidava l'interlocutore a mettere a nudo la propria ostilità. E sorridendo, aggiunse: «Nonostante i recenti dissidi con il papa, s'intende».

Il baiulo avvampò, ma si guardò bene dal replicare.

«Reverendissimo», intervenne il borgomastro, indicando un uomo e una donna rimasti in disparte. «Come da voi richiesto, ho fatto condurre qui i parenti più prossimi del fanciullo. Desiderate interrogarli?».

Konrad mantenne lo sguardo fisso sul borgomastro, grasso come un bove ma di natura mansueta. Gli era stato utile per l'operazione di polizia – il sequestro – della notte passata. «Niente affatto», rispose, spostando l'attenzione verso la coppia. Entrambi giovani, la donna aveva lineamenti marcati, quasi moreschi; l'uomo recava sul volto i tratti longobardi dei nobili d'Aquino. «Li ho fatti condurre fin qui all'unico fine di portare via il bambino. Tommaso è libero, lo affido alle cure della famiglia». E ignorando le manifestazioni di gratitudine, tornò a rivolgersi al baiulo: «Sbrigate voi le formalità della scarcerazione. Io ho ben altro a cui pensare».

Nel vedersi trattato come un misero subalterno, il funzionario si indignò al punto da manifestare il desiderio di ribattere. Konrad lo zittì impartendogli una benedizione sommaria, dopodiché girò i tacchi e si allontanò, disinteressato a qualsiasi cerimoniale di congedo avvenisse alle sue spalle.

A infastidirlo non era più il clima, bensì la circostanza. Era finito in un nido di vipere ostili al papa, tenute a freno soltanto dalla paura che l'imperatore fosse morto e che Gregorio IX volesse estendere il proprio dominio su Napoli. In quanto emissario della Sede Apostolica, von Marburg sapeva bene di essere odiato e temuto. Tuttavia non se ne curava granché. Lo attendeva un interrogatorio da eseguire prima del vespro. Il giorno dopo sarebbe stata la Domenica di Pasqua, non voleva che l'opera del Maligno potesse oscurare in qualche modo quella santa ricorrenza.

Ripiegò verso la torre normanna e scese nelle prigioni, poi ordinò al mastro di chiavi di aprirgli una cella. Il soldato eseguì, offrendosi di accompagnarlo all'interno.

Il religioso rifiutò. In quel caso, disse, non ce n'era bisogno.

All'interno di un cubicolo che poteva ospitare al massimo tre persone, Alfano Imperato attendeva seduto in un angolo. Il suo corpo era pervaso da un tremore diffuso, accentuato da piccoli scatti delle mani.

Konrad varcò l'ingresso, rivolgendogli un rispettoso saluto. «Reverendo padre, mi rincresce vedervi in questo stato».

«Allora liberatemi, di grazia», ribatté Alfano, ritrovando una punta di orgoglio.

Il prete scosse il capo. «Il mio rincrescimento non determina a priori la vostra innocenza».

«Vi ho già riferito tutto quel che sapevo», protestò il prigioniero. «Non ho nulla a che fare con i vostri Luciferiani. Non mi sono macchiato di alcuna colpa!».

«Tutti sono colpevoli». Le parole di Konrad andarono oltre il rimprovero. «In quanto uomo di chiesa, voi dovreste saperlo meglio di chiunque altro».

Il canonico si adombrò. «Scusate la mia presunzione, magister».

«Superbia», precisò il germanico.

«Cosa?»

«Anteponendo il vostro giudizio a quello divino, avete peccato di superbia». L'indice di Konrad si protese in avanti. «O credete forse che la vostra coscienza sia infallibile quanto la bilancia di Michele arcangelo?»

«Avete ragione, chiedo venia».

Von Marburg si fece dubbioso. «O forse peccate di menzogna?»

«Perché mai dovrei?»

«Perché temete una punizione», disse il prete. «A tale proposito, non ho potuto fare a meno di notare alcune discrepanze tra la vostra versione e quella del piccolo Tommaso. Rammentate quanto mi avete raccontato sul magister di Toledo? Diceste di non averne saputo nulla finché Suger ve ne fece cenno. Il bambino afferma invece che siete stato voi il primo a menzionarlo».

«Dev'essersi confuso, non c'è altra spiegazione...».

«Ne siete certo?»

«Ricordo di aver visto quel fanciullo alquanto distratto durante la conversazione. Vagava per il mio studio, ammirando le immagini sacre. Forse ha mal inteso...».

Konrad lo fissò a braccia conserte, marziale e impenetrabile. «Siate accorto, reverendo Alfano», gli intimò. «Se dovessi accorgermi che mi mentite, sarei indotto a credere che nascondete qualcosa. Magari che i vostri rapporti con Gebeard von Querfurt fossero più stretti di quanto avete sostenuto...».

«Mi insultate!», avvampò il canonico. «Io sono sincero, aborro l'eresia in ogni sua forma!».

«In tal caso», affermò il prete, conciliante, «apritevi a me».

«Intendete confessarmi?»

«La confessione lava i peccati, buon padre. Io invece intendo portarli alla luce».

Alfano si ritrasse. «Ma senza assoluzione, questo diventerebbe un...».

«Interrogatorio?». Von Marburg si portò la mano alla bocca, quasi avesse pronunciato un'oscenità. Quando la scostò, le sue labbra erano atteggiate in un sorriso complice. «L'interrogatorio si applica a chi nasconde la verità. Con voi, invece, vorrei instaurare un colloquio confidenziale».

«Ve ne rendo grazie, ma non saprei proprio da dove cominciare... La scorsa notte vi ho già raccontato tutto su Ignazio da Toledo e sulla faccenda della falsa reliquia...».

«Qualcosa sfugge sempre». Von Marburg fece un gesto vago. «Ai miei occhi, voi siete stato vittima di un complotto ordito da una setta eretica. Vi pregherei quindi di riesaminare l'accaduto sotto questa luce. Tanto per cominciare, chi vi ha adescato?»

«Gebeard von Querfurt».

«Morto ammazzato».

«Ucciso da una vampata di fuoco», precisò Alfano, con sempre maggior prontezza. «Una vampata uscita da... No, non uscita. *Emanata* da un uomo sbucato dal nulla».

«Sapete chi fosse?»

«C'era buio, ed ero troppo spaventato per guardare... Come già vi dissi, Ignazio da Toledo l'ha scorto senz'altro meglio di me, e l'ha inseguito. Per difendermi, a suo dire».

«A suo dire», sottolineò Konrad. I suoi occhi suggerivano qualcosa che andava oltre il semplice dubbio. L'ipotesi di un reato.

Il canonico se ne avvide e abbracciò quell'ipotesi senza pensarci due volte: «In effetti, credo che mastro Ignazio mi abbia abbandonato di proposito».

«E perché mai avrebbe dovuto farlo, se non fosse stato coinvolto nell'omicidio?»

«Ora capisco!». L'interrogato si batté un palmo sulla fronte. «L'ispanico è fuggito dalla catacomba per non farsi catturare dai birri!».

«Ed è ricomparso poco più tardi, per introdurvi alla conoscenza di Suger de Petit-Pont», completò von Marburg. «Credete davvero sia stato casuale?»

«Sono stato un ingenuo...».

«Proseguite, a costo di ripetere quanto già detto».

Il canonico annuì. «Il medico francese mi ha fatto domande proprio su Gebeard von Querfurt... Sì, ora vedo chiaro... Quel Suger dev'essere in combutta con il mercante di Toledo. Deve aver agito per suo conto...».

«Non saltate a conclusioni affrettate», lo ammonì il prete, «e ditemi cos'ha voluto sapere di preciso il *medicus*».

«La destinazione di Gebeard, qualora fosse partito da Napoli».

Konrad si fece sospettoso. «Di questo, stanotte, non avevate fatto cenno».

«Perdonate, ero assai confuso per via dello spavento...».

«Ebbene, ora mi sembrate alquanto lucido».

Infatti Alfano non si stava più comportando da inquisito, sembrava quasi passato dalla parte dell'accusa. Il tremore l'aveva abbandonato e le mani si erano chiuse a pugno, in una posa aggressiva. «Gebeard me ne aveva parlato nel caso una certa persona avesse chiesto di lui dopo la sua partenza. Una persona che si fosse identificata come il "portatore del mantello"».

«Il portatore del mantello?», ripeté Konrad.

«Suger de Petit-Pont».

«Spiegatemi meglio di cosa si tratta».

«Presto detto. Il magister medicinae aveva con sé un mantello da recapitare a von Querfurt. Me l'ha mostrato di sfuggita, soltanto una volta. È un manto regale ricamato con cura, con strani simboli».

«Simboli?». L'inquisitore gli si avvicinò di scatto, facendolo trasalire. «Cerchi? Colombe? Cavalieri?».

A quell'ultima parola, il canonico annuì. «Al centro era ricamato un cavaliere con l'arco. Tuttavia ho poca memoria per questo genere di cose, non rammento nulla di preciso... E non immagino neppure a cosa potesse servire un simile mantello».

«Però avete detto di conoscere la prossima tappa segnalata da Gebeard», ribatté Konrad, «ovvero la destinazione del mantello. Dico bene?»

«Sì, è la città di Salerno».

«E a chi si sarebbe dovuto rivolgere Suger de Petit-Pont?»

«A una guaritrice». Per la prima volta, Alfano manifestò un pizzico di esitazione. «Una donna che guarisce con le lacrime».

18

Budello. Così veniva chiamata la strada diretta al Mandracchio, il lembo di spiaggia che si affacciava sul molo piccolo. Inutile chiedere la direzione per l'*arcina*, il vecchio arsenale. Le indicazioni che Uberto riceveva dai passanti erano sempre le stesse: seguire il Budello fuori dalle mura e scendere verso sud fino al Mandracchio. Ma quella non era una strada e nemmeno un vico. Era uno scolo miasmatico incuneato tra due alture, il *de illu aquarum*, dove le uniche acque presenti uscivano dagli scarichi di fogne e concerie, ruscellando verso il mare. Uberto fu costretto a farsi largo lì in mezzo. Non esistevano camminamenti nel Budello, soltanto strettoie scavate nel tufo.

Finalmente raggiunse uno spiazzo circondato da catapecchie, un piccolo insediamento sorto a ridosso di un crinale. Sul lato opposto, oltre un dedalo di banchine portuali, oscillava la superficie del mare.

Superò l'ultimo tratto di discesa che lo separava dal Mandracchio e si aggirò per lo spiazzo con circospezione. Indossava ancora il saio ricevuto da suor Chiara di Grottaferrata, benché Ermelina si fosse offerta di procurargli vestiti nuovi. Quella tenuta gli garantiva l'anonimato e la deferenza dei passanti, che lo scambiavano per un religioso.

Camminò con il cappuccio calato sul capo e le mani giunte, mentre i lembi dell'abito strisciavano nel fango. Secondo le indicazioni della putta, avrebbe trovato Cola Pesce nell'unica locanda presente, che non tardò a identificare in una bettola sita in fondo alla strada.

Non appena entrato, fu avvolto da una spessa cortina di fumo che gli fece pensare a un'ostruzione della cappa del focolare, finché non si accorse che le esalazioni provenivano da piccoli bracieri di terracotta disposti sui tavoli. Sostanze inebrianti, suppose, a giudicare dall'espressione sognante di chi le respirava.

Per il resto, lo scenario era dei più consueti. Uomini ubriachi sonnecchiavano su sgabelli o per terra mentre altri confabulavano e giocavano ai dadi. L'ambiente risuonava di insulti e di frasi sboccate, colorite da una babele di accenti incomprensibili.

Uberto avanzò in quella bolgia nebbiosa e catturò l'attenzione dell'oste, attirandolo a sé con un gesto discreto. Quando l'ebbe di fronte, gli mise in mano una moneta e bisbigliò un nome. L'uomo annuì più volte finché indicò un avventore seduto in disparte.

«Vado a tenergli compagnia», disse Uberto. «Portatemi da bere».

L'oste lo squadrò con un misto di venerazione e stupore. Evidentemente non aveva mai visto religiosi nel suo locale, figurarsi servir loro beveraggi. «Cosa gradite, padre?»

«Quello che gradisce *lui*», rispose l'ispanico, incamminandosi verso l'uomo che gli era stato indicato. Era, costui, un tipo di media statura, capelli cortissimi e occhi velati dal fumo di un piccolo braciere. Scalzo, e con un paio di brache strette alla vita con dello spago, poteva dirsi fra i meglio vestiti del locale.

Uberto gli sedette di fronte. «Siete voi Cola Pesce?».

L'uomo fece un gesto vago, tra il cordiale e l'annoiato. La fronte bassa e le labbra carnose gli conferivano un'aria scimmiesca. «Dipende da chi lo vuole sapere».

«Una persona interessata alle prigioni del Castello Marino».

L'uomo inspirò il *fomentum* del braciere e lo fissò con le pupille dilatate.

Uberto lo interpretò come un invito a proseguire. «Corre voce che le conosciate assai bene».

«Perbacco! Potrei raccontare come ci sono entrato», esclamò Cola Pesce, «oppure come ne sono uscito».

Uberto non immaginava perché quell'uomo fosse stato imprigionato nel Castello Marino, e dubitava che l'avrebbe mai saputo. D'altra parte gli era bastato uno sguardo per farsi un'idea di cosa si nascondesse dietro quella faccia bruciata dal sole. Vi colse i segni di una profonda delusione, le ferite di chi si era scontrato con le regole del mondo per finire travolto dalla risacca. Come suo padre.

L'oste riemerse dalla cortina di fumo per posare sul tavolo un fiasco di vino, poi sparì con un inchino. Cola Pesce si servì senza fare complimenti e bevve direttamente dalla bottiglia, tenendo d'occhio il visitatore. «Siete vestito da frate, ma non ne avete il contegno», disse, dimostrando di non essere uno sprovveduto.

Uberto si accorse che stava portando la mano alla cintura, verso uno di quei coltellacci usati dai marinai per tagliare reti e sartiame, e all'occorrenza per farsi valere nelle risse. «Non dovete temermi», lo tranquillizzò. «Sono qui perché ho bisogno di voi».

«Bisogno di me? Vorreste far uscire un qualche vostro compare dal castello?»

«Non un compare. Mio padre».

Il marinaio si strinse nelle spalle. «Fosse anche l'imperatore, non me ne importerebbe un fico».

«Pensateci bene. Non sono uso a chiedere favori senza offrire nulla in cambio».

«Da come siete conciato, dubito possiate permettervi i miei servigi».

«Le apparenze a volte ingannano», ribatté Uberto, rivolgendogli un sorriso pieno di allusioni. «Fate voi il prezzo, buon uomo».

Cola Pesce lo squadrò di sottecchi, poi ingollò un'altra sorsata di vino. «Settanta tarì».

«Ve lo concedo, non siete certo a buon mercato...».

«Rammentate, messere, che mi esporrei a dei rischi. E se venissi catturato...».

«D'accordo». L'ispanico fece un cenno sbrigativo. «Sta bene».

«Aspettate a dirvi d'accordo. Dovrete pagarmi anche nel caso qualcosa andasse storto».

«So bene come vanno certe cose. Anzi, vi dirò di più. Dovesse concludersi tutto per il meglio, ve ne donerò altri trenta. Purché sappiate mantenere il segreto».

«Disponete sul serio di cento tarì?».

Uberto annuì.

«Mi compiaccio, messere». Il marinaio si fece di buon umore. «Ma sia ben inteso, prima di muovere un dito pretenderò di vedere il denaro».

«Mi pare giusto», commentò Uberto, pensando che il denaro era l'ultimo dei suoi problemi. Poteva disporre della somma elargita da Alfano. Il padre gliel'aveva affidata in custodia poco prima della sua cattura. Al momento l'aveva sotterrata ai piedi di un albero, fuori dalle mura cittadine, per evitare di essere rapinato.

«Ora sta a voi», disse il marinaio. «Come intendete procedere?»

«Prima di tutto, vorrei sapere se l'impresa è davvero possibile».

«Ci saranno dei rischi da correre, è ovvio, ma vi siete rivolto alla persona giusta. Finora, io sono il solo a essere entrato e uscito da quel castello».

«E come avreste fatto?»

«Che domande!». Cola Pesce aprì le braccia, quasi stesse per dire un'ovvietà. «Sono nato sotto la stella di san Nicola».

Uberto lo guardò basito, indeciso se assecondarlo. Ben presto, tuttavia, si rese conto che il marinaio non scherzava. Era fermamente convinto di quanto affermava.

«San Nicola di Bari è il patrono della mia città natale», spiegò Cola Pesce. «Protegge tutti i suoi concittadini e specialmente me, che porto il suo nome».

Il figlio del mercante conosceva il culto di quel santo e la storia delle sue reliquie, traslate dalla Caldea fino alla cattedrale di Bari, facendola assurgere a famosa meta di pellegrinaggio. «E san Nicola aiuta soltanto voi», volle sapere, «o anche chi vi accingete a liberare di prigione?».

Cola Pesce gli rivolse un sorrisetto complice. «Voi pensate a pagarmi, che con san Nicola mi accordo io».

Uberto ricambiò il sorriso, e in cuor suo iniziò a pentirsi di essersi fidato di Ermelina. Mi sto mettendo nelle mani di un pazzo, si disse, fissando l'espressione esaltata dell'uomo di mare. Se mai dovessi accettare la sua proposta, significherebbe che sono pazzo quanto lui.

Il disagio maggiore, tuttavia, lo provò nell'accorgersi di nutrire una remota speranza. Non seppe se imputare quella sensazione al proprio intuito, o ai fumi emanati dal braciere davanti a sé.

19

Dita strette intorno a un crocifisso di metallo.

Suger non riusciva a staccare gli occhi da quell'immagine, come una falena attratta dalla fiamma. D'altro canto, allargare lo sguardo sulla visione d'insieme avrebbe richiesto una dose di coraggio che lui non possedeva. Konrad von Marburg gli stava di fronte con statuaria immobilità, coprendo con la sagoma del corpo l'ingresso della cella. L'abito scuro metteva in risalto il candore di un volto quasi mansueto, ma le iridi erano due gorghi neri più bui della notte. E in quel momento, stavano fissando proprio Suger.

«Non ho nulla a che fare con quell'ispanico», ribadì il medico, ostentando una sicurezza che non possedeva. «Tutto ciò che sapevo sul suo conto, ve l'ho riferito la notte scorsa».

In verità aveva riferito ben più di quello, inventando alcuni dettagli appositamente per mettere in cattiva luce Ignazio da Toledo. Una reazione dettata dall'istinto di scagionarsi, che non l'aveva certo reso fiero di sé. Ciò nondimeno, Suger era riuscito a mettersi il cuore in pace aggrappandosi alla probabilità che, in parte, quelle calunnie corrispondessero al vero.

«Pur ammettendo la vostra buona fede, non avete ancora risposto al mio quesito». Konrad lasciò trapelare una punta di impazienza. «Vi ho appena chiesto se conoscete il motivo della morte di Gebeard von Querfurt».

«E come potrei? State parlando di un uomo che non ho mai incontrato di persona».

«Eppure», obiettò il prete, «siete sceso nelle catacombe per cercarlo».

Suger fece spallucce. «Supposizioni vostre».

«Non supposizioni, ma fatti», obiettò von Marburg, piccato. «Il padre guardiano di San Gennarello ad spolia morti si ricorda di voi, e rammenta pure di avervi indirizzato in quel luogo dopo che gli avete chiesto di von Querfurt. Versione confermata da Tommaso d'Aquino, tra l'altro».

«Anche se fosse?». Suger era abbastanza certo che von Marburg non sapesse nulla riguardo il mantello del Sagittario. Se Alfano aveva continuato a mantenere il segreto – com'era logico supporre – c'era una buona possibilità che la missione dello svevo e la storia della draconite fossero rimaste segrete. Tuttavia il medico stava in guardia, sforzandosi di comprendere per quale motivo fosse stato accusato di negromanzia e cosa c'entrasse in quella storia Ignazio da Toledo. «Cercavo von Querfurt soltanto per acquistare da lui una reliquia», si difese.

«Fatemi capire». Il religioso lasciò il crocifisso con un gesto spazientito. «Mi state dicendo che siete partito da Parigi per comprare una reliquia da quell'uomo?».

Suger ebbe l'istinto di ritrarsi, ma si trattenne. Era pur sempre un magister, benché tanti giorni di viaggio gliene avessero quasi fatto perdere la memoria. E dopo l'umiliazione subita da Philippus Cancellarius, si era ripromesso di non chinarsi più dinanzi a un prete. Nemmeno al più temibile che avesse mai incontrato. «Affatto», rispose con alterigia. «È mia intenzione raggiungere lo Studium di Salerno per perfezionarmi nella scienza medica».

«Nulla a che vedere con i disordini dell'Universitas di Notre-Dame, mi auguro».

«Assolutamente no», mentì il francese, attanagliato da un'improvvisa morsa di panico. Non si aspettava che Konrad fosse al corrente di simili questioni, e apprenderlo in quel frangente lo sconvolse. Cercò di mantenersi impassibile.

«So di certi docenti allontanati dalle cattedre perché dediti alla filosofia naturale», continuò il religioso, iniziando a scrutarlo con sospetto. «Si dice che in molti abbiano ripiegato verso Tolosa. Ma voi, addirittura Salerno…».

«Il mio viaggio non riguarda siffatte ragioni, ve lo garantisco».

«Sarà mia cura accertarmene». Von Marburg si accarezzò il mento con fare meditativo, poi annuì tra sé. «Sì», disse, «chiederò informazioni al cancelliere di Notre-Dame. Ha fama di essere alquanto collaborativo in situazioni del genere».

«Non è necessario», improvvisò Suger, mentre il nervosismo si traduceva in un violento attacco di nausea. Se la verità fosse venuta a galla, sarebbe andato incontro a conseguenze ben peggiori del vedersi revocato il titolo di magister. «Anche a cavallo, un messo impiegherebbe un'eternità ad attraversare una simile distanza».

«Per nostra fortuna esistono i colombi viaggiatori», ribatté Konrad, con tono perentorio. «Mi rivolgerò al Capitolo della cattedrale di Napoli, sicuramente dotato di una colombaia», e mimò con le mani uno sbattere d'ali. «Otterrò risposta da Parigi quanto prima».

Suger si sentì sprofondare in un gorgo nero.

«Nel frattempo», von Marburg non gli diede requie, «vi chiederei la cortesia di descrivere il vostro viaggio lungo la via Francigena. Serbate memoria di qualche incontro o sosta in particolare?»

«Non saprei». Parole uscite dal nulla, l'inquisito era troppo impegnato a dominare le emozioni.

«Lasciate dunque che vi aiuti a fare chiarezza. Tra i vostri averi, ho notato la presenza di denari milanesi».

La voce di Konrad sembrava giungere da lontano. Suger non riusciva a fugare dalla mente l'immagine di un colombo che trasportava un messaggio di dimensioni infime, eppure sufficienti a rovinarlo. D'un tratto si accorse che gli era stata rivolta una domanda, afferrò le parole "denari milanesi" e cercò di vincere la soggezione. «Ho fatto tappa a Milano», rispose. «Ebbene?»

«Ebbene, mi sconcerta. Milano è decisamente fuori dal tracciato della via Francigena».

«Mi ero smarrito», si giustificò il medico, «finché dei buoni samaritani non mi hanno rimesso sulla strada maestra».

«Indirizzandovi verso Montecassino, suppongo».

«Infatti».

Konrad stirò le labbra in un sorrisetto compiaciuto. «E fra questi buoni samaritani, vi era per caso un domenicano della chiesa di Sant'Eustorgio? Un certo fra Beniamino?»

«Pretendete troppo. Non rammento».

«Lui però si rammentava di voi».

«Dev'esserci un errore».

«E si rammentava pure di Gebeard von Querfurt».

«Un equivoco...».

Konrad scosse il capo. «Perseverare nella menzogna vi renderà soltanto ridicolo», lo rimproverò, oscurandosi. «La gemma che ho trovato nella vostra scarsella è la prova dei servigi che avete reso a fra Beniamino. Me lo ha confessato lui stesso. Il buon frate, tuttavia, doveva nascondere ben altro, poiché ha deciso di suicidarsi davanti ai miei occhi», e con uno slancio repentino afferrò Suger per un polso, facendolo sobbalzare. «Si è gettato da una balconata del suo convento, non prima di rivelarmi che dovevate rintracciare von Querfurt. Adesso comprendete, magister? So perché siete giunto fino a Montecassino! Qualcosa però dev'essere andato storto, poiché avete proseguito il viaggio fino a Napoli. E poi, von Querfurt è stato ucciso».

Il medico si sottrasse alla presa e fece per ribattere, ma capì di non avere via d'uscita. Come Bernard, pensò. Era di fronte a un nemico di gran lunga superiore alle sue forze. Ma mentre il suo sfortunato discepolo si era battuto con coraggio, lui continuava ad aggrapparsi a gineprai di congetture in cerca di una scappatoia. E più lo faceva, più restava invischiato nella tragica realtà dei fatti. Comprese allora quale pista avesse portato von Marburg fino alla casa di Alfano Imperato. Non gli spostamenti del mercante, ma i suoi! E non appena l'ebbe ben chiaro, fu colto da una fitta allo stomaco così violenta che dovette mettersi in ginocchio, umiliato, per vomitare.

«Come volevasi dimostrare», commentò il prete, scostandosi per non insozzarsi. «Capirete quindi i miei sospetti. Benché non abbiate conosciuto di persona Gebeard von Querfurt, dovete *per forza* conoscere i suoi segreti. Segreti che riguardano l'Homo Niger».

L'interrogato restò piegato a terra, tormentato dagli spasimi. «Ve l'ho già detto... Ignazio da Toledo... È lui il magister che andate cercando...».

«Da chi l'avete saputo?»

«Me l'ha confidato un monaco di Montecassino».

Von Marburg sospirò. «Siate più preciso, mi servono prove».

«Chiedete ad Alfano Imperato... Riguardo il magister di Toledo, il canonico ne sa ben più di me».

«Ne siete certo?». Per un attimo il volto di Konrad tradì curiosità, poi si contrasse in una smorfia di irritazione. «Il reverendo afferma il contrario».

Suger comprendeva le ragioni di Alfano e non si meravigliava che avesse mentito. Il canonico gli aveva rivelato di intrattenere con von Querfurt legami assai più stretti di un semplice rapporto di interesse, era un suo *sodale*! E se l'avesse reso noto anche al prete germanico, le conseguenze sarebbero state terribili... Anche per lui! Ma in quel momento, il magister medicinae desiderava soltanto liberarsi della presenza di von Marburg, e raggomitolarsi nel buio e nella vergogna. «È stato lui a farne parola per primo...», ribadì. «Si è addirittura fatto vanto di averlo incontrato, una volta».

«Dunque il canonico ha cercato di ingannarmi!», esclamò il religioso, avvampando di rabbia.

«Non io, però... Io non merito questo trattamento...».

«Lo pensate davvero?». Konrad addolcì la voce, scrutandolo con compatimento. «In tal caso, dovrete rivelarmi altre cose».

«Purché promettiate di farmi uscire di qui…».

«Vedremo, magister. Ora, però, parlatemi del mantello. E anche della guaritrice delle lacrime».

E allora Suger riferì tutto ciò che sapeva.

Galvano Pungilupo attendeva davanti all'ingresso alle carceri. Aveva la testa fasciata alla bell'e meglio, un dolore lancinante diffuso per tutta la regione destra del capo. Insieme al dolore, il gonfiore si era propagato intorno alla ferita, estendendosi sulla tempia, sulla mascella e persino sul collo. Il cerusico aveva agito per tempo, cauterizzando l'amputazione prima che perdesse troppo sangue, lasciando a Galvano il ricordo straziante del ferro rovente sulla carne. Quel dannato sfrigolare gli risuonava ancora dentro la testa. Era stata una sensazione tanto violenta da farlo svenire sul colpo, precipitandolo in un'incoscienza tormentata dall'immagine di Uberto che gli mozzava l'orecchio.

Al risveglio aveva faticato a rimettersi in piedi, e ancora adesso scottava per la febbre, e traballava come se fosse sulla prua di una galea. Ma ancora più fastidioso era il senso di ottundimento. Il timpano destro percepiva i suoni sotto forma di ronzii cacofonici che gli procuravano un effetto di disorientamento.

Ciò nondimeno, Galvano era stato costretto ad alzarsi per conferire con von Marburg. In realtà non aveva nulla di particolare da riferire. Il prete era già al corrente di ogni cosa, ma quella carogna pretendeva di conoscere i fatti dalla bocca dei diretti interessati, alla perenne ricerca di indizi.

C'era un che di distorto in quel religioso. Pungilupo aveva vissuto a contatto con soldati e sgherri della peggior risma, tuttavia non aveva mai fatto esperienza di un sadismo tanto sottile. Era come se la perfidia di von Marburg seguisse le regole di una diabolica estetica.

«Ebbene, pare abbia sbagliato a lasciarvi agire da solo». Parole atone, uscite dal corridoio delle prigioni.

Il clavigero si portò la mano al bendaggio, nella puerile speranza di impietosire l'interlocutore.

«Galvano, levatevi dalla faccia quell'aria da martire», lo ammonì von Marburg, affiorando dall'ombra. «Non vi si addice».

Lo sgherro si diede un contegno. «Non ho scusanti, magister. Mi sono messo sulle tracce del figlio del negromante, e l'ho trovato... L'avrei anche acciuffato, se non fosse stato aiutato».

«È stato aiutato?». Konrad si fece attento. «Raccontatemi tutto, con precisione».

Il rapporto di Galvano fu lungo e dettagliato, ricco di particolari che il religioso parve apprezzare. Quando però il prete chiese del mantello del Sagittario, Pungilupo fu costretto ad ammettere di aver trovato un oggetto che corrispondeva alla descrizione, ma anche di averlo perduto. Con ogni probabilità, doveva essere finito nelle mani di Uberto Alvarez.

«Avete davvero trovato quel mantello nella casa di Alfano?», volle sincerarsi Konrad.

«Sì».

«Dunque Suger ha ragione, il canonico ha mentito...».

«Intendete condannare Alfano Imperato, magister?»

«Al contrario». Von Marburg scosse il capo con un sorrisetto astuto. «Lo lascerò libero, per spiare le sue mosse».

«E il negromante?», indagò il soldato, tradendo un morboso interesse. «L'avete già interrogato?»

«Non ancora. Lo farò a tempo debito, quando avrò prove certe sulla sua colpevolezza», rispose Konrad. «Per ora, lasciamolo cuocere nel suo brodo».

«Capisco».

«Se qualcuno mi cerca, sono alla chiesa di San Salvatore», disse il religioso, incamminandosi verso una rampa di scale. «Ho bisogno di raccoglimento».

Pungilupo restò solo.

Nel silenzio delle prigioni, il dolore all'orecchio pareva accrescersi. Ora si dilatava con soffuse pulsazioni, ora lo trafiggeva in punti ben localizzati, costringendolo a stringere i denti. Ma ciò che il clavigero non poteva ignorare erano i volti delle persone che gli avevano procurato un simile tormento, Uberto e la meretrice. Forse la sua vendetta non sarebbe stata elaborata quanto i piani di Konrad von Marburg, ma giurò a se stesso che entrambi l'avrebbero pagata cara.

Benché il figlio del negromante fosse al momento irreperibile, c'era qualcosa, nell'immediato, che gli avrebbe consentito di avere soddisfazione. E di placare la rabbia.

Pregustando l'imminente vendetta, percorse il corridoio delle prigioni e si fermò davanti all'ingresso della cella dov'era recluso il mercante di Toledo.

Con un ghigno ferino si apprestò ad aprire la porta.

20

Da quando era stato rinchiuso, Ignazio aveva riflettuto sull'accaduto alla ricerca di prove della propria innocenza, o almeno di un appiglio abbastanza concreto da dimostrare la sua estraneità alle accuse di von Marburg. Impegnato in simili ragionamenti, si era astenuto dal fare previsioni su quanto lo attendeva. Conosceva fin troppo il destino degli accusati di eresia e di negromanzia per farsi vane illusioni. Storie di patiboli, roghi e torture gli erano abbastanza familiari da togliergli la speranza di uscire incolume di prigione. Quel pensiero lo terrorizzava. Inoltre non sapeva cosa fosse accaduto a Uberto. In cuor suo si augurava che almeno lui fosse riuscito a fuggire, ma il dubbio che potesse essergli accaduto qualcosa gli faceva maledire la decisione di averlo portato con sé a Napoli.

Aveva dunque cercato di ricordare l'intera vicenda di quella notte, soffermandosi su alcuni particolari notati al dormitorio di San Gennarello ad spolia morti. Sebbene impegnato a difendersi dall'interrogatorio di von Marburg, serbava un buon ricordo delle cose che aveva visto e udito. Nell'isolamento della cella poté riesaminarle, sforzandosi di capire in quale sorta di intrigo si fosse imbattuto. Se voleva trovare una via d'uscita, non aveva altra scelta.

A suo avviso, il primo enigma da risolvere erano i simboli tatuati sulla mano di Gebeard von Querfurt. Se ne rammentava abbastanza da poterli identificare come segni di affiliazione a una setta segreta. Ma non solo. La presenza del caduceo di Mercurio era prova evidente di un culto ermetico, e consentiva di interpretare il serpente e la coppa come raffigurazioni della saggezza e della sapienza. In principio il mercante li aveva creduti un riferimento agli Ofiti, devoti al Serpente – Òphis – che aveva iniziato Adamo ed Eva alla gnosi. Ripensandoci, però, non gli era sembrato plausibile che Gebeard von Querfurt fosse appartenuto a una setta estinta da secoli. Inoltre la presenza di altre immagini, tra cui la Madonna con il Bambino, giocava a sfavore di quella prima ipotesi.

La chiave del mistero doveva risiedere nel tatuaggio del cavaliere. Somigliava troppo al ricamo centrale del mantello del Sagittario perché si trattasse di una coincidenza. Però Ignazio non serbava un ricordo preciso dei geroglifici, quindi non si illudeva di poterne indovinare il significato, tantomeno di scoprire cosa lo legasse al cerchio tracciato col carbone nella camera da letto di Gebeard von Querfurt.

Era quindi passato a esaminare un altro aspetto del problema: l'ossessione di von Marburg per il magister di Toledo, il cosiddetto Homo Niger. A detta di Konrad, quell'uomo comandava una setta di "Luciferiani" a cui era appartenuto lo stesso von Querfurt. Non c'era ragione di dubitarne.

L'intervento del Maligno, tuttavia, era discutibile. Il mercante credeva ciecamente nell'esistenza degli angeli e dei demoni, e nella loro capacità di influire sulla vita dei mortali. Credeva anche che fosse possibile evocarli, dato che lui stesso, anni prima, aveva tentato di farlo, mettendo a frutto gli insegnamenti dell'*Uter ventorum*. Ciò nondimeno, gli eventi a cui aveva assistito nelle catacombe di Capodimonte erano di natura assai diversa. Il soprannaturale c'entrava ben poco e il cavaliere che scagliava dardi infuocati non era certo uno spirito proveniente dagli inferi. Ma chi fosse e per quali scopi agisse, restava un mistero.

Se avesse potuto indagare sui tatuaggi, sul mantello e sui cerchi magici, il mercante era persuaso che sarebbe riuscito a far luce sulla vicenda e a dimostrare di non essere il tanto ricercato magister di Toledo. Tuttavia riteneva alquanto improbabile che von

Marburg fosse disposto a rilasciarlo sulla base di un ragionevole dubbio, soprattutto se convinto di avere già in pugno il colpevole.

Un rumore lo fece sobbalzare.

Ignazio si rese conto di avere dormito. Era talmente provato che doveva essere sprofondato nel sonno senza neppure accorgersene. Si domandò quanto tempo fosse trascorso, ma ricordò soltanto di aver sognato Leandro. Anzi, le sue grida. Le grida di un bambino divorato dall'oscurità. Un'oscurità ben diversa da quella che stava inghiottendo lui, eppure altrettanto spietata.

Vinse l'angoscia che ogni volta gli suscitava quel sogno e si concentrò sul rumore appena udito. Era reale, la porta della cella si stava aprendo.

Accecato dal bagliore di una fiaccola, vide entrare un'alta figura e fu pervaso dallo sconcerto. Si era aspettato Konrad von Marburg, l'uomo dell'anatema. Invece riconobbe il clavigero.

Senza dare alcuna spiegazione, Galvano Pungilupo si avventò su di lui con fare minaccioso. «Sporco ispanico!», sibilò, strappandolo dal torpore del risveglio. «Me la pagherete!».

«Perché...?», balbettò il mercante, sentendosi afferrare per la gola. «Per... cosa?».

Un lampo di rivalsa attraversò gli occhi del soldato. «Per quello che mi ha fatto vostro figlio!». L'uomo gli mostrò la fasciatura alla testa, e in un accesso di rabbia lo colpì con un pugno allo stomaco.

Ignazio si accasciò, sopraffatto dal dolore, e non appena si riprese vide che il clavigero stava per sferrargli un calcio. Non si fece cogliere impreparato una seconda volta. Afferrò la punta del calzare prima dell'impatto e la respinse con forza, facendo perdere l'equilibrio all'aggressore.

Pungilupo cadde di schiena, lanciò un grido incollerito e batté la nuca. Nel timore che potesse rialzarsi, il mercante scattò in piedi, raccolse la fiaccola e diresse lo sguardo verso la porta... Era rimasta aperta! Esitò un istante, poi si riprese dallo sgomento e uscì dalla cella, trovandosi a percorrere un corridoio oscuro. Respinse sul nascere la tentazione di salire verso la luce, valutando il rischio di imbattersi in guardie, e scelse di perlustrare il piano delle prigioni in cerca di una via d'uscita più sicura.

Proseguì per una rete di corridoi più estesa del previsto, senza immaginare dove l'avrebbe condotto. Nutriva poche speranze, ma forse poteva avere fortuna. Forse, ripeté a se stesso.

Poi sentì l'eco di voci d'allarme, il clavigero chiamava rinforzi.

Il mercante affrettò il passo e, al termine del corridoio, scese per una gradinata di pietra. L'ombra si fece sempre più rada, l'aria pungente, infine il soffitto e la parete di destra scomparvero, lasciando spazio alla vista del cielo. Un sole abbacinante illuminava una parete di mattoni e, oltre quella, un dirupo scosceso. Ignazio guardò in basso e si schermò il volto, sferzato dal vento. Una lingua di roccia serpeggiava fino alla scogliera.

Con il ruggito di una belva, il mare spumava contro di essa.

Colse in ritardo un movimento alle spalle e sentì un braccio stringersi intorno al suo collo. Una presa forte, nodosa. Non si arrese a quella, bensì alle parole di scherno che gli furono rivolte: «Dove credevate di andare, messere? Siamo su un'isola! Qui non esiste via di fuga!».

«Ho parlato con Cola Pesce», disse Uberto.

Dal lato opposto del tavolo, Ermelina annuì con l'aria di chi la sapeva lunga.

Si trovavano in un seminterrato ai margini della platea di San Biagio, non distante dalla Porta Nolana, un rifugio a cui la donna ricorreva nei momenti di bisogno, per nascondersi o trascorrere la notte. Il piano superiore ospitava una locanda gestita da un oste uso ad accogliere clienti che non disdegnavano compagnia femminile.

La luce pomeridiana filtrava a stento da una feritoia tra il soffitto e il piano di camminamento esterno. A Uberto non dispiaceva quella semioscurità, poiché nascondeva i lineamenti della donna e lo toglieva dall'imbarazzo di dover guardare in faccia quella che credeva una vecchia amante del padre. Una vecchia amante ancora innamorata, per giunta. Altrimenti perché darsi tanta pena per liberare Ignazio dalla prigionia?

Prima che potesse esprimersi, Ermelina lo interruppe: «Anch'io ho delle novità».

«Cos'avete scoperto?»

«Il bambino e il canonico sono stati rilasciati».

«Ne siete sicura?»

«Corre voce che Alfano Imperato celebrerà messa oggi stesso, nella basilica di Santa Restituita, per la vigilia della Pasqua». La donna fece una smorfia di sprezzo. «E soprattutto, per dare prova della propria innocenza».

«E Tommaso? Sta bene?»

«Non gli hanno torto un capello. È stato affidato ai suoi familiari».

Uberto rimuginò in silenzio. «Quando si terrà la messa?», chiese poi.

«Ai vespri». Ermelina dovette intuire i suoi propositi, poiché si aggrottò. «È una follia, non potete andarci!».

Lui la fissò risoluto. «E invece ci andrò. Voglio incontrare Alfano».

«A che pro?»

«Forse possiede informazioni utili sul conto di mio padre. Magari, posso addirittura convincerlo a intercedere per lui».

«Siete un illuso, messere. Finirete per farvi catturare».

«A proposito di rischi», ribatté Uberto, «stavo giusto per dirvi che il vostro piano non mi convince. Quel Cola Pesce vive in un mondo tutto suo, non è affidabile».

«Lo è assai di più di certi presbiteri, potete scommetterci». Poi Ermelina si sporse per stringergli una mano. «Vi scongiuro, non andate da Alfano».

Uberto si ritrasse, infastidito da quel contatto. Ormai aveva deciso, e la putta non era certo nelle condizioni di fargli cambiare idea. Se esisteva una possibilità di scagionare Ignazio senza infrangere la legge, non poteva lasciarsela sfuggire.

«Devo provare», concluse, battendo il pugno sul tavolo.

La cattedrale di Santa Restituita era vetusta, con i suoi oltre cinque secoli di età, e benché riproducesse le forme di una basilica bizantina, recava all'interno scarsi accenni di luce e di colore. Uberto ne sentì la mancanza. Amava le grandi vetrate e le pitture a fresco, soprattutto se impreziosite da squarci di blu, che tanto gli ricordavano la maestà della Vergine. Tuttavia, in quel momento non avrebbe potuto dirsi più distante dallo stato di contemplazione. L'edificio era gremito, pervaso da un tale brusio da riempirgli le orecchie. Le voci sull'arresto del canonico dovevano aver fatto il giro della città, a giudicare dalla quantità di persone giunta ad assistere alla messa vespertina.

Avanzò tra i corpi stipati nella navata maggiore, con l'intenzione di avvicinarsi all'altare e attendere la conclusione della funzione per chiedere udienza ad Alfano. Sapeva già cosa dirgli. Si sarebbe appellato al principio della carità cristiana e alla necessità di aiutare i deboli e gli incompresi. I ministri della chiesa, prima di castigare i sospetti, avevano l'obbligo morale di accertare la loro colpevolezza. Poi Uberto avrebbe dimostrato l'innocenza del padre. Poteva dare spiegazioni, produrre prove. Intendeva sostenere che la cattura di Ignazio si fosse basata su un enorme malinteso. Del resto, non era forse accaduta la stessa cosa al canonico? Chi meglio di lui avrebbe potuto comprendere!

Persuaso delle proprie ragioni, continuò a farsi largo fino alla seconda fila e si fermò dietro un gruppo di fedeli, in modo da poter studiare la situazione senza rendere manifesta la propria presenza.

Alfano Imperato stava in cima al pulpito. Ormai al termine della predica, teneva lo sguardo puntato sulle panche occupate dal clero. Pareva inquietato dalla presenza di un prete alto e massiccio, vestito in abiti scuri. Uberto si domandò se fosse Konrad von

Marburg e iniziò a guardarsi intorno, in cerca di armigeri. Non ne scorse alcuno.

Conclusa la messa, il canonico scese dal pulpito e impartì una rapida benedizione ai fedeli. Sembrava impaziente di andarsene, infatti si allontanò in fretta dalla zona dell'abside, congedò in modo sbrigativo un gruppo di postulanti e sgattaiolò verso la navata di destra, scomparendo dietro una porticina in penombra.

Uberto aveva previsto quella mossa. Ermelina gli aveva parlato dell'angusto passaggio che dava accesso a un edificio attiguo alla cattedrale, il battistero di San Giovanni in Fonte. Era un'uscita di comodo, usata dai sacerdoti per allontanarsi, non visti, al termine delle funzioni.

Fu così che, quando Alfano raggiunse il battistero, si trovò alle calcagna un figuro incappucciato.

Uberto scoprì il volto per farsi riconoscere, quindi gli rivolse un saluto rispettoso.

Il canonico si allarmò. «Voi... Cosa ci fate voi qui?»

«Reverendo, chiedo udienza».

«Giammai!». Nella voce del religioso vibrò un tremito. «Non parlo con i sospettati di negromanzia».

Uberto non aveva certo sperato di suscitare simpatia a prima vista, però mai si sarebbe aspettato una reazione tanto ostile. Pensò di spiegarsi nel modo più pacato possibile, ma Alfano non gliene diede il tempo e si affrettò verso l'uscita.

L'ispanico lo rincorse. «Non è come dite», vociò. «Vi prego di concedermi udienza!».

Il canonico continuò a fuggire tra le colonne, ombra tra le ombre. «Andatevene, o chiederò aiuto!».

Anziché dargli ascolto, Uberto lo superò per impedirgli di varcare il portale. «Perdonate l'audacia», disse, inginocchiandosi in segno di supplica. «Confido nel vostro buon cuore...».

Invece di ottenere risposta, sentì il calzare del canonico posarsi sulla sua spalla sinistra e spingerlo indietro con forza. L'ispanico cadde sul pavimento senza capacitarsi dell'accaduto, poi intravide il religioso fuggire all'esterno e fu pervaso dall'ira. Non aveva mai subìto un'umiliazione del genere. Si rimise in piedi in un crescendo di collera, con il desiderio di punire quel prete insolente. Il tempo delle buone maniere era finito, si disse, lanciandosi all'inseguimento.

Giunto in strada, scorse Alfano che correva goffamente con i lembi dell'abito sollevati. Ridusse in poche falcate la distanza che li separava e gli piombò alle spalle con l'intenzione di fargliela pagare. «Mio padre è innocente!», sibilò.

Il religioso fu sul punto di ribattere, ma ricevette una spinta che lo fece ruzzolare sul selciato. Sputò un'esclamazione sgomenta insieme alla polvere della strada, poi si mise carponi, cercando di rialzarsi. La vista di un piccolo oggetto luccicante gli fece cambiare immediatamente idea.

«Vi chiedo la cortesia di ascoltarmi, reverendo», sibilò Uberto, stringendo il coltello che portava appeso al collo. «Mi fareste la grazia?»

«Non posso aiutarvi», squittì Alfano. «Konrad von Marburg ha già preso la sua decisione...».

«Suvvia». Il figlio del mercante lo afferrò per i capelli con la mano sinistra, aiutandolo a sollevarsi da terra. «Siete così bravo a recitar sermoni che conoscerete senz'altro un modo per dissuaderlo».

«Credetemi, non posso!».

«Vi conviene compiacermi», lo mise in guardia Uberto, e puntandogli il coltello alla pancia si accorse di non provare alcuna titubanza. La situazione era assai diversa da quando si era visto costretto a minacciare la serva presso la Summa Plaza. Ora non stava dinanzi a una femmina, bensì a un fellone che gli aveva mancato di rispetto. Un uomo di chiesa, per giunta. Il ricordo di come l'aveva trattato gli fece brandire l'arma con maggior persuasione.

«Non osate», disse Alfano, temendo il peggio, «o griderò...».

«A vostro rischio e pericolo».

«Von Marburg mi aveva messo in guardia», piagnucolò il canonico, «siete insidioso quanto vostro padre...».

«Se mi aiuterete, non avrete da temere. Voglio liberarlo».

«Impresa ardua».

«Al contrario, basterebbe la vostra testimonianza sulla sua innocenza».

«Con la conseguenza di attirare su di me i sospetti?»

«E perché mai dovreste temere una cosa simile!». Uberto stava per affondare il coltello nello strato adiposo, ma d'un tratto ebbe una folgorazione e si fermò. «Cosa intendete insinuare? Siete forse coinvolto?».

Il canonico si adombrò. «No! Io non...».

L'ispanico lo schiaffeggiò con violenza, spaccandogli un labbro. «Sarà meglio che diciate la verità, e alla svelta!». Poiché non riceveva risposta, lo strattonò per i capelli.

Alfano emise un gridolino, flettendo la schiena per sottrarsi al dolore. «È stato Gebeard von Querfurt! Mi ha raccontato delle cose sul suo magister... E io ero curioso di sapere, di imparare...».

Uberto lo tenne ben saldo, impedendogli di muoversi. «A quanto pare, con le maniere giuste diventate loquace», osservò, iniziando a provare un certo disagio. La collera era svanita, lasciandolo di fronte a un uomo sofferente. Un uomo, però, che sapeva troppe cose. «Confessate».

«Non posso! Non posso!».

«Confessate, vi dico, o quant'è vero Iddio...».

Sentendo la punta del coltello affondare nella carne, il religioso alzò le mani in segno di resa. Era paonazzo, il volto lucido di sudore e lacrime. «Gli insegnamenti del magister di Toledo sono molteplici», bisbigliò, lanciando un'occhiata per la via deserta. «Non posso certo rendervene edotto qui, nel tempo di un amen...».

«Tenetevi pure i vostri precetti», ribatté Uberto, deciso a non lasciarsi manipolare. «Mi preme conoscere quel tanto che basta per convincere von Marburg dell'innocenza di mio padre».

«Allora dovrete *dimostrare* di avere ragione. Portargli delle prove».

«Quali prove?».

Il canonico lo invitò con un gesto ad allentare la presa. «Se ve lo dirò, dovrete tacere il mio nome».

L'ispanico minacciò di colpirlo con un altro schiaffo. «E se invece consegnassi voi, accusandovi di aver mentito?»

«Non siete nella posizione di farlo», disse il religioso, proteggendosi il viso con le mani. «Negherei ogni cosa, e voi finireste in cella con vostro padre».

Uberto meditò su quelle parole, poi ritrasse l'arma e lo fissò con sprezzo. «Ebbene, vi siete appena guadagnato il mio silenzio. Cosa dovrei portare a von Marburg, per fargli cambiare idea?».

Prima di rispondere, Alfano si sistemò l'abito e massaggiò il ventre, laddove la punta del coltello aveva creato dei piccoli fori. «La guaritrice», disse poi.

«Quale guaritrice?»

«La femmina a cui andrebbe consegnato il mantello del Sagittario. La femmina di cui mi parlò Gebeard von Querfurt, e che io menzionai a Suger de Petit-Pont».

«Ebbene, rivelatemi dove posso trovarla».

«Vive a Salerno. Cura i malati con le lacrime».

«Cosa assai strana, ma non disponete di riferimenti più precisi?», lo incitò Uberto, e cogliendo una certa ritrosia, spinse Alfano contro il muro, fomentando il suo timore. «Badate a non sfidare la mia pazienza!».

«Voi non avete idea di quel che mi state chiedendo... Se von Marburg venisse a sapere...».

«Vi ho già promesso di non riferire nulla sul vostro conto. Ma ora parlate, o vi spedirò al Creatore!».

Di fronte a quell'ultima minaccia, il canonico gli fece cenno di avvicinarsi e sussurrò due parole.

Il figlio del mercante lo fissò incredulo. «Parlate per enigmi. Cosa mai significa?»

«Non lo so, ve lo giuro. Ma suppongo che...».

La voce del canonico fu interrotta da un tambureggiare di zoccoli. Temendo un agguato, Uberto si guardò intorno per prepararsi alla fuga e soltanto allora si avvide che era calata l'oscurità. Il tramonto trasformava la Summa Plaza in un mosaico di ombre e riflessi scarlatti. Fu da quel mosaico che uscì un cavaliere.

Ma non un cavaliere qualsiasi. *Il* cavaliere. Lo stesso comparso il giorno prima a Capodimonte. Lo stesso che aveva ucciso Gebeard von Querfurt. Imponente e minaccioso, indossava un elmo e una pelliccia bruna. Uberto si sentì pietrificato, quasi stesse assistendo al manifestarsi di un'entità soprannaturale.

Ancor più stravolto era Alfano, che pareva caduto in preda a un terrore mistico. «*Et vidi, et ecce equus pallidus*», balbettò. «*Et qui sedebat desuper nomen illi Mors, et Inferus sequebatur eum*»[2].

Anziché lanciarsi alla carica, il cavaliere frenò il destriero e puntò contro il canonico la lancia. Più simile a una mazza o a uno scettro, era un'arma tozza e con una punta a forma di melagrana culminante in un rostro. All'improvviso sprigionò dalla sommità una luce intensa, a cui seguì una deflagrazione.

Uberto aprì la bocca per lo stupore, gli occhi feriti da una scia sfolgorante. Poi udì un grido disarticolato e, voltandosi, vide Alfano cadere a terra.

Il religioso si contorceva come un'anguilla, con un oggetto infuocato conficcato nel petto. Era la punta della lancia! Uberto si chinò su di lui per estrarla, ma dovette ritrarre le mani per non restare ustionato. Quell'ordigno diffondeva un suono sinistro, un fischio che ricordava il sibilare di un serpente. Infine emise un'intensa fiammata.

Uberto intuì il pericolo e si scostò appena in tempo per vederlo deflagrare con un rumore assordante.

E così com'era divampato, il fuoco si estinse in un pennacchio

[2] Ed ecco, mi apparve un cavallo pallido. Colui che lo cavalcava si chiamava Morte e gli veniva dietro l'Inferno (*Apocalisse di Giovanni*, 6, 8).

sulfureo. Sul selciato restava il corpo di Alfano Imperato, un cratere sfrigolante aperto in mezzo al torace.

Uberto sollevò lo sguardo alla ricerca del cavaliere, ma non lo vide più. Si era già dileguato. Al suo posto, era sopraggiunta un'altra presenza: un uomo vestito di nero, uscito in quell'attimo dal battistero. Konrad von Marburg.

Il prete sbarrò gli occhi, una maschera in bilico tra la collera e l'incredulità, poi intrecciò lo sguardo con quello di Uberto, mentre le sue emozioni parevano sul punto di tracimare in un impeto bellicoso. Portò la mano destra al crocifisso appeso al petto e con la sinistra puntò l'indice verso il figlio del mercante, in segno di accusa.

«Non sono stato io!», esclamò il giovane, pur sapendo che le circostanze parevano dimostrare il contrario.

Von Marburg restava immobile, mentre una marea di passi risuonava alle sue spalle. Le grida di Alfano e il rumore della deflagrazione dovevano aver attirato molti curiosi.

Uberto esitò a staccare gli occhi da quel volto. Non voleva che il suo sembrasse un atto di resa, né un segno di debolezza. Poteva reggere quello sguardo! Poteva affrontare quell'uomo! E per un attimo fu tentato di camminare verso di lui, per difendersi dalla sua silenziosa accusa. Ma dopo un rapido calcolo, capì di non avere scelta. Non poteva permettersi di essere catturato. Troppe cose dipendevano da lui.

Allora fuggì via.

Konrad von Marburg restò a osservarlo, indifferente alla calca che si raccoglieva intorno al corpo di Alfano Imperato.

21

Ulfus manteneva lo sguardo sul fuoco mentre i pensieri fluivano via senza lasciare traccia. Non era mai stato capace di soffermarsi a lungo su un ricordo, su un pensiero in particolare. Nella sua mente ogni cosa fuggiva, trascinata via da una corrente scura e impetuosa come quella del Danubio. Detriti strappati alla terra. Facce, parole, riflessi di vita propria o altrui. Scorrevano veloci, confondendosi, per sprofondare nella gola del maelstrom.

Da tempo, Ulfus era giunto alla conclusione che la sua mente non fosse fatta per ricordare, ma per dimenticare. Forse era quello il motivo per cui il Mago l'aveva scelto fra tanti. Guardandogli dentro, doveva aver scorto un ramificarsi di fiumi sotterranei diretti verso l'oblio.

Fu così che Ulfus ripensò per l'ultima volta al canonico, prima che un alveo melmoso lo trascinasse verso profondità remote e senza ritorno. Iniziava già a scordarsi dei lineamenti di quell'uomo, del suo aspetto, persino del modo in cui era morto. Presto Alfano Imperato sarebbe diventato un tutt'uno con gli altri. Avrebbe riposato in un ossario senza nomi, in una sedimentazione senza strati.

In un primo momento Ulfus non aveva pensato che fosse necessario ucciderlo. La morte di Gebeard von Querfurt gli era parsa sufficiente a placare la ricerca del mantello. La pista sembrava interrotta, troncata per sempre. Poi era uscito dal nulla il prete germanico, e la vicenda aveva assunto risvolti inaspettati. Meglio dunque eliminare *chiunque* sapesse, anche se inconsapevolmente. E Alfano sapeva fin troppo per restare in vita. Quindi aveva atteso che il canonico uscisse dal castello sul mare, troppo ben sorvegliato e impossibile da violare.

Ma più gente eliminava, più la situazione si complicava. Per fortuna, tutto avrebbe potuto risolversi con la morte di un'ultima persona. Una donna. Ulfus avrebbe preferito non farlo. Non gli piaceva uccidere le donne, faticava a scordarsene. I loro sguardi e i loro volti diventavano scogli che si opponevano al fluire sotterraneo della sua coscienza. Seppure, con il tempo, l'acqua sgretolasse anche le pietre più ostinate.

La donna non era certo il problema più grave. Il mantello del Sagittario sembrava sparito nel nulla, ed era necessario recuperarlo prima che qualcuno ne scoprisse il segreto.

Anche il mantello doveva finire nel maelström.

Soprattutto il mantello.

Nessuno doveva risalire al suo legame con il Mago. E nessuno doveva scoprire il nome del Cacciatore ricamato al suo centro.

Il nome dell'Etiope.

Il nome del re maledetto.

22

Nonostante i rigidi controlli su chi entrava e usciva dall'isola del Salvatore, le donne di facili costumi godevano di libero accesso al Castello Marino, specie dopo il tramonto, quando vi si recavano per procurare sollazzo ai soldati. Fu quindi facile, per Ermelina, organizzare una spedizione notturna in quel luogo. Dopo aver radunato alcune compagne di mestiere, attese i rintocchi di compieta e si mise in cammino.

L'unico modo per raggiungere il castello a piedi era un ponte di pietra che poggiava su un istmo delimitato da scogli, un cordone ombelicale proteso tra l'isola e la terraferma. Seguita dal gruppo di meretrici, Ermelina lo imboccò senza esitare. L'aveva percorso così tante volte da conoscerne ogni dettaglio. Era lungo all'incirca duecento passi, il tempo necessario per ripensare al piano, o per rinunciare all'impresa. Uberto aveva fatto ritorno dalla cattedrale sconvolto e frustrato. Dopo il suo fallimento, la sola possibilità di liberare Ignazio era scoprire dove fosse tenuto prigioniero e aiutarlo a fuggire via mare, come aveva proposto Cola Pesce. Ermelina era lì per fare la sua parte.

Aveva già percorso un centinaio di passi quando, nel bel mezzo del camminamento, fu costretta a coprire la scollatura dell'abito con uno scialle. Dal mare spirava un'aria fredda come la lama di un coltello, ma era l'idea di quanto si accingeva a fare a darle i brividi. Sembrava una farsa, si disse. Proprio lei, che non era mai stata avvezza a sacrificarsi per chicchessia, si esponeva al pericolo senza pensarci due volte. Ignazio era stato l'uomo più importante della sua vita. L'unico per il quale lei avesse provato dei sentimenti veri. Ancora adesso, il solo pensiero di rivederlo la faceva fremere come una ragazzina. Quelle emozioni, tuttavia, avevano un sapore amaro. Ermelina non nutriva alcun dubbio: una volta libero, il mercante di Toledo se ne sarebbe andato per sempre.

A quel pensiero si sentì persa, su una striscia di pietra circondata da acque nere, mentre la sagoma della torre di Colleville si stagliava sempre più tetra di fronte a lei, sotto un cielo stellato.

Si impose di restare calma. Presto sarebbe entrata nel castello e, se si fosse tradita, i soldati l'avrebbero uccisa senza pensarci due volte. Pur avendo sopportato di tutto nella vita, Ermelina era terrorizzata dalla morte. Aveva paura di finire all'inferno, quello descritto dai preti, dove le donne come lei venivano gettate tra le fiamme, costrette a subire tormenti indescrivibili. Ma ancor più, temeva l'idea di trascorrere l'eternità senza potersi riscattare da ciò che era diventata. Agli occhi della luce divina, sarebbe sempre stata una puttana senza redenzione.

Meglio precipitare nell'oblio, si disse. Meglio il buio assoluto.

Poi la sua attenzione ricadde su due punti luminosi che palpitavano in fondo al camminamento, davanti alla Porta Magna. Sembravano gli occhi di una fiera acquattata all'ingresso del castello. Passo dopo passo, si ingrandirono fino a diventare fiaccole sorrette da due guardie.

Il più alto dei soldati le andò incontro, esibendosi in un inchino burlesco.

Ermelina si fermò, mettendo in mostra la scollatura generosa, a dispetto del freddo. «Ci fate passare, bel signore?».

Il sorriso dell'uomo lasciò trapelare torbidi appetiti. «Non prima di pagare pedaggio».

La donna si mostrò perplessa. «Qui? E se qualcuno ci vede?»

«Chi volete che ci veda, con questo buio?»

«Vince', la baldracca ha ragione», intervenne il commilitone, a disagio. «Se passa il prete germanico, quello nuovo, siamo nei guai», e fece un gesto di via libera. «Spicciatevi, signore. Passate».

«Le lasci andare sole?», obiettò il soldato alto.

«Non abbiate pensiero, non ci perderemo», lo tranquillizzò Ermelina, impaziente di lasciarsi le guardie alle spalle. «Conosciamo la strada».

«Immagino di sì, ma vi accompagno comunque», insistette l'uomo. «Voglio la mia parte».

Ermelina non poté opporsi alla presenza del soldato, nonostante fosse consapevole del rischio di mandare all'aria i suoi piani. Avrebbe dovuto trovare il modo di toglierselo dai piedi. E mentre varcava l'ingresso, lanciò un ultimo sguardo verso il mare, alla ricerca di un naviglio che in quel momento doveva già veleggiare al largo dell'isola di San Salvatore.

La tenebra, però, non le permise di scorgere nulla.

L'imbarcazione solcava le acque buie con il favore del vento. Lunga e sottile, con una vela a tarchia, era detta *menaica* come la maggior parte dei natanti campani impiegati nella pesca delle sarde. Quella su cui si trovava Uberto era di dimensioni ridotte, priva di coperta e di remi, al punto che Cola Pesce riusciva a governarla da solo.

Il marinaio aveva appena spento il lume di poppa per evitare di farsi notare dalle vedette del Castello Marino. Nel golfo di Napoli, disse, avrebbe saputo orientarsi anche bendato.

Uberto non si curò di rispondergli. Nutriva forti dubbi sulla riuscita del piano e cercava di ingannare l'attesa tenendo lo sguardo puntato sul mare. Ma non appena vide i contorni neri del castello stagliarsi contro il cielo stellato si inquietò, impressionato dalla quantità delle torri a guardia di una cinta dall'aspetto inespugnabile. Se Federico II aveva scelto di nascondere il tesoro imperiale proprio in quel luogo, non era stato un caso.

C'era ben altro, tuttavia, che lo preoccupava. Non riusciva a smettere di pensare alla morte di Alfano Imperato e alla comparsa dell'uomo con la lancia infuocata. Prima di spirare, il canonico aveva balbettato uno dei passi più spaventosi dell'*Apocalisse*, l'avvento del cavaliere del terzo sigillo. Cosa poteva averlo spinto ad accostarsi a un mistero che lo terrorizzava a tal punto? Uberto non sapeva darsi una risposta e non riusciva nemmeno a reprimere il fascino provato dinanzi alla lancia del cavaliere, proprio com'era accaduto a suo padre. E proprio come lui, aveva rischiato di farsi catturare.

Ermelina aveva avuto ragione, e ciò lo feriva nell'orgoglio. Non era da lui agire in maniera tanto avventata. La verità era che desiderava risolvere il problema il più velocemente possibile e tornarsene a casa. Il timore di non rivedere più la moglie e la figlia era un rovello intollerabile, non gli dava requie. Per questo, alla fine, aveva scelto di fidarsi della putta, che rispetto a lui pareva conservare maggior sangue freddo.

La menaica virò dolcemente, scivolando verso sud sempre più lenta. Cola Pesce bloccò il timone e ammainò la vela. «Qui va bene», disse.

«Siamo troppo distanti dal castello», obiettò Uberto.

Il marinaio indicò la sagoma della torre maestra affacciata sul mare. «Se ci avviciniamo oltre, le scolte appostate in cima ci vedranno».

«Dunque, come proseguiamo?»

«Voi aspetterete qui». Il barese gettò l'àncora. «Andrò io da solo».

«Intendete nuotare fino al castello? Ma è una follia! Anche nel caso riusciste a giungere fin sotto le mura, sarete un bersaglio facile per gli arcieri».

Il marinaio si sfilò la casacca e le calzebrache, restando completamente nudo. «Non accadrà se mi muoverò sott'acqua».

Uberto lo scrutò basito. «Nessuno può trattenere il fiato tanto a lungo».

Cola Pesce gli rivolse un sorrisetto e sollevò da prua una botte assai capiente. Ai bordi della parte scoperchiata erano assicurati pesi di vario genere, pietre, mattoni e addirittura la testa di una vecchia statua. Uberto non riuscì a immaginare a cosa potesse servire.

Senza attendere commenti, il barese gettò in acqua la botte badando a farla immergere con l'apertura rivolta verso il basso. «Respirerò là dentro», disse, poi riempì i polmoni e si tuffò.

Assai stupito, Uberto osservò a lungo la superficie del mare, ma non lo vide più riemergere.

Ermelina superò la Porta Magna e una rampa d'accesso, dopodiché si ritrovò con le compagne all'interno del Castello Marino. Il soldato, un omone biondiccio di nome Vincenzo, le precedeva di qualche passo, voltandosi di tanto in tanto per vedere se fra le donne ve ne fosse qualcuna di suo gusto.

Percorsero una gradinata fin sotto l'arco ai piedi della torre normanna e proseguirono in salita, svoltando per una via che fiancheggiava le mura. Fosse stato giorno, da quel punto si sarebbe goduta un'ampia vista sul mare e sull'abitato sottostante. Ora invece regnava un'oscurità puntellata dai bagliori di fiaccole che parevano rispecchiare il firmamento.

Erano diretti ai casermaggi, come di consueto le prostitute destinate ai soldati. Ermelina si attenne al gioco, pur sapendo che, per raggiungere le prigioni, sarebbe dovuta tornare indietro fino al bastione di ingresso e imboccare l'accesso ai sotterranei. Aveva escluso di controllare le zone di reclusione collocate in cima alle torri, quelle destinate ai prigionieri di alto lignaggio. Era assai più probabile che Ignazio fosse stato portato ai piani bassi, riservati ai detenuti comuni.

Avrebbe dovuto separarsi dagli altri senza farsi notare. Si portò con cautela in fondo alla comitiva e, approfittando del fatto che Vincenzo aveva attaccato discorso con la più carina del gruppo, restò indietro. Attese immobile, pronta a fingere un'improvvisa indisposizione nel caso il soldato si fosse accorto del suo attardarsi. Ma ciò non accadde, e la donna fu libera di tornare in fretta sui propri passi.

Per buona parte del percorso non incontrò anima viva. Da quando l'imperatore era partito per le crociate, gli abitanti del fortilizio erano diminuiti notevolmente. Fra le mura trovavano alloggio soltanto armigeri e monaci basiliani, buona parte dei quali, oramai, doveva dormire profondamente. Ciò nondimeno, in diversi punti del castello si aggiravano delle guardie. Cercò in ogni modo di tenersene alla larga, restando nascosta nell'ombra e, non appena trovò un ingresso diretto agli ambienti interni, entrò. Percorse un ambulacro intervallato da finestrine quadrate, infine scese una gradinata di pietra. La via era deserta.

Conosceva bene quei luoghi. Suo marito l'aveva portata là molte volte per farle compiere azioni tutt'altro che dignitose. Grata all'inquietudine, che le impedì di ritornare con la mente a quegli orribili ricordi, si orientò alla svelta e raggiunse un corridoio dal soffitto ad arco con una decina di porte disposte lungo le pareti. Erano gli ingressi delle carceri.

Non restava che scoprire in quale cella fosse rinchiuso Ignazio, liberarlo e infine condurlo verso il luogo concordato con Uberto e Cola Pesce.

Il più era fatto, pensò.

Fu troppo tardi quando si accorse di avere qualcuno alle spalle. Avvertì uno spostamento d'aria, poi un respiro sul collo. Prima di poter reagire, sentì il tocco di due grosse mani che le afferravano le braccia.

Vincenzo guidò la comitiva di baldracche fino ai casermaggi. I soldati riposavano in un ambiente comune scavato nella roccia, ampio e sorretto da colonne di granito. Si diceva fossero i resti di un antico *castrum* che poggiava, secondo una leggenda, su un uovo incantato nascosto dal mago Virgilio più di mille anni prima.

Alla vista delle donne, i soldati uscirono dai loro giacigli e si prepararono ad accoglierle con caloroso entusiasmo. Vincenzo trattenne per sé una biondina su cui aveva già messo gli occhi e lasciò passare le altre.

Fu allora che notò l'assenza di Ermelina. Fosse stata un'altra non ci avrebbe fatto caso, ma lei sì, e non solo perché le aveva parlato. Si era ben guardato da renderglielo noto, ma l'aveva riconosciuta. Era la vedova di un suo commilitone morto, tempo addietro in una rissa.

Guardò quindi dietro di sé, ma nulla. Nulla da nessuna parte.

«Cosa cerchi, soldato?», gli chiese una voce maschile.

Vincenzo si voltò, incrociando lo sguardo di un miliziano. Non era dei suoi ma aveva una faccia nota. Era il clavigero giunto al seguito del prete germanico. Rispetto al giorno prima gli parve più pallido, con la testa avvolta da bendaggi. Una ferita all'orecchio, forse, che doveva causargli un gran dolore.

«Cerco una baldracca», gli rispose. «Era insieme alle altre. Adesso, però, non la scorgo più».

Il clavigero scrutò con interesse Vincenzo, poi la biondina al suo fianco. Parve riconoscerla. «Mora e procace?»

«Sì».

«Ebbene, cerchiamola insieme», disse Pungilupo, con un ghigno da far spavento.

23

Anziché opporsi, Ermelina emise un sospiro lascivo e si strusciò contro il soldato che la tratteneva. Aveva previsto una situazione del genere. Anzi, se l'era augurata. Quell'uomo non doveva essere un armigero qualsiasi, bensì il guardiano delle prigioni.

«Scrofa, cosa ci fai qui?», biascicò il soldato.

«Mi mandano i vostri compagni d'arme», sussurrò lei, «per tenervi compagnia».

Il guardiano emise un grugnito compiaciuto, poi allentò la presa.

Non appena fu libera di muoversi, Ermelina lo spinse con dolcezza contro una parete e lo scrutò con una rapida occhiata. Era alto, sulla cinquantina, corpulento, ma ad attirare il suo interesse fu soprattutto il grosso anello di chiavi che portava appeso alla cintura. Non riuscì a trattenere un sorriso soddisfatto. Una di quelle chiavi avrebbe aperto la cella di Ignazio. Ma doveva guadagnarsela. Senza vergogna, fece scivolare le mani in basso, e a quel gesto il soldato si slacciò docilmente le brache, calandole fino ai polpacci.

La putta prese confidenza con lui, accarezzandogli il sesso e facendolo subito eccitare. Agì lentamente, disinvolta e rilassata. Quella era la parte più rischiosa del piano. Il mastro di chiavi era più grosso e più forte di lei, senza contare che se avesse sospettato qualcosa, avrebbe chiamato rinforzi. A conti fatti, l'unica possibilità di successo risiedeva nello stiletto che nascondeva fra le pieghe dell'abito. Ma per usarlo, doveva attendere il momento propizio.

D'un tratto il guardiano le afferrò i fianchi e la fece stendere bruscamente a terra. Ermelina colse la sua voglia e sollevò la gonna in segno di invito.

Fu allora che ebbe un ripensamento. Non aveva mai ucciso nessuno, si disse, e dubitò di esserne in grado. L'insicurezza dovette trapelare dalla sua espressione, ma il mastro di chiavi equivocò. «Scrofa, ti è passata la voglia?», ridacchiò, gettandosi su di lei con maggior urgenza.

Ermelina allora estrasse lo stiletto e si limitò a tenerlo sollevato. Lo sentì affondare nella carne del soldato in un intrecciarsi di disgusto ed euforia, che cancellò qualsiasi incertezza, culminando in un piacere selvaggio. Come se quell'atto le avesse reso soddisfazione di ogni torto subìto. All'improvviso la redenzione e il riscatto non le importavano più. Le premeva soltanto la vendetta. La vendetta contro chiunque l'avesse posseduta senza riguardo, se non addirittura con brutalità e con violenza. Non sono una puttana, gridò dentro di sé, mandando al diavolo suo marito, i preti e le loro idee sui castighi divini. E fra tutti i significati che poteva racchiudere quel momento, lei scelse di viverlo come una liturgia. La liturgia di un cambiamento. Fosse durato anche un istante, ne sarebbe stata paga in eterno.

Gli spasimi del corpo sopra di lei la riportarono alla realtà. Vide il mastro di chiavi torcere la bocca in una smorfia agonizzante e inarcarsi come fosse sottoposto alla tensione di tiranti. Zuppa del suo sangue, Ermelina cercò di divincolarsi. In quel mentre l'uomo si girò su un fianco con uno scatto inconsulto e si strappò lo stiletto dal costato. Fece per rialzarsi, ma le brache raggrumate alle caviglie glielo impedirono. Allora si mise ventre a terra e tentò di allontanarsi, strisciando come un grosso verme che lascia dietro di sé la traccia del suo sangue.

Ancora in preda all'esaltazione, Ermelina raccolse lo stiletto e gli salì a cavalcioni, per bloccarlo. In principio aveva creduto di agire per Ignazio, ora invece sapeva di farlo per se stessa. Il guardiano opponeva una blanda resistenza, ma aveva l'aria di potersi mettere a gridare da un momento all'altro. La putta provò una fitta di terrore al solo pensiero di trovarsi di fronte ad altre guardie, quindi lo prese per i capelli, gli sollevò il capo e lo sgozzò.

Restò immobile sul cadavere per un lasso di tempo indefinito, mentre un amalgama di sensazioni violente le bruciava nel petto. Godette di quel calore feroce finché, al suo estinguersi, percepì di nuovo il freddo delle prigioni. E si rialzò.

Lasciare la propria vittima con le brache calate le parve denigrante. Rivestirla le fece riacquistare un po' di dignità. Poi rammentò di cosa fosse andata a fare in quel luogo.

Raccolse rapida l'anello delle chiavi e percorse il corridoio, passando in rassegna gli usci sprangati. Sentiva i muscoli indolenziti, come se li avesse sforzati per ore. Indecisa su come procedere, chiamò Ignazio per nome finché non le giunse risposta. Riconobbe subito la sua voce, incredula e allarmata. La seguì con trepidazione, finché trovò dov'era rinchiuso. Armeggiò con la serratura, provò quasi tutte le chiavi a sua disposizione, timorosa di non avere quella giusta.

Invece la porta si aprì.

E dal buio della cella uscì una sagoma. L'uomo che amava. Non era come l'aveva visto il giorno prima, fiero e in abiti eleganti. Ora indossava una tunica cenciosa e un paio di calzebrache logore. Il volto era una maschera congestionata dalla paura e dalla reclusione. Per un attimo le parve fragile e senza difese, poi Ignazio da Toledo le si avvicinò con passo fermo e la fissò con le sue iridi verdi, una fiamma che all'improvviso si ravvivava. Fu allora che Ermelina si sentì sopraffare dalle emozioni, e colta da un lieve capogiro gli cadde tra le braccia.

Il mercante la sorresse, continuando a fissarla. E lei cercò qualcosa nei suoi occhi. Qualcosa che non trovò. Allora si sentì stupida, la più stupida delle donne. Aveva fantasticato per ore su quel momento. Aveva coltivato la folle speranza di suscitare in lui qualcosa di più della gratitudine. Qualcosa di più dell'affetto. Ma quello sguardo non mentiva. Non era come aveva sognato. Non quella notte. Né per il resto dei suoi giorni. «Dobbiamo andare», gli disse, vincendo l'amarezza.

Un attimo prima che si incamminassero, una voce li richiamò. Proveniva da una cella. Ignazio si accostò alla feritoia del battente e vide il volto di Suger de Petit-Pont.

«Non lasciatemi qui!», implorò il medico. «Portatemi con voi».

«Perché dovrei farlo?», ribatté il mercante, indignato. «È solo a causa vostra se sono sospettato di crimini che non ho commesso».

«Pietà!», implorò Suger.

«Stolto, non meritate alcuna pietà».

E senza il minimo ripensamento, Ignazio gli diede le spalle e seguì Ermelina verso l'uscita. Non prima di aver scorto con la coda dell'occhio il cadavere del mastro di chiavi. Il pensiero del gesto commesso dalla sua salvatrice gli provocò un lieve turbamento.

Quello, però, non era il momento di fare domande.

Una figura raccolta in preghiera, sul pavimento freddo.

La luce di poche candele le palpitava intorno, posandosi sulle membrature di una cappella in stile bizantino. Tutt'intorno, lo spazio si diluiva in un'oscurità intervallata da archi, colonne e capitelli che affioravano ai guizzi delle fiamme, per svanire subito dopo nel buio. Konrad von Marburg non avrebbe mai immaginato di ravvisare dentro la chiesa di San Salvatore simili forme. Forme appartenenti a una cristianità primitiva, meticolosamente epurate da ogni residuo di paganesimo. Ne era stato felicemente sorpreso. In quel paradiso di silenzio si sentì a suo agio, lontano dal chiasso e dai colori sgargianti di Napoli. Là aveva potuto coltivare la preghiera e rinvigorire lo spirito, per prepararsi al confronto finale con Ignazio da Toledo.

Fino a qualche ora prima aveva esitato a incontrarlo una seconda volta, riteneva di non possedere prove concrete a suo carico. L'accusa era basata soltanto sulle testimonianze di Alfano e di Suger e, in fin dei conti, si riduceva a ben poco. Non era sufficiente per condannare un uomo al rogo. Ma ora von Marburg era certo di avere avuto la conferma dei propri sospetti. Quando si era imbattuto nel figlio del mercante riverso sul cadavere del canonico, l'aveva visto procurare ad Alfano le stesse ustioni rinvenute sul corpo di Gebeard von Querfurt e su quello di Wilfridus, l'eretico di Magonza rinchiuso nella Basilica minor di Seligenstadt. A dire il vero, non l'aveva sorpreso nell'atto di compiere il delitto, tuttavia Uberto Alvarez era l'unico presente al cospetto del cadavere. Con ogni probabilità, quell'uomo stava perpetrando l'opera del padre, mettendone in pratica gli insegnamenti negromantici.

Konrad avrebbe provveduto anche a lui. Se ne sarebbe occupato subito dopo aver ridotto Ignazio da Toledo a un pugno di cenere. Avrebbe seguito Uberto in capo al mondo, se fosse stato necessario.

Sentì entrare qualcuno e ne fu irritato. Aveva espressamente chiesto ai monaci di san Basilio di non disturbarlo per tutta la notte. Ma a giudicare dal rumore dei passi, non sembrava un religioso. Si fece il segno della croce e rivolse lo sguardo al nuovo arrivato. Vide un soldato.

«Cos'è successo?», lo interrogò, trovandolo corrucciato.

«Perdonate l'intrusione, magister. L'ispanico è fuggito».

Come un colpo di maglio, quelle poche parole frantumarono la quiete raggiunta dopo un lungo raccoglimento. Pervaso da una furia incontenibile, Konrad von Marburg avanzò a lunghi passi verso il messaggero e lo afferrò per la gola. «Com'è potuto accadere?!», gli sibilò in faccia.

Benché il soldato fosse di stazza taurina, con braccia e spalle coperte da fasci di muscoli, riuscì soltanto a emettere un gorgoglio implorante, incapace di ribellarsi. Il prete continuò a stringere la presa, costringendolo a inginocchiarsi. Al suo cospetto non vedeva che un nemico da abbattere. Ignazio da Toledo, l'adoratore del diavolo.

Infine un'intuizione fece breccia nella sua mente, inducendolo a lasciare la presa. «Che le campane suonino l'allarme!», ordinò, ritrovando la sua compostezza marziale. «Non può essere andato lontano!».

I corridoi scavati nel tufo si estendevano sotto l'isola del Salvatore come un labirinto. Ignazio ebbe l'impressione di girare intorno a un ambiente centrale, senza tuttavia scorgerne l'ingresso. Forse si trattava della camera segreta del Castello Marino, di cui tanto aveva sentito parlare. Continuò a guardare Ermelina intenta a fargli da guida, i capelli scarmigliati e l'abito macchiato di sangue. Una presenza a tratti confortevole, a tratti inquietante. Dopo un'ultima svolta, la seguì per un passaggio in linea retta che li portò in superficie.

Raggiunsero una sorta di magazzino colmo di anfore e granaglie. Ermelina si diresse verso l'uscita e, schiuso il battente, spiò all'esterno. «Venite a guardare», disse poi.

Il mercante le fu subito accanto e scrutò attraverso lo spiraglio. Fuori era notte fonda, ma i suoi occhi abituati all'oscurità non lo tradirono. Vide uno spiazzo dominato da un grande arco di pietra, al di là del quale le fortificazioni del castello parevano interrompersi. Il passaggio era sorvegliato da due sentinelle armate di lance.

«Oltre l'arco, c'è una zona aperta sul mare», gli spiegò la donna. «Dovrete attraversarla».

«Prima bisognerà distrarre le guardie».

«A quello penserò io».

«Ma voi...».

Ermelina lo tacitò, accarezzandogli il viso. «Qualcuno vi aspetta già dall'altra parte». Esitò a ritrarre la mano. «Mentre terrò occupati i soldati, uscite di qui e correte verso il mare. Fate soltanto questo, senza pensare a me».

La donna appariva fin troppo risoluta perché la si potesse dissuadere. Si sistemò l'abito alla bene e meglio, coprendo le macchie di sangue sotto lo scialle, infine si apprestò a uscire.

Ignazio seguì quei preparativi con disappunto. Non voleva che la sua salvatrice si esponesse oltre. Nutriva un pungente senso di colpa e riusciva a fiutare la sua paura. «Ci deve pur essere un'altra via di fuga», disse. «Una via sicura per entrambi».

«Non c'è», rispose Ermelina, decisa.

«Non consentirò che vi esponiate al pericolo per causa mia», insistette lui. «Non voglio che lo facciate».

«Tanti anni fa, voi lo faceste per me».

«Ora però è tutto diverso».

Lei gli lanciò un'occhiata dura, quasi di rimprovero. «Dovete tornare da vostro figlio, dalla vostra famiglia».

Il mercante fece per ribattere, poi si trattenne. Le lacrime scendevano sul volto di Ermelina. Lacrime che non riuscì a comprendere, ma che si sentì in dovere di consolare. Dovette limitarsi a seguirla con lo sguardo e sperare per il meglio. La vide dirigersi verso il centro del piazzale. Come previsto, le guardie la notarono e corsero subito verso di lei, lasciando incustodito il percorso diretto all'arco.

Ignazio mise da parte le emozioni e ne approfittò. La donna era furba, si disse, doveva aver studiato un modo per allontanarsi sana e salva. E infatti, mentre correva a testa bassa verso la via di fuga, la vide intrattenere i soldati con fare civettuolo.

Superò l'arco senza problemi, tenendosi nascosto nell'ombra, ma non appena imboccò la discesa verso il mare udì le campane di una chiesa. Rintocchi d'allarme! Dovevano aver scoperto la sua fuga.

I soldati ebbero una reazione immediata e, dimentichi di Ermelina, si guardarono intorno come sparvieri. Uno di loro scrutò oltre l'arco e lo vide. «Chi va là!», urlò, facendogli cenno di fermarsi. Nel frattempo l'altro si preparava a scagliare la lancia contro il fuggitivo. Ma Ermelina fu più veloce: sfilò lo stiletto nascosto tra gli abiti e lo infilzò al braccio sinistro.

Già pronto a lanciarsi in suo soccorso, Ignazio vide la sua liberatrice voltarsi verso di lui, la bocca spalancata in un grido. «Scappateeeee!».

La fissò con trasalimento, e per un istante si trovò di fronte non a una donna comune, bensì a una guerriera uscita dalla più esaltante delle *chansons de geste*. Angosciata, forte, senza speranza. Ebbe ancora l'impulso di tornare indietro per aiutarla, quando si accorse che qualcosa stava piovendo dagli spalti. Sassi. In cima alle fortificazioni, un gruppo di frombolieri aveva iniziato a prenderlo di mira.

Fece appena in tempo a scorgerli, che un colpo alla spalla destra lo fece girare su se stesso, atterrandolo.

Si rialzò in fretta, più stordito che dolorante. Sputò due colpi di tosse, guardandosi intorno, e si accorse che la seconda guardia stava per raggiungerlo con la lancia spianata. Doveva fuggire.

Corse per la discesa mentre l'inseguitore guadagnava terreno. Non appena giunse sulla scogliera affacciata sul mare, si sporse sul ciglio e osservò i navigli alla fonda senza sapere cosa aspettarsi. Correte verso il mare, gli aveva detto Ermelina. Forse qualcuno lo stava aspettando, nascosto da qualche parte.

Indugiò troppo. La guardia lo sorprese alle spalle, premendogli l'asta della lancia contro il petto per immobilizzarlo. Ignazio oppose resistenza tentando un balzo in avanti, ma quando si accorse di essersi proteso più del dovuto era già tardi. Folgorato da un brivido, precipitò giù per la scogliera insieme all'aggressore.

Avvertì lo schianto e sentì il gelo dell'acqua, un sapore salmastro in bocca e nel naso. Riemerse tra la spuma delle onde e si aggrappò a una sporgenza coperta di alghe. Il soldato era poco più in là, la testa sfracellata contro uno scoglio.

«Se lo mangeranno le murene», sibilò una voce uscita dalla tenebra.

Ignazio si voltò e vide un uomo tra i flutti. Stava a galla senza muovere braccia e gambe, immobile come una medusa. L'assenza di moto lo rendeva quasi invisibile.

«Siete voi Ignazio da Toledo?», gli chiese il nuotatore.

Il mercante annuì.

«Vi porto in salvo».

«Aspettate». Il fuggiasco ripensò a Ermelina. «Prima devo soccorrere una persona».

«Troppo tardi. Non sentite le voci?».

Ignazio ascoltò i suoni portati dal vento, e al di là della scogliera percepì la presenza di molti soldati. Stavano accorrendo per riacciuffarlo.

«Andiamocene», lo spronò Cola Pesce. «Tra pochi secondi, gli arcieri delle torri inizieranno a prenderci di mira». Sollevò dall'acqua una grossa botte. «Dovete entrare qui dentro... Ma prima, toglietevi i vestiti».

Le voci d'allarme erano sempre più vicine. Ermelina le percepiva appena. Aveva lo sguardo fisso sullo stiletto rimasto conficcato nel braccio della guardia. Era un'arma piccola, insignificante, ma brandirla l'avrebbe fatta sentire meno indifesa. Il soldato parve leggerle nel pensiero, impugnò lo stiletto e lo sfilò dalla ferita, gettandolo a terra. Con uno slancio disperato, lei si protese per raccoglierlo ma l'uomo le afferrò le vesti e la respinse con furia.

Nel cadere all'indietro, Ermelina avvertì qualcosa di freddo e affilato squarciarle la schiena. Dapprima non capì. Poi, straziata da un dolore lancinante, vide la punta di una spada uscirle dall'addome e si sentì ancora una volta stupida. La più stupida delle donne.

Colui che l'aveva infilzata le artigliò i capelli, sussurrandole qualcosa di malvagio all'orecchio: «Te l'avevo detto, vecchia troia! Te l'avevo detto che avresti pagato».

La donna si voltò a fatica, e incrociò uno sguardo di lupo famelico. «Avete me...», strinse i denti, trasformando una smorfia di agonia in un sorriso di sfida. «*Lui*, però, non lo avrete mai...».

Sentì il clavigero ribattere acidamente, ma non se ne curò. Erano soltanto parole. Non avevano più importanza, oramai.

Chiuse gli occhi, assaporando quel poco di vita che le restava. E prima di spirare, pregò il Signore di farla rinascere in un mondo dove Ignazio l'avesse potuta amare. Un mondo dove lei sarebbe stata la più virtuosa delle mogli.

Oppure, che la lasciasse sprofondare nel buio. Per sempre. Senza memoria.

24

Rapito da un silenzioso fluttuare, Ignazio sentiva il gelo delle correnti sottomarine avvolgergli le gambe e il bacino, ma dalle spalle in su stava all'asciutto, dentro la botte. Quel recipiente lo isolava dagli strati d'acqua sovrastanti, garantendogli una scorta d'aria sufficiente a respirare. Temendo di andare a fondo, si teneva ben saldo a una presa di legno fissata alla sommità del contenitore.

Una fuga alquanto bizzarra, considerò tra sé, anche se molto ben congegnata. Grazie a quello stratagemma si sarebbe allontanato non visto dall'isola del Salvatore, senza essere preso di mira dagli arcieri del castello.

Trovarsi in uno spazio angusto e oscuro non lo inquietava, meravigliato com'era dall'assenza di peso. Dimenava i piedi negli spazi fluidi con lo stupore di un bambino che sperimenta una cosa nuova, quasi dimentico della drammaticità degli eventi lasciati alle spalle. Lo affascinava la possibilità di respirare all'interno di un barile, senza dover riemergere per riprendere fiato. Quella situazione gli ricordava un'impresa di Alessandro Magno, che si diceva avesse esplorato le profondità degli abissi a bordo di un natante fatto di vetro.

Cola Pesce nuotava all'esterno della botte, alla quale era legato con una corda, e la trascinava a forza di bracciate verso il mare aperto, emergendo di tanto in tanto per respirare. Ignazio non poteva vederlo, ma a giudicare dai movimenti a cui veniva sottoposto, intuiva la sua capacità di trattenere il fiato per lunghi lassi di tempo.

All'improvviso qualcosa cambiò.

Il mercante si rese conto che la botte – con lui dentro – veniva sollevata verso l'alto. Provò una fastidiosa sensazione alle orecchie, ma non ebbe il tempo di abituarsi. Qualcuno bussava contro la superficie della botte. Intuendo cosa stesse accadendo, lasciò la presa a cui si teneva aggrappato, quindi percepì un risucchio e in un batter d'occhio si ritrovò allo scoperto.

Era riemerso al largo di Napoli, in mare aperto.

Vide davanti a sé una piccola imbarcazione oscillare al chiaro di luna e cercò di raggiungere gli ormeggi appesi allo scafo, ma braccia e gambe erano intorpidite dal freddo. Un'onda lo accecò mentre un senso di ritrovata pesantezza iniziava a trascinarlo a fondo. Fu attanagliato dalla paura di affogare, e per un attimo sentì i suoi sensi ottenebrarsi.

Un guizzo nell'acqua e Cola Pesce comparve al suo fianco per aiutarlo a rimanere a galla. Nel frattempo un uomo si sporse dal natante, lo afferrò per le braccia e lo aiutò a salire.

Quando fu a bordo, Ignazio tirò un sospiro e rivolse un cenno di gratitudine a colui che l'aveva ripescato dal mare. Lo colse un piacevole stupore. Era suo figlio.

«Padre, come stai?», chiese Uberto.

Ignazio gli sedeva di fronte, avvolto in una coperta di tela grezza. Si era asciugato ma non riusciva a scaldarsi, il freddo del mare gli era entrato nelle ossa. Provò ad aprire bocca, ma si rese conto di battere i denti.

«Sta bene», rispose per lui Cola Pesce. Il barese trafficava tra l'albero e la poppa, grondante d'acqua. Pareva insensibile al gelo notturno. «Ha soltanto bisogno di riposare».

«Abiti nuovi», spiegò Uberto al padre, porgendogli un involto. «Spero ti vadano bene, non ho avuto molta scelta». C'era una nota stridente nella sua voce, forse un'eccessiva durezza.

Ignazio si vestì in fretta, indossando un paio di calzebrache nere, un abito scuro e uno scapolare con cappuccio. Nell'infilarli, avvertì il trauma subìto alla spalla destra, colpita dalla sassata ricevuta durante la fuga. Un prezzo esiguo per la salvezza, pensò. Poi si sfregò le braccia per vincere il freddo e si mise a esaminare la menaica. Sedeva nella zona di prua, l'unica sgombra. Altrove scorgeva di tutto, da grovigli di reti ad attrezzi di varia foggia. Infine si accorse che l'àncora era stata levata e le vele spiegate. Cola Pesce si dava da fare senza attendere direttive, manovrando il timone con lo sguardo puntato alle stelle.

«Dove siamo diretti?», gli chiese, riacquistando un graduale controllo della parola.

Il marinaio fece un gesto vago. «Se facessimo rotta verso nord, rischieremmo di approdare in un presidio dei Clavigeri. E date le dimensioni della barca, dovremo mantenerci sotto costa».

«Quindi siamo diretti a mezzogiorno», concluse Ignazio, e si rivolse con discrezione al figlio. «Costui è fidato?», bisbigliò.

Uberto si strinse nelle spalle. «Me l'ha raccomandato Ermelina».

Al sentir nominare la donna, il mercante rivisse la fuga e fu pervaso dal rimorso. L'aveva abbandonata là, al Castello Marino, senza via di scampo. L'aveva lasciata sola nel pericolo, pensando unicamente a se stesso. Scappate!, l'aveva spronato lei, mentre si batteva per dargli tempo. Quell'imperativo gli risuonava ora nelle orecchie con tono ben diverso, quasi di sprezzo, facendolo sentire un essere infimo che lasciava morire le donne al proprio posto. Non merito il suo sacrificio, pensò.

«Quella donna…», disse Uberto, strappandolo dal tormento.

«Non ora», lo interruppe Ignazio. Pensare a Ermelina gli faceva male, parlarne avrebbe soltanto peggiorato il suo stato d'animo. «Dobbiamo prima decidere sul da farsi».

«Non possiamo certo tornare a casa».

Il mercante scrutò il figlio, ben conscio di quanto gli costasse una simile ammissione. La lontananza della madre e della moglie lo faceva soffrire. E ora che era diventato padre, la nostalgia doveva essere insopportabile. «Hai ragione», confermò, celando le emozioni. «Von Marburg ci seguirebbe fino in Castiglia, mettendo in pericolo i nostri cari».

«L'unico modo di uscirne è provare la tua... Anzi, la nostra innocenza».

«Perché dici *nostra*?»

«Sospetto che von Marburg mi creda colpevole dell'omicidio di Alfano», e cogliendo il disappunto del padre, lo aggiornò su quanto accaduto durante la sua prigionia. Poi toccò a Ignazio metterlo al corrente del colloquio avuto con il prete germanico.

«Quel Konrad è un fanatico», commentò Uberto, adombrandosi.

«E tuttavia», ribatté il mercante, «non dispone di prove schiaccianti, altrimenti non si sarebbe limitato a rinchiudermi».

«Ora una prova ce l'ha. O almeno crede di averla. Mi riferisco alla morte di Alfano. Penserà che io l'abbia ucciso per impedirgli di accusarti».

«L'ennesimo equivoco. Non abbiamo altra scelta, dobbiamo trovare il vero assassino».

«A nostro rischio, padre».

«Non possiamo fare altrimenti. Sarà necessario seguire la pista degli indizi che portano al vero magister di Toledo».

«L'Homo Niger... Ti rendi conto che potrebbe essere soltanto una leggenda?»

«Il mantello. I tatuaggi. I cerchi magici. Gli omicidi». Lo sguardo del mercante si acuì. «Tutti questi elementi devono *per forza* avere un comune denominatore, e la cosa più ovvia è che dietro la faccenda si nasconda davvero un magister».

«Il ragionamento fila, ma non mi piace affatto».

Prima di ribattere, il mercante raccolse i pensieri. C'era qualcosa nel resoconto di Uberto che l'aveva colpito. «Poco fa mi hai detto che Alfano ti ha confidato qualcosa sul mantello del Sagittario. Te ne rammenti?»

«L'ha fatto un attimo prima di morire, ma è stato alquanto vago. Mi ha parlato della persona a cui andrebbe consegnato il mantello, una donna che guarisce con le lacrime. Così si è espresso. Vive a Salerno».

«Nient'altro?»

«Mi ha sussurrato soltanto due parole. Temo però non abbiano senso. O se ce l'hanno, io non l'ho compreso».

«E quali sarebbero?»

«*Aqua nigra*».

«Acqua nera». Ignazio aggrottò la fronte. Forse suo figlio aveva ragione, quelle parole non dicevano nulla. Doveva trattarsi dell'ennesimo tassello di un enorme mosaico. Tuttavia, la parte dell'informazione riguardante la destinazione da prendere era chiara. Si voltò verso il golfo di Napoli, osservando la sagoma del Vesuvio sotto le stelle, poi attirò l'attenzione di Cola Pesce. «Sapreste condurci a Salerno?», gli chiese. «Vi pagheremo bene».

Il barese inclinò il capo, quasi ascoltasse il vento, infine annuì. «Domani, a tarda notte, saremo là».

Il mercante non aveva deciso se fidarsi o meno di quell'individuo, ma al momento era l'ultimo dei suoi problemi. Non che potesse fare molto di più, a dire il vero. Aveva un'unica mossa a disposizione, cercare di scoprire cosa fosse l'enigmatica acqua nera prima di farsi catturare da Konrad von Marburg. Il prete non avrebbe mai smesso di dargli la caccia. Aveva interrogato Alfano e Suger, quindi disponeva delle medesime informazioni.

Mai prima d'allora aveva temuto un uomo di chiesa a quel modo. Intravedeva in lui qualcosa di nuovo, il germe di un'istituzione votata a epurare la cristianità da ogni ombra o sospetto di peccato. Al contrario degli ecclesiastici che presiedevano i tribunali spirituali una tantum, Konrad von Marburg agiva in modo mirato, per investitura papale e in assoluta autonomia. Ciò lo rendeva oltremodo insidioso. Ignazio si chiese cosa sarebbe accaduto, negli anni futuri, se individui di tal fatta avessero fondato un ordine, e non poté reprimere un brivido. Ebrei, presunte streghe e sospetti di eresia non avrebbero avuto scampo. Ma anche gli uomini come lui, dediti alla ricerca della verità, sarebbero stati accusati di guardare cose che non dovevano essere guardate, di pronunciare parole che non dovevano essere pronunciate, di leggere libri che non dovevano essere letti. E sarebbero stati accecati, ammutoliti e bruciati insieme a quei libri. *In nomine Patri et Filii et Spiritus Sancti.*

La voce di Uberto lo distolse da quell'incubo a occhi aperti. «Cosa ne è stato di Ermelina?».

Il mercante fu pugnalato dal rimorso. «Non ce l'ha fatta», mormorò.

Non fu un'esclamazione di dispiacere, tuttavia, che seguì a quelle parole. Bensì una domanda. «Mia madre sa di lei?».

Colto alla sprovvista, Ignazio si ritrovò a fissare l'espressione del figlio. La durezza, in principio percepita soltanto nella sua voce, trapelava ora dallo sguardo e nella posa contratta delle mascelle.

Il mercante comprese e si sentì ferito. Suo figlio stava mettendo in discussione una delle poche certezze della sua vita, l'amore che provava per Sibilla e la fedeltà che le aveva sempre portato. «Non è come pensi», ribatté, volgendo lo sguardo verso Cola Pesce. Lo imbarazzava mettere a nudo i suoi sentimenti, specie in presenza di estranei. Il marinaio, d'altronde, sembrava perso nei propri pensieri.

«So trarre le mie conclusioni», continuò Uberto, intenzionato a proseguire il discorso. «Devi averla conosciuta quando eri già sposato. Quando ero già nato».

«Su questo hai ragione. Ma non sul resto».

«Eppure quella donna ti amava, era evidente. Quasi al limite della devozione».

Il mercante emise un sospiro, non se la sarebbe cavata con una risposta secca. «La conobbi circa vent'anni fa», disse, «a Catania».

«Ho sempre creduto che in quel periodo ti trovassi in Nordafrica, non in Sicilia».

«Stavo a Tunisi, per l'esattezza, quando venni a sapere di un libro di grande valore custodito in un'abbazia cistercense di Catania. Un innario dedicato a sant'Agata, decorato con splendide miniature. Pensai di recarmi in quel luogo per acquistarne una copia, con l'intenzione di venderla in seguito al miglior offerente».

«Mi rammento di quel libro. Me ne accennasti più di una volta... Omettendomi tuttavia il resto».

«Pensavo non avesse importanza, fino a ora», spiegò Ignazio, irritato da quel tono d'accusa. «Quando giunsi all'abbazia di Catania, un amanuense dello *scriptorium* accettò di copiare il libro e promise di ultimare l'opera nel giro di qualche mese. Quindi mi ritirai a Tunisi e al mio ritorno a Catania feci uno strano incontro. Entrai nell'abbazia per raggiungere lo scriptorium, ma mi smarrii e finii per sbaglio in una zona di clausura. Prima di ritrovare la strada, scoprii che proprio lì era tenuta prigioniera una giovane donna».

«Ermelina», intuì Uberto.

Il mercante confermò con un cenno del capo. «Provai pietà per lei e le chiesi il motivo della sua reclusione». Osservò il mare, combattuto tra il dispiacere e il senso di colpa. «Ermelina era orfana, lavorava come serva per una ricca famiglia di Catania. Il padrone di casa era un orafo assai rinomato, ma a dettare legge era la moglie, una matriarca morbosamente attaccata all'unico figlio maschio. Ebbene, proprio il figlio si era invaghito di Ermelina al punto da volerla sposare nonostante la madre rifiutasse l'idea di avere una nuora di umili origini. E a pochi giorni dalle nozze, la megera aveva accusato Ermelina di aver tradito il suo promesso giacendo con uno degli schiavi mori che vivevano sotto il tetto padronale. La ragazza si era professata innocente, ma la matriarca aveva esercitato la sua influenza per farla imprigionare in attesa dell'ordalia del fuoco».

«Ed Ermelina fu rinchiusa proprio nell'abbazia dove si custodiva l'innario di sant'Agata», concluse Uberto. «Dove tu la incontrasti, giusto?»

«Proprio così. Ermelina mi confessò di non essere innamorata del figlio dell'orafo, ma di non averlo mai tradito. Ambiva troppo a riscattarsi dalla sua condizione di serva per compiere una simile bassezza. Non saprei dirti se fosse sincera, ma io pensai che non meritasse certo la pena del fuoco. Conosci bene le conseguenze di chi si sottopone a quella prova. Nessuno ne esce senza procurarsi terribili ustioni».

«È un supplizio atroce, te ne do atto, e il clero ne è ben consapevole. Infatti, nel caso si debba dimostrare l'innocenza dei religiosi, non si ricorre all'ordalia del fuoco ma all'ordalia del pane, che non provoca alcuna sofferenza».

«Capirai quindi perché decisi di far evadere Ermelina. Prima di lasciare la Sicilia con la copia dell'innario di sant'Agata, entrai nottetempo nell'abbazia, la liberai e la portai con me. Giunti a Napoli, la affidai a un convento di suore». Durante il viaggio in mare, Ignazio aveva dovuto respingere gli approcci di Ermelina che, riavutasi dallo spavento, pareva essersi invaghita di lui. Ma tenne per sé quella parte della storia, e ripensando ai recenti eventi, si chiese se la donna non avesse provato, fin da allora, qualcosa di più di una mera infatuazione. «Prima di ripartire da Napoli», concluse, «donai l'innario di sant'Agata alla priora del convento, come dote per il noviziato di Ermelina».

«Da allora non l'hai più incontrata?»

«Mai più, fino all'altro giorno. Figurati la mia sorpresa nel vederla condurre un'esistenza ben diversa da quanto mi aspettavo».

«Non importa cosa facesse per vivere», concluse Uberto, riappacificato. «Ci ha aiutati. Era una persona buona».

O innamorata, pensò Ignazio.

E sorrise al figlio.

25

Suger detestava Ignazio da Toledo. Più di Philippus Cancellarius, più di chiunque altro avesse mai intralciato i suoi piani. Al pensiero che fosse riuscito a evadere, mentre lui marciva in cella, sentiva crescere dentro di sé la bile gialla. Ma soprattutto, si sentiva usurpato. Il mercante gli aveva tolto il primato dell'astuzia, arrogandosi il privilegio dell'ultima parola. Non meritate alcuna pietà, gli aveva detto. Dopo quello schiaffo morale, Suger era rimasto rannicchiato in un cantuccio a commiserarsi, la bocca amara e le dita intrecciate sul ventre. Temeva che von Marburg mantenesse la promessa di inviare un colombo viaggiatore in Francia, e di fronte a quella eventualità sentiva risvegliarsi tutte le sue paure.

Non poteva permettere che quel prete scoprisse la verità sulla sua partenza da Parigi. Se fosse accaduto, sarebbe stata la fine. Proprio quando mancava poco per raggiungere Salerno! Ancora qualche giorno di viaggio e avrebbe potuto costruirsi una nuova vita e una nuova professione, senza ombre né fraintendimenti. Invece si era lasciato coinvolgere nella faccenda del mantello del Sagittario e della draconite...

Di lì in avanti, pensò amareggiato, le uniche pietre su cui avrebbe posato lo sguardo sarebbero stati i massi di tufo che circondavano le pareti della sua cella.

Rimuginò fino all'alba. La reclusione non giovava certo al suo umore, tuttavia gli risultava meno opprimente del previsto. Un uomo comune, abituato a vivere e a lavorare all'aria aperta, sarebbe impazzito dopo poche ore. Suger invece era avvezzo a trascorrere intere giornate in ambienti bui, nel silenzio e nell'isolamento dello studio. Ciò lo aiutò a mantenere una relativa lucidità. Per ingannare il tempo, ripensò alle traversie che aveva affrontato negli ultimi tempi. Le minacce di Philippus Cancellarius e di Rolando da Cremona. L'omicidio al Porto dei Ceppi. E Bernard.

Se solo avesse ascoltato quel ragazzo con minore superficialità, se solo gli avesse parlato con convinzione...

Sbuffò. In fondo, si disse, a che pro? La gente non cambiava mai, sceglieva la strada che preferiva, diventando l'unico artefice delle proprie sciagure. E Suger non poteva certo farsi carico di tutti i mali del mondo! Ne aveva già abbastanza, per concedersi il lusso di sentirsi colpevole per qualcun altro. Sul ricordo di Bernard doveva mettere una croce.

Al momento, il suo vero problema era von Marburg. Inutile ignorarlo. Dietro ogni congettura, ogni reminiscenza sembrava celarsi l'ombra di quel prete. Al solo pensiero, Suger si sentiva opprimere dall'inquietudine. Perché, di fatto, Konrad era una belva. Il suo sguardo rievocava quello dei predatori notturni, le mascelle il morso degli animali carnivori. Von Marburg, tuttavia, riversava la propria aggressività in una manipolazione verbale tanto sottile quanto insidiosa. Ogni sua parola era un agguato. Ogni gesto un colpo d'artigli. Circuiva le sue vittime in quel modo, prima di affondare le zanne nelle loro gole.

E quando la porta si aprì, Suger non poté evitare di portarsi la mano al collo.

Konrad von Marburg entrò nel cubicolo. Sempre vestito di nero, l'enorme crocifisso metallico al centro del petto. Reggeva con la mano sinistra una lucerna e con la destra una ciotola di terracotta. «Vi ho portato da mangiare», disse compassato.

Suger si stupì di quella premura. «Siete gentile, non dovevate scomodarvi».

«Non si tratta di gentilezza», il religioso gli porse il cibo, «ma di carità».

Il medico osservò il contenuto della ciotola, tozzi di pane raffermo galleggiavano in una brodaglia untuosa. Schifato, posò il contenitore a terra.

Konrad lo osservò deluso. «Non è di vostro gradimento?»

«Non ho molto appetito».

Il prete liquidò la questione con un gesto noncurante. «Ebbene, sappiate che sono assai indeciso sul vostro conto».

«Cosa significa?»

«Che potrei farvi uscire di qui, se solo vi mostraste collaborativo».

«Non lo sono già stato abbastanza? Vi ho detto tutto quello che sapevo!».

«Da voi non pretendo parole, ma fatti».

«Continuo a non capire».

«Capirete», assicurò von Marburg, illuminandogli il volto con la lucerna. «Avrete certo notato cos'è successo stanotte».

«Vi riferite all'evasione di Ignazio da Toledo?».

Il religioso annuì.

«Ho sbirciato dallo spioncino del battente», rivelò Suger. «L'ho visto fuggire insieme a una donna».

«Vi ha rivolto parola?»

«No», mentì il medico. Ammettere il contrario avrebbe potuto peggiorare la sua situazione. «Perché mai avrebbe dovuto?».

Konrad non commentò. «L'avete udito fare discorsi?», chiese poi.

«Nulla di rilevante».

«E a vostro giudizio, quale sarà la sua prossima mossa?».

Suger esitò a rispondere, poi interpretò quella domanda come una sorta di prova. Forse Konrad intendeva testare la sua affidabilità. «Non è escluso che si diriga a Salerno, dalla guaritrice. Alla ricerca dell'acqua nera». A dire il vero, non ne era affatto persuaso. Soltanto lui aveva appreso quell'informazione da Alfano. Fare scena muta, tuttavia, sarebbe stato rischioso.

L'inquisitore mimò uno sbadiglio. «Ditemi qualcosa che non so».

«A quale scopo?»

«Se proprio ci tenete a saperlo, dopo questo colloquio mi imbarcherò alla ricerca dell'ispanico. In base a quanto mi risponderete, deciderò se lasciarvi marcire in prigione o portarvi con me».

«Ma avevate promesso di liberarmi!».

«Mai detta una cosa simile. Ho semplicemente ventilato l'ipotesi di farvi uscire da qui… restando al mio fianco».

«E perché mai?»

«A Salerno, i soldati al mio seguito darebbero troppo nell'occhio. Un medico invece, anche se forestiero, passerebbe inosservato nella città ippocratica. Mi sareste utile in qualità di infiltrato. Prima, tuttavia, dovrete dimostrare di essere degno della mia fiducia».

Suger valutò la situazione e concluse al volo che avrebbe ottenuto maggior vantaggio collaborando. Forse, alla fine, avrebbe persino guadagnato la libertà. «Ebbene, sappiate che ho avuto modo di riflettere sulle indicazioni di Alfano», disse.

«Avete dunque compreso cosa sia l'acqua nera?»

«Molto meglio. Credo di sapere dove poterla trovare».

Konrad gli si avvicinò di scatto, un grosso felino in agguato.

Suger si ritrasse, chiudendo istintivamente gli occhi. Quando li riaprì, le iridi nere di von Marburg erano a meno di una spanna dalle sue.

«Ve lo chiederò una sola volta», intimò il germanico. «Mi state mentendo?»

«Giammai, reverendo. Vi sono leale».

Il religioso si placò. «Allora verrete con me. Ma prima…». Raccolse la ciotola, pescò un tozzo bisunto dalla brodaglia e lo portò alla bocca di Suger. «Prima dovrete mangiare».

Il medico fu costretto a inghiottire. Nauseato dal sapore untuoso, si sforzò comunque di compiere quel sacrificio. Deglutì e aprì bocca per dire qualcosa, ma Konrad aveva già pronto per lui un secondo boccone.

Soffocando un conato, Suger fece cenno di essere sazio.

Il religioso sorrise serafico. «Non vorrete rendere vano il mio atto di carità», disse, imboccandolo a forza. Infliggere quel piccolo tormento sembrava metterlo di buon umore.

E Suger, alla fine, ne fu quasi rinfrancato.

PARTE QUARTA
LACRIME DI CRISTALLO

E i dannati, straziati dai tormenti, dissero: «Abbi pietà di noi, arcangelo Michele. E anche tu, Paolo, dilettissimo a Dio! Intercedete per noi presso il Signore».

L'angelo disse loro: «Piangete. Io piangerò con voi e anche Paolo piangerà. Preghiamo Dio misericordioso, affinché voglia mostrarsi compassionevole e concedervi un po' di refrigerio».

Visio sancti Pauli

26

Gettarono l'àncora a Salerno prima dell'alba.

La navigazione era durata tutta la domenica di Pasqua, compresa la notte. Il tratto più impegnativo li aveva visti costeggiare la penisola sorrentina, resa magnifica da promontori, selve ed enormi scogli affioranti dalle acque. Ignazio non si era lasciato sfuggire un attimo della ritrovata libertà, scorrendo lo sguardo fra i tratti litoranei e il bianco veleggiare degli uccelli marini. La prigionia era stata un'esperienza breve eppure logorante. Non erano state quattro mura a provarlo, ma la brutalità di un giudizio che puniva le idee anziché i misfatti. E la tragica fine di Ermelina continuava a turbarlo.

Presto, però, c'era stato ben altro per cui inquietarsi. Ormai al largo di Napoli, Cola Pesce aveva scorto da poppa la vela di una galea che navigava sotto costa seguendo la loro stessa rotta. L'aveva persa di vista per mezza giornata, doppiando la penisola di Sorrento, per scorgerla di nuovo nelle acque di Amalfi. Benché di proporzioni imponenti, quel naviglio procedeva di gran carriera.

«Una galea templare», aveva osservato il barese, indicandone le insegne con la croce rossa su campo bianco.

Ignazio si era rivolto a lui, allertato da quel tono burbero. «Problemi?».

Il marinaio aveva scosso il capo. «Ieri l'ho vista attraccata al *Vulpulum*, il molo grande di Napoli. Dev'essere salpata nella notte, come noi».

«Ebbene?»

«Ebbene è strano, messere, dato che l'imperatore non vede di buon occhio i templari. Li ha banditi dal Regno di Sicilia e gira voce che abbia sottratto i loro beni per farne dono ai cavalieri teutonici».

A quel punto Ignazio non si era più pronunciato. L'avanzata dei Clavigeri e la presunta morte di Federico II erano pretesti sufficienti a incoraggiare l'Ordine del Tempio a riprendere possesso dei propri feudi. Ciò nondimeno, il mercante avvertiva l'incombere di una minaccia personale. Più la vedeva avvicinarsi, più temeva che a bordo di quella nave ci fosse qualcuno interessato proprio a lui. Un religioso salpato da Napoli nel cuore della notte solo per seguirlo. Forse era suggestione, si disse, ma non riusciva a fugare il pensiero che su quella galea di monaci bianchi vi fosse Konrad von Marburg.

Attraccarono a Salerno e trascorsero il resto della notte in una bettola del rione portuale, anche se Ignazio avrebbe preferito dormire sotto le stelle, cullato dalla menaica e da un incontenibile senso di libertà. Alle prime luci dell'alba pagò Cola Pesce, lo ringraziò per l'aiuto reso e gli chiese se fosse disposto ad attenderlo per un paio di giorni. Nel malaugurato caso fosse stato costretto a lasciare in fretta la città, i servigi del barese avrebbero potuto fargli comodo. Il marinaio accettò di buon grado.

Stretto l'accordo, abbandonò il porto incamminandosi con Uberto per il sentiero litoraneo che conduceva all'ingresso di Salerno. La via correva lungo la spiaggia, fra rocce e cespugli, attraverso boschetti di mirti e ginestre. A destra era sempre presente il mare, mentre a sinistra sorgeva una cinta muraria, oltre la quale si intravedeva un'altura dominata da un castello. A suscitare maggior interesse erano i condotti sopraelevati dell'acquedotto, le cui grandi arcate torreggiavano sopra alberi e edifici.

Uberto disponeva di denaro sufficiente per entrambi, inoltre portava con sé il mantello del Sagittario, sempre riposto nella bisaccia appartenuta a Suger. «Perché tanta premura?», domandò al padre, vedendolo affrettarsi lungo il sentiero.

«Meglio non attardarsi», rispose il mercante, «con quel germanico alle calcagna».

«Trovare la guaritrice delle lacrime richiederà senz'altro del tempo».

«Non se sapremo dove cercare», disse Ignazio, ripensando all'enigma dell'acqua nera. Due parole soltanto, ben misera traccia.

«Sono dell'opinione», ribatté Uberto, «che la Scuola medica o un convento di monache siano un buon punto di inizio per le indagini».

«Giusta osservazione, anche se in quei luoghi rischieremmo di imbatterci in von Marburg. È un abile cacciatore, non sottovalutarlo mai».

«E dunque?»

«Dunque, seguiremo una pista diversa».

Giunsero a un portale ad arco affacciato sul mare, al di là del quale si apriva una via gremita che ospitava il mercato del pesce. Si confusero nel viavai e proseguirono verso il centro, mentre il tessuto urbano diventava sempre più fitto, suddividendosi in rioni articolati in *plateae*[3], piazze e giardini. C'erano poi vicoli strettissimi, gli anditi, che serpeggiavano tra gli edifici per perdersi in zone ombrose. Le strade più larghe non consentivano tuttavia maggior libertà di movimento. Erano affollate da passanti di varie etnie, tra cui molte donne vestite alla maniera araba, con abiti di seta damascata e tinture di henné sulle mani.

Procedettero fino alla piazza del rione dei Barbuti, in cerca delle botteghe più rinomate della città. Il mercante chiese indicazioni per la ruga degli speziali, poi si inoltrò con Uberto in una viuzza stipata di bancarelle cariche di sementi, radici e ossa animali. «Ogni medico che si rispetti fa uso di erbe e di prodotti naturali», spiegò, in riferimento alla precedente conversazione. «Se alcuni di questi prodotti sono reperibili negli orti cittadini o nei boschi dell'entroterra, altri sono assai rari. Li si può trovare soltanto qui, tra gli speziali».

[3] Così a Salerno venivano chiamate le vie più larghe dei rioni.

Uberto annuì. «Ora capisco a cosa ti riferivi. È probabile che questo luogo sia una frequentazione abituale della nostra guaritrice».

«Chiedendo in giro, troveremo senz'altro qualcuno che la conosce», disse Ignazio, individuando un gruppo di anziane donne raccolte intorno a un banco di sciroppi. Senza esitare, si incamminò verso di loro. «Forse», aggiunse, «è proprio una di loro».

27

Suger stentava a credere che quel sontuoso giardino cinto da portici fosse l'atrio del duomo di San Matteo. Per accedervi, aveva superato una scalinata a gradoni e un portale affiancato da due leoni di pietra degni di un palazzo. E ora, mentre osservava le sculture del portico e gli archetti policromi del campanile, prendeva confidenza con quell'arte arabo-normanna tanto diffusa nella città. Là trovava sede la Scuola medica di Salerno. I giovani che occupavano il giardino non erano monaci novizi, bensì studenti, intenti a conversare vicino a una fontana. Altri sedevano all'ombra del porticato, presso antichi sarcofagi esposti lungo le colonne.

Per un attimo si dimenticò delle circostanze che l'avevano portato fin là. Era nel tempio della scienza ippocratica, dove si diceva avesse studiato persino il grande Pierre-Gilles de Corbeil, medico personale di re Filippo Augusto. Poco importava che Suger vi fosse giunto per conto di Konrad von Marburg e che fuori dall'atrio lo attendesse Galvano Pungilupo. Trovarsi in quel luogo lo ripagava di ogni sforzo.

Il suo umore era andato migliorando dopo essersi imbarcato su una galea templare attraccata al porto di Napoli per consentire al proprio equipaggio di celebrare degnamente la Pasqua. La nave proveniva dalla Linguadoca ed era diretta in Calabria senza prevedere scali. Ciò nonostante, il prete germanico aveva ottenuto di salirvi a bordo insieme a Suger, Pungilupo e due armigeri reclutati al Castello Marino, con l'intento di farsi traghettare fino a Salerno. Davanti alla sua patente papale, i templari non avevano sollevato obiezioni. Ad alimentare l'ottimismo del francese era stata l'ultima promessa del religioso. Se l'avesse aiutato a catturare Ignazio da Toledo, sarebbe stato libero di restare presso la Scuola medica.

Mettersi sulle tracce dell'ispanico, però, non era un compito facile. Suger dubitava di trovarlo a Salerno e, ammesso che si sbagliasse, non disponeva di indizi sufficienti a intuire i suoi movimenti. Scoprire l'identità della guaritrice delle lacrime avrebbe forse potuto essergli di aiuto, ma se voleva riuscirci doveva comprendere il significato delle misteriose parole che gli aveva rivelato Alfano Imperato.

Prima dell'imbarco, ne aveva parlato con von Marburg. Era sua opinione che l'espressione "acqua nera" venisse usata dai medici salernitani per designare uno dei quattro fluidi racchiusi nel corpo umano. Insieme al flegma del cervello, al sangue e alla bile gialla, esisteva infatti la bile nera secreta dalla milza. Se la sua ipotesi si fosse rivelata giusta, le "lacrime" della misteriosa guaritrice potevano essere una sostanza in grado di curare gli eccessi di bile nera, cagione della cosiddetta flemma melanconica. E tutto avrebbe acquisito un senso.

Per verificare le proprie supposizioni, il francese aveva chiesto e ricevuto il permesso di consultare un magister della Scuola salernitana. Von Marburg avrebbe atteso in una chiesetta cittadina.

Senza perdere tempo, Suger si rivolse quindi a uno degli studenti del giardino per sapere dove poter incontrare i maggiorenti dello Studium.

«Vi consiglio di rivolgervi al magister Urso», suggerì il giovane. «È entrato da poco nelle aule, per operare», e indicò uno stabile eretto ai margini dell'atrio.

Ancor prima di avviarsi, Suger sentì delle grida provenire dall'interno, ma senza scomporsi decise di seguirle. In tanti anni di pratica medica, aveva udito urla ben peggiori. Attraversò un *armamentarium pigmentariorum*[4] e varcò un altro ingresso, oltre il quale le grida diventarono più acute.

[4] Luogo dove venivano riposte e conservate le piante officinali essiccate.

Giunse in una stanza dalle pareti tappezzate di illustrazioni di interiora umane. Al centro, un gruppo di studenti stava costringendo un uomo su un tavolaccio di legno. L'operazione fu più difficile del previsto, poiché il malcapitato continuava a dimenarsi dando calci e pugni, finché non fu immobilizzato con delle cinghie di cuoio.

Un individuo basso e corpulento dirigeva ogni azione, mantenendosi in disparte. Non appena vide il paziente ridotto all'impotenza, gli si avvicinò e lo tastò con attenzione nella regione inguinale, strappandogli un lamento strozzato. Meditò per un attimo, quindi intinse una *spongia somnifera*[5] in un catino e gliela infilò in bocca per farlo addormentare. Nell'attesa, impartì ordini ai discepoli. Suger lo sentì pronunciare le parole "incidere", "rimuovere" e "ricucire". Notò l'aria attenta, quasi devozionale con cui veniva ascoltato, e fu colto da un misto di ammirazione e invidia. Infine l'ometto invitò gli studenti a riprendere il lavoro.

Ormai certo della sua identità, Suger gli si avvicinò. «Ho il privilegio di parlare con il magister Urso?»

«L'avete», rispose l'interpellato, lo sguardo fisso sui giovani che iniziavano a radere l'inguine del paziente.

«Mi chiamo Suger de Petit-Pont e provengo da Parigi. Anch'io, come voi, sono un magister medicinae».

Urso lo degnò di un'occhiata.

«Non vi ruberò molto tempo», lo tranquillizzò il francese. «Sono qui per porvi una domanda. Ma prima...». Benché avesse una missione da compiere, non poté trattenere la curiosità. «Perché mai quell'uomo si stava ribellando?»

«Soffre di ernia inguinale e va curato. Bisognerà incidere e asportarla». Il magister tirò un sospiro. «Quando ha saputo che non sarei stato io a operarlo, ha avuto da ridire».

Suger lo fissò allibito. «Lo farete operare dai vostri discepoli?»

[5] "Spugna sonnifera", imbevuta di oppio, mandragora e altre sostanze per anestetizzare i pazienti.

«Sotto la mia direzione, s'intende», chiarì Urso, irritato. «Come potrebbero acquisire esperienza, i miei ragazzi, senza far pratica? Non possono certo limitarsi a sezionare porci!».

A tali parole, Suger si rese conto che i disegni appesi alle pareti non rappresentavano le interiora dell'uomo, bensì quelle del maiale. A quanto pareva, anche a Salerno era proibito sezionare cadaveri umani al fine di studiarne le interiora. Un ridicolo paradosso, pensò, dato che ogni giorno venivano mutilati criminali e salme di santi per farne reliquie. Ma la Chiesa fingeva di non vedere, riservando i suoi anatemi all'investigazione anatomica.

Conclusa la rasatura, gli studenti fecero spazio al più anziano del gruppo che, bisturi alla mano, si preparava a incidere. Il magister fece cenno di procedere. «Non mi avete ancora detto perché mi cercavate», disse nel frattempo, rivolto al visitatore.

«Vorrei sapere...». Suger esitò, non voleva passare per ingenuo e nemmeno per stupido. Optò per la soluzione più diretta. «Desidero avere chiarimenti sull'acqua nera», disse. Non ottenne risposta. Attese quindi che il bisturi affondasse nella carne, poi precisò: «Suppongo si tratti della bile nera».

«Soffrite di flemma melanconica?», indagò Urso, mentre segnalava allo studente di usare maggior cautela nell'incidere.

«No, non si tratta di questo... Cerco una donna. Una guaritrice in grado di contrastare gli effetti della bile nera con delle lacrime. O almeno credo...».

«Quali sciocchezze mi tocca udire!», sbottò il salernitano. «E voi avreste l'ardire di professarvi magister medicinae?».

Suger arrossì per la vergogna e si affrettò a dare spiegazioni. Non prima, però, che Urso avesse controllato l'incisione, ormai ultimata. Alcuni studenti tamponavano la ferita per bloccare l'emorragia, mentre altri si sporgevano sul paziente per osservarne le interiora.

«La guaritrice...», proseguì, non appena gli fu possibile, ma il magister, spazientito, indicò l'ambiente con un ampio gesto delle braccia. «Vedete per caso femmine?», e gli batté l'indice sul petto. «Qui non troverete né guaritrici né ostetriche, soltanto *veri medici*».

Di fronte a quella reazione, Suger fu colto da un sospetto. Urso doveva aver capito benissimo di cosa si stesse parlando, ma non era disposto ad ammetterlo. Come gran parte dei medici di cattedra, disprezzava l'impudenza delle donne che si accostavano alle arti curative. «Non sono qui per mettere in dubbio le vostre competenze», lo rassicurò, giocando d'astuzia, «ma per catturare quella mezza strega».

Lo sguardo del magister mutò dall'irritato al sorpreso.

«Ebbene», insistette il francese, «dove posso cercare?»

«Potevate dirlo subito», grugnì Urso. «"Acqua nera" non è il nome di un fluido corporeo, ma di una persona», spiegò, torcendo la bocca in una smorfia indignata. «Rivolgetevi alle benedettine del monastero di San Giorgio. Loro la conoscono fin troppo bene».

Gli occhi di Suger si illuminarono di gratitudine. «Vi ringrazio», e fece un inchino. Prima di andarsene, chiosò speranzoso: «Ci rivedremo presto».

«Se lo riterrete opportuno, ma ora toglietevi dai piedi», lo liquidò il salernitano, incamminandosi con urgenza verso il tavolo operatorio. Strappò il bisturi dalla mano dello studente che aveva praticato l'incisione. «Disgraziato!», lo rimproverò. «Per poco non lo sventravi!».

28

Le donne ferme alla bancarella di medicinali non furono loro di alcun aiuto. Sostennero di non aver mai sentito parlare di una guaritrice delle lacrime e nemmeno dell'acqua nera. Rivelarono poi di essere loro stesse delle guaritrici e offrirono le proprie maestranze a un modico prezzo. Ignazio scosse il capo, chiedendosi se fossero sincere o mentissero per non perdere un potenziale cliente. Dopo averle congedate, rivolse le stesse domande al commerciante seduto dietro il banco, che pareva aver seguito la conversazione con interesse. Costui era un *confectionarius* dall'aspetto losco. Oltre a preparare sciroppi, rimedi e *pocula*[6] costosissimi, esponeva droghe di vario tipo. Al mercante di Toledo era bastato uno sguardo per annoverarlo nella schiera di impostori che, anziché consigliare medicamenti, riducevano i malati alla dipendenza di sostanze che lenivano il dolore senza guarire il male.

«Non avete bisogno della guaritrice delle lacrime», rispose il confectionarius con un sorrisetto mellifluo. «Se necessitate di cure, posso fornirvi io stesso i giusti rimedi».

«Dunque la conoscete», dedusse Ignazio, restando sull'argomento.

«Certo che la conosco, e ve la sconsiglio. Si dice sia una strega».

«Giudicheremo noi stessi». Uberto gettò una moneta sul bancone. «Pertanto, se foste tanto cortese da parlarci della guaritrice e dell'acqua nera...».

«Acquanegra», lo corresse il venditore di sciroppi, intascando

[6] Pozioni medicamentose.

la moneta. «Così si chiama quella donna, Remigarda di Acquanegra».

Uberto fissò il padre, incapace di nascondere lo stupore. «Ecco cosa ha voluto confidarmi Alfano Imperato! Mi ha rivelato il nome della guaritrice, e io sono stato tanto sciocco da non capire».

«Come avresti potuto?», lo giustificò Ignazio. «È probabile che lo stesso Alfano ignorasse il significato di quelle parole», e si rivolse al confectionarius. «Remigarda di Acquanegra, avete detto. Sapete dove vive?»

«No», rispose l'uomo. Ma nel vedere Uberto elargirgli una seconda moneta, diventò subito più loquace: «Conosco però qualcuno che le fa spesso visita. Un oculista. Il suo nome è Benvenuto Grafeo».

Ignazio lo squadrò con sospetto. «Perché mai un oculista dovrebbe frequentare una guaritrice?»

«Per curare la figlia di Remigarda», specificò l'uomo, allungando la mano verso la moneta. «Dicono sia affetta da una strana malattia agli occhi. Una maledizione, o forse un miracolo. Dipende dai gusti».

«E dove possiamo trovare questo Grafeo?».

Il venditore di sciroppi indicò una via che dipartiva dal rione dei Barbuti. «Abita là, nella Giudaica, vicino alla chiesa di Santa Maria de Domno». Benvenuto Grafeo, chiarì infine, era un giudeo.

La Giudaica non era un ghetto ma un quartiere aperto, sede di una comunità florida e integrata nella vita cittadina. Si diceva vi abitassero non meno di cinquecento ebrei. La cosa non stupì Ignazio, che da quando era sbarcato a Salerno non faceva che camminare tra turbanti e zucchetti. D'altro canto, persino la Scuola medica era stata fondata, secondo la leggenda, da quattro medici di culture diverse, un latino, un greco, un arabo e un giudeo.

Non fu difficile trovare la dimora di Benvenuto Grafeo. Sorgeva a pochi passi dalla chiesa di Santa Maria de Domno, vicino all'imbocco della Giudaica. Era una casa a due piani, interamente in pietra e dotata di un porticato sorretto da archi e colonnine. Ignazio e Uberto furono accolti da un giovane servo che li guidò attraverso il vestibolo e una sala arredata con tappeti, cuscini e mobili preziosi. Proseguirono fino al giardino sul retro, un *viridarium* ricco di piante di ogni sorta, e lì furono invitati dal servo a sedere su dei seggi di vimini all'ombra di un sicomoro.

Poco dopo, Benvenuto Grafeo fece ingresso in giardino. Anziano e basso di statura, aveva un'aria umile e autorevole al tempo stesso. Indossava una tunica rossa, su cui ricadeva una barba bianca e ricciuta. La fronte era contratta da pieghe che andavano via via attenuandosi, lasciando immaginare che stesse trattenendo le ultime riflessioni dopo uno studio impegnativo. «Lor signori siano i benvenuti nella mia dimora», esordì, squadrandoli con discrezione. «Non mi pare di avervi mai incontrati prima d'ora».

«Infatti no». Il mercante si alzò e ricambiò il saluto con un inchino. «Il mio nome è Ignazio Alvarez, e provengo da Toledo», si presentò, imitato da Uberto.

Grafeo li invitò a tornare seduti, restando tuttavia in piedi. «Vestite come persone modeste, benché i vostri modi affermino il contrario».

«Siamo soltanto di passaggio», disse Ignazio, eludendo l'implicita domanda.

Il giudeo aggrottò la fronte. «Ebbene, come posso servirvi? Spero sappiate che non sono un comune medicus, mi occupo soltanto delle malattie che colpiscono gli occhi».

«Non ci servono cure, ma informazioni». Prima di proseguire, il mercante scambiò un'occhiata di intesa con Uberto. «Vorremmo sapere di una vostra paziente. Si chiama Remigarda di Acquanegra, una guaritrice».

«Per quale motivo, di grazia?»

«Per interrogarla su una certa questione».

L'oculista incrociò le braccia, enfatizzando il suo disappunto. «Spero nulla di spiacevole».

«Siete alquanto protettivo», commentò Uberto.

«Remigarda è una buona persona, come ce ne sono poche», ribatté Grafeo, educato ma combattivo. «Gradirei non venisse molestata».

Lungi dal voler aizzare quella velata ostilità, il mercante alzò le mani. «Non intendo recare alcun disagio, ve lo giuro. So bene cosa significa temere per qualcuno».

«Allora saprete fino a che punto si è disposti a difendere una persona cara».

«Purtroppo sì. E tuttavia, non è da noi che dovrete nasconderla».

«Cosa intendete?»

«Che presto si presenterà al vostro cospetto un altro uomo. Un chierico germanico incaricato di indagare su una setta eretica».

«Non posso immaginare cosa voglia costui da Remigarda».

«Non è tanto ciò che vuole a dovervi preoccupare», Ignazio gli fece cenno di sedersi accanto a lui, «ma quanto è disposto a fare per ottenerlo».

Grafeo fu sul punto di rifiutare l'invito, poi vinse la titubanza e si accomodò di fronte a lui. «Non temo per Remigarda, quanto per sua figlia», precisò. «La piccola Adelisia».

«È lei la vostra paziente?», chiese Uberto.

L'oculista annuì con amarezza. «Quella bambina è afflitta da un male assai raro. Raro e incurabile».

«Di cosa si tratta?».

Prima di rispondere, Grafeo infilò le dita nel risvolto di stoffa che gli fasciava l'addome a mo' di cintura ed estrasse alcune pietruzze simili a madreperla, ma trasparenti. Le pose nell'incavo della mano per mostrarle agli ospiti. «Queste», disse, «sono le lacrime di Adelisia».

«Non era nostra intenzione mettervi tanta fretta», disse Ignazio a Benvenuto Grafeo. In verità non avrebbe potuto chiedere di meglio.

Erano usciti dalla Giudaica e stavano attraversando di buon passo le strade di Salerno, verso la casa di Remigarda di Acquanegra. Dopo la breve conversazione, l'oculista si era mostrato disponibile a condurli di persona dalla guaritrice. Prima di uscire di casa, aveva indossato i sandali e un ampio mantello verde, senza dimenticare di appendere al collo la rondella gialla obbligatoria agli appartenenti alla razza giudea. Portava inoltre sottobraccio un astuccio di legno, dov'erano riposti i ferri del mestiere.

«Nessuna fretta», ribadì Grafeo. «Ho preso l'abitudine di visitare Adelisia quasi ogni giorno. Appena mi libero dagli impegni, corro da lei per verificare le sue condizioni. Voi siete un ottimo pretesto per farlo».

«Parlateci ancora della sua malattia», lo invitò Uberto.

L'oculista si strinse nelle spalle. «Esclusa la perdita di cristalli, non c'è molto altro da dire. La sua vista è estremamente debole, gli occhi sono sempre irritati e insofferenti alla luce del sole. Ho provato di tutto, ma nessuna cura si è rivelata efficace. Posso soltanto alleviarle il dolore con uno speciale collirio».

«Avete consultato altri medici?», volle sapere Ignazio.

«Oltre a quelli della città di Salerno, ho inviato lettere ai migliori magistri di Costantinopoli e di Montpellier, dove studiai in gioventù. Nessuno di loro, tuttavia, ha saputo sciogliere il dilemma».

Il mercante annuì. «La fama di Remigarda come "guaritrice delle lacrime" è legata per caso a questo fatto?»

«Precisamente», sospirò Grafeo. «E in ciò risiede il *secondo* problema».

«Spiegatevi meglio».

«Il volgo attribuisce ai cristalli di Adelisia poteri miracolosi. Gli infermi pagano Remigarda per farsi curare e pregano la figlia di guarirli con le lacrime. Come se fosse possibile...».

«Siate più chiaro».

«È una vecchia superstizione», spiegò l'oculista di malavoglia. «Si crede che le fattucchiere possano alleviare i dolori altrui versando lacrime. Figurarsi se queste lacrime sono di cristallo! Per la maggior parte, il popolo è tanto ingenuo da illudersi che simili scempiaggini funzionino per davvero».

«E ciò quali disagi comporterebbe per Adelisia?»

«Molti la venerano come una santa. Altri, però, la credono maledetta».

29

In attesa che Suger uscisse dalla Scuola medica, Galvano Pungilupo sedeva ai margini di un canale, il Labinario, che scorreva a fianco della via del duomo. Di tanto in tanto distoglieva lo sguardo dall'ingresso di San Matteo e dal viavai dei passanti, per osservare i rivoli d'acqua e i movimenti di grossi topi acquattati sulla sponda opposta. Il dolore all'orecchio destro – dove l'orecchio non c'era più – continuava a tormentarlo, ma in modo divenuto quasi sopportabile. Le vertigini erano ormai svanite, e aveva riacquistato la libertà dei movimenti. Presto avrebbe potuto disfare le bende e nascondere la ferita dietro un ciuffo di capelli, come aveva visto fare un anziano veterano.

La principale ragione del suo malumore, quel mattino, non era però la ferita, bensì Suger. Non lo riteneva affatto utile alla missione e ciò nondimeno doveva fargli da balia anziché condurre l'indagine di persona. Gli ordini di von Marburg erano stati categorici. Doveva tollerarlo e addirittura incoraggiarlo nella ricerca, senza mai perderlo di vista. Perciò il clavigero era stato costretto a frenare i propri istinti, che l'avrebbero indotto a passare al setaccio il rione portuale, e ad accompagnare quel medicastro impertinente fino all'ingresso di San Matteo.

Strada facendo gli aveva rivolto la parola una sola volta, per chiedergli come intendesse agire. E con il suo accento gracidante, Suger gli aveva risposto farfugliando qualcosa sulla Scuola medica e sugli umori del corpo umano, senza curarsi di approfondire l'argomento. I suoi modi da cattedratico e da saccente rendevano quasi impossibile immaginare che soltanto due giorni prima piagnucolasse in un sotterraneo del Castello Marino.

Galvano aveva ingoiato una bestemmia e l'aveva assecondato, lasciandogli percorrere da solo l'ultimo tratto di strada. Nel vederlo darsi un contegno prima di entrare nell'atrio, non era riuscito a trattenere un sorriso spietato. Galletto francese, si era detto, prima o poi ti sistemo io. E si era chiesto cosa avrebbe provato a pugnalarlo allo stomaco, un affondo di punta con uscita di taglio. Allora sì che Suger avrebbe imparato qualcosa sugli umori del fegato, della milza e compagnia bella!

Dopo mezz'ora, quando ormai ne aveva abbastanza dei propri pensieri, dello scorrere dell'acqua e persino dei topi, lo vide uscire dalla basilica. Sembrava appagato, e ciò lo rendeva ancor più detestabile.

Il clavigero lo seguì senza farsi vedere, gli si accodò di soppiatto e lo agguantò per un braccio, strappandogli un gridolino sorpreso. Una piccola soddisfazione, in attesa di una più grande. «Dove andate, bella ocarina?», gli ringhiò all'orecchio.

Nel riconoscerlo, il medico tirò un sospiro e si ricompose. «Forse ho trovato la guaritrice delle lacrime», disse, con un tono più odioso del solito. «Ma avrò bisogno del vostro aiuto».

Mentre camminava a fianco del clavigero, Suger metteva in fila i pensieri. Seguendo le indicazioni di Urso, era giunto alla conclusione che la guaritrice delle lacrime vivesse presso il convento salernitano di San Giorgio, come monaca o conversa. Non negava di aver provato un certo rammarico nell'apprendere di essersi sbagliato riguardo l'acqua nera, nonostante l'intuizione di recarsi alla Scuola medica fosse stata giusta. In vista di nuove scoperte, decise di presentarsi a von Marburg soltanto quando avesse concretizzato qualcosa, al fine di trattare con maggior certezza le condizioni del suo rilascio.

Il convento femminile di San Giorgio era un edificio maestoso, attorniato da stabili costruiti per soddisfare le necessità del cenobio, tra cui una rinomata infermeria. Suger non poteva esserne certo, ma aveva la sensazione che ben presto si sarebbe trovato di fronte alla guaritrice delle lacrime. A quel pensiero si sentì pervadere da un'ondata di euforia che non aveva nulla a che vedere con la ricerca di Ignazio da Toledo. Lui non era come Pungilupo, né come von Marburg. Il gusto della caccia lo lasciava indifferente. L'intensa emozione che stava provando nasceva dalla curiosità, e messo da parte il sogno della draconite, si riscopriva impaziente di conoscere il segreto del mantello del Sagittario. C'erano buone probabilità che la donna di Acquanegra potesse rivelarglielo.

Additò l'edificio. «In base alle indicazioni che ho ricevuto alla Scuola medica, è possibile che la guaritrice delle lacrime abiti nel convento di San Giorgio», rivelò al suo accompagnatore. «Dobbiamo accertarcene».

«Le monache non accoglieranno mai due uomini nel loro convento», obiettò il clavigero.

Il medico gli fece cenno di non preoccuparsi.

«Spiegatevi», lo incitò Pungilupo.

Anziché rispondere, Suger coprì la breve distanza che lo separava dal convento e bussò al portale. «State al mio gioco», disse al soldato.

Dietro il battente risuonarono dei passi, poi lo spioncino dell'ingresso si aprì.

«Chi postula?», chiese una monaca dall'interno.

«Siamo forestieri», disse il medico, fingendosi allarmato. «Abbiamo bisogno di cure».

«A me sembrate in salute», commentò la donna, rasentando la scortesia.

«Ma il mio compare ha perso un orecchio!».

Gli occhi della monaca si soffermarono sui bendaggi di Pungilupo. Per tutta risposta, il clavigero fece una smorfia dolente.

Lo spioncino si richiuse e un attimo dopo i serramenti scattarono. Il battente si aprì.

Compiaciuto del proprio stratagemma, Suger entrò nel vestibolo insieme al compagno. «Abbiamo saputo che qui vive una guaritrice...», azzardò.

La monaca gli fece cenno di tacere, in osservanza alla regola del silenzio, mentre due giovani consorelle affioravano dall'ombra di un corridoio per controllare la ferita di Pungilupo. «La cauterizzazione è fresca, ma suppura poco», commentò una di loro, a voce bassa.

«Non è meglio che la ferita sia secca?», domandò il clavigero, timoroso per la propria salute.

«Al contrario, *pus est bonum et laudabile*», lo corresse l'altra monaca. «Ma non temete, messere», lo rassicurò, «rimedieremo». Così dicendo, lo accompagnò all'interno.

Suger fece per seguirlo, ma la portinaia lo trattenne. «Voi siete in salute. Aspetterete fuori», gli ordinò.

Prima di sparire nei meandri del convento, il clavigero gli rivolse un sorrisetto per nulla amichevole.

Il portale si richiuse con un tonfo secco e Suger si ritrovò per strada come un bambino in punizione. Adesso toccava a lui aspettare, alla stregua di un subalterno. Senza contare che se Pungilupo avesse riconosciuto la donna di Acquanegra, si sarebbe preso tutto il merito per quella scoperta, e lui non avrebbe più potuto accordarsi con von Marburg per il proprio rilascio, né interrogare in privato la guaritrice sul mantello. Rischiava di diventare un prigioniero scomodo e inutile, quindi sacrificabile. In preda allo sconforto, osservò la platea assolata e d'un tratto fu colto da una pericolosa intuizione. Quasi non riusciva a crederci. Da quando era uscito dal Castello Marino, si trovava solo per la prima volta. Libero di andarsene per una via affollata, in un brivido di vertigine. Già immaginava di allungare il passo tra la gente e attraversare i rioni, alla ricerca di un nascondiglio o di una via di fuga. Era ben oltre lo spiraglio di salvezza che aveva chiesto al Signore nelle sue preghiere. Eppure non riuscì a muovere un passo. Si ritrovò impotente, i piedi pesanti come macigni. Incapace di agire. Incapace di pensare. Gli era già capitato di sentirsi così da adolescente, quando aveva giaciuto per la prima volta con una donna. L'imbarazzo per l'improvviso scemare del desiderio era stato enorme, la frustrazione anche maggiore. All'epoca si era giustificato tirando in ballo gli effetti della tensione e del pudore, tuttavia sapeva di aver mentito alla donna e a se stesso. In verità temeva di abbandonarsi agli istinti.

In quel frangente era in preda al medesimo timore.

Era come se una cavezza invisibile lo tenesse legato a Konrad von Marburg. Una cavezza che non era capace di sciogliere.

Al diavolo, si disse. Non bastava l'assenza di Pungilupo a renderlo libero. Senza denaro né conoscenza del luogo, non sarebbe andato molto lontano. Inoltre gli armigeri del germanico l'avrebbero certamente riacciuffato in un batter d'occhio, facendogli pagare salato lo sgarro. Del resto, il sorrisetto con cui il clavigero si era accomiatato, entrando nel convento, era stato assai eloquente. Serbava una minaccia e un monito, e pure una malcelata impazienza di coglierlo in fallo. Non ci voleva un cervello fino per capire che Pungilupo smaniasse dalla voglia di percuoterlo. E Suger non aveva alcuna intenzione di offrirgli il pretesto per farlo.

Inoltre aveva colto ben altro in quel sorriso, come se il clavigero *sapesse* che Suger sarebbe rimasto ad attenderlo come un cane obbediente. Galvano Pungilupo, che tutto sembrava fuorché intelligente, doveva averlo studiato e trovato privo di coraggio. Il medico fu a tal punto irritato da quel pensiero che tentò di ingannare la paura, iniziando a camminare in tondo davanti alla facciata di San Giorgio.

Poi, all'improvviso, si sentì in pericolo. I suoi occhi dovevano aver colto qualcosa nel movimento della strada, una minaccia, prima che la mente potesse avvedersene. Si nascose all'imbocco di un andito e si guardò intorno, con il cuore in gola, sforzandosi di ricordare cosa avesse visto. In principio scorse soltanto una massa di passanti, nessuna faccia nota. Poi ricordò e si sentì raggelare. Non aveva ancora la cognizione del punto esatto in cui l'avesse notato, ma ora *sapeva*. Sapeva che era lì, da qualche parte. E dopo un istante lo individuò nello spazio fra due caseggiati, sul lato opposto della strada.

Il cavaliere.

Era smontato dalla sella, intento ad abbeverare il cavallo presso un guazzatoio. Prima di allora, Suger l'aveva visto un'altra volta soltanto, sugli argini della Senna, eppure fu certo di non sbagliarsi. La pelliccia bruna, la strana lancia fissata alla sella, i movimenti rudi...

Sì, era lui. L'assassino dello svevo.

Konrad von Marburg si era espresso più volte su di lui. Era persuaso che quel cavaliere non fosse un uomo, bensì uno spirito invocato dal magister di Toledo. Una suppurazione dell'inferno, aveva detto. Uno di quei demoni notturni dalle sembianze umane che si lanciavano al galoppo con le fiaccole in pugno, per dedicarsi al rito della caccia selvaggia. Tuttavia, quello di fronte a Suger era senz'altro un uomo. Un uomo ben più spaventoso di qualsiasi spirito o demone, poiché tangibile e minaccioso sotto la luce del sole. La sua presenza non era vaga come un'ombra, ma consistente. Nessuna preghiera o esorcismo l'avrebbe fermato.

Il medico restò a osservarlo, pervaso dal terrore. Il cavaliere tuttavia non si accorse di lui, montò in sella e si allontanò al trotto verso sud.

Quando Pungilupo uscì dal convento di San Giorgio, si guardò intorno finché non trovò Suger al margine della strada, pallido e immobile come una salma. Gli si avvicinò di buon passo e, sconcertato, lo scosse per una spalla. Il medico lo scrutò con un battito di ciglia, mostrandosi quasi felice di vederlo.

«Sembra abbiate appena visto il diavolo», commentò il clavigero, scordando per un attimo l'antipatia che provava nei suoi confronti.

Dalla bocca di Suger uscì una risatina isterica.

Galvano non era dell'umore adatto per replicare. Le monache gli avevano versato dell'olio bollente sulla cauterizzazione per sanargli la ferita. Avrebbe volentieri ricambiato il favore al francese, se grazie a lui non fosse riuscito a scoprire una cosa assai importante. «Avevate ragione, le monache conoscono la guaritrice delle lacrime», disse. «Non abita con loro, ma mi hanno indicato dove sorge la sua casa».

30

Anche quella notte Adelisia aveva sognato i cavalli. Li aveva visti scendere da un declivio di pietre nere, un'intera mandria, tutti schiumanti e imbizzarriti. E come ogni volta, li aveva visti perdere sangue dalle orecchie. Fiotti di un rosso lucente colavano dai loro colli maestosi, striando i manti, le zampe e le criniere. La bambina era troppo spaventata per capire cosa stesse accadendo. Udiva i nitriti, il trepestio frenetico degli zoccoli, mentre ogni cosa veniva travolta.

Poi, un lancinante dolore agli occhi.

Si svegliò con la tentazione di toccarsi le palpebre, ma resistette. Non fu l'istinto a fermarla, ma la memoria del dolore. Il dolore di una maledizione destinata a svanire, diceva spesso sua madre. Ogni volta che udiva quelle parole, Adelisia sorrideva. Non perché vi prestasse fede, ma perché venivano pronunciate con amore. E quell'amore, per lei, era tutto.

«Mamma!», chiamò, agitandosi nel buio.

Strisciò carponi fino all'uscio, mentre una scheggia uscita dal nulla le trafiggeva la pupilla destra. Il sogno dei cavalli era già lontano. Voleva soltanto far cessare quello strazio.

Attraversò la sala d'ingresso invasa dalla semioscurità e udì delle voci provenire dall'esterno, sulla veranda. Sua madre stava parlando con qualcuno. Si mosse per raggiungerla, ma non appena varcò la soglia levò un grido, offesa dal bagliore accecante del sole. Si coprì il volto con le mani e, con estrema cautela, aprì uno spiraglio tra le dita in cerca della madre. La vide, in piedi, di fronte a tre uomini in controluce.

«Mamma!», chiamò.

La donna fece cenno agli interlocutori di attendere e si voltò verso di lei, scrutandola dapprima con sorpresa, poi con allarme. Stava già per controllarle l'occhio, quando una voce maschile la fermò: «State quieta, madonna. Provvedo io».

La bambina conosceva quella voce. Apparteneva a un vecchio amico, Benvenuto Grafeo. L'oculista la raggiunse, la prese per mano e la condusse dentro casa, all'ombra. «Piccola mia, come vi sentite?», le chiese poi, facendola sedere su uno sgabello.

«L'occhio...», si lamentò Adelisia.

«Fatemi controllare».

Usando delicatezza, Grafeo le dilatò le palpebre finché non scorse un piccolo cristallo incuneato nel bordo inferiore della pupilla. Era minuscolo e biancastro, liscio in alcune parti, tagliente in altre. Era scivolato sotto la ghiandola lacrimaria senza causare danni. «Lo vedo», disse. «Quando è spuntato?»

«Mentre dormivo». La bambina trattenne il dolore con una smorfia. «Fa male».

«Non temete», la rassicurò l'ebreo. «Ora lo tolgo».

Adelisia mormorò un grazie, implorandolo di fare in fretta. Era il più prezioso tra gli amici. Lo conosceva da due anni, da quando erano comparsi i cristalli. Al loro manifestarsi, sua madre non era stata in grado di curarla e aveva chiesto aiuto al sapiente Grafeo. La bambina si era subito fidata di lui. Il suo aspetto rassicurante, la barba riccia, il naso lungo e gli occhi circondati da rughe ricordavano uno di quei santi raffigurati nelle chiese.

L'oculista aprì il suo astuccio di legno, rovistò all'interno ed estrasse una pinzetta di metallo. Si accertò che fosse pulita, poi la avvicinò all'occhio dolente. Agganciò la palpebra inferiore e la tirò con gentilezza verso il basso, in modo da avere una visione completa del punto in cui intervenire. Prese quindi con la mano destra una seconda pinzetta, ancora più piccola, e la accostò con cautela al cristallo.

La prima volta che aveva visto quegli arnesi, Adelisia si era spaventata. Ma Grafeo le aveva spiegato che i suoi *ferramenta* erano strumenti utili a fare del bene alla gente e glieli aveva mostrati uno per uno, presentandoli come piccoli amici dai nomi latini. C'erano le pinzette *ad evellendos pillos* e *ad retinendum palpebras*, l'ago *ad catiractas* e una minuscola spatola *ad coquendum fistolam*...

Con gesti esperti, l'oculista afferrò il cristallo con la pinzetta e lo estrasse. «Vi ho fatto male?», chiese poi.

«No», rispose Adelisia.

«Bene», sorrise lui. «Ancora un attimo di pazienza e abbiamo finito». Sempre tenendole la palpebra abbassata, estrasse dal suo astuccio una boccetta di vetro con la base panciuta e il collo oblungo e versò qualche goccia del suo contenuto sulla pupilla.

La bambina provò un immediato sollievo e finalmente fu libera di aprire e chiudere le palpebre senza accusare dolore. Abbracciò Grafeo e lo baciò sulla guancia.

Fu allora che vide un secondo individuo fermo sull'uscio. Aveva i capelli neri e il volto gentile. Indossava un abito da frate ma sembrava un principe, nobile e bello. Benché la guardasse con dolcezza, pareva gravato da un profondo dispiacere.

Accennò un saluto e si allontanò senza proferire verbo.

Non era giusto.

Uberto distolse lo sguardo dall'uscio, incapace di fugare l'immagine di quella fanciulla piccola e pallida, i capelli quasi bianchi, le pupille arrossate. Ne era rimasto sconvolto, non gli era mai capitato di assistere a una simile manifestazione di dolore. Un dolore tanto perverso da infondere la disperazione nel cuore di qualsiasi uomo adulto. Un dolore che la figlia di Remigarda di Acquanegra pareva sopportare con stoico coraggio.

Non c'era speranza in quel musetto di scricciolo. Uberto l'aveva osservato con attenzione, cogliendovi un alternarsi di espressioni quasi ferine. Sofferenza, paura, infine conforto. Accompagnati da una rabbia amara e inespressa. La rabbia di chi soffre senza capire il perché.

Non poteva che condividerla, quella rabbia. La sentiva montare nel petto insieme a uno sdegno che avrebbe infiammato l'animo di qualsiasi persona di buon cuore. Si chiedeva come fosse possibile che una bambina di nemmeno sette anni patisse a causa di un male tanto atroce. Se davvero il Signore fosse stato misericordioso e caritatevole, se davvero avesse amato i propri figlioli, non avrebbe mai permesso una cosa del genere. Invece ne era addirittura l'artefice, essendo il creatore di ogni cosa. Ma perché infierire su una innocente?

Uberto si poneva quelle domande ogni volta che si imbatteva in disgrazie che riguardavano i bambini. E allora si indignava al punto da dubitare dell'esistenza di una bontà divina, di un ordine che garantisse un'equa distribuzione del bene e del male.

Opponendosi a un moto d'ira, si allontanò dall'uscio e attraversò una distesa di terra battuta che correva lungo la facciata della casa. Poco distante, suo padre stava conversando con la donna di Acquanegra.

Finalmente l'avevano trovata.

Remigarda abitava nel suburbio vicino alla spiaggia, detto "Dogana Regia". La sua dimora – un modesto edificio di legno costruito su un unico piano – sorgeva tra il monastero di San Benedetto e un torrione somigliante a un faro. La facciata guardava una schiera di casupole raccolte intorno a un ampio giardino, una sorta di orto comune, al centro del quale spuntava un pozzo. Ai margini di quell'area si estendeva uno specchio di acqua limacciosa definito "lago".

La donna viveva lì con la figlia, senza marito né familiari. Provvedeva a entrambe grazie al mestiere di guaritrice, che le permetteva appena di sopravvivere.

Uberto era rimasto colpito dalla sua bellezza. Una bellezza che spiccava nonostante Remigarda vestisse in modo sobrio, con una tonaca grigia stretta in vita da una cintura e il capo fasciato da un turbante. Non sfoggiava gioielli né fronzoli, eppure il suo volto olivastro e gli occhi a mandorla avevano il potere di ammaliare. Era alta, con un fisico flessuoso e ben proporzionato. Doveva essere più giovane di lui di qualche anno, benché il cipiglio della fronte la facesse apparire più vecchia di quanto non fosse. Non si trattava però di un'espressione malvagia, ma di sfida.

Nel vederli arrivare, si era subito insospettita e aveva accettato di parlare con Ignazio soltanto perché si fidava dell'oculista. Facendo ritorno, Uberto si accorse che il padre le stava già mostrando il mantello del Sagittario.

La donna osservava quell'oggetto con attenzione. Pareva restia a toccarlo, ma aveva l'aria di conoscerlo bene.

In attesa che Remigarda si esprimesse, Ignazio si sforzò di mostrarsi impassibile. Era in grado di tenere a freno la curiosità per settimane, a volte addirittura per mesi, ma quando giungeva a un passo dalla scoperta sentiva l'anima sobbalzare come una nave nella procella. Con l'avanzare dell'età si diventa più pazienti, recitava il detto, ma a lui accadeva l'esatto contrario. Più invecchiava, più si lasciava pervadere dalle passioni che l'avevano infiammato durante la giovinezza, incapace di misurare il contegno, le parole e persino il tono della voce.

D'un tratto si accorse che Remigarda gli stava restituendo il mantello del Sagittario. «Dove l'avete trovato?»

«A Napoli», le rispose, «ma ritengo provenga da più lontano. Da nord».

«E perché, di grazia, vi siete scomodato per sottoporlo al mio giudizio?»

«Perché ho ragione di credere che dovesse essere consegnato a voi, madonna. Due uomini, e forse più, sono morti nell'intento».

Il volto della guaritrice fu attraversato da un lampo di spavento, poi si contrasse in quella che pareva una smorfia di amara consapevolezza. Il mercante cercò di leggere tra quelle pieghe, ma poté scorgervi soltanto tracce di un profondo rammarico. Sentimenti remoti, a cui non seppe dare un nome.

«E voi non temete di andare incontro alla medesima sorte?», chiese Remigarda, interrompendo i suoi pensieri.

«O morte o salvezza», disse Ignazio, stringendosi nelle spalle. «Non ho alternative. Tutto dipende da quanto siete disposta a rivelare».

La donna lo fissò a lungo, poi scosse il capo. «Il fatto che possediate il mantello autentico non vi dà alcun diritto di conoscere la verità».

«Cosa intendete per "autentico"?»

«Dipende da quanto siete edotto sui mantelli zodiacali, messere».

«Non ne so nulla, a dire il vero, eccetto che ne esistono di assai pregiati. Quelli di Ottone III e di Enrico II, per esempio, sono noti per essere vesti non comuni».

«Probabilmente», si intromise Uberto, «si rifanno a un antico rituale».

«Nessun rituale», lo zittì la guaritrice. «Semplice vanto di mortali che si attribuiscono il potere degli astri».

«Il mantello del Sagittario, tuttavia, deve nascondere ben altro», insistette il mercante. «Perché è tanto insidioso?».

Remigarda fece cenno di voler interrompere la conversazione. «L'insidia non proviene dal mantello», disse poi, quasi per accomiatarsi, «bensì da colui che lo ideò».

Ignazio avanzò d'un passo, afferrandola per un polso. «Alludete al magister di Toledo?».

La donna ebbe un sobbalzo. «Lo conoscete?». Si sottrasse alla presa mentre la sua fronte si aggrottava, facendola apparire molto più vecchia. Era rancore quello che le trapelava dagli occhi.

Il mercante sollevò le mani, pentito di aver agito d'impulso. Ma c'era troppo in gioco per badare al contegno. Inoltre sospettava che non fosse stato il suo gesto ad aver sconvolto la donna, bensì il nome appena pronunciato. Fece per rispondere, ma fu preceduto dal figlio.

«Fino a pochi giorni fa non sapevamo neppure che esistesse». Uberto usò un tono persuasivo. «Tuttavia avremmo necessità di incontrarlo».

Remigarda vinse la collera e si avvicinò all'uscio. «Ve lo sconsiglio, abbandonate l'impresa».

«Non capite, madonna», insistette il giovane. «Se non lo faremo, io e mio padre saremo costretti a fuggire senza mai più rivedere i nostri cari. Se poteste dirci di più...».

«No», lo interruppe Ignazio, «voi *dovete* dirci di più». Detestava imporre la propria volontà, eppure all'occorrenza sapeva suscitare un'istintiva soggezione negli interlocutori, persino in quelli più combattivi e orgogliosi.

Ma anziché intimidirsi, Remigarda tornò sui propri passi e lo affrontò. «Non vi aspettiate che basti presentarvi insieme a un uomo che stimo per alzare la voce al mio cospetto», e gli puntò l'indice sul petto. «Perché mai dovrei aiutarvi?»

«A causa dei tatuaggi sulla vostra mano», rivelò il mercante, indicandole la destra. Vi erano rappresentati gli stessi simboli trovati addosso a Gebeard von Querfurt. Ignazio era certo di non sbagliarsi, aveva l'immagine di quel braccio amputato impressa a fuoco nella memoria. «Chi li possiede rischia di incorrere in gravi pericoli. Pericoli assai imminenti, a mio giudizio. Forse potremmo aiutarci a vicenda».

La donna guardò la propria mano con la rassegnazione di chi si riconosce addosso i segni della lebbra, e annuì. «Ditemi, mastro Ignazio, se foste il custode delle porte dell'inferno, permettereste a qualcuno di sbirciare dietro di esse?». Sospirò con amarezza. «Immagino di no».

Il mercante le sorrise, ironico. Se avesse davvero posseduto le chiavi dell'inferno, le avrebbe usate lui stesso per curiosare. A costo di bruciarsi. «Ditemi voi, piuttosto. Se dovessi entrare in casa vostra, troverei tre sedie disposte davanti a un cerchio magico?»

«Fino a qualche anno fa le avreste trovate». La schiettezza di Remigarda lo spiazzò. «Ma non ora. Non più».

«Vi fu insegnato dal magister di Toledo?».

La donna esitò, ancora una volta irritata da quel nome. Prima che potesse decidersi a parlare, fu interrotta dal comparire di Grafeo e di Adelisia.

Ora che la luce si era fatta meno intensa, l'oculista aveva deciso di portare la bambina all'aperto. Remigarda si inginocchiò davanti a lei per prenderle il viso tra le mani, poi sorrise, riacquistando all'improvviso un aspetto ammaliante. «Come stanno gli occhi, tesoro mio?»

«Bene», rispose Adelisia. «Grafeo mi ha guarita».

«E il dolore ai fianchi?»

«Passato».

«Quale dolore ai fianchi?», indagò l'oculista, accigliandosi.

«Da un paio di giorni soffre ai reni», spiegò la madre, preoccupata.

Grafeo scosse il capo, a intendere che non riusciva a darsene spiegazioni. «In ogni caso», soggiunse, «gli occhi sono ancora infiammati. Suggerirei una lavanda di betonica».

La donna annuì. «Possiedo qualche fiore essiccato».

«Sarà sufficiente».

«Sono stanca di impacchi!», protestò Adelisia.

«È per il tuo bene», le spiegò la madre.

La bambina sbuffò. Poi, senza preavviso, puntò gli occhietti arrossati verso Uberto. «Messere, perché eravate arrabbiato?», gli chiese.

Colto di sorpresa, il figlio del mercante le fece cenno di non capire.

«Prima, mentre mi guardavate», spiegò la bambina, «eravate risentito».

«Non ero risentito», mentì Uberto. «Ero malinconico».

«Perché?»

«Perché ho una figlia piccola, più piccola di voi, e non la vedo da tempo».

Adelisia rifletté. «Io non ho un padre», disse infine.
«Ora basta», intervenne Remigarda. «Non disturbare questi signori».
Ma la guaritrice non osservava più la figlia. Ancora accigliata, stava fissando tre anziane donne che si stavano avvicinando alla casa. Camminavano lente e malferme, tenendosi a braccetto per sorreggersi l'una con l'altra. Dopo essersi fatte strada per la corte, si fermarono dinanzi ai presenti e si prostrarono con le mani giunte, quasi volessero adorare la reliquia di un santo.
In quel luogo però non vi era alcuna reliquia. Soltanto Adelisia.
Fissando la bambina, iniziarono a intonare una cantilena:

Duie uocchie t'hanne affise, tre domne te vonno aiutà
Sanct'Anna, sanct'Elena et sancta Maria Magdalena.[7]

Remigarda reagì in modo tanto inaspettato quanto brusco. «Andatevene!», gridò, minacciando di colpirle con un sasso raccolto da terra. Ma le tre megere continuarono a intonare la loro nenia con le mani protese verso Adelisia. La guaritrice scagliò il sasso ai loro piedi, poi le respinse con un gesto esasperato. «Andatevene, scimunite! Non possiamo fare niente per voi!».
Le vecchie tuttavia sembravano intenzionate a restare. Allora Remigarda prese la figlia in braccio e si diresse verso casa. Prima di chiudere il battente, si rivolse a Grafeo. «Entrate», disse, con una punta di rimprovero. «L'invito è esteso anche ai due impiccioni che vi siete portato appresso».

Ignazio si sentiva a un passo dal risolvere il mistero, ma prima di seguire Benvenuto Grafeo dentro casa fu colto da un dubbio e lo trattenne per parlargli in disparte. «Non mi è chiaro», gli disse a bassa voce, «come una donna in condizioni tanto precarie possa permettersi i servigi di un sapiente della vostra levatura».

[7] Due occhi ti hanno fissato, tre donne ti vogliono aiutare / Sant'Anna, sant'Elena e santa Maria Maddalena.

«Remigarda di Acquanegra non è certo una miserabile», obiettò l'oculista, impaziente di allontanarsi dalle tre megere.

«Eppure», intervenne Uberto, «il collirio che avete usato per la bambina dev'essere alquanto costoso».

«Cosa volete insinuare, messeri?»

«Non equivocate, ve ne prego», lo tranquillizzò Ignazio. «Intendevo soltanto farmi un'idea più precisa su quella donna».

«Se proprio desiderate saperlo, mi ha ampiamente ripagato. Con dei libri. Molti libri».

Il mercante alzò un sopracciglio, assai incuriosito. «Libri di che genere?»

«Testi di medicina e di filosofia, codici di grande pregio», rispose Grafeo. «Ne ho fatto fare copia, poi ho donato gli originali alla chiesa di Santa Maria de Domno in cambio del permesso di abitare nella Giudaica. Come saprete, quella zona è di proprietà del vescovo e gli ebrei non possono acquistarne i terreni, a meno che non si riesca a ingraziarsi qualche prelato».

«Me ne compiaccio. Mi chiedo tuttavia da dove provengano quei libri».

«Dovrete chiederlo a Remigarda», rispose il vecchio, varcando l'ingresso. «Fanno parte del suo passato».

31

La strettoia tra la via dei Canapari e il rione del duomo conduceva a una chiesetta nascosta tra vecchi anditi. Al suo interno, Konrad von Marburg attendeva il ritorno di Pungilupo e Suger. Aveva cercato di ingannare il tempo raccogliendosi in preghiera, ma non gli era stato possibile a causa del presbitero che amministrava il culto in quel luogo. Vedendolo entrare, gli si era fatto appresso e aveva iniziato a lagnarsi di come il suo amato tempio venisse frequentato da un numero sempre più esiguo di fedeli. Il germanico si era limitato ad annuire, sperando di toglierselo di torno, ma il seccatore aveva interpretato quel silenzio come un invito a proseguire e si era messo a parlare della chiesa, delle sue origini e delle antiche famiglie patrizie che avevano finanziato la sua costruzione.

Infastidito da tanta petulanza, Konrad si era diretto verso l'altare e inginocchiato a mani giunte, per rendere manifesta la sua esigenza di quiete assoluta. Il tedioso omiciattolo, tuttavia, aveva continuato a molestarlo.

Ripensando all'accaduto, Konrad si era persuaso di non essersi macchiato di alcuna colpa nell'aver zittito l'impertinente con uno schiaffo a man rovescia. Gli aveva anzi elargito un dono, dandogli occasione di meditare sulla propria impudenza. Ma nell'osservare il presbitero che sgattaiolava verso la sacrestia, aveva anche provato quella punta di godimento che accompagnava sempre una reazione violenta.

Inutile negarlo, stava perdendo il controllo. Più restava lontano dalla Germania e dal rigore di una vita disciplinata, più il suo atteggiamento si inselvatichiva. Dare la caccia al nemico lo riportava all'indomita aggressività dei suoi antenati, alla *magistra barbaritas* dei guerrieri teutonici.

In altre circostanze quell'indole brutale sarebbe stata un intralcio. Ma ora Konrad l'avrebbe scatenata su Ignazio da Toledo, per schiacciarlo una volta per tutte. E dopo averlo visto bruciare, sarebbe tornato con gaudio alla mansuetudine del claustro.

D'un tratto ritornò vigile. Due figure erano appena entrate in chiesa. Erano Pungilupo e Suger.

«Ebbene?», li interrogò, distendendo l'espressione del volto.

«L'abbiamo trovata, magister», vociò il clavigero, incurante di trovarsi in un luogo sacro. «Sappiamo dove vive la donna di Acquanegra».

«Quindi l'Homo Niger non è lontano», disse Konrad, battagliero. «Non perdiamo tempo, allertate i miei due armigeri all'ingresso e conducetemi da lei!».

32

L'interno della casa era oscuro come un antro. A dissipare l'ombra, qualche lume di candela e alcuni spiragli di luce sfuggiti alle tende di pergamena. Il mercante avanzò per l'ambiente angusto, lasciando scorrere lo sguardo sul tavolo e fra scansie colme di oggetti. Di fronte all'ingresso, vide due uscioli aperti su cubicoli ancor più bui.

«Perdonate l'assenza di luce», si scusò Remigarda. «Mia figlia non la tollera».

Ignazio scambiò un'occhiata complice con Uberto. Nonostante l'invito a entrare, intuiva che non sarebbe stato facile far parlare quella donna. Da quando aveva nominato il magister di Toledo, si era accorto di aver risvegliato in lei un'indole aggressiva. Remigarda non gli avrebbe raccontato la verità per timore né tantomeno per compiacerlo, ma soltanto se si fosse decisa a sciogliere il grumo di sentimenti che nascondeva dentro di sé. Il mercante però non sapeva come spingerla verso quella direzione. Non ancora, per lo meno. Si mise quindi a fissare Grafeo, che aveva preso a muoversi con disinvoltura fra le mura domestiche.

«Madonna», chiese il vecchio, frugando tra gli scaffali, «dove tenete la betonica?».

La guaritrice indicò un vaso di bronzo in cima a un ripiano. Era un antico canopo dal coperchio a forma di testa femminile e con due mani in luogo delle anse. L'oculista lo scoperchiò, estrasse una manciata di stigmi essiccati e li porse a Remigarda perché li bollisse. Il suo cipiglio non accennava ad attenuarsi.

«Chi erano quelle tre vecchie?», le chiese Ignazio, rompendo gli indugi.

La guaritrice gli rivolse un'occhiata vaga, a intendere che ne avrebbe parlato più tardi, in assenza della figlia. «Uno di voi potrebbe passarmi dell'acqua, messeri?», domandò invece.

Uberto fu lieto di aiutarla, raccolse una brocca vicino al focolare e riempì per metà il pentolino. Lei lo ringraziò, poi iniziò ad amalgamare la mistura con un cucchiaio di legno.

Il mercante intanto si sentiva a disagio. Era ancora incerto su quali discorsi fare leva e temeva che la donna l'avesse fatto entrare soltanto per semplice cortesia, o perché imbarazzata dalla comparsa delle tre megere. Eppure presagiva di trovarsi a un passo dallo svelare il mistero. Si sedette al tavolo per meditare la mossa successiva quando fu improvvisamente attratto da un grosso tomo. Pareva l'unico libro presente nella casa, per giunta di gran pregio. L'ultimo rimasto dei molti donati a Grafeo? Accostò una candela e lo aprì, notando subito delle miniature realizzate con estrema finezza. Riguardavano le piante officinali, di cui il testo latino spiegava le virtù medicamentose. «Sono ammirato», disse, intuendo di cosa si trattasse. «Non è da tutti possedere il *Causae et curae* di Ildegarda di Bingen».

«Sono altrettanto ammirata», ribatté Remigarda, deponendo il pentolino sul fuoco. «In pochi sanno riconoscere gli studi di quella venerabile monaca».

Incoraggiato dal suo tono accondiscendente, il mercante continuò a sfogliare in cerca di dettagli che avrebbero potuto aiutarlo a proseguire la conversazione, ma d'un tratto notò qualcosa che risvegliò il suo interesse. A margine di alcune pagine c'erano delle postille vergate con strani caratteri. Un codice indecifrabile, eppure a lui familiare. Avvicinò la candela per osservare meglio, fino a persuadersi di non essersi ingannato. Non solo aveva già visto quei caratteri ma ricordava pure dove, anche se non riusciva a spiegarsi la loro presenza in quel trattato di medicina... Mentre si sforzava di capire, pensò di mostrare a Uberto la scoperta, ma non appena sollevò lo sguardo dalle pagine vide Remigarda di fronte a sé.

«Avete letto abbastanza, messere». La donna posò le mani sul tomo e lo richiuse con un gesto brusco, facendo sollevare una densa nuvola di polvere. Era tornata aggressiva, quasi collerica.

Anziché scusarsi, il mercante la fissò con sospetto. «Da dove proviene questo libro, madonna?».

La guaritrice si strinse nelle spalle. «Mi fu donato anni fa, quando frequentavo l'Università di Bologna. Come si evince dalla legatura e dalla calligrafia, proviene dalla Germania».

«Dalla Germania», ripeté Ignazio. «Come almeno due dei seguaci del magister di Toledo».

Remigarda gli diede le spalle ed evitò commenti. Ritornò al focolare per controllare l'infuso, tolse il pentolino dal fuoco e lo posò su uno sgabello, mentre un intenso aroma dolciastro si diffondeva per l'ambiente. Grafeo le fu subito accanto. Attese che il preparato si raffreddasse, poi vi immerse i bendaggi e dopo poco li estrasse per applicarli sopra le palpebre di Adelisia. «Dovrà tenerli per un po'», si raccomandò.

«Meglio farla coricare». La madre prese la bimba in braccio e imboccò uno dei vani secondari della casa. Adelisia protestò debolmente, poi si rassegnò.

Quando la donna ricomparve, il suo volto era diventato impenetrabile come la faccia del canopo. Ignazio la guardò camminare fino all'ingresso, sbirciare all'esterno e infine rasserenarsi. «Pare che le tre vecchie abbiano tolto il disturbo», disse.

Remigarda richiuse la porta. «Villane superstiziose», commentò a bassa voce, per non farsi udire dalla figlia. «Attribuiscono ai cristalli di Adelisia poteri miracolosi. Poteri capaci di guarirle dagli acciacchi».

«Ve ne avevo fatto cenno, rammentate?», intervenne Grafeo.

Il mercante annuì, invitando la guaritrice a proseguire.

«Non sono certo le uniche a presentarsi al mio uscio, capite?». Remigarda lasciò trapelare un misto di sprezzo e compatimento.

«Tutti vogliono sempre la stessa cosa... Lacrime di cristallo! Sono disposti a implorare, persino a pagare per averle... Ma non si curano di spaventare Adelisia, tantomeno che possa soffrire o diventare cieca. E nel frattempo, diffondono ai quattro venti la leggenda della "guaritrice delle lacrime"». Abbassò lo sguardo e d'un tratto parve la donna più fragile del mondo, una figura sul baratro della disperazione. «Se solo la mia bambina potesse star bene...».

Seduto su uno sgabello, le mani strette sulle ginocchia, Uberto pareva combattuto tra il desiderio di alzarsi e il ritegno uso a chi si trova in casa altrui. «Chi è il padre?», chiese, in preda a un'indignata compassione.

Remigarda si asciugò le lacrime con un gesto rabbioso, procurandosi delle chiazze rosse sulle gote. «Il magister di Toledo», disse, lasciando trapelare l'astio di chi ha odiato a lungo, fino allo spasimo. Fino all'annientamento di ogni altra emozione.

Ignazio dominò lo sbigottimento. Aveva il sentore che la barriera che lo separava dalla verità fosse sul punto di crollare, ma rispettò il dolore della donna e tacque. Il magister di Toledo cessava di essere un'entità astratta. Non era più il fantasma generato dalle ossessioni di Konrad von Marburg, ma un uomo in carne e ossa che aveva lasciato tracce della propria esistenza. Una donna e una bambina.

Fu riportato alla realtà dalla guaritrice, che ora lo scrutava con durezza.

«Se ben ricordo, messere, alludevate a pericoli imminenti», disse Remigarda, sforzandosi di mascherare le emozioni. «Ebbene, sciogliete la lingua e parlate chiaro, poiché vi ho permesso di entrare in casa mia soltanto per questa ragione».

Spiazzato da tanta schiettezza, il mercante poté finalmente riprendere il discorso dove l'aveva lasciato. «Un prete della Germania», disse, «è sulle tracce del magister di Toledo e dei suoi gregari. Sa dei tatuaggi, dei cerchi magici e forse anche del mantello del Sagittario. L'insidia maggiore tuttavia è rappresentata da un altro uomo, un misterioso cavaliere che pare voglia uccidere chiunque sia coinvolto nella vicenda».

«Un prete e un cavaliere», rimuginò la donna, sfiorandosi il mento.

Grafeo annuì, a intendere che ne era già stato messo al corrente.

«Dovrete guardarvi da entrambi, madonna», ribadì Ignazio, «dato che almeno il primo verrà di certo fin qui. Statene certa».

«Come fate a esserne tanto persuaso?»

«Perché è sulle mie tracce. Mi crede il magister di Toledo e non si darà requie finché non mi avrà visto su una pira infuocata».

«Voi il magister di Toledo?», disse Remigarda, incredula. «Ma come…».

«È insorto un equivoco», spiegò il mercante. «E per porvi rimedio, non vedo altra soluzione se non quella di conoscere la verità su quell'uomo».

Lei quasi sorrise. «La verità…».

«Se non vi è di eccessivo turbamento, s'intende».

La guaritrice si fermò a riflettere, poi si sedette ai bordi del tavolo e, con un gesto che denotava un'immensa stanchezza interiore, si sciolse il turbante liberando una chioma di capelli castani. «Lo farò per ripagarvi di avermi messa in guardia, benché il rischio a cui sono esposta sia colpa vostra», sottolineò, e con una punta di rassegnazione, iniziò a raccontare: «Incontrai il magister per la prima volta nove anni fa, nell'autunno del 1220. All'epoca vivevo a Bologna, dove lavoravo come ostetrica e frequentavo l'Universitas. Fu lì che lo conobbi. Aveva fama di essere uno dei cattedratici più celebri d'Occidente e di provenire da Toledo. Ma come appresi più tardi, quella città fu per lui soltanto sede di studi giovanili. Era invece nativo del nord dell'Inghilterra, un figlio di Scozia, e aveva viaggiato molto fin dall'infanzia. Oltre a insegnare, si dedicava alla traduzione di testi arabi e greci e all'occorrenza esercitava l'attività di medico. Inutile dire che me ne innamorai subito, perdutamente. Come una sciocca. D'altronde non avevo mai conosciuto un uomo di tale levatura e tuttora dubito ne esistano di eguali. Era uno studioso acuto, interessato a ogni scienza, dalla matematica all'astrologia, dalla medicina all'alchimia. Inoltre lo scoprii capace di una tale profondità di sentimenti da restarne avvinta...». Fece una pausa, suo malgrado intenerita.

«E dite», la interrogò il mercante, «fu lui a donarvi il tomo di Ildegarda di Bingen?».

Remigarda lo osservò in tralice, quasi fiutasse un tranello, poi annuì. «Quello, e tutti gli altri che possedevo». Fissò per un istante il taciturno Grafeo, poi riprese il racconto: «Quando seppi che lui ricambiava il mio amore, mi sentii la donna più felice del mondo, ma ben presto scoprii che conduceva una vita segreta. Usciva spesso di notte e io, temendo avesse un'altra, lo seguii. Appresi invece che frequentava le contrade del Mercato e della Mascarella per incontrare gli eretici patarini. Il più delle volte, tuttavia, si spingeva fino ai sotterranei di San Procolo, per riunirsi con degli sconosciuti che, in seguito, scoprii essere studenti ultramontani. Coltivavano in gran segreto una religione occulta di cui il magister era l'ispiratore e il gran sacerdote. Andò a finire che venni scoperta, ma invece di essere punita fui iniziata a quel sodalizio».

Ignazio aggrottò la fronte. «Di quale sodalizio state parlando? Se non mi inganno, l'avete definito una religione...».

«Una religione fondata su simboli astrali». Senza più esitare, Remigarda gli mostrò i tatuaggi che portava sul dorso della mano. «Questi simboli. Tutti legati al Cacciatore Etiope».

Il mercante osservò con attenzione i sette geroglifici sotto l'immagine del cavaliere, affinché ne potesse serbare memoria, e ripeté mentalmente quel nome. Non l'aveva mai sentito pronunciare. «Suppongo vi riferiate al cacciatore con arco raffigurato sul mantello del Sagittario».

«Sul mantello, sui tatuaggi...», mormorò la donna. «È sempre lui. Il maledetto tra i maledetti. Il Sagittario è soltanto una maschera dietro cui si cela qualcosa di ben più terrificante».

«Quindi il cerchio magico e le tre sedie... Gli oggetti trovati accanto... Servono per evocarlo?».

Remigarda scosse il capo. «Le mie conoscenze sono ben limitate, messere. Il magister di Toledo insegnava i suoi rituali ma non era avvezzo a svelarne i segreti. Neppure a me». Emise un sospiro. «E io, accecata com'ero dalla felicità di stargli accanto, non me ne curavo di certo. Ciò nondimeno, tutto cambiò con l'arrivo a Bologna dell'imperatore Federico II. Era l'anno 1222. Il magister lo incontrò per la prima volta in veste di docente dell'Universitas, dopodiché prese l'abitudine di frequentarlo con assiduità. Il sovrano era rimasto invaghito della sua sapienza e a ogni nuovo incontro si mostrava sempre più curioso al punto che, prima di partire per il Regno di Sicilia, gli chiese di seguirlo. Non era la prima volta che il magister riceveva un'offerta del genere. Tempo prima, il papa l'aveva voluto al suo fianco in cambio di doni e benefici... Però non fu per le ricchezze che decise di accontentare Federico. Lo fece per una donna, una cortigiana al seguito dell'imperatore. Ne rimase conquistato a tal punto da decidere di abbandonare me e i suoi seguaci da un giorno all'altro». Indurì l'espressione, per evitare di piangere. «Poco dopo la sua partenza, mi resi conto di essere incinta».

«Mi rincresce». Ignazio ebbe la fugace impressione che il volto di Remigarda diventasse uno specchio che rifletteva l'immagine di Ermelina, e poi di sua moglie Sibilla. Per un attimo le vide tutte e tre insieme. La donna tradita, quella ignorata e quella trascurata. In fondo, si disse, non era migliore del magister di Toledo. Era altrettanto egoista. Ma mentre soppesava le proprie meschinità, sentiva una parte di sé, la più fredda e razionale, emergere dal buio come un rettile per prendere il sopravvento. «Nondimeno», aggiunse con cautela, «sono costretto a sottoporvi altre gravi questioni, madonna. Mi dispiace, ma è necessario».

La guaritrice scosse il capo con fredda ironia. «Seppur mi dispiacesse, non ve ne curereste più di tanto. Non fate il commediante, dunque, e chiedete».

Piccato da quella critica, il mercante si finse impassibile e proseguì: «Ho bisogno di sapere quale ruolo gioca in questa vicenda il mantello del Sagittario».

«Racchiude i segreti del Cacciatore Etiope. È la *summa* del suo culto, per così dire, ma soltanto il magister di Toledo ne saprebbe decifrare l'enigma, dato che fu lui a ideare i simboli che vi sono ricamati sopra. Il mantello fu realizzato a Bologna per suo ordine, ma completato soltanto dopo la sua partenza».

«Gli artefici del mantello furono quindi i discepoli del magister», disse Uberto, che fino ad allora aveva ascoltato in silenzio.

Remigarda annuì. «Dopo che furono abbandonati dal magister, continuarono a portare avanti i suoi progetti. Intendevano diffondere la dottrina del Cacciatore Etiope e celebrarne lo splendore grazie al mantello».

«Un arduo proposito», disse il mercante. «Come speravano di metterlo in pratica?»

«Non lo so, messere. All'epoca ero troppo impegnata a prendermi cura di mia figlia per seguire simili questioni».

«Eppure è a voi che va consegnato il mantello».

«Non a me, ma al magister di Toledo. Si tratta di un dono dei suoi discepoli, capite? Il loro estremo atto di obbedienza. Va portato in Sicilia, al castello imperiale di Palermo, dove lui risiede da anni».

«A Palermo», ripeté Uberto.

«Quindi», dedusse il mercante, «voi eravate l'ultima risorsa di Gebeard von Querfurt… L'ultima persona sopravvissuta che sapeva dove trovare il magister».

«Gebeard, quel folle». Remigarda lasciò trasparire un certo fastidio. «Giunse a Bologna per studiare giurisprudenza e invece rimase stregato dal culto del Cacciatore Etiope, al punto da prendere le veci del magister di Toledo una volta partito. Il mantello non era ancora ultimato quando gli rivelai che intendevo raggiungere Salerno, nella speranza di trovare una cura per Adelisia. Lui invece disse di voler tornare in Germania per diffondere gli insegnamenti del magister. È sempre stato il più fedele alla causa. Non poteva certo immaginare che io, al contrario, me ne sarei allontanata».

«Perché l'avete fatto?»

«Perché il Cacciatore Etiope porta con sé una maledizione. Una maledizione che ha colpito le pupille di mia figlia!». Gli occhi di Remigarda si strinsero in due fessure nere. «Capite, ora, da dove nasce il mio odio verso il magister di Toledo? Non dal suo tradimento, ma dal fatto che mi iniziò a quel culto satanico!».

«Perché non mi hai mai parlato di mio padre?», proferì una vocina uscita dall'ombra.

Tutti si voltarono. Adelisia era davanti all'ingresso della sua camera, le bende strette nelle manine, gli occhi ridotti a due piaghe arrossate. E in fondo a quelle piaghe, lo sdegno di chi aveva imparato a sopportare il dolore, sia fisico che emotivo, fino a spingerlo nel buio più profondo.

«Perché è un uomo malvagio», le rispose con dolcezza Remigarda, lanciando un'occhiata rapace in direzione di Ignazio. «Un uomo a cui importa soltanto di se stesso».

Il mercante fece un cenno costernato. «Mi rincresce, non potevo immaginare che la bambina udisse...».

«Vi rincresce?». La guaritrice raggiunse Adelisia, inginocchiandosi al suo cospetto come una lupa pronta a difendere il cucciolo. «Siate sincero, messere, a voi non dispiace affatto», sibilò. «Vi preme soltanto sapere del magister di Toledo, a costo di interrogarmi su cose che aborro rammentare. Lo scrupolo di mettermi in guardia e persino la questione della vostra salvezza... Sono soltanto scuse! Pensavate non l'avessi capito? Siete come lui! Siete tutti come lui! Tanto presi dalle vostre mire da dannare chiunque vi stia accanto! Ma io punirò il vostro egoismo, non pronuncerò mai il suo nome, e neppure quello del Cacciatore Etiope». Indicò l'uscita. «Trovatelo da voi, se ne possedete l'arte!».

Ferito e umiliato, Ignazio sentì una fitta di dolore. Remigarda di Acquanegra aveva ragione. Si era permesso di entrare nella sua vita senza curarsi delle conseguenze. E a quel punto avrebbe desiderato scusarsi, dirle mille cose, ma per la prima volta in vita propria gli mancarono le parole. Osservò con un nodo in gola il muto dolore di Adelisia, e si lasciò pervadere da un costernato rammarico. Uberto gli passò a fianco con aria mesta, e toccandogli una spalla lo precedette verso l'uscio. Andiamocene, diceva quel gesto, non creiamo altri problemi.

Il mercante non si sentì di contraddirlo. Prima di congedarsi, però, ebbe un ultimo scrupolo. Prese in disparte Benvenuto Grafeo e gli sussurrò all'orecchio: «Chi verrà dopo di me non sarà altrettanto comprensivo. Curatevi della donna e della bambina. Assicuratevi che restino nascoste».

L'oculista fu attraversato da un fremito, ma annuì senza aprire bocca.

Dopodiché Ignazio da Toledo lasciò quella casa piena di dolore, portandone con sé una parte. Fuori, il cielo si stava coprendo di nuvole, sagome frastagliate dai colori metallici.

«E ora?», chiese Uberto, muovendo passi pesanti lungo la via che si allontanava dalla Dogana Regia. «Sappiamo abbastanza per poter proseguire le ricerche a Palermo, ma non conosciamo ancora il nome del magister di Toledo».

Prima di rispondere, il mercante dovette riemergere dallo stato di abbattimento in cui era sprofondato. Aveva sempre vissuto soltanto per se stesso. Non era certo la prima volta che gli venivano rivolte accuse del genere, ma si sentiva ancora scosso dalle parole di Remigarda. Se riuscì a riprendersi, fu soltanto per suo figlio. Aveva un debito verso di lui, pensò. L'aveva coinvolto in una vicenda assai rischiosa e doveva trovare il modo di riportarlo a casa sano e salvo. «Non conosciamo neppure il vero nome del Cacciatore Etiope», disse d'un tratto.

«Ha importanza?», chiese Uberto.

«Sì», rispose Ignazio, «se vogliamo sapere cosa dovremo affrontare».

«E come vorresti scoprirlo?»

«Credo di averlo avuto davanti agli occhi, ma non sono riuscito a decifrarlo».

«Cosa intendi?»

«Ricordi i tatuaggi sulle mani dei seguaci del magister di Toledo? Non recano soltanto simboli, ma anche un'iscrizione di sette caratteri posizionata sotto l'immagine del cavaliere. Sospetto si tratti di un nome del Cacciatore Etiope. Anche Remigarda ce l'ha, ho avuto modo di osservarla con molta attenzione».

«Non possiamo certo bussare di nuovo all'uscio della guaritrice per chiederle spiegazioni...».

«No, non possiamo. Forse però ho trovato un indizio sul suo libro».

«Intendi il tomo di Ildegarda di Bingen?»

«Sì». Man mano che parlava, Ignazio riacquistava maggior padronanza di sé. L'amarezza si dissolveva come fango sotto la pioggia. «Il libro che le fu donato dal magister di Toledo».

«Ebbene?»

«Ebbene, ho notato fra le sue pagine alcune postille vergate in uno strano codice».

Uberto fece cenno di non comprendere.

«Forse mi sbaglio», proseguì il mercante, «ma credo sia lo stesso codice usato per le iscrizioni dei tatuaggi».

«Com'è possibile?»

«Non è così improbabile, se ci pensi. Forse il magister di Toledo ha nascosto i propri segreti utilizzando un codice già esistente. Un codice trovato in un libro che possedeva».

«E questa volta sei riuscito a decifrarlo?»

«No, però credo di aver intuito di cosa si tratti. Hai mai sentito parlare del *Lingua ignota*?»

«Certo», rispose Uberto. «È un trattato che descrive un linguaggio cifrato inventato da Ildegarda di Bingen, circa un secolo fa. Si dice che in alcune comunità monastiche se ne faccia ancora uso... E dunque, pensi che il codice in cui ti sei imbattuto sia il *Lingua ignota*?»

«Vale la pena verificare, non credi?»

«Credo proprio di sì. Ma per trovare qualcuno in grado di decodificarlo dovremo bussare alla porta di ogni monastero, in cerca di un benedettino abbastanza edotto e disposto ad aiutarci…».

Ignazio annuì, poi si fermò all'improvviso, come se un'idea lo avesse illuminato. «Forse esiste un metodo più veloce», mormorò, non ancora certo della propria intuizione, ma desideroso di lasciarsene sedurre. «Ricordi quanto ci ha confidato Benvenuto Grafeo sui libri posseduti da Remigarda?»

«Sì, me ne rammento. Sono tutti finiti nella chiesa di Santa Maria de Domno…».

Con un sorrisetto speranzoso, il mercante svoltò a sinistra. «Se tra quei libri ve ne fossero altri di Ildegarda di Bingen, potremmo forse trovare il *Lingua ignota*».

«Ipotesi da non scartare», disse Uberto, seguendolo. «E dato che non ci verrà mai accordato il permesso di controllare di persona quei libri, immagino che tu intenda…».

«Introdurmi nella chiesa di Santa Maria de Domno, stanotte stessa».

33

Il nome di Ulfus non aveva origini traci. Non proveniva da Tikili Taš e nemmeno dalle genti del Danubio, ma da più lontano. Suo padre l'aveva udito in gioventù dal canto di uno scaldo islandese, restando affascinato dalle gesta di Ulf il Notturno, un gigantesco guerriero nordico che di notte, in battaglia, cadeva in preda a un furore tanto indomabile da tramutarlo in bestia. Ulfus era sempre stato orgoglioso di quel nome, che con il tempo aveva iniziato a rispecchiare la sua passione per la notte e per la violenza. Amava la lotta, il combattimento furioso e la prossimità del nemico. Chi usciva dagli scontri più duri guadagnava a suo avviso qualcosa di più dell'onore, sviluppava un istinto primordiale che lo accomunava alla belva.

Tuttavia, nulla di tutto ciò era di alcuna utilità per la missione affidata dal Mago. In quella serialità geometrica di omicidi, Ulfus aveva dovuto mettere da parte il *bersekir*, il licantropo, per vestire i panni del sicario che uccide a sangue freddo. Non era nella sua natura, però obbediva. D'altro canto non gli era stato difficile sterminare uomini di cui aveva già scordato i nomi e i volti, consegnandoli al fiume melmoso che scorreva dentro di sé.

Uccidere una donna, però, poteva rappresentare un problema. Per giunta non si trattava di una muliercola qualunque. Il Mago gli aveva impartito ordini particolari al riguardo. Ordini precisi, seppur discordanti.

Ciò gli dava da riflettere. Portare a termine un omicidio non era semplice come troncare vite nella mischia, mulinando la spada senza fare i conti con la coscienza. L'assassinio a sangue freddo non aveva nulla a che fare con l'ardore ferino di Ulf il Notturno.

Giunto ormai alla casa di Remigarda di Acquanegra, esitò a smontare da cavallo. Aveva l'impressione che la notte lo stesse osservando, giudicandolo come una madre giudica un figlio. Persino il vento aveva iniziato a ululare con voce cupa, portando odore di pioggia.

Ciò nondimeno scese, brandì la Lancia del Fuoco e si avviò verso l'ingresso, mettendo da parte ogni scrupolo. Non poteva fare altrimenti. Il Mago rifiutava il fallimento. All'ultimo servitore che si era arrischiato a disobbedire aveva offerto del vino miscelato con dell'acido che, scendendo nello stomaco, aveva corroso i tessuti interni fino a bucare la pelle.

Deciso a evitare quella fine, Ulfus sfondò la porta con un calcio. Udì un tonfo secco e il rumore di un corpo che stramazzava sul pavimento, quindi varcò l'ingresso. Un vecchio giudeo era stato respinto a terra dal battente, l'urto improvviso gli aveva fatto perdere i sensi.

Lo scavalcò con noncuranza, avanzando verso l'interno.

Poi si fermò, pervaso dallo sconcerto. Al centro della stanza c'era una bambina pallida con qualcosa di strano negli occhi. Ulfus si ritrovò a fissarla, ma gli bastò un istante per capire che non si sarebbe mai dimenticato di lei. No, si disse. Quegli specchi di dolore non sarebbero sprofondati nel maelström. Ne rimase scosso, quasi atterrito, e per liberarsi da quella visione si rivolse alla donna che le stava accanto. Anch'ella, a suo modo, lo colpì. Era assai bella e altrettanto indignata, quasi imperiosa, nonostante lo spavento. La vide pararsi davanti alla bambina e si riscoprì a scrutarla con cupidigia, ma si trattenne. Aveva il permesso di ucciderla, non di violarla.

«Siete voi Remigarda di Acquanegra?», le chiese, provando disagio nell'udire la propria voce. Era rozza e gutturale. Da settimane non articolava suoni.

Lei si limitò a sfidarlo con lo sguardo.

«Il Mago vi rivuole con sé». Le tese la mano. «Dovete seguirmi, altrimenti...».

Ci fu un rapido susseguirsi di emozioni sul volto della donna. Ancor più rapidi dovettero essere i suoi pensieri, poiché ogni emozione scivolò come un'ombra dietro una maschera di consapevolezza, infine di puro odio.

«Io non tornerò insieme a *lui*», sibilò Remigarda, avanzando d'un passo. «Mai più!».

Ulfus provò una fitta di delusione, poi la sua mente ritornò agli ordini e le sue dita si strinsero intorno alla Lancia del Fuoco. Gliela puntò al ventre.

Remigarda lo fissò stravolta, senza comprendere. Ebbe appena il tempo di rivolgere un ultimo sguardo alla figlia.

Dalle finestre della casa sfolgorò una vampa rossastra, poi un grido squarciò la notte.

34

Quella stessa notte i due soldati reclutati al Castello Marino irruppero nella casa di Remigarda di Acquanegra, ma mentre varcavano l'ingresso sfondato si resero conto di essere stati preceduti. Konrad von Marburg li raggiunse all'interno un attimo dopo, chiedendosi perché si fossero fermati all'improvviso. Poi fiutò odore di zolfo e carne bruciata.

Al centro della stanza c'era il cadavere di una donna, il ventre ancora fumante. Una bambina era rannicchiata al suo cospetto con il capo chino. Pareva ignorare la presenza degli intrusi. Aveva le mani annerite e bruciacchiate, come se avesse tentato di estinguere il fuoco che aveva dilaniato il corpo della sventurata.

Konrad decise di ignorarla per dedicarsi al vecchio che si trovava sdraiato a terra, accanto all'uscio. All'inizio lo credette morto, poi comprese che era privo di sensi. Si chinò su di lui ma quando notò la rondella gialla che gli pendeva dal collo, ebbe un moto di ripulsa. Obbedendo a un suo cenno, uno dei due soldati lo agguantò per il bavero e gli fece riprendere conoscenza a suon di schiaffi.

Benvenuto Grafeo emise un lamento e appena si riebbe tentò di ribellarsi, ma alla vista del corpo di Remigarda ammutolì.

Indifferente alle sue reazioni, Konrad si guardò intorno con nervosismo. «Galvano, dove siete finito?».

Il clavigero varcò l'ingresso con una fiaccola in pugno. «Ho trovato delle impronte fuori casa. Le più recenti appartengono a un cavallo di notevole stazza e all'uomo che lo montava». Indicò il cadavere della guaritrice. «Il responsabile di questo scempio, suppongo».

«È stato quel maledetto cavaliere!», annunciò Suger, entrando al seguito di Pungilupo. Aveva l'aria stanca e frustrata. «Solo lui provoca ferite del genere».

«So io chi è il responsabile», li tacitò il germanico, per poi rivolgersi a Grafeo. «Dimmi, giudeo, cos'è accaduto qui dentro?».

L'oculista esitò a rispondere, ma il soldato che lo tratteneva lo strapazzò per fargli sciogliere la lingua.

«Non ho visto nulla...», squittì l'interrogato. «Ero privo di sensi...».

«Cane bugiardo», lo rimproverò Konrad von Marburg, osservando il cadavere. «Qui c'è una femmina con il ventre bruciato. Una femmina che reca i segni del Maligno sulla mano destra... E tu, miserabile, ti dichiari all'oscuro?»

«Non ho visto nulla, lo giuro!», insistette Grafeo. «Ho soltanto udito qualcuno appressarsi alla porta... Il nitrito di un cavallo... Sono corso a controllare ma il battente mi ha colpito in faccia... È accaduto poco dopo che l'ispanico se ne era andato, e...».

«L'ispanico?». Il prete lo trapassò con lo sguardo. «Quale ispanico?»

«Ignazio da Toledo».

«Ah, lui!». Konrad si guardò intorno con occhiate che pietrificavano. «Dove si trova? Dimmelo!».

Ma prima che Grafeo potesse rispondere, l'attenzione generale fu richiamata da un grido acutissimo proveniente dal centro della stanza. Adelisia era uscita dalla catatonia e, portandosi le manine agli occhi, stava urlando come un'ossessa. Si gettò sul corpo della madre in preda a uno strazio che si tradusse all'improvviso in dolore fisico.

Grafeo capì cosa stava accadendo. Approfittò dello sbigottimento generale per liberarsi della presa del soldato e correre verso la piccola. Le allontanò le mani dal viso, scoprendo le pupille arrossate. Non poteva ricorrere ai suoi ferri, non gli avrebbero consentito di usarli. Troppe stranezze da spiegare, troppi impicci. Pensò soltanto a estirpare la causa del male nel minor tempo possibile. Individuò il punto su cui intervenire, infilò le dita nell'occhio destro della bambina ed estrasse un grosso cristallo macchiato di sangue...

Konrad glielo strappò di mano con un gesto marziale, e con l'aberrazione nel volto e l'anatema sulle labbra lo mostrò ai presenti. «Ecco la prova del male che promana da Ignazio da Toledo!», pontificò, in preda a un furore mistico. «Ed ecco», indicò l'oculista con un gesto sprezzante, «ecco il suo nuovo discepolo!».

Grafeo gli si aggrappò alle vesti e implorò che lo lasciasse spiegare, ma Galvano Pungilupo lo atterrò con un pugno.

«Lasciatelo stare!», strillò Adelisia, balzando in piedi.

Il clavigero la fulminò con lo sguardo. «Piccola strega, osi sfidarmi?», e avanzò verso di lei minacciando di colpirla con un calcio. Fu con vera sorpresa che vide Suger intervenire e mettersi di fronte alla bambina per proteggerla.

Il lupo famelico ghignò compiaciuto, non avrebbe potuto chiedere di meglio. Finalmente aveva l'occasione di dare una lezione a quel francese, e senza esitare gli sferrò una violenta ginocchiata alle reni, mandandolo ruzzoloni a terra.

Suger sputò sangue sul pavimento, la sensazione di un picchetto di legno piantato nelle costole. Cercò di rialzarsi, ma fu colpito da un calcio, sempre nello stesso punto. Senza dargli requie, il clavigero gli fu addosso per pestarlo a suon di pugni.

«Ora basta», intervenne Konrad von Marburg, nient'affatto interessato all'incolumità di Suger, quanto piuttosto a concludere la faccenda. Il suo volto era una maschera di ferro. Agguantò per il polso Adelisia e si incamminò verso l'uscita. «Prendete anche l'ebreo», ordinò. «Che vengano tutti con noi!».

Trascinò la bambina fuori di casa, sotto nuvole color inchiostro che iniziavano a vomitare pioggia.

Sotto lo scroscio, il volto di Adelisia parve bagnarsi di lacrime vere.

Ignazio attendeva sotto un loggiato per ripararsi dalla pioggia, lo sguardo fisso sulla facciata di Santa Maria de Domno. Uberto aveva insistito per entrare solo, si sarebbe mosso con maggior rapidità e senza correre il pericolo di essere scoperto. Il mercante non aveva potuto contraddirlo. Lo sapeva abbastanza agile e accorto da riuscire nell'impresa e tuttavia si sentiva in colpa per non essere nella condizione di aiutarlo. Lui avrebbe riconosciuto molto più velocemente il libro che cercavano, ma non c'era stata scelta. Per introdursi nella chiesa, Uberto aveva dovuto scalare parte della facciata e intrufolarsi in una delle bifore aperte sul lato destro dell'edificio. Un'impresa non facile e assai rischiosa.

Era già trascorso molto tempo e Ignazio iniziava a inquietarsi, nonostante quel ritardo fosse del tutto plausibile. Suo figlio si sarebbe dovuto orientare al buio, in cerca di un archivio o di una biblioteca, controllare la maggior parte dei libri nella speranza di trovare quello giusto. Una raccolta ben fornita conservava mediamente un centinaio di volumi, quindi l'attesa si sarebbe forse protratta fino all'alba.

All'improvviso gli parve di scorgere del movimento sul fianco destro della facciata. Una sagoma scura si calò dalla bifora più alta, si aggrappò con cautela a un doccione sottostante e rimase lì appesa, rischiando di scivolare per via della pioggia. Poi riacquistò stabilità, fece oscillare le gambe e spiccò il balzo verso un archetto, che le consentì di proseguire rannicchiata lungo un cornicione, fino al capitello di una colonna all'angolo della facciata. Infine Uberto si lasciò scivolare a terra.

Ignazio attirò la sua attenzione con un gesto della mano e lo guardò avvicinarsi di corsa. «L'hai trovato?», gli chiese, dopo essersi sincerato che stesse bene.

«Nel deposito della chiesa c'erano almeno dieci libri di Ildegarda di Bingen», rispose il figlio, «ma nessuno portava il titolo di *Lingua ignota*... Tuttavia», aggiunse, vedendo il mercante accigliarsi per lo sconforto, «dentro l'ultimo ho trovato questo», ed estrasse da sotto gli abiti un foglio di papiro.

Ignazio lo esaminò con impazienza e notò che conteneva due colonne, una di geroglifici e un'altra di lettere dell'alfabeto latino, affiancate in rapporto di perfetta corrispondenza. Lesse più volte, quasi incredulo, mentre un crescendo di entusiasmo iniziava a impadronirsi di lui.

«Allora?», volle sapere Uberto.

«È lo stesso codice», disse il mercante. «Grazie a questa chiave di lettura, potrò decifrare l'iscrizione dei tatuaggi».

«Non perdiamo tempo, dunque. Lasciamo Salerno».

35

Trovarono Cola Pesce addormentato sulla sua barca, sdraiato in mezzo a un groviglio di reti da pesca. Doveva essersi rigirato nel sonno, poiché era rimasto intrappolato in quel giaciglio di fortuna. Accanto a lui, era abbandonata la scarsella vuota.

«Deve aver sperperato i soldi in donne e in vino», osservò Uberto, scostandosi disgustato, dopo avergli annusato il fiato.

Ignazio evitò commenti e lo scosse con un piede.

«Arrivo...», grugnì Cola Pesce, girandosi sul fianco. Fu un problema non da poco, mezzo intorpidito com'era, liberarlo dall'intrico in cui era rimasto impigliato.

Salparono per la Sicilia quella notte stessa, nonostante la pioggia e il mare grosso. L'assenza di ripari li espose all'acqua e al vento, mentre una corrente veloce e impetuosa trascinava la barca verso sud. Le onde d'un tratto divennero altissime e la costa si perse nel buio, così come le stelle e la luna. I fulmini illuminarono a intermittenza la superficie dei flutti, ora lucida come metallo, ora nera come la morte. In lontananza, tra un bagliore e l'altro, Ignazio credette di scorgere il biancheggiare di una vela templare tra le onde. Il suo incubo.

La menaica era inadatta a fronteggiare il mare tempestoso e fu più volte sul punto di ribaltarsi, ma Cola Pesce, nonostante fosse ancora mezzo ubriaco, riuscì a governarla con audace maestria. Nel frattempo gridava a squarciagola il nome di san Nicola, supplicandolo di aiutarlo.

La lotta con il mare durò l'intera notte. Con le prime luci dell'alba le acque si quietarono e la navigazione proseguì senza intoppi.

Ignazio riuscì persino a concedersi qualche ora di sonno, dopodiché si dedicò a sciogliere l'enigma che lo aspettava. «Prestami il tuo coltello», chiese al figlio.

Uberto frugò sotto il saio e glielo porse.

Il mercante lo usò per incidere sulla falcetta di prua l'iscrizione che aveva visto tatuata sulla mano di Remigarda.

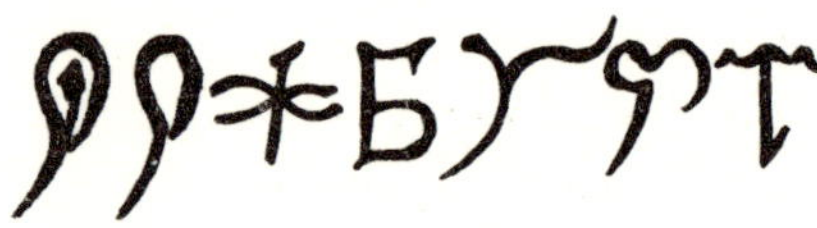

La esaminò con attenzione, assicurandosi che corrispondesse proprio a quella che ricordava. Poi estrasse il foglietto del *Lingua ignota*. Identificò con facilità le corrispondenze tra i geroglifici e le lettere latine, infine trascrisse:

N E M B R O T

Represse un fremito.

«Nembrot». Uberto aggrottò la fronte. «Credi sia proprio *quel* Nembrot?».

Ignazio non gli rispose, era incapace di staccare gli occhi dai geroglifici incisi sul legno di prua. Il nome di Lucifero gli avrebbe instillato minor timore.

PARTE QUINTA
NEMBROT L'ASTRONOMO

Si dice che Nembrot fosse etiope. Ebbene, il colore dell'etiope simboleggia le tenebre e lo squallore dell'anima, poiché si contrappone alla luce. Privo di chiarezza e avvolto dall'oscurità, appare più simile alla notte che al giorno. Nembrot era pure uso a cacciare nelle selve e a stare in compagnia delle bestie feroci.

Ambrogio di Milano, *Liber de Noe et arca*, I, 34

Si dice che il gigante Nembrot sia stato sommo astrologo e che si sia pure accostato all'astronomia.

Ugo di San Vittore, *Didascalicon*, III, 2

36

Subire un pestaggio per proteggere qualcuno – fosse anche una bambina – andava contro ogni suo principio, ma Suger non era pentito delle proprie azioni. Non aveva avuto alcun ripensamento, nemmeno mentre crollava a terra, umiliato sotto i colpi di Pungilupo. Vedere Adelisia china sul corpo della madre aveva risvegliato in lui il ricordo di se stesso, poco più che ventenne, davanti al capezzale del padre. Era stato stroncato da un male respiratorio andato incattivendosi fino a degenerare in un'infiammazione dei bronchi. Suger aveva dato fondo alle sue conoscenze per salvarlo, trascorrendo notti intere sui libri di medicina e preparando pozioni costosissime al fine di dargli almeno sollievo, poi si era rassegnato. Neppure il miglior medicus di Parigi sarebbe stato in grado di guarirlo. Tuttavia il padre sembrava non aver apprezzato i suoi tentativi e prima di morire gli si era rivolto con una smorfia delusa. Nessuna parola, soltanto quella smorfia, quasi fosse stato lasciato crepare come un cane. Suger aveva cercato di tenere sepolto quel ricordo, ma dopo la sciagura di Bernard e le disavventure degli ultimi mesi lo sentiva riaffiorare con prepotenza, al punto da smarrire il proprio cinismo.

Un improvviso oscillare lo riportò alla realtà, nella stiva di una nave. Era contuso e dolorante, ma evitò di lamentarsi. Accanto a lui c'era chi soffriva di più.

Il giudeo e la bambina gli sedevano di fronte, raccolti in un abbraccio di silenziosa disperazione. Grafeo aveva la faccia gonfia di lividi, conseguenza di uno scrupoloso interrogatorio a cura di von Marburg, ma ancora una volta fu Adelisia ad attirare la sua attenzione. Aveva le mani coperte di piaghe. Doveva aver cercato di estrarre il proietto incandescente dal ventre della madre, sopportando il dolore fino a ustionarsi. Un tentativo vano. Era già un miracolo che l'ordigno non le fosse esploso tra le dita.

Adelisia, tuttavia, lo incuriosiva anche per altri motivi. Suger aveva visto con chiarezza la pietruzza che le era uscita dall'occhio. In un misto di orrore e meraviglia, aveva seguito l'intervento di Grafeo e ora non smetteva di farsi domande sulla natura di quelle lacrime. Se la draconite estratta dalla testa di un serpente vantava proprietà miracolose, di cosa potevano essere capaci dei cristalli usciti dagli occhi di un essere umano?

Tuttavia c'erano anche altri pensieri a fomentare la sua inquietudine. Sapeva di aver perduto la fiducia di von Marburg: pur tenendolo al proprio seguito, il germanico l'aveva fatto rinchiudere negli spazi destinati ai prigionieri. Inoltre, allontanandosi da Salerno, temeva di non essere più al sicuro.

Se voleva sperare di sopravvivere, doveva fuggire.

Sfiorato dal vento di bonaccia, Konrad von Marburg si aggrappava alla balaustra del castello di poppa maledicendo la lentezza dei rematori. Era dovuto ricorrere a un'azione di fortuna per salpare il prima possibile da Salerno e ora eccolo su quella cocca genovese, un legno con un solo albero e uno scafo tozzo simile al guscio di un uovo. Era così impaziente di giungere a destinazione da invidiare il volo rapido degli uccelli marini, che gli volteggiavano intorno come per farsi beffe di lui. Il suo nervosismo aveva contagiato ogni membro dell'equipaggio, spingendo persino il patron ad abbandonare il castello di poppa per stargli alla larga. Condivideva quello spazio soltanto con Galvano Pungilupo e i due soldati reclutati a Napoli.

La smania di raggiungere la preda lo rodeva più del consueto, poiché sapeva dove cercare. Dopo un'iniziale ritrosia, Benvenuto Grafeo gli aveva riferito il discorso tra Ignazio da Toledo e Remigarda di Acquanegra. Un discorso in parte oscuro e a tratti contrastante con l'evidenza dei fatti. Konrad giustificava tali incongruenze con la natura ingannevole della razza giudea, supponendo che il vecchio avesse confuso le acque per difendere l'ispanico. Quel che più importava, tuttavia, era conoscere la destinazione precisa. La corte di Palermo.

Se poi Benvenuto Grafeo avesse osato mentire, Konrad l'avrebbe verificato con i propri occhi.

Come se un demone dell'aria avesse indovinato i suoi propositi, il religioso vide d'un tratto i colori del cielo, del mare e della costa svanire in una caligine densa e lattiginosa che avviluppò l'imbarcazione, dandogli l'impressione di galleggiare nel nulla. La cocca rallentò di colpo, quasi fermandosi, per non correre il rischio di arenarsi contro gli scogli.

E in quella cieca impotenza, l'ira di von Marburg aumentò a dismisura.

37

«Nembrot fu un antico sovrano etiope», spiegò Ignazio, lo sguardo puntato verso le coste sicule ormai prossime. «Gli si attribuisce la fondazione del regno di Babilonia, dopo il grande diluvio».

«Se non sbaglio», disse Uberto, «innalzò pure la torre di Babele».

«Sì, ma la Bibbia lo descrive soprattutto come un abile cacciatore».

«Un re cacciatore…».

«Un re cacciatore, proprio come quello al centro del ricamo». Il mercante estrasse il mantello del Sagittario per esporlo alla luce del sole e osservò il cavaliere in mezzo alla ruota astrale, con l'indice premuto sulle labbra. Ora quel gesto assumeva un significato preciso, l'ammonimento a non pronunciare mai il suo nome.

«Perché rappresentare Nembrot al centro dello zodiaco?», chiese il figlio, passando l'indice intorno al ricamo. «Per quale ragione fondare una setta in suo onore?»

«Lo capiremo soltanto scoprendo il legame tra il re etiope e il magister di Toledo», rispose Ignazio. «E non ti nego che ciò mi inquieta».

Uberto lo guardò basito. Raramente gli era capitato di vedere il padre a disagio di fronte a un mistero.

«Da secoli, Nembrot viene nominato con timore dai sapienti», spiegò il mercante. «È un essere tenebroso quanto l'insondabile oceano della notte».

«Non sai altro di lui?»

«Nulla, se non che prese in moglie sua madre, una donna lussuriosa e crudele di nome Semiramide. Da lei ebbe un figlio di nome Tammuz». Sollevò lo sguardo dal mantello e d'un tratto si rese conto di non riuscire a scorgere più nulla. Una nebbia spettrale si era levata sulle acque, offuscando persino la luce del sole. «Da dove proviene questa caligine?», domandò, rivolgendosi d'istinto a Cola Pesce.

La voce del marinaio uscì dal velo biancastro: «Non è caligine, è Fata Morgana».

«Superstizioni», commentò Uberto.

«Fata Morgana», insistette il marinaio, contrariato, «è uno degli spiriti che infestano queste acque. Perché vi stupite? Siamo diretti all'isola dell'Etna, la porta dell'inferno, dove da più di cent'anni riposa re Artù».

Nessuno fece in tempo a ribattere che il vento si rianimò all'improvviso, spazzando via la nebbia. Fu allora che i naviganti assistettero a un prodigio inspiegabile. Videro all'orizzonte un paesaggio fantastico levitare sull'aria, come se un castello evanescente fosse sorto dalle acque.

Ignazio e Uberto restarono esterrefatti, ma ad avere la reazione più inconsulta fu Cola Pesce. Abbandonò il timone, si inginocchiò sulla punta di prua e, con le mani giunte, rivolse una preghiera alla Madonna e a san Nicola. Rimase in quella posizione finché i miraggi non furono svaniti nel nulla, come prima la nebbia. Soltanto allora, senza dare spiegazioni, tornò al timone per governare la menaica.

Veleggiarono lungo le coste settentrionali della Sicilia, effettuando rapidi scali nei centri litoranei per rifornirsi di acqua e vettovaglie. Quei luoghi erano un'autentica Babele di razze e culture, animata da un fermento che affascinava e spaventava al tempo stesso. Correvano molte voci sulle rivolte dei sudditi saraceni, sui ribelli deportati a Lucera e sull'aumentare dei disordini con l'assenza di Federico II. A impensierire Ignazio, tuttavia, non furono le notizie sui saraceni, bensì quelle sulle milizie clavigere e sugli agenti di papa Gregorio IX sbarcati sull'isola.

Una volta a Palermo, il mercante strinse con Cola Pesce gli stessi accordi presi a Salerno. Lo pagò per i suoi servigi e gli chiese di tenersi a disposizione per qualche giorno, nell'eventualità di una rapida fuga. Il barese intascò il denaro con un sorrisetto cupido, mentre Uberto già immaginava che l'indomani non sarebbe avanzata neppure una moneta.

Prima ancora di varcare le mura di Palermo, Ignazio chiese al figlio di attenderlo alle porte della città e si avvicinò a un gruppo di perdigiorno per informarsi se tra di loro vi fosse qualcuno disposto a fare da guida. Si fece avanti un africano dal fisico alto e asciutto, in netto contrasto con il voluminoso turbante che gli fasciava la testa. Disse di chiamarsi Muhammad ad-Idrisi e offrì i suoi servigi per un quarto di dīnār. Parlava in una lingua nasale e cantilenante, a metà tra l'arabo e i dialetti siculi.

Uberto scrutò il padre con disapprovazione. Non capiva perché sperperare denaro, visto che erano perfettamente in grado di orientarsi da soli. Ma quando si trovò a camminare per le vie interne di Palermo comprese che Muhammad era utile non tanto come guida, bensì a disperdere l'impressionante calca che impediva di avanzare per la strada. I viavai di Napoli e di Salerno non erano nulla al confronto. E anche con l'aiuto dell'africano, dovette procedere a spallate per non restare indietro. «Non mi hai ancora detto come intendi agire», chiese al padre, alzando la voce per farsi udire nella confusione.

«Prima di tutto dovremo procurarci degli abiti nuovi», rispose Ignazio, senza voltarsi.

«Ti sembra il momento di fare acquisti?»

«Vuoi forse presentarti alla corte siciliana con questi stracci?», ribatté il mercante.

«Quindi vuoi andare dritto all'obiettivo... Non intendi raccogliere altre informazioni, prima di esporti a tal punto?»

«Perderemmo soltanto del tempo prezioso. Sappiamo che il magister di Toledo si nasconde nella cerchia dell'imperatore, tanto basta. Dovremo costringerlo a uscire allo scoperto».

«E come intendi fare?», chiese Uberto. Immaginava che nonostante l'assenza di Federico II, la *curia regis* fosse un ambiente alquanto frequentato. Trovare la persona giusta non sarebbe stato semplice.

Ma il mercante aveva l'aria di chi sa il fatto suo. «Non appena si sarà sparsa la voce che portiamo il mantello del Sagittario, sarà lui stesso a rivelarsi. Vedrai! Scommetto che non tarderà ad avvicinarci». Quindi chiese a Muhammad di condurli nella via dei sarti.

In breve si cambiarono d'abito. Ignazio scelse per sé una tunica rossa lunga fino al ginocchio, che cadeva sopra un paio di calzebrache dello stesso colore, con l'aggiunta di calzari in pelle e di un mantello nero che accentuava il suo aspetto slanciato. Uberto, dai gusti meno pretenziosi, si accontentò di un abito verde con un paio di brache gialle e nere. Evitò di indossare mantelli per non ritrovarsi intralciato nei movimenti.

Così abbigliati, interrogarono la guida su dove risiedesse al momento la corte siciliana.

«Al Castello della Fawwarah, in contrada Cassarorum», rispose Muhammad, alludendo a una zona esterna alle mura. Per poterla raggiungere nel minor tempo possibile, l'africano li condusse in un deposito di carri sito ai margini meridionali della città. Li pregò di attendere, entrò in una capanna e ne uscì in compagnia di un omone dalla pelle scura e la barba a punta. L'uomo squadrò i due forestieri, poi fece loro strada verso un carro legato a una coppia di buoi, dando a intendere di volersi mettere subito in viaggio.

Il mercante, sospettoso, prese in disparte l'africano e gli indicò il padrone del carro. «E lui, perché andrebbe fin là?»

«Per l'acqua», rispose la guida. Calogero – così si chiamava il carrettiere – si guadagnava da vivere rifornendo d'acqua l'entroterra e spesso si recava in quella zona per farne scorta. Ecco il motivo per cui trasportava sul bancale del carro un'enorme botte di legno.

L'omone li invitò a salire sulla cassetta e spronò i buoi lungo una carrareccia che scendeva verso sudest, seguendo un canale per una distesa di latifondi costellati di castelli e *qasr*[8]. A oriente, la strada offriva ampi scorci del golfo palermitano.

Dopo un tragitto molto poco agevole, Calogero indicò un sistema montuoso ormai vicino, dominato da un'altura ammantata di verde. «Il monte Grifone», disse, invitando i passeggeri ad ammirare il diramarsi di torrenti che scendevano dalle pendici fino a valle. «La Favara».

«Fawwarah», lo corresse Muhammad.

«La sorgente», tradusse il mercante, che conosceva la lingua araba. «E dite», si informò, «su quel monte vi sono soltanto boschi e torrenti?»

«Anche allevamenti di cavalli», rispose il carrettiere. «Bestie irrequiete, per calmarle le salassano».

Uberto gli rivolse un'occhiata incredula.

«I loro allevatori praticano dei tagli sotto le orecchie», spiegò Calogero, con un ghigno, poi tacque finché non giunse abbastanza vicino da poter indicare con precisione il palazzo che sorgeva ai piedi del monte. Era circondato quasi per intero da un grande lago alimentato dalle acque dei torrenti. «Il Castello della Favara», annunciò, facendo un gesto ampio per comprendere il territorio circostante delimitato da un fossato. «La tenuta regia».

«È qui che risiede la corte siciliana?», chiese il mercante.

«In questo periodo dell'anno sì», rispose Muhammad. «Anche se la maggior parte ha seguito l'imperatore in Oriente».

Molto meglio, pensò Ignazio. Se davvero si trovava nel Castello della Favara, il magister di Toledo non avrebbe potuto nascondersi fra le schiere della curia regis. Questa era la sua speranza, ma anche il suo timore più grande.

[8] In lingua araba anche *ksar*. Castello o insediamento fortificato.

38

La tenuta regia era cinta da un fossato e da un'alta palizzata oltre la quale spuntavano le chiome di un bosco rigoglioso. Ignazio e Uberto congedarono Calogero e Muhammad per incamminarsi verso l'unico punto di accesso, quando all'improvviso videro un animale dal collo lunghissimo sporgersi oltre le recinzioni per fissarli incuriosito. Giallo e maculato, aveva corna simili a bitorzoli e ruminava come una vacca. Ne furono talmente sorpresi che quasi non si accorsero delle sentinelle appostate al varco.

Ignazio si ricompose in fretta, rivolgendo un saluto ossequioso agli armigeri. Strada facendo, aveva avuto modo di mettere a punto un preciso piano d'azione. «Sono un mercante di reliquie della Spagna», esordì. «Reco un dono formidabile in omaggio a sua maestà».

«Quale dono?», indagò il capo della ronda, andandogli incontro.

«Un mantello fatato, ricamato con una tale finezza da non trovare eguali».

La guardia lo squadrò di sottecchi. «Fatemi dare un'occhiata».

«Vi farò mostra soltanto di un lembo», dichiarò il mercante, aprendo con riluttanza la bisaccia. «Non vorrei che esponendolo al sole perdesse il suo potere», e abbassò il tono della voce con fare complice. «Si dice possa compiere *mirabilia*, se indossato da un sovrano».

Nell'attesa che la commedia avesse termine, Uberto osservò la giraffa ancora sporta oltre le recinzioni. Ignazio era talmente loquace da saper incantare il più burbero degli energumeni. Ben presto, infatti, fu attorniato da soldati curiosi.

Poco più tardi stavano attraversando la tenuta scortati da due guardie, mentre un uomo a cavallo li anticipava per annunciare il loro arrivo a corte. Per giungere al palazzo era necessario superare un vasto giardino adornato di alberi e serragli abbelliti da piante rampicanti, dentro i quali erano rinchiuse bestie di ogni tipo. Alcune guardie, per la maggior parte perfettamente acclimatate e sedute all'ombra dei palmizi, erano intente a mangiare frutti.

«È mio dovere avvertirvi, messeri», disse uno degli accompagnatori, per giustificare la rilassatezza dei commilitoni. «L'imperatore è al momento assente».

«Dovremo accontentarci di incontrare i maggiorenti del suo seguito», ribatté Ignazio, fingendosi deluso.

Giunsero infine a destinazione.

Il Castello della Favara aveva la forma di un palazzo arabo a base rettangolare, una struttura massiccia eretta in blocchi di tufo e ingentilita da sottili finestre ad arco acuto. Il grande lago che lo separava dal monte Grifone lo lambiva su ogni lato eccetto la facciata, lasciando libero accesso a quattro portali sormontati da archi a ferro di cavallo. Ignazio rivolse subito l'attenzione al ballatoio del piano superiore, dove si trovava un uomo vestito di nero. Pareva in attesa, e per qualche oscura ragione teneva la testa protetta da un elmo.

«Ebbene, chi siete?», vociò l'uomo, esprimendosi in latino. «Un cavaliere mi ha poc'anzi allertato, annunciando il vostro arrivo».

Il mercante rispose nella stessa lingua. «Il mio nome è Ignazio da Toledo e vendo reliquie», si presentò facendo un inchino. «Porto un dono per sua maestà».

«Ho saputo», disse l'uomo sul ballatoio. «E il vostro accompagnatore? Ha un nome anche lui?»

«Mio figlio Uberto», rispose Ignazio, incapace di interpretare l'atteggiamento dell'individuo. I suoi modi trasmettevano un'indubbia finezza, ma anche un'indole guardinga.

«Per servirvi», soggiunse Uberto, piegandosi in ginocchio.

L'uomo annuì. «Io sono Michele Scoto, astrologo e filosofo di corte», e aprì le braccia per dare maggior enfasi alle proprie parole. «Insieme a pochi membri della curia regis, custodisco questa dimora in attesa che Federico II vi faccia ritorno. Ma prima che mi dilunghi, cosa recate in dono? Mi è stato fatto accenno a un mantello».

«Un mantello zodiacale con l'immagine di un cavaliere. Desiderate vederlo?»

«Non qui». Lo Scoto raggiunse una scala diretta verso il basso. «Non ora», e quando fu sceso a terra ordinò alle guardie di andarsene. Una pura ostentazione di autorità, che tradì superbia e nervosismo. D'altronde l'astrologo non aveva certo bisogno di scorte, dal momento che ogni punto del palazzo doveva essere ben sorvegliato. Il mercante scorse persino una coppia di arcieri appostata su una torretta seminascosta tra i palmizi.

Anziché andare incontro agli ospiti, lo Scoto li invitò a seguirlo attraverso il secondo portale a sinistra della facciata. «Vi presterò la giusta attenzione nel mio studio», disse.

Prima di andargli al seguito, Ignazio consigliò il figlio di stare all'erta.

Non appena fu all'interno del palazzo, lo Scoto osservò con cautela le volte a botte del soffitto, poi si sfilò l'elmo e scoprì una folta chioma di capelli neri e lisci. Proseguì a camminare davanti agli ospiti, tenendo il volto nascosto ai loro sguardi. Uberto giunse a supporre che celasse una qualche deformità, tuttavia gli bastò voltarsi verso il padre per porsi quesiti ben più gravi. Ignazio scrutava l'astrologo con un'intensità che metteva i brividi. Stai attento, gli aveva bisbigliato un attimo prima. Interrogandosi su quelle parole, il giovane fu spinto a chiedersi se l'insidia paventata dal genitore riguardasse qualcosa in astratto o derivasse proprio da quell'individuo. Erano forse al cospetto dell'Homo Niger? Impossibile dirlo, eppure d'un tratto fu colto dal dubbio che l'astrologo si ostinasse a camminare davanti a loro per nascondere non le fattezze del volto, bensì la sua espressione. E si sentì pervadere da un brivido.

Proprio in quel momento, udì il padre porre una domanda: «Consentitemi una parola, messere. Il vostro secondo nome, Scoto, è distintivo di qualche provenienza?»

«Avete ben inteso», rispose l'interpellato, senza voltarsi. «In quanto *scotus*, provengo dalla Scozia. In quel luogo barbaro, tuttavia, vissi soltanto da infante. Ne serbo pochi ricordi».

«E vi sono altri *scoti* al servizio dell'imperatore?», chiese il mercante.

«Non che io sappia».

Così dicendo, l'astrologo imboccò un corridoio a gomito e proseguì sotto un porticato che costeggiava un cortile interno. Uberto continuò a seguirlo, cercando di ignorare l'improvviso turbamento. Un figlio di Scozia! Così aveva detto Remigarda, riferendosi al magister di Toledo. Fu sul punto di fermarsi per riprendere il discorso, ma sentì la mano di Ignazio posarsi sulla sua spalla. Non era il momento propizio, parve suggerirgli.

Mentre camminavano, passarono a fianco di un capannello di dame raccolto al centro del cortile. Non appena lo vide, lo Scoto emise un'esclamazione contrariata e, senza preavviso, deviò il percorso in quella direzione. Prima di uscire all'aperto, rivolse un'occhiata fugace al cielo. I due visitatori restarono in attesa sotto il porticato e lo guardarono allungare il passo verso la più bella delle dame. Bionda e dal bianco incarnato, era intenta a disporre dei tarocchi sulle ginocchia per formulare predizioni, suscitando il riso e lo stupore delle compagne. Vedendo l'uomo avvicinarsi, raccolse in fretta le carte e lo scrutò con occhi azzurri e glaciali.

L'astrologo le strappò il mazzo di mano. «Madonna Brunhilde, quante volte vi ho detto di non frugare tra le mie cose?», la rimproverò.

«Michael, non adiratevi», disse lei, con tono complice. «Stasera ve le avrei restituite».

«I decani non sono un sollazzo per signore». Lo Scoto fece sparire i tarocchi in una tasca dell'abito. «E poi sapete bene che non dovete chiamarmi a quel modo».

«Ma Michael...», lo canzonò Brunhilde. «È il vostro nome...».

«Il mio nome va pronunciato in lingua italica», la zittì lui, e si voltò per andarsene.

«Attento alla testa!», gridò lei.

L'astrologo sobbalzò per lo spavento, poi si rese conto di essere stato giocato e rivolse uno sguardo irritato alla donna, che era scoppiata a ridere.

Sempre più a disagio, lo Scoto girò i tacchi e allungò il passo verso una porta che si apriva in fondo al loggiato. Prima di seguirlo insieme al padre, Uberto rivolse un'ultima occhiata verso Brunhilde, che non accennava a smettere di ridere.

La donna, anziché dare segni di imbarazzo, gli indirizzò un sorriso carico di malizia.

39

Lo studio di Michele Scoto aveva sede nell'ala meridionale del palazzo, era ampio e disseminato di strani oggetti. Ignazio contò almeno cinque leggii e riconobbe vari testi in lingua araba, greca e latina. In fondo alla stanza c'erano uno scrittoio, un grande astrolabio d'oro e un singolare marchingegno alto quanto un uomo, che l'astrologo disse provenire da Damasco e capace di misurare il tempo. Finalmente non nascondeva più il volto. Aveva lineamenti affilati e occhi celesti, una pelle bianchissima velata da lentiggini messe in risalto dal pizzetto tagliato alla maniera araba. Nessuno sfregio, nessuna deformità a giustificare l'uso dell'elmo. Al contrario, lo Scoto era di aspetto addirittura piacente.

Anche Uberto pareva aver abbassato la guardia. Contagiato dalla curiosità del padre, si aggirò fra le bizzarrie di quella stanza fino a imbattersi in un abnorme cranio appeso al muro. Aveva proporzioni doppie rispetto alla norma, con un'unica cavità oculare localizzata sotto la fronte. Lo Scoto lo indicò con orgoglio. «Il teschio di un ciclope», spiegò, riponendo l'elmo su una cassapanca. «L'hanno rinvenuto dei villani in una grotta qui accanto».

Ignazio si portò con interesse di fronte al reperto. «Un ciclope?», disse con aria scettica. «Siete certo non sia appartenuto ad altro genere di creatura?»

«Ne conoscete altre con un occhio solo?», ribatté l'astrologo, appoggiandosi allo scrittoio. Poi cambiò espressione, fugando dal volto ogni traccia di ilarità. «Ora lor signori mi scusino, ma ho pazientato fin troppo. È tempo che mi si faccia mostra del tanto osannato mantello». Indicò un manichino dalle sembianze umane, su cui erano stati dipinti i segni dello zodiaco in corrispondenza degli organi principali. «Potete sistemarlo là sopra».

Ignazio non attendeva altro. Annuì con un mezzo inchino, estrasse il mantello del Sagittario e poi, con un gesto misurato, lo spiegò all'aria per appenderlo sulle spalle del manichino. Lo Scoto si avvicinò, accarezzandosi il pizzetto.

«Non lo ritenete degno di un sovrano?», chiese il mercante, prestando attenzione a ogni suo gesto.

L'astrologo non tradì alcuna emozione. «Notevole», disse. «Dove l'avete trovato?»

«È una storia assai lunga e intricata. Prima di raccontarla, sarebbe opportuno convocare la cerchia del sovrano».

Lo Scoto gli rivolse un sorrisetto sarcastico. «La mia persona basta e avanza».

Ignazio si finse confuso. «Non vi sono dunque altri sapienti nel castello?»

«Fra queste mura risiedono fior di poeti, matematici e filosofi... Io però sono il migliore, il più grande fra tutti».

Tanta superbia non nasceva dalla spacconeria di un bruto, ma pareva ergersi a baluardo di un animo sensibile. Tuttavia, il mercante vi colse anche un sottile timore. «Siffatta grandezza deve poggiare su una mirabile sapienza», ribatté, per assecondarlo. «Da dove proviene?».

L'astrologo si stizzì. «Fate troppe domande, messere, quando invece dovrei essere io a porle».

«Abbiate pazienza. Non so contenere l'interessamento per chi, come me, deve aver frequentato lo Studium di Toledo».

«Voi un sapiente di Toledo?». Lo Scoto lo squadrò con fare derisorio. «Figurarsi!».

«Ammettete quindi di aver studiato in quel luogo?»

«Io sì, ma voi no di certo. Se foste stato edotto alla Scuola di Toledo, non sareste certo costretto a girovagare per il mondo in cerca di reliquie e cimeli. Avreste invece una cattedra a Parigi, Bologna o Napoli».

Lanciandogli un'occhiata di sfida, Ignazio si avvicinò a un leggio con sopra dei fogli di pergamena e un codice aperto a metà. «Qui», disse, raccogliendo una carta, «riconosco il *De animalibus* di Avicenna, che a quanto pare state traducendo dall'arabo. Si tratta di un commento agli scritti di Aristotele ancora ignoto alla cristianità. Può provenire soltanto da Toledo… E ciò vale anche per l'apocalisse mozarabica riposta accanto». Indicò il codice. «Un *Commentarius in Apocalypsin* del monaco Beatus de Liébana, nientemeno. Copia pregiatissima».

L'astrologo lo fissò impressionato. Tuttavia il mercante, non ancora pago, gli si avvicinò con fare autorevole e allungò lo sguardo sugli incartamenti affastellati sullo scrittoio. «Qui invece scorgo disegni di figure astrologiche. Mirevole! Suppongo li abbiate tratti dalle opere di Al-Bitrûgi, vissuto in Spagna. Accanto però ve ne sono di assai atipiche, forse di ispirazione persiana».

«Mi avete persuaso», si arrese lo Scoto, esprimendosi d'un tratto in castigliano. «Non mi capita sovente di incontrare qualcuno capace di intendere il mio operato». Aggrottò la fronte. «E ora, tra l'altro, mi pare addirittura di rammentarmi… Ma certo! Mi accennò di voi Gherardo da Cremona, ben più di una volta».

Ignazio annuì con orgoglio. «Conobbi Gherardo alla Scuola di Toledo. Fu mio magister».

«E anche il mio. Ricordo di averlo udito maledirvi perché abbandonaste lo Studium prima di esser nominato magister. Non ve l'ha mai perdonato, sappiatelo».

Il mercante sorrise al pensiero di quel vecchio scorbutico che andava su tutte le furie. «Il prezzo sarebbe stato farmi monaco», spiegò, «e sottostare a troppe… regole».

L'astrologo emise un sospiro, lasciando intendere che condivideva il suo punto di vista. «In altri momenti l'ho udito elogiarvi come il migliore dei discepoli», aggiunse. «Quindi meritate il mio rispetto».

Approfittando di quell'improvvisa complicità, il mercante si sporse sullo scrittoio e pescò una pergamena. Raffigurava delle illustrazioni zodiacali di forma antropomorfa, tra cui la figura di un cavaliere. «Questa costellazione rappresenta un guerriero a cavallo...», disse, indicando il ricamo centrale del mantello astrologico. «La somiglianza è troppa perché sia un caso».

Tornando subito guardingo, lo Scoto scattò verso di lui e gli strappò la pergamena di mano. «Siate più esplicito».

«Presto detto, messere». Il mercante sapeva che con le prossime parole si sarebbe giocato la sua vita e quella di Uberto. D'altronde il passo l'aveva già fatto entrando nel Castello della Favara, pertanto era inutile indugiare. «Sono del parere che un riscontro tra i vostri schizzi e i ricami del mantello rivelerebbe ulteriori affinità».

«Allo scopo di dimostrare cosa?»

«Che siete implicato in una catena di omicidi e in un culto di sospetta eresia».

L'astrologo gettò la pergamena sullo scrittoio, più incuriosito che irritato. «Si può sapere cosa vi porta fin qui?»

«La necessità di scagionarmi da un'accusa ingiusta».

«E se vi dicessi che vi siete rivolto alla persona sbagliata?»

«Ribatterei che mentite». Nessuna esitazione nella voce del mercante. Ora che era passato al confronto diretto, non poteva permettersi di titubare. «Vi siete scoperto venendo ad accogliermi di persona, forse allarmato dall'annuncio di due viandanti che recavano in dono un mantello zodiacale. Non avete potuto evitarlo e sospetto di sapere il perché. Non volevate che altri sapienti del palazzo vi posassero sopra il loro sguardo».

«Quindi avreste agito sin dall'inizio per farmi uscire allo scoperto».

«Un piccolo stratagemma basato solo su delle supposizioni», rispose Ignazio. «Ma ora sono ben più che congetture. Il vostro legame con la Scuola di Toledo, le vostre conoscenze astrologiche e i vostri disegni zodiacali confermano appieno i miei sospetti. Messere, ho dissipato ogni dubbio! Voi siete il magister di Toledo, l'uomo che in molti vanno cercando. A voi va consegnato il mantello del Sagittario».

«Attenzione, Ignazio da Toledo». L'astrologo lo fulminò con lo sguardo. «State sfidando la mia pazienza».

«Lungi da me il volervi sfidare», si affrettò a ribattere il mercante. Non aveva certo l'ardire di fronteggiare un nemico tanto più potente di lui, bensì l'intento di ottenere *qualcosa*. «Se mi trovo al vostro cospetto, non è per formulare accuse ma per comprendere».

A tali parole, lo Scoto parve rilassarsi. «Il vostro arrivo mi ha messo in allarme, l'ammetto», disse arrendevole. «Non potevo lasciarvi scorrazzare per il palazzo mostrando a chicchessia il mantello zodiacale, anche se non ero certo che fosse quello autentico... Sono dovuto intervenire di persona per contenere il danno».

Uberto lo scrutò allibito. «Non provate nemmeno a mentire?»

«A che pro?», ribatté l'astrologo. «Non sto parlando con dei villani ignoranti. La verità vi è già manifesta. Negarla sarebbe un'inutile fatica, oltre che un'ammissione di stupidità».

«Mi sfugge una cosa soltanto», disse Ignazio, pungolato da un terribile dubbio. «Se già sospettavate, perché non ci avete fatti uccidere?».

Lo Scoto distolse lo sguardo, avvicinandosi all'astrolabio. «Perché presto giungerà un uomo interessato a voi. Un prete sbarcato a Palermo poco prima del vostro arrivo. Foste giunto con un'ora di anticipo, avreste incrociato il suo messo, un bizzarro miliziano privo di un orecchio».

Il mercante ebbe un sobbalzo. «Konrad von Marburg!».

L'astrologo annuì. «Perché eliminarvi», spiegò, «quando mi basterà semplicemente consegnarvi a lui?».

Ignazio non si era certo illuso di entrare nella tana del leone senza subire danni, però non aveva previsto il manifestarsi nella stessa tana di un secondo leone. Ora tutto dipendeva dall'intelligenza dell'uomo che aveva di fronte. «Non temete che possa raccontargli la verità?»

«È costume di ogni condannato accusare qualcun altro delle proprie colpe». Lo Scoto, sempre impassibile, accarezzò le superfici dorate dell'astrolabio. «Inoltre non disponete di alcuna prova. Ora che mi avete consegnato il mantello, cosa resta a supporto delle vostre deduzioni?». Gli mostrò la mano destra. «Come vedete, io non reco alcun tatuaggio in grado di collegarmi alla congrega che von Marburg, assai fantasiosamente, definisce Luciferiani».

Il mercante percepì l'irrequietezza di Uberto, che forse si preparava a un gesto estremo, e gli fece cenno di controllarsi. C'era ancora una via di salvezza, si disse. E scoppiò a ridere. «Le prove esistono, eccome! Le custodisce una persona fidata e ben nascosta». Rivolse il suo pensiero a Remigarda di Acquanegra, che credeva in salvo insieme alla figlia e a Benvenuto Grafeo.

L'astrologo si strinse nelle spalle. «Mentite».

«Voi dite? Quella persona sa tutto delle vostre riunioni segrete a Bologna. Sa degli studenti ultramontani riuniti nei sotterranei di San Procolo per ascoltare i vostri insegnamenti. Insegnamenti che furono messi in pratica dopo il vostro allontanamento, quando partiste al seguito dell'imperatore».

Quelle parole dovettero far breccia nell'animo dello Scoto, poiché i suoi occhi si staccarono dall'astrolabio per fissare con minaccia il mercante. «Nutro stima per il vostro acume, messere. Ma vi conviene confessarmi ogni cosa», intimò. «Godo di autorità sufficiente da far sottoporre voi e vostro figlio a tormenti che neppure immaginate».

Il volto di Ignazio era una maschera di freddezza. «Se von Marburg scorgesse segni di tortura sulle nostre carni, si insospettirebbe. È un uomo astuto, pretenderà senz'altro di sapere perché sono giunto fin qui».

«Non esagerate, in fin dei conti è soltanto un prete».

Il mercante scosse la testa. «Un prete dotato di una licenza inquisitoria che reca il sigillo di Sua Santità, papa Gregorio IX in persona», precisò, «immagino possieda un'autorità maggiore della vostra».

Per la prima volta, lo Scoto mostrò segni di preoccupazione. Si allontanò dall'astrolabio e camminò per lo studio, finché non decise di sedersi allo scrittoio. «A quanto pare, bisognerà sbrigare l'impiccio», sbuffò, quasi fosse in procinto di stringere un accordo. «Le vostre condizioni?».

Ignazio lanciò uno sguardo speranzoso verso Uberto. «Vi chiedo innanzitutto di lasciare libero mio figlio. E per quel che riguarda la mia persona, vi prego di rimandare almeno di un giorno il mio incontro con Konrad von Marburg».

L'astrologo alzò le mani al cielo. «E come dovrei fare, secondo voi?»

«Vi reputo abbastanza accorto da saper gestire la situazione».

Uberto scrutò entrambi, esterrefatto. Non comprendeva se fossero giunti a un accordo o a una dichiarazione di guerra. In ogni caso, ebbe l'impressione che la schermaglia fosse conclusa. Fece per intervenire, ma lo Scoto lo zittì con un gesto.

«Non scambiate il mio atteggiamento per ingenuità o benevolenza», precisò l'astrologo. «Non sono incline alla pietà, e se deciderò di compiacervi sarà soltanto per il rispetto che nutro per voi. Ma badate, messere, dovrete rivelarmi dove si trovano le prove di cui parlate».

Ignazio gli rivolse uno sguardo imperscrutabile. «Avete la mia parola, messere».

Uberto aveva un nodo al cuore. Dopo quell'estenuante conversazione, non poté fare altro che restare in attesa, mentre lo Scoto affidava Ignazio alle guardie affinché lo scortassero in un cubicolo dove avrebbe trascorso la notte. Più che di ospitalità si trattava di prigionia. Il giovane ottenne il permesso di seguire il padre per un breve saluto, dopodiché le guardie l'avrebbero condotto fuori dal palazzo.

«Sei un folle!», sbottò non appena solo con il genitore. «Perché non mi hai messo al corrente del tuo piano?»

«Perché non avresti acconsentito», rispose Ignazio, slacciandosi il mantello e gettandolo sul giaciglio. Il cubicolo aveva un aspetto tutto sommato accogliente, con uno scrittoio, una cassapanca e addirittura un candeliere. Ciò nondimeno, restava un luogo di reclusione.

«Potevi almeno dirmi che sospettavi dell'astrologo».

«Perché, tu no?»

«Quasi da subito, a dire il vero, anche se poi mi è parso un uomo dabbene... Finché non ho trovato *questo*». Così dicendo, Uberto estrasse dalla bisaccia una sfera di ceramica dotata di un rostro simile alla punta di una lancia. Sul lato opposto recava un foro simile a un punto di innesto. «Ti ricorda qualcosa?».

Ignazio prese l'oggetto e lo esaminò con attenzione, poi scosse il capo.

«È uno dei proietti sputati dalla lancia del misterioso cavaliere».

Il mercante rigirò la sfera tra le mani. «Non ne sono certo...».

«Questo perché non hai mai avuto modo di vederli ancora integri. Io invece sì», ribatté Uberto, convinto di aver ragione. «Quando Alfano Imperato è stato ucciso, l'ordigno che aveva conficcato nel petto non è esploso subito... e ti assicuro che era identico a questo».

«Ebbene, dove l'hai trovato?»

«Nello studio dello Scoto. L'astrologo era troppo impegnato a parlare con te per badare a me. E ti assicuro che questa sfera non era l'unica, ve ne erano molte altre accatastate in un angolo...».

Ignazio spalancò gli occhi. «Incredibile...», mormorò. «Ti rendi conto di cosa significa?».

Suo figlio annuì. «Michele Scoto è il mandante del cavaliere che uccide i suoi stessi discepoli».

«Quell'uomo è una continua sorpresa», disse il mercante, aggrottandosi. «Mi chiedo cosa lo spinga... Di cosa abbia paura...». Poi riprese a esaminare la sfera di ceramica, rigirandola tra le mani. «Davvero singolare. Dal foro posteriore esce un odore di zolfo e salnitro».

«Come credi che funzioni?»

«Difficile dirlo. Non ho potuto distinguere con sufficiente chiarezza il modo in cui il cavaliere ne ha fatto uso. Ho visto soltanto che è fuggito con la lancia fumante».

Lo sguardo di Uberto si fece profondo. «Io invece ho visto una scintilla».

«Spiegati».

«Prima che Alfano venisse colpito, dalla lancia è uscita una scintilla. Sono sicuro di non sbagliarmi».

«Una scintilla... Come quella prodotta da una pietra focaia?»

«Sì».

«Affascinante». Dopo aver osservato un'ultima volta la sfera di ceramica, Ignazio la nascose sotto il giaciglio. «Ora devi andartene».

Uberto intrecciò le braccia al petto. «Non voglio lasciarti solo».

«Ma lo farai». Il mercante lo fissò con un sorriso amaro. «Se non ne uscirò vivo, almeno tu farai ritorno a casa».

«Parlami con sincerità. Pensi di potertela cavare?»

«Intravedo una possibilità». Ignazio prese a passeggiare per il cubicolo. «Lo Scoto pensa di avere il coltello dalla parte del manico, ma si sbaglia. Ho notato qualcosa di assai interessante nel suo studio, anche se ho preferito non farne menzione al suo cospetto... Mi riferisco a un libro. Un libro rilegato che reca sul dorso il nome di Nembrot. Capisci? Se riesco a impossessarmene, potrei dimostrare il legame fra quell'uomo, il mantello zodiacale e il culto del Cacciatore Etiope».

«E tu pensi di poter convincere un fanatico come Konrad von Marburg mostrandogli soltanto un libro?»

«Quel prete è un fanatico, concordo, ma è tutt'altro che stupido».

«Non si accontenterà di così poco».

«Hai ragione», gli concesse Ignazio. «Dovrò cercare altre prove a mia discolpa, e qui entra in gioco lo Scoto. È necessario capire perché l'astrologo teme il mantello al punto da aver ordinato il massacro di coloro che ne erano a conoscenza... Se riuscirò nell'intento, e se troverò il modo di dimostrarlo, avrò la possibilità di scagionarmi».

Uberto annuì, cercando di nascondere la preoccupazione. Con poche parole, suo padre gli aveva prospettato una missione quasi impossibile. E lui non poteva fare niente per aiutarlo.

Il mercante parve leggere i suoi pensieri, e si adombrò. «D'altronde, questo sarà anche un tuo problema».

«A cosa alludi?»

«Se Michele Scoto è furbo la metà di quanto immagino, non appena sarai fuori dal palazzo manderà qualcuno a ucciderti».

40

«Non voglio diventare un prete!», gridava Michael, tentando di sfuggire allo zio Daniel. Era soltanto un bambino, ma a costo di inciampare continuava a distogliere lo sguardo dal sentiero per fissare due croci conficcate nella terra.

«Ti salvo dalla miseria!», ribadiva lo zio, trascinandolo a forza sotto un cielo plumbeo. «Un giorno me ne sarai grato».

«Voglio restare qui!», protestava Michael, mentre cadeva sulle ginocchia per l'ennesima volta. Aveva provato ad aggrapparsi all'erba umida, ma lo zio l'aveva strappato dagli appigli e condotto giù per la collina, verso un servo che tratteneva due cavalli.

Le lande di Tife erano appannate da un velo di lacrime.

Michele Scoto riaprì gli occhi. Non era stato un rumore a svegliarlo, ma il crescere dell'attesa. Aveva l'impressione di trovarsi in uno spazio vuoto tra due momenti cruciali, la venuta del mercante e quella del prete germanico. Si aspettava la visita di Konrad von Marburg da un istante all'altro e non immaginava quale tipo d'uomo si sarebbe trovato di fronte. Le parole di Ignazio da Toledo non erano preludio a nulla di buono.

Un respiro sommesso gli ricordò la presenza di Brunhilde, distesa fra le coltri nella più assoluta tranquillità. Le passò le dita fra i capelli, poi sul collo e sui seni procaci, covando il dubbio che sotto quell'aspetto gentile albergasse un cuore di pietra. Brunhilde era la donna più bella e più insensibile che avesse mai conosciuto. Suo malgrado ne era rimasto abbagliato e l'aveva subìta, così come si subisce la tirannia degli astri. Impossibile evitare di sottomettersi a quegli occhi, a quel corpo, a quella lussuria... E anche adesso, benché l'attrazione iniziasse a scemare, Michele non riusciva a resisterle e si lasciava strapazzare come un balocco pur di vivere nell'illusione di possederla. Tuttavia qualcosa stava cambiando. Iniziava a sentire la mancanza di una donna conosciuta anni prima, una donna che si pentiva di avere abbandonato. Non si trattava di un capriccio, né della voglia di un attimo, ma della necessità pura e semplice di riabbracciare Remigarda. L'unica di cui non avesse soltanto amato il corpo, ma anche il temperamento. Una delle poche donne che potevano ambire a qualcosa di più dell'essere bella e desiderabile. Non che Brunhilde fosse una comune muliercola. Sapeva fare della sua avvenenza uno strumento di conquista al pari di un abile stratega, e tuttavia i suoi desideri non andavano oltre le frivolezze delle popolane. Remigarda invece era dotata di una tale profondità di intelletto che le permetteva di torreggiare non solo su una qualsiasi femmina, ma anche sulla maggior parte degli uomini.

Ciò nondimeno, quel ritorno di fiamma nasceva dal bisogno di abbandonarsi a una compagna che sapesse apprezzare il proprio uomo, senza limitarsi, come faceva Brunhilde, a concedergli qualche tiepido piacere nell'intimità dell'alcova. Aveva bisogno di una donna che comprendesse la sua grandezza e l'entità dell'impegno profuso per mantenerla. Le insidie della curia regis erano molteplici e lo Scoto rischiava ogni giorno di essere soppiantato da sapienti più geniali e brillanti di lui. Non era facile restare il migliore nella cosiddetta "Corte dei Miracoli", dove confluiva il fior fiore delle menti d'Oriente e d'Occidente. Senza contare la costante incombenza di sollazzare Federico II con nuove invenzioni e nuovi prodigi. Erano già in molti ad ambire alla sua posizione: Leonardo Fibonacci, quel presuntuoso matematico che fingeva di essergli amico; Pier delle Vigne, che aveva l'ardire di proclamarsi filosofo dell'amore; e poi quell'Elia da Cortona, che pur essendo frate si proclamava esperto di esoterismo arabo.

E Michele, benché fosse di gran lunga il migliore, temendo di finire soverchiato da quella ridda di postulanti, era costretto a eccellere in ogni campo della sapienza, pur di mantenere il primato. Non poteva limitarsi a essere astrologo, medico, alchimista e magus. Doveva cogliere l'essenza del sapere in ogni sua forma.

Ne aveva fatta di strada, quell'orfanello disperso nella contea di Tife! Dopo aver trascorso la giovinezza negli *scriptoria* monastici di mezza Europa, era riuscito a riscattarsi dalla condizione di *clericus* per diventare magister. Oxford, Parigi, Bologna, Toledo... Erano soltanto le principali tra le innumerevoli tappe di un percorso che l'aveva portato a una sapienza ma anche a un'autorità sempre maggiori. Tuttavia negli ultimi tempi ogni progresso gli costava sempre più fatica, ogni apprendimento più sforzo. Forse perché era ormai giunto a conoscere quanto ci fosse di umanamente possibile. E tuttavia, non riusciva a compiacersi del proprio successo.

Perché da tempo aveva predetto la propria sconfitta.

Non gli era dato sapere il momento preciso, né come sarebbe accaduto, però era certo che la sciagura l'avrebbe sorpreso dall'alto. Anche per un maestro della divinazione della sua levatura, non era facile interpretare un simile vaticinio. Poteva trattarsi di una roccia franata da un monte, di un fulmine della tempesta o di un enorme chicco di grandine piovuto dal cielo. O forse si trattava degli astri, che prima o poi gli si sarebbero rivoltati contro. Forse proprio la costellazione del Cacciatore. Michele si era adoperato in ogni modo per scongiurare la sciagura. Al punto da farli uccidere tutti. Tutti coloro che un tempo l'avevano amato.

Del resto, se soltanto uno di loro fosse sopravvissuto e avesse rivelato il suo segreto, lo Scoto sarebbe stato accusato della più abominevole delle eresie. Il mercante di Toledo sapeva o forse aveva soltanto intuito, ciò nondimeno si era espresso con cognizione di causa. Se Konrad von Marburg avesse posato lo sguardo sul posto giusto, sarebbe stata la fine.

Un frusciare di coltri annunciò il risveglio di Brunhilde. L'astrologo sentì i suoi occhi fissarlo alle spalle, poi una pigra carezza. Si sottrasse a quel tocco, quasi infastidito.

«Michael, come siete scostante», bisbigliò la donna. «Non mi desiderate più?»

«Vi ho detto mille volte di non chiamarmi così».

Lei sorrise. «Perché non dovrei, Michael?».

Perché così l'avevano chiamato i suoi genitori, con una pronuncia ben differente da quella di Brunhilde. Ma la dama si divertiva a distorcere quel ricordo d'infanzia, a punzecchiarlo.

«Usate le parole come artigli», sibilò lui, incapace di trattenersi, «quasi godreste nel vedermi sanguinare!». E con un gesto improvviso scostò le coltri, lasciandola completamente nuda. «Se non siete capace di fare altro, potete sparire dalla mia vista».

Vide Brunhilde scrutarlo intimorita.

Poi udì la voce di una guardia risuonare dall'ingresso. «Mio signore, mio signore! Un prete giunto da Magonza chiede udienza!».

Si rivestì in fretta e uscì dallo studio senza scordarsi di prendere l'elmo. Aveva creduto di aver dormito fino ai vespri, invece era solo il primo pomeriggio. Konrad von Marburg non si era fatto attendere. Lo trovò nella cappella interna del palazzo, in mezzo a un gruppo di curiosi raccolti sotto la cupola che decorava il soffitto. Lo riconobbe al primo sguardo. Alto e massiccio, quasi monolitico, con spalle tanto robuste da sembrare l'opera di un mastro d'ascia. Aveva al seguito cinque persone: due armigeri, un uomo scarno e scarmigliato, un vecchio e una bambina alla quale era stato curiosamente coperto il viso con un sacco.

Con un lieve trasalimento, lo Scoto si accorse che il prete stava già parlando con qualcuno. Allungò il passo verso i nuovi arrivati e afferrò a una spalla l'impertinente che aveva rivolto loro la parola.

«Magister Fibonacci, mi scuserete», disse senza ombra di cordialità, «questi signori non vanno molestati, si trovano qui per una faccenda assai delicata».

L'interpellato gli rivolse uno sguardo indifeso. L'astrologo conosceva quell'espressione e la detestava, consapevole dell'indole ruffiana di Leonardo Fibonacci, degno figlio di un mercante pisano. «Mi ero recato qui per pregare e mi sono imbattuto in costoro», si giustificò.

«Pregherete un'altra volta», lo liquidò lo Scoto, puntando lo sguardo verso il chierico germanico. «Voi dovete essere il reverendo Konrad von Marburg, i miei ossequi».

«Immagino di essere al cospetto del magister Michele Scoto», disse il religioso, «l'uomo di fiducia dell'imperatore».

L'astrologo colse nella sua voce una nota di fastidio, ma intuì che quella disposizione d'animo non dipendesse dalla sua presenza, bensì da una vaga disapprovazione per le architetture che abbellivano la cappella. Non ebbe tempo di pensare ad altro, poiché von Marburg gli presentò una pergamena. A Michele bastò guardarla per sentire le preoccupazioni ingigantirsi. Il mercante di Toledo non aveva esagerato. Quell'uomo aveva in mano un documento mai visto fino ad allora. Non presbitero e neppure vescovo, Konrad von Marburg era un magister investito dal papa in persona della licenza di indagare ovunque e avrebbe preteso la collaborazione di chicchessia per estirpare l'eresia e la negromanzia.

Si morse un labbro, per frenarne il tremore sul nascere. «So del vostro interessamento per un fuggitivo...».

«È già qui?», chiese von Marburg.

«Non ancora», mentì Michele. Si chiese se le indagini di Konrad fossero espressamente mirate alla cattura del mercante di Toledo, o se l'avessero condotto ad altri sospettati. «Siete certo che sia diretto proprio qui?»

«Sì, sto seguendo una pista».

«Non capisco perché un eretico debba recarsi nella nostra residenza imperiale».

«Forse per cercare proseliti», ipotizzò il prete germanico. «Dopotutto, questo luogo non brilla per dedizione alla fede cattolica».

Lo Scoto dissentì. «L'imperatore ha giurato fedeltà al papa e gli è leale al punto di aver preso la croce per lui».

«E avete il coraggio di chiamare "prendere la croce" la sua ridicola spedizione?», obiettò Konrad. «A me è parso un pretesto per stringere alleanze con gli infedeli. E anche questa corte, a quanto si dice, pullula di maomettani, di ebrei e di turpitudini varie».

«Dite quel che volete, magister. In ogni caso l'imperatore ha giurato di combattere l'eresia e gli infedeli. Al contrario, il papa mostra la propria riconoscenza inviando miliziani a occupare le sue terre».

Von Marburg gli rivolse un sorriso dolente, come se si preparasse a infrangere i sogni di un bambino. «L'imperatore è morto».

«Menzogne», ribatté l'astrologo. «A quanto mi risulta, le sue galee stanno veleggiando alla volta del Regno di Sicilia. Federico II torna alla sua terra dopo essere stato incoronato re di Gerusalemme».

Konrad parve assorbire il colpo senza la minima ripercussione. «Ciò nonostante, la volontà della chiesa non va messa in discussione».

«Su questo siamo d'accordo, reverendo». Lo Scoto aprì le braccia, quasi gli offrisse in dono il palazzo. «E infatti sono qui per collaborare con voi».

«Eccellente. Vuol dire che nell'attesa di Ignazio da Toledo, sarò vostro ospite a palazzo».

41

Brunhilde desiderava un vestito nuovo. Girava voce che fosse giunto al mercato di Palermo un carico di stoffe orientali ricamate con immagini di tigri, draghi e demoni con ali di pipistrello. Smaniava dalla voglia di recarsi in città per scegliere un tessuto pregiato e costosissimo adatto per l'abito che aveva in mente, ma doveva sbrigarsi se non voleva perdere le pezze migliori. Non che le servissero vestiti nuovi. Ne possedeva a bizzeffe, ma aveva bisogno di distrarsi dal cattivo umore che le aveva suscitato la reazione di Michael. Come si era permesso di rivolgerle quelle parole? Ancora non si scordava i suoi occhi... In un modo o nell'altro gliel'avrebbe fatta pagare! Quello sciocco pensava forse di essere l'unico uomo sulla faccia della Terra? L'avrebbe rimpiazzato in un baleno – sapeva già con chi – e l'avrebbe fatto ingelosire, per poi riprenderselo soltanto dopo che si fosse umiliato di fronte a tutti. Si sarebbe divertita a dargli una lezione. Michael non avrebbe più osato rivolgerle simili improperi, né fissarla con occhi tanto furenti. Ma quella era soltanto una parte della verità. A farle bramare la vendetta non era quell'evento in particolare, bensì le parole di biasimo che gli aveva letto in faccia mille altre volte. Sapeva benissimo che Michael la reputava una donnetta insulsa e priva di cervello. Più di una volta lo aveva visto lanciarle occhiate di compatimento, quasi stesse giudicando una servetta qualunque. Per questo, dopo tanti anni, non l'aveva ancora presa in sposa.

Brunhilde non si reputava invece affatto stupida. Non aveva mai imparato né a leggere né a scrivere, era vero, ma soltanto perché non ne aveva mai compreso l'utilità. Se desiderava qualcosa, sapeva sempre come ottenerla. Perché consumarsi gli occhi sui libri quando c'era comunque chi poteva farlo al suo posto?

«Ecco il fiore più delicato del nostro giardino», disse qualcuno alle sue spalle.

La dama si voltò lentamente, rispondendo al complimento con un timido sorriso. «Magister Fibonacci, voi sì che sapete parlare a una signora».

L'uomo fece un inchino. «Troppo buona, madonna», ribatté con aria modesta. «Io so parlare soltanto di numeri. Lo Scoto sarà senz'altro un adulatore migliore».

Brunhilde si imbronciò. «Oh, non nominatemi quello screanzato».

«Non siate dura con lui». Il pisano spalancò gli occhi da fanciullino, tanto furbi da insinuare l'esatto contrario di quanto affermava. «È un uomo soverchiato da parecchie incombenze».

«E voi chiamate incombenze quelle quattro scartoffie?», si sfogò la donna. «Come se qualcuno si curasse delle fanfaluche che scribacchia!».

Fibonacci annuì, porgendole il braccio. «Sono scortese, ho interrotto la vostra passeggiata». Attese che la dama accettasse l'invito, quindi proseguì: «Io mi riferivo ad altro, madonna. Secondo certe voci, lo Scoto intrattiene nel palazzo ospiti misteriosi che nessuno ha visto, tranne qualche guardia».

Brunhilde gli rivolse un sorrisetto complice. «Io li ho visti», confessò. Non era solita rivelare i segreti di Michael, ma si sentiva infiammata dal desiderio di rivalsa.

Gli occhi del matematico si spalancarono. «Allora è vero!».

«E so anche dove li tiene nascosti», proseguì lei.

«Potreste confidarmelo, madonna?». La voce di Fibonacci si tramutò in un bisbiglio. «Ve ne sarei oltremodo grato».

«Oltremodo... in quale misura?»

«In quella che più vi aggrada».

«Ebbene», Brunhilde gli si strinse al braccio con maggior veemenza, «stavo giusto pensando a un vestito nuovo...».

42

Ignazio rivolse lo sguardo alla finestra, attratto da uno stormo di grifoni in volo fra i crinali del monte. Seguì il veleggiare di quelle ali maestose mentre il cielo si incupiva, poi tornò alle pedine d'avorio disposte di fronte a sé. Michele Scoto si era appena sporto sul lato opposto della scacchiera per far avanzare un pedone. La mossa serviva a intimidire, ma non voleva essere offensiva. Il mercante ne fu quasi stupito. L'astrologo dava l'impressione di usare maggior riguardo per le pedine che per le vite umane. Sembrava intenzionato a conservare fino all'ultimo ogni pezzo sulla scacchiera, i propri e quelli altrui, quasi mirasse non a un'elisione reciproca, bensì al raggiungimento di un equilibrio perfetto.

Lo Scoto concluse la mossa e spiò l'espressione del rivale. «Avevate ragione», disse d'un tratto. «Konrad von Marburg è un nemico temibile».

«Perché non lo fate uccidere?», suggerì il mercante, mangiandogli il pedone in avanzamento.

L'astrologo fece una smorfia contrariata. «Non è quel tipo d'uomo che si possa uccidere senza temere conseguenze», ribatté, analizzando la scacchiera in cerca della contromossa. «Avrà senz'altro informato il papa. Se morisse, qualcun altro verrebbe subito a prendere il suo posto».

«Dunque come intendete rimediare?»

«Troverò un pretesto per allontanarlo».

Ignazio fece cenno di condividere la strategia. «È per parlarmi di questo che mi avete convocato nel vostro studio?». Aveva accolto l'invito con entusiasmo, credendo di poterlo sfruttare per rubare il libro che parlava di Nembrot, ma quando era entrato si era accorto che i leggii erano tutti vuoti. Per evitare altre sorprese, l'astrologo doveva aver nascosto i suoi codici e le sue pergamene nell'unico grande armadio collocato contro una parete, protetti da ogni sguardo.

«Vi ho convocato per questo e per altri motivi», rispose lo Scoto, ricompattando le difese con uno spostamento orizzontale della torre.

Il mercante trovò in quella mossa la conferma delle sue supposizioni. La vocazione ad arroccarsi costituiva un aspetto dominante nel carattere del rivale. Come aveva già notato al loro primo incontro, un simile atteggiamento rivelava l'istinto di proteggere una debolezza interiore. Ma anche lo sforzo di contenere un'aggressività latente. «Conservate troppe pedine», osservò.

«I pezzi vanno sacrificati al momento opportuno».

Il pensiero del mercante andò alle vittime assassinate dal cavaliere. «E quelli che avete già sacrificato?»

«Semplici pedoni, come quello che mi avete appena mangiato».

Ignazio tornò a concentrarsi sulla scacchiera. Intuendo la minaccia della torre, spostò il suo re a sinistra. «Ne deduco che non mi considerate un pezzo di poco conto».

L'astrologo sorrise, un lampo di smania infantile. Doveva aver scorto qualcosa di allettante nella disposizione delle pedine. «Voi siete uno di quei pezzi che si desidera togliere di mezzo fin dall'inizio, ma spesso risulta più utile lasciarli sulla scacchiera fino alla fine».

«Quindi per il momento non rischio la vita».

«Per il momento no», lo rassicurò l'astrologo, senza cancellare dal volto quell'espressione di sottile godimento. «Ho deciso che resterete mio prigioniero finché non avrò chiarito la situazione. Del resto, von Marburg non sa della vostra presenza nel castello. Crede dobbiate ancora giungere».

«Prima o poi scoprirà l'inganno».

Lo Scoto si strinse nelle spalle. «Non mi servirà molto tempo», e con una mossa imprevista scagliò il suo cavallo contro la regina nemica. Un'azione di puro annientamento, calcolata con largo anticipo e portata a termine con sommo piacere. Ignazio non poté fare a meno di ritrarsi, scorgendo il bambino esultante celato dietro l'uomo che gli sedeva davanti.

«Ci avete mai fatto caso?», chiese l'astrologo, sollevando la regina rivale dalla scacchiera. «In questo gioco, la potenza virile risiede nell'unica figura femminile».

Ignazio lo fissò con sarcasmo. «Ebbene, ora che avete evirato il mio re, cosa intendete fare?»

«Temporeggio», rispose lo Scoto, non certo in relazione alla partita. «Quando sarò sicuro di non correre rischi, vi farò trasportare altrove in gran segreto, sotto la custodia dei miei uomini. Farò in modo che la vostra cattura appaia un fatto casuale, e soprattutto lontano da qui. Poi informerò Konrad von Marburg, che vi raggiungerà come un falco sulla preda. Non tornerà più in questo castello».

Il mercante trattenne un fremito. «Dove contate di farmi "ritrovare"?»

«Presso una sede di autorità competenti a giudicarvi, per velocizzare la procedura. Forse a Monreale o nella stessa Palermo, non ho ancora deciso».

«Ammirevole», disse Ignazio a denti stretti. Aveva sempre meno tempo a disposizione e non era ancora riuscito a scoprire il segreto di Nembrot, né il motivo per cui l'astrologo temesse tanto la presenza di Konrad von Marburg. Ma non tutto era perduto, si disse, e d'un tratto si appigliò all'unica speranza che gli restava. «Tuttavia prevedete dei rischi», ribatté, «altrimenti non mi avreste messo al corrente dei vostri piani».

Leonardo Fibonacci aveva trovato il resoconto di Brunhilde assai interessante. Non era curioso di conoscere l'identità dei due uomini che lo Scoto aveva accolto negli ambienti di pianoterra, né voleva sapere per quale ragione ne avesse occultato la presenza all'intera corte. A intrigarlo era la menzogna. Lo incuriosiva inoltre come avrebbe reagito l'eminente ospite germanico, il prete venuto da Magonza, nell'apprendere un simile fatto. Da scaltro pisano quale era, Leonardo non aveva impiegato molto tempo a mettere insieme i pezzi del mosaico. Ignorava cosa complottasse lo Scoto, ma aveva intuito la gravità della situazione, e forse, si era detto, valeva la pena mettergli i bastoni fra le ruote. Di certo, se Konrad von Marburg fosse stato informato della presenza dei due uomini che cercava avrebbe sollevato un polverone. E l'accaduto sarebbe giunto alle orecchie dell'imperatore. Federico II non avrebbe tollerato ulteriori motivi di contrasto con la Chiesa e forse avrebbe deciso di mettere da parte quel burbero scozzese per fare posto a qualcun altro, ben più meritevole.

Tuttavia Leonardo doveva agire con discrezione, non poteva presentarsi di persona a von Marburg per raccontargli la verità. Doveva escogitare qualcos'altro. Si diresse dunque verso il piano superiore del palazzo, dove risiedevano gli ospiti di rilievo, in attesa del valletto che era stato incaricato di servire la cena al prete germanico.

Ben presto, il servo fece la sua comparsa. Era un ragazzo sui quindici anni, piuttosto tardo e timoroso persino della propria ombra. Stava portando all'ospite una scodella di *lasagum*[9]. Leonardo gli ordinò di fermarsi e, con fare confidenziale, gli pose un bigliettino sul vassoio. Il giovane fece cenno di non comprendere, poi, dopo un breve scambio di occhiate, accettò di nascondere il messaggio sotto la scodella.

Dopo un gesto di raccomandazione, il matematico lo congedò con un sorrisetto complice, avviandosi soddisfatto verso le sue stanze.

[9] Si tratta di sottili sfoglie di pasta servite all'epoca nell'acqua di cottura.

La partita era giunta a metà. Ignazio restava in svantaggio, ma il sacrificio della regina non era stato vano. Finalmente iniziava a comprendere il pensiero dell'avversario, che dopo una lunga difesa aveva rivelato una predilezione per l'uso del cavallo. Il mercante trovava i movimenti di quel pezzo subdoli e sgraziati, un astratto balzare secondo traiettorie angolari. D'altronde l'astrologo ragionava proprio in quel modo, dimostrando un indiscusso talento nel saper ribaltare la situazione con mosse improvvise. Ignazio preferiva di gran lunga i contrattacchi obliqui degli alfieri, che in quella splendida scacchiera non avevano il classico aspetto da elefante, bensì le forme affusolate di temibili prelati. Prelati assai diversi da Konrad von Marburg, ben più assimilabile all'incedere pesante e inesorabile delle torri.

«Vedete, mastro Ignazio», lo Scoto sorrideva ancora per la sua temporanea vittoria, «io sono nato sotto l'influsso di Mercurio, e come tale sono versato nell'arte e nello studio degli astri, ma anche perseguitato dall'ansia e dalla sfortuna. Ciò mi porta a comportarmi con cautela e a essere previdente».

«Tuttavia», obiettò il mercante, «non potete prevedere le mosse di von Marburg».

«E voi perseverate nel mettermi in guardia per indurmi a tutelarvi».

«Vi ho raccontato soltanto verità. Konrad mi crede il magister di Toledo, l'Homo Niger responsabile di una catena di omicidi e implicato in un culto luciferino».

«Problemi vostri», lo tacitò l'astrologo. «Sa del mantello zodiacale?»

«Non posso escluderlo».

«E i tatuaggi? Ha scoperto il loro significato?»

«Non saprei».

Lo Scoto batté i palmi sui braccioli dello scranno, indeciso se alzarsi o meno. «Ho l'impressione che mi abbiate spaventato per nulla», disse d'un tratto. «Con la vostra messinscena siete riuscito a smascherarmi, ve lo concedo, nondimeno credo di non correre alcun rischio. Credo che von Marburg vi abbia seguito fin qui perché non è stato in grado di svelare gli arcani del mantello e dei tatuaggi… E voi neppure».

Ignazio trovò il coraggio di controbattere: «Invece mi è stato rivelato il segreto del Cacciatore Etiope».

Lo Scoto scattò in piedi, lanciandogli un'occhiata che scorticava. «Opera del testimone di cui mi accennavate, suppongo…».

«Opera delle mie congetture».

«Non ce l'avreste mai fatta da solo!», esclamò l'astrologo, camminandogli intorno. «Ma chi può avervi aiutato… Chi, se sono tutti morti…», mormorava tra sé, guardando in ogni angolo come se temesse un agguato. Poi si fermò alle sue spalle. «È stata *lei*, non è vero?», sibilò, aggrappandosi allo schienale della sedia. «È stata *lei* a guidarvi fin qui!».

Sì, avrebbe voluto dirgli il mercante. Remigarda di Acquanegra, la donna che amavate, la madre di vostra figlia. La donna abbandonata, vissuta nell'odio e nel sacrificio. Avrebbe voluto sputargli tutta la verità in faccia, parola dopo parola, ma si mantenne impassibile. «Non so a cosa stiate alludendo, messere».

«Solo *lei* avrebbe avuto il coraggio di parlare!», continuò l'astrologo, quasi sconvolto.

Ignazio fece per ribattere, ma si trattenne al risuonare di passi pesanti provenienti dagli ambienti attigui.

Un soldato si palesò all'uscio. «Magister, il prete germanico vi vuole assolutamente vedere».

«Si può sapere cosa vuole a quest'ora?». Lo Scoto era inviperito. «È ormai notte».

«È furioso, magister. Dice di essere stato ingannato ed esige spiegazioni».

«Dove si trova in questo momento?»

«Vi attende nella cappella del palazzo».

L'astrologo rimase fermo a riflettere, poi indicò il mercante.

«Qualcuno tenga a bada costui», e si avviò verso l'uscita. «Io andrò a incontrare quel maledetto prete».

Ignazio comprese che la ragnatela di menzogne tessuta dallo Scoto si stava spezzando. E forse, per lui, significava la fine.

43

«Dirigiti verso Palermo e imbarcati per la Spagna», erano state le ultime parole di suo padre.

Uberto raggiunse la città mentre la luce del tramonto moriva sul mare, sempre guardingo e fiutando l'aria come un animale da preda. Lo stalliere del castello gli aveva affidato una vecchia cavalla incapace di reggere al galoppo. Con una bestia del genere gli sarebbe stato impossibile sfuggire a un agguato e quella consapevolezza aveva accresciuto la sua apprensione. Lo Scoto non era uomo da prendere alla leggera. Non ci sarebbe stato da meravigliarsi se avesse inviato un sicario alle sue calcagna, forse addirittura il cavaliere con la lancia dai proietti infuocati. Perciò Uberto aveva scelto di procedere per i campi, lontano dalla strada principale, con la conseguenza di allungare il cammino e di sfinire la povera cavalla, fin quasi a ucciderla.

Soltanto quando entrò in città iniziò a sentirsi al sicuro, ma non si diresse al porto. Benché l'avesse promesso al padre, intuì che quello sarebbe stato il luogo più indicato per fare brutti incontri. Vi si annidavano fin troppi uomini disposti a guadagnarsi qualche soldo con un lavoro di coltello. Tuttavia c'era dell'altro. Uberto non aveva il coraggio di abbandonare Ignazio, salendo a bordo della prima nave per la Spagna. Doveva pur esistere un modo per potergli essere d'aiuto.

La cosa migliore era trascorrere la notte in un posto tranquillo, si disse. Aveva bisogno di dormire, recuperare le forze. Perciò vendette la cavalla e con il ricavato si pagò il letto in un'osteria.

Ma il sonno non gli portò consiglio. Tutto ciò che gli riservò la notte fu un alternarsi di incubi in cui il padre veniva bruciato sul rogo, la moglie e la figlia tendevano le mani verso di lui. Quelle immagini si intrecciavano in scenari angoscianti, in cui tutte le persone a cui voleva bene venivano avvolte dalle fiamme vomitate da una creatura dalle proporzioni terrificanti, ma con le sembianze di Konrad von Marburg.

44

«Vi attendo nel vostro studio?», si era arrischiato il mercante.

«Neanche per sogno», aveva risposto lo Scoto.

E mentre l'astrologo si apprestava a raggiungere von Marburg, Ignazio venne preso sottobraccio da una guardia per essere ricondotto ai suoi alloggi. Poco dopo si ritrovava segregato nel cubicolo, di fronte a una situazione sempre più drammatica. Per quanto non ne avesse piena certezza, poteva spiegare quella convocazione a un'ora così tarda soltanto in un modo. Konrad von Marburg doveva aver scoperto la sua presenza nel palazzo! Troppo presto, si disse. Il libro di Nembrot si trovava di certo nello studio, solo entrandone in possesso il mercante avrebbe potuto costruire una difesa credibile, o almeno insinuare il dubbio nella mente del germanico. Ma senza quel libro, l'unica prova di cui disponeva era la sfera di ceramica trovata da Uberto. Ben misero appiglio! Quell'ordigno non sarebbe bastato a scagionarlo. Tuttavia, rifletté all'improvviso, poteva rivelarsi di una qualche utilità.

Fu colto da un'idea tanto folle che quasi si pentì di averla concepita. In fondo, pensò, non aveva nulla da perdere. Nella migliore delle ipotesi, se non avesse tentato la fuga, sarebbe stato catturato dagli sgherri di von Marburg per essere trascinato davanti a un tribunale spirituale, poi al rogo.

Doveva agire subito.

Origliò alla porta e, non appena fu sicuro che non vi fossero sorveglianti dietro il battente, recuperò dal nascondiglio la sfera di ceramica e ne conficcò l'estremità appuntita nella serratura dell'ingresso, poi afferrò il candeliere e ve lo accostò. Esitò un attimo, ricordandosi l'effetto devastante dell'esplosione. Se non avesse usato sufficiente accortezza, avrebbe rischiato di perire nel tentativo. Posò quindi il candeliere e trascinò lo scrittoio verso la porta, posizionandolo tra la sua persona e l'ingresso, a mo' di barricata, poi decise di avvolgersi con le coperte del giaciglio per proteggersi da eventuali schizzi incandescenti. Così bardato, riprese il candeliere e accostò la fiamma alla sfera.

Per alcuni secondi non accadde nulla, e Ignazio si sentì un perfetto idiota. Poi vide una scintilla e infine il vampeggiare di una fiamma rossa. Seguirono un sibilo intenso e un'emissione solforosa. Il mercante si accucciò dietro lo scrittoio, sperando che il rumore non attirasse nessuno. Ma quello sfrigolio non era nulla rispetto a quanto seguì. Un rombo violentissimo squarciò l'aria, invadendo ogni angolo della stanza. Ignazio rimase immobile, per precauzione, poi alzò lo sguardo, respirando l'aria secca e mefitica. Aveva fatto bene a cercare riparo! La parte dello scrittoio rivolta verso l'ingresso stava andando a fuoco. Le fiamme avevano invaso anche il battente della porta e stavano propagandosi sulle travi del soffitto. Della serratura non restavano tracce.

Non esitò oltre. Si liberò delle coperte, scavalcò lo scrittoio e spalancò la porta con un calcio. Nessuna guardia in vista. Prima di lanciarsi verso lo studio dello Scoto, tornò nella stanza e prese con sé il candeliere. Poi si avventurò nei corridoi del palazzo, invasi dal buio della notte.

Voci allarmate si avvicinavano in fretta.

Benché fosse ormai notte, l'aria restava calda e immota. All'esterno non spirava nemmeno un alito di vento e la terra continuava a rilasciare l'arsura del giorno. Konrad von Marburg detestava quel clima già torrido e soffocante a primavera inoltrata. Il caldo spingeva gli uomini all'indolenza e le femmine all'impudicizia. Meglio il freddo, più idoneo a conservare la mente e le membra in uno stato di algido decoro. E come se ciò non bastasse, si trovava in una chiesa cristiana deturpata da architetture arabe. L'intero Castello della Favara, del resto, era stato edificato secondo i canoni musulmani. La servitù gli aveva rivelato che quel luogo, prima di diventare presidio normanno, era stato sede dell'emiro Gia'far e da allora non aveva subìto sostanziali modifiche. Il pensiero che tra quelle mura vi fossero addirittura una sauna e un luogo appartato, dove si erano esibite danzatrici, lo riempiva di disgusto, tanto da desiderare di vederlo demolito fino all'ultima pietra.

Una figura alta e magra penetrò nella cappella con passi inquieti, quasi sdegnosi. Konrad disegnò un rispettoso inchino, ma nell'accorgersi che non veniva ricambiato si rizzò in tutta la sua statura, fronteggiando il nuovo arrivato. «Mi avete mentito, magister».

Lo Scoto parve in procinto di scagliare un'ingiuria. «Non avevo scelta», ribatté glaciale.

«Cosa vi porta a difendere quel cane eretico?»

«Ha minacciato di colpirmi con un *maleficium* qualora avessi rivelato la sua presenza».

Von Marburg lo fissò incredulo. «E ciò è bastato a intimorirvi?».

L'astrologo non rispose. Si limitò a restituirgli lo sguardo senza indugio, ostile e schivo. Prendi ciò che vuoi e vattene, parve sottintendere.

Konrad addolcì l'espressione del viso. Provava godimento nello spiazzare gli interlocutori prima di azzannarli alla gola. Era un modo efficace per far abbassare la guardia, specie al cospetto di un bugiardo. «Ho già sentito parlare di voi, *astrologus*, e non sempre con toni lusinghieri», confessò, compiacendosi della smorfia piccata che affiorava sulle labbra dell'uomo. «Alcuni addirittura vi proclamano sostenitore delle idee di Averroè. Idee contrarie alla dottrina della Chiesa».

«Se in passato ho divulgato certi aspetti dell'averroismo», si difese lo Scoto, «non si tratta certo di quelli contrari alla fede cristiana».

«Vale anche per quella singolare teoria sulla trasmigrazione delle anime, che voi dite spostarsi attraverso il fuoco e l'acqua da un corpo all'altro?»

«Siete ben informato, a quanto vedo». L'astrologo non si scompose. «Ebbene, sappiate che dopo averne esaminato gli aspetti salienti l'ho rigettata, ritenendola blasfema».

Konrad lasciò trapelare un velato dissenso, chiedendosi perché l'interlocutore alzasse di tanto in tanto lo sguardo verso le volte del soffitto, quasi temesse un crollo improvviso. Eppure le strutture apparivano solide.

Lo Scoto proseguì con tono mellifluo: «Reverendo padre, capita sovente che mi si attribuiscano teorie di pensatori da me tradotti, benché non le condivida». Abbassò lo sguardo, poi, all'apparenza irritato dal dover assumere un atteggiamento remissivo, alzò la voce con fare altero. «In ogni caso le vostre insinuazioni non mi toccano. Godo della stima del Santo Padre come del suo predecessore, nonché dell'amicizia di una quantità di prelati. Non c'è motivo per cui debba giustificarmi al vostro cospetto».

Konrad era informato della strabiliante ascesa di Michele Scoto nelle sfere del potere, sia spirituale che temporale, e dei rapporti di stima, se non addirittura di simpatia, che l'avevano legato a Onorio III e a Gregorio IX, al punto da fargli meritare diversi benefici ecclesiastici, tra cui un possedimento nell'Anglia. Benefici a cui si diceva che lo Scoto avesse rinunciato pur di seguire Federico II, in cambio di autorità e di ricchezze ancora maggiori. E tuttavia Konrad sapeva di doverlo piegare. «Perdonate lo zelo», insistette, «ma gli ultimi sviluppi della mia indagine mi portano a sospettare di chiunque abiti in questo castello».

«Ultimi sviluppi? A cosa vi riferite?»

«Al resoconto del giudeo venuto al mio seguito».

Lo Scoto gli rivolse un ghigno sprezzante. «Non mi direte che prestate fede alle dicerie di un giudeo».

«È comunque un testimone».

«Non avete considerato che potrebbe essere in combutta con l'uomo a cui date la caccia?»

«È una possibilità, ne sono consapevole. Ma non posso trascurare l'ipotesi che racconti il vero».

«Al punto da mettere in discussione la mia parola e la buona fede della curia regis?».

Lo Scoto si mostrava indignato, ma continuava a restare sulla difensiva. Dopo centinaia di interrogatori, Konrad aveva imparato a fiutare la paura dietro le smorfie dei più abili mentitori. «Ogni storia, seppur menzognera, possiede un fondo di verità», disse, quasi con rammarico. «E dunque scuserete il mio eccesso di zelo, magister, se intendo prolungare la mia permanenza in questo castello per interrogare chiunque vi trovi dimora. Potrei addirittura attendere l'arrivo di Federico II, che contro ogni previsione mi dite in procinto di fare ritorno».

«Credetemi, reverendo, non ne avete bisogno». L'astrologo, livido in volto, disegnò un inchino. «Già ora posso condurvi dall'uomo che state cercando».

Konrad torreggiò su di lui, compiaciuto. «Allora esigo che lo facciate subito».

Ignazio entrò nello studio dell'astrologo con tanta foga che quasi rischiò di inciampare. Prima di varcare la soglia si era voltato un'ultima volta, per sincerarsi di non essere seguito. L'esplosione della sfera di ceramica e il divampare del fuoco dovevano aver certo allertato le guardie. Del resto, la sua speranza era proprio quella di farsi sorprendere mentre trovava la prova capace di incriminare lo Scoto. L'effetto scenico era fondamentale per la riuscita del piano. Sapeva bene che un libro non sarebbe bastato a fare luce sui fatti. Serviva l'astrologo. Ignazio lo conosceva abbastanza da sperare di poterlo attirare insieme alle guardie, innescando una reazione emotiva che lo spingesse a confessare. E se Konrad von Marburg, che in quel momento era in sua compagnia, l'avesse seguito fin lì…

In un crescendo di tensione, mosse il candeliere nel buio in cerca dell'armadio dove immaginava fossero custoditi i libri. Lo vide, si avvicinò, lo spalancò... e soffocò un'imprecazione. Era vuoto!

Cadde in ginocchio, abbandonato di colpo dalle forze. Com'era possibile? Poco prima aveva verificato con i propri occhi che nello studio non c'erano più libri. Lo Scoto doveva averli di sicuro chiusi da qualche parte, per occultare ogni prova del culto astrale di Nembrot. E per quanto fosse un nascondiglio banale, doveva *per forza* averli riposti in quel maledetto armadio! La stanza non offriva altri ripari. Eppure, gli scaffali del mobile erano vuoti! Ignazio era sconfitto. Non scorgeva altre vie di uscita. Ogni speranza moriva in quel luogo. Le guardie sarebbero piombate su di lui da un momento all'altro. Poi sarebbe giunto von Marburg. A quel punto non gli sarebbe rimasto più nulla, a parte la disperazione e il castigo.

Una rapida variazione della luce bloccò il grido che gli stava nascendo in gola. Alzò lo sguardo, accorgendosi che uno spiffero d'aria faceva vibrare la fiamma del candeliere. Dapprima non vi fece caso, quasi rise tra sé, ma il ripetersi del fenomeno destò la sua attenzione al punto da spingerlo a cercare l'origine di quella corrente d'aria. Non proveniva certo dalla finestra, troppo lontana, né dall'uscio. Benché improbabile, restava soltanto una spiegazione. Prega di non sbagliarti, si disse, poi avvicinò il candeliere all'armadio e lo mosse in verticale e in orizzontale finché non vide accentuarsi il tremolio della fiamma. Allora si persuase di avere ragione. Fece scorrere le dita sul punto interessato e trovò una fessura dove il mobile poggiava contro il muro. Sempre più incuriosito, si rialzò in piedi e bussò contro la parete interna dell'armadio finché non ebbe conferma dei propri sospetti.

Dall'altra parte c'era il vuoto.

Incoraggiato dalla scoperta, continuò l'esame finché non si accorse che i tre scaffali del mobile erano fissati con un gioco di incastri in grado di farli slittare verso l'alto. Una volta che li ebbe sollevati, udì lo scatto di un meccanismo nascosto e vide il fondo dell'armadio oscillare leggermente, come se non avesse più sostegni. Lo spinse, facendolo ruotare come il battente di una porta.

Davanti ai suoi occhi si aprì un cunicolo diretto verso il basso. Ancora una volta nelle tenebre, pensò.

E senza esitare, imboccò l'oscuro passaggio.

Adelisia si svegliò urlando.

Mentre Benvenuto Grafeo verificava il suo stato, Suger continuò a tenere l'orecchio premuto all'uscio per capire cosa stesse accadendo fuori dalla stanza. Si era visto rinchiudere in quel cubicolo insieme al vecchio e alla bambina subito dopo l'incontro tra von Marburg e lo Scoto. E ora, messi da parte i piani di fuga, attendeva impotente il concludersi della vicenda. Da qualche minuto, però, era incuriosito dalle grida d'allarme e dai passi affrettati che risuonavano per i corridoi del palazzo.

«Nulla di grave, piccola mia», diceva Grafeo. «I vostri occhi stanno bene».

Ma Adelisia continuava ad agitarsi. «Ancora quel sogno!», strillava. «Il sogno dei cavalli!».

«Fate tacere la bambina», intimò Suger, interessato a quanto accadeva dall'altro lato della porta. D'un tratto udì un avvicinarsi precipitoso di passi e fece appena in tempo a scostarsi per evitare il battente che si spalancava.

Entrò uno degli sgherri di von Marburg. «Dobbiamo uscire», disse trafelato, «è scoppiato un incendio ai piani bassi».

Il medico lo interrogò con lo sguardo.

«Pare che una stanza abbia preso fuoco», spiegò l'uomo, invitando i tre reclusi a seguirlo.

Un attimo dopo stavano correndo per corridoi invasi da una cortina di fumo sempre più spessa, tra decine di persone. Per la maggior parte erano servi, ma tra loro c'erano anche soldati e gente altolocata. Si diressero in massa verso il lato posteriore del palazzo, presso le sponde del lago.

45

Una volta entrato nel cunicolo, Ignazio non poté più tornare indietro. L'ingresso gli si richiuse alle spalle, bloccandosi con uno scatto. Da qualche parte doveva celarsi un congegno in grado di riaprirlo, ma al momento era ben altro a importargli.

La luce del candeliere rivelò la presenza di una galleria, forse scavata già ai tempi dei normanni per garantire la fuga dal palazzo. Ignazio avanzò guardingo, sperando di non incappare in qualche trabocchetto. Stava per scoprire i segreti di un uomo dotato di un tale acume da suscitare ammirazione. Era sconcertante. Per quanto si sforzasse, non riusciva a considerarlo un nemico. Lo riteneva una sorta di confratello che osservava il mondo dalla sua stessa prospettiva. Un confratello che non avrebbe esitato a ucciderlo per tutelare se stesso. Proprio come lui.

D'un tratto individuò l'uscita, e affrettandosi in quella direzione sbucò da una cavità fra le rocce, occultata da una cascata di rampicanti. Tutt'intorno, la macchia sotto il cielo stellato. Si guardò attorno. Doveva trovarsi sul monte Grifone o su un rilievo vicino, ma non riuscì a scorgere le luci del Castello della Favara, né di altri edifici. Proseguì dunque per un sentiero che serpeggiava in salita, ignorando dove lo avrebbe condotto.

Non stava camminando da molto, quando udì dei rumori fra gli alberi. Temendo di avere qualcuno alle calcagna, spense la candela e si nascose dietro un tronco, puntando lo sguardo verso una luce sempre più vicina. Dopo poco scorse un cavaliere con una torcia. La forma dell'elmo e la pelliccia sopra l'usbergo avevano un che di familiare, ma fu la bizzarra lancia appesa alla sella a togliergli ogni dubbio. Lo lasciò passare oltre, poi uscì dal nascondiglio in preda allo sbigottimento. Quel cavaliere era l'assassino di Gebeard von Querfurt, di Alfano Imperato e di tutti coloro che erano venuti a conoscenza del culto di Nembrot. Non avrebbe esitato a sopprimere anche lui, se l'avesse sorpreso in quel luogo.

Ma la paura non era l'unica emozione a bruciargli nel petto. Per certi versi avrebbe potuto quasi dirsi euforico. La presenza del cavaliere provava contro ogni ragionevole dubbio il coinvolgimento dello Scoto in quella efferata vicenda.

La meta doveva essere prossima.

Seguì il sentiero fino a raggiungere l'imbocco di una caverna, ma si accorse ben presto che quello non era l'ingresso di una cavità naturale, bensì un'apertura ad arco intagliata nella pietra. Dall'interno, seppur fioco, proveniva un lucore. Si addentrò con cautela, ben conscio di non poter più usufruire dei nascondigli offerti dalla vegetazione e dalla notte. Stava violando uno spazio chiuso, forse sorvegliato. La luce proveniva da un ambiente a forma di cupola, interamente scolpito nella roccia e con due torce infisse alle pareti. Il soffitto era decorato da una serie di pittogrammi che rappresentavano la volta stellata. Molto antichi, suppose il mercante, e forse realizzati da maestranze orientali.

La sua attenzione fu subito attratta dagli scaffali colmi di libri che ricoprivano le pareti, infine da qualcosa al centro dell'ambiente. Procedette in quella direzione, ormai dimentico del pericolo. Sotto la cupola c'erano un leggio e un treppiede alto quanto un uomo, su cui poggiava un sottile cilindro metallico.

Sul leggio c'era un solo libro. Ignazio lo aprì alla prima pagina e in un crescendo di entusiasmo riconobbe il manoscritto già scorto nello studio dello Scoto. Il testo si apriva con una formula oscura: *Mercurii Trismegisti liber de motu spherae coeli inclinati, qui intitulatur Nembrot ad Ioanton*. Se aveva ben inteso, quelle parole assimilavano Nembrot a Mercurio Trismegisto, il dio Ermete, e promettevano di divulgare i suoi insegnamenti sul moto delle sfere celesti trasmessi a un discepolo di nome Ioanton.

A margine del testo compariva un'annotazione in caratteri minuscoli, forse un appunto dello stesso Scoto.

Come insegna Abu Masar, il sommo Nembrot giunse in Persia dopo la dispersione delle settantadue lingue e apprese dagli spiriti il culto del fuoco. Secondo alcuni però fu il pronipote, anch'egli chiamato Nembrot, a vergare codesto libro, in cui si raccolgono i segreti dell'astronomia.

L'annotazione si concludeva con un disegno che rappresentava un uomo intento a scrutare il firmamento con l'ausilio di un ordigno simile a quello vicino al leggio.

Impaziente di sapere, Ignazio si mise a studiare quell'oggetto e notò che era puntato verso una fenditura della cupola, oltre la quale si scorgeva uno squarcio di cielo stellato. Sbirciò in una delle estremità del cilindro, imitando l'uomo del disegno, ed emise un'esclamazione di stupore. Era come se la sua vista si fosse acuita all'inverosimile, permettendogli di ammirare il firmamento ingrandito a dismisura. In principio ebbe l'impulso di allungare le mani per toccare gli astri, tradito dall'illusione che fossero vicinissimi, poi si abituò a quel portentoso accrescimento dei sensi e restò a osservare in preda all'incanto, come un bambino. Dovevano essere i vetri incastonati all'interno del cilindro, pensò nel frattempo, a favorire una simile visione, tuttavia non scartò l'ipotesi di assistere a un miraggio. La meraviglia fu tale da impadronirsi di lui fin quasi alla commozione.

«È impossibile distogliersi da un simile spettacolo, non credete?».

Ignazio si voltò di scatto e vide Michele Scoto in piedi davanti all'ingresso. Gli parve compiaciuto, per nulla ostile. «Sono splendide», ammise.

«Un labirinto di luce perpetua», l'astrologo indicò la volta stellata, «ai confini del *mundus*[10]. Là dov'è scritto il nostro destino».

«Il destino dell'uomo non dipende dagli astri», obiettò il mercante, «ma dalle sue scelte. E queste sono determinate dalla sapienza».

«Convengo con voi, messere. Badate però che esistono due distinte forme di sapienza, *mathesis* e *matesis*, la conoscenza e la divinazione. Io soltanto possiedo la seconda, l'unica davvero in grado di rendere padroni del proprio destino. E non temo certo le invettive della Chiesa! Dio stesso creò gli astri come segni degli eventi futuri, pertanto la disciplina che li interroga non è soltanto lecita, ma la più nobile fra tutte. Persino della teologia».

Ignazio colse in quelle parole i principi di un'arte che andava ben oltre l'astrologia superstiziosa disdegnata da Isidoro di Siviglia e da Ugo di San Vittore. Lo Scoto alludeva a una scienza capace di scorgere il disegno divino al di là dei rapporti tra causa ed effetto. Il balzo del cavallo, pensò, guardandosi intorno. «Suppongo che questo sia il vostro vero studio».

«Ebbene sì». L'astrologo sorrise con orgoglio. «Avete violato il luogo in cui mi ritiro per meditare e osservare gli astri, lontano dalle distrazioni del palazzo. Risale ai tempi dell'emiro Gia'far,

[10] La parola latina *mundus* comprende in questo caso l'intero universo, ovvero l'insieme dei corpi celesti.

ma soltanto io ne sono a conoscenza». Il sorriso si incrinò in una smorfia severa. «Dopo aver saputo della vostra fuga, ho controllato il mio *armarium* e mi è stato facile prevedere dove sareste giunto».

Il mercante alzò un sopracciglio. «Avete portato con voi anche von Marburg?»

«Moderate le battute di spirito, messere. Mi è costata fatica lasciare indietro quell'uomo. E non crediate di aver guadagnato qualche vantaggio. Domani, prima dell'alba, il cunicolo dietro l'armarium sarà già murato. Non potrete dimostrare l'esistenza di questo luogo e state pur certo che giungervi per altra via è impossibile».

«Non ho dunque speranza di sfuggire al germanico?»

«Potete tentare la fuga, se credete. Ma io ve lo sconsiglio. Risultereste ancor più colpevole di quanto già vi si creda, senza contare che prima o poi verreste catturato».

«Ve lo concedo, sono sotto scacco», disse Ignazio, fingendosi rassegnato. Non biasimava l'atteggiamento dello Scoto, ma era convinto che la partita fosse ancora tutta da giocare. D'altro canto, tanto meglio che l'avversario lo credesse sconfitto. Non gli avrebbe negato delle risposte. «Perché il culto di Nembrot?», chiese pertanto, indicando il manoscritto sul leggio. «Cosa c'entra con tutto questo?».

L'astrologo parve stupito. «Dunque sapete…».

«Abbastanza da sciogliere l'enigma dei tatuaggi», rivelò il mercante, avanzando d'un passo. «Ho scoperto il nome dell'antico gigante dietro un codice, il *Lingua ignota* di Ildegarda di Bingen. Ebbene sì, il nome del Cacciatore Etiope ricamato anche sul mantello. E quando l'ho scorto di nuovo nel vostro studio, su quel libro…».

«Davvero eccellente». L'astrologo batté le mani, in tono canzonatorio. «Tuttavia, se aveste letto il *Liber Nembrot* riposto sul leggio, sapreste che il Cacciatore non era etiope, bensì caldeo. E non fu neppure un gigante. Lo si afferma sulla falsariga di sant'Agostino, che tradusse i testi sacri usando la parola sbagliata, *gigans* anziché *potens*».

«A quanto pare, avete dedicato molto studio all'argomento».

«Studio mirato a riscattare una grande figura», ribatté lo Scoto. «Nembrot fu un uomo potente presso il regno di Babilonia, un autentico sovrano. E fu anche il primo a praticare la magia attraverso la conoscenza delle stelle».

Ignazio era sempre più curioso. «Un idolatra».

«Il padre degli idolatri».

«È questa la dottrina che nascondete a Konrad von Marburg?».

L'astrologo alzò le mani con sprezzo. «Se quel germanico ne venisse a conoscenza, citerebbe senz'altro i *Commentarii in Genesim* di Rabano Mauro, dove Nembrot viene equiparato al diavolo per la sua smania di penetrare i segreti del cielo... Ciò gli basterebbe per infangare la mia reputazione! Ma questo è nulla, rispetto al suo operato se scoprisse la verità sulla *Triade*».

Ignazio seguì il suo sguardo verso terra e, ancora una volta, rimase sorpreso. Non si era reso conto di stare al centro di un cerchio tracciato sul pavimento, tra un'alfa e un'omega. Colto da un'intuizione, si voltò e scorse nella penombra tre sedie rivolte verso il leggio. «La Triade...», ripeté, ignaro di cosa potesse significare. Scoprire quel mistero non l'avrebbe aiutato a scagionarsi dalle accuse, ma a capire perché tanta gente fosse morta.

«Forse vi è sfuggito un particolare», disse lo Scoto, quasi per incoraggiarlo. «I cerchi magici sono sempre tracciati vicino a una finestra o a un pertugio che consenta di scrutare il firmamento».

Il mercante meditò su quelle parole, poi alzò lo sguardo verso lo squarcio della cupola e, chiesta licenza, si accostò di nuovo al cilindro metallico puntato verso il cielo. Fu allora che lo notò, il gigante cacciatore, maestoso nella sua luminescente figura. E si sentì uno sciocco, poiché per tutto il tempo l'aveva sempre avuto davanti agli occhi. «Certo!», esclamò, rievocando i precetti dei sapienti orientali. «Nembrot è uno dei nomi della costellazione di Orione». Distolse lo sguardo dal firmamento, perso in un labirinto di pensieri. «Tuttavia, non sono a conoscenza di alcuna triade divina».

«Perché fu venerata in tempi remoti, dai babilonesi». Lo Scoto lasciò trasparire ancora una volta il suo compiacimento. Non dovevano essere molte le occasioni in cui poteva confrontarsi con uomini all'altezza del suo intelletto e sfoggiare tanta erudizione. «Nembrot ne era a capo, rappresentato dal simbolo del pesce o del serpente. La seconda entità della Triade, invece, era femmina».

Ignazio rammentò d'un tratto la conversazione tenuta con Uberto mentre navigava per la Sicilia. «Alludete per caso a Semiramide?».

Lo Scoto annuì. «Proprio lei, la regina rappresentata dalla colomba».

A quel punto il mercante fu in grado di mettere insieme i tasselli del mosaico. Benché conoscesse la storia di Nembrot e Semiramide, fino ad allora si era lasciato fuorviare da un caotico succedersi di eventi. «Il pesce e la colomba lasciati presso i cerchi magici... E i simboli sui tatuaggi... Sì, sono sempre loro due...», mormorò tra sé. «Dunque l'immagine della donna con l'infante non riproduce la Madonna, bensì Semiramide. E quell'infante è...».

«Il terzo componente della Triade», confermò l'astrologo. «Tammuz, il figlio di Nembrot e di Semiramide. Il suo simbolo è la fiaccola».

«Ovvero la candela disposta vicino ai cerchi magici, insieme alla colomba e al pesce». Ignazio non aveva più dubbi, ogni bizzarria di quella vicenda trovava senso nelle parole di Michele Scoto. Eppure gli sfuggiva ancora il senso del tutto. «Non nego di essere affascinato dalla figura di Nembrot», ammise. «Ma perché affidarsi a un culto tanto remoto?»

«Il mio vuole essere un omaggio», spiegò l'astrologo, con un piglio di esaltazione. «Non soltanto a Nembrot, il primo ribelle che interrogò i cieli. La mia devozione va innanzitutto al Cacciatore cosmico, simbolo dell'*impetus* che spinge i corpi celesti a descrivere le loro orbite come tanti cavalieri di fuoco. Il suo legame con la colomba e con la fiaccola perdura dalla notte dei tempi, influenzando le religioni ed eccitando le menti dei sapienti. Simboli eterni, capite messere? Simboli della scienza più antica, l'unica in cui ripongo la mia vera fede. E finora, la devozione a Nembrot, Semiramide e Tammuz mi ha sempre protetto».

«Non si può dire altrettanto dei vostri discepoli», ribatté Ignazio, giocando d'un tratto una mossa a sorpresa.

Lo Scoto impallidì. «Quegli sciagurati...», disse volgendosi altrove.

Il mercante era ben lungi dal volergli concedere requie. Le informazioni appena acquisite non erano sufficienti a dimostrare la propria innocenza. Ma se fosse riuscito a comprendere la causa di quelle morti, allora sì, avrebbe forse potuto salvarsi. «È rimorso quello che scorgo nei vostri occhi?», disse, afferrandolo per un braccio.

«Cosa intendete?»

«So del vostro cavaliere! Il misterioso assassino che uccide con proietti incendiari».

L'astrologo si sottrasse alla presa, alterato in volto. «Dunque avete compreso anche questo!». Gli girò intorno finché non riuscì a vincere l'ira, poi si appoggiò al leggio. Aveva un'aria esausta e costernata. «Ho dovuto farli uccidere».

Ignazio si rese conto di aver finalmente scosso i sentimenti di quell'uomo. «A causa di un mantello?»

«Quel mantello è la *chiave*, capite?», disse lo Scoto, quasi a propria discolpa. «Le sue raffigurazioni celebrano il mistero della Triade, una liturgia di simboli astrali che ruota intorno al Cacciatore». Pose la mano sul libro, accarezzandone le pagine. Ormai non guardava più il mercante, parlava a se stesso. «In origine doveva essere un dono. Pensai di iniziare Federico II al culto di Nembrot quando giunse a Bologna, e a tale scopo ordinai ai miei discepoli di realizzarlo. Ma da un giorno all'altro l'imperatore mi ordinò di partire con lui e con il tempo mi scordai del mantello, finché non ricevetti un messaggio dalla Renania. Un mio vecchio discepolo, pieno d'orgoglio, mi annunciava che il lavoro era ultimato e presto mi sarebbe stato consegnato... I tempi però erano cambiati! Federico II era entrato in conflitto con il papa, attirando su di sé la nomea di anticristo. La sua simpatia per la cultura araba e i patti che ha stretto in Oriente non lo aiutano certo a ingraziarsi i vertici della Chiesa. Figurarsi se per qualche ragione venisse pure associato al culto astrologico di Nembrot! Sarebbe la sua fine, e anche la mia. I sapienti, oggigiorno, finiscono sul rogo per molto meno».

«Perciò», concluse Ignazio, «avete rintracciato i vostri discepoli e li avete fatti uccidere a uno a uno, per sventare la minaccia che stava per abbattersi su di voi. Non sarebbe bastato distruggere il mantello e indurli al silenzio?»

«Lo sarebbe stato, se non fossi venuto a conoscenza di un'indagine già in corso su di loro».

«Dunque sapevate già di von Marburg!».

«Poche cose sfuggono a un uomo della mia levatura». L'astrologo batté un pugno sul leggio. «Tuttavia, all'epoca, non conoscevo il nome di quel maledetto! Ecco perché ho dovuto estirpare il problema alla radice, eliminando ogni testimone».

Per la prima volta, il mercante lo fissò con sguardo compassionevole. «Indegno magister! Tutta la sapienza del mondo non vi è valsa a nulla, se per tutelare voi stesso avete dovuto uccidere i vostri stessi seguaci».

«Ebbene?», ribatté l'astrologo, incollerito. «Avreste dovuto morire anche voi, e da tempo! Ma non ora. Non subito, per lo meno. Credevate forse di avermi giocato? Nulla di tutto ciò che vi ho rivelato servirà a scagionarvi. Konrad von Marburg non presterà mai fede alle vostre parole, e tantomeno sarà disposto a credere che sia io l'uomo a cui dà la caccia! Gli serve soltanto carne da gettare sul rogo, e io lo accontenterò. Scacco matto, messere».

Allora, con uno scatto improvviso, Ignazio spinse indietro l'avversario e afferrò il *Liber Nembrot*, preparandosi a fuggire. Non era finita, si disse. Ma prima che potesse farlo, avvertì uno spostamento d'aria alle sue spalle. Si voltò, e scorse un armigero che usciva da un ingresso nascosto tra gli scaffali. Non fu la sua imponenza a paralizzargli le gambe, bensì l'arma prodigiosa che gli stava puntando contro.

«Fermo Ulfus!», ordinò lo Scoto, deciso. «Costui deve vivere!».

L'armigero abbassò docilmente l'arma.

«Hai concluso la tua missione?», volle sapere l'astrologo.

Ulfus annuì.

«E *lei*?».

Dopo un attimo di esitazione, quell'uomo enorme chinò il capo. «Non è voluta venire, signore».

Ignazio capì di chi si stesse parlando. «E la bambina?», si lasciò sfuggire, colto da una stretta al cuore.

Michele Scoto si voltò verso di lui, incredulo. «Quale bambina?».

In quel preciso istante Ulfus scattò in piedi con l'arma in pugno. Partì un colpo. Il mercante e l'astrologo furono abbagliati da un'improvvisa vampata di luce. Il proietto sfrecciò nell'aria, sfiorandoli con la sua scia rovente, e andò a colpire un uomo seminascosto all'imboccatura della grotta.

Il malcapitato cadde a terra, trafitto alla spalla.

Ignazio lo riconobbe. Era Galvano Pungilupo.

«Non deve uscire vivo di qui!», ordinò lo Scoto.

Ulfus gettò lo scettro fumante e si scagliò all'attacco a mani nude. Con un grido di dolore, il clavigero si strappò il proietto dalla carne e glielo gettò contro. L'armigero evitò la deflagrazione, chinandosi sotto una pioggia di fiamme, poi scattò in avanti e attraversò la cortina di fumo sulfureo, seguito a distanza da Ignazio e dallo Scoto.

Pungilupo fuggì all'aperto, inciampò fra i cespugli e ruzzolò per un breve tratto, finendo ai margini di un torrente. Fece per rialzarsi, ma era troppo tardi. Ulfus torreggiava già su di lui.

L'enorme trace lo afferrò per il collo e per la cintura, sollevandolo senza sforzo apparente. La sua sagoma nera si stagliò per un attimo contro la luna piena, mentre scuoteva in aria la preda. Infine, emettendo un urlo bestiale, scaraventò il clavigero contro le pietre aguzze che affioravano dal torrente. Nella notte risuonò uno schianto raccapricciante, poi il corpo di Pungilupo scivolò a valle nel ribollire dell'acqua.

Ignazio aveva ancora la morte davanti agli occhi quando sentì la mano dello Scoto posarsi sulla sua spalla.

«Ora vi farò riportare da Ulfus al Castello della Favara, in attesa del giudizio di von Marburg», disse l'astrologo, quasi impassibile. «A meno che non vogliate fare la fine della sua spia». Richiamò l'attenzione dell'armigero con un gesto autoritario, quindi si rivolse di nuovo al mercante. «Ma prima, messere, mi parlerete di quella bambina».

46

Gli abitanti del palazzo si erano radunati nel lato meridionale dell'edificio, dove una maestosa arcata di tufo separava la sala del banchetto dal grande lago che si estendeva fino ai piedi del monte Grifone. Correva voce che l'incendio fosse stato domato, ma le guardie invitavano alla cautela. Perciò se ne stavano tutti ancora là, cortigiani, soldati e servitori, davanti alle acque buie che lambivano il Castello della Favara.

Konrad von Marburg si trovava fra loro, furente e piuttosto a disagio. Poco prima stava intrattenendo una delicatissima conversazione con lo Scoto, quando due guardie si erano presentate al loro cospetto per avvertirli di un incendio. L'astrologo aveva reagito all'istante, ordinando che Konrad venisse scortato alle sponde del lago, lontano dalle fiamme, poi si era eclissato, dileguandosi nel fuggi fuggi generale. A far infuriare von Marburg era stata però la seconda notizia riportata dalle guardie, ovvero che l'incendio doveva essere divampato proprio dove era recluso l'ispanico, che per giunta sembrava svanito nel nulla. Lo stesso era accaduto a Pungilupo. Von Marburg l'aveva mandato alla ricerca di qualche indizio compromettente sul conto dello Scoto, per ammorbidirlo in caso di interrogatorio, ma dal pomeriggio non riceveva più sue notizie.

Inutile abbandonarsi all'ira. Si sforzò invece di meditare sui benefici della pazienza esaltati da san Cipriano, per estinguere l'incendio che pareva aver attecchito anche dentro di sé. Tuttavia quello sforzo sarebbe stato vano, se Konrad avesse scorto una barca staccarsi dalle sponde del lago e allontanarsi furtiva verso occidente, fino a sparire alla vista.

Su quel piccolo natante, infatti, sedevano tre persone a lui ben note.

Ogni volta che scrutava la notte, Suger veniva pervaso dall'angoscia, ma remare lo aiutava a mantenere i nervi saldi. Non si sarebbe mai sognato di eludere tanto facilmente la sorveglianza. Grazie alla confusione dell'incendio era riuscito ad allontanarsi dai soldati e a sgattaiolare, non visto, fino alle sponde del lago. Aveva pure consentito a Grafeo e Adelisia di seguirlo, a patto che non gli fossero d'intralcio. In fondo la loro presenza lo rassicurava. Non sapeva bene come agire, né cosa avrebbe fatto nel caso fosse davvero riuscito a sfuggire a Konrad von Marburg. L'impulso di allontanarsi alla prima occasione era stato una necessità a cui non aveva saputo resistere.

Dopo la fuga dal palazzo si era subito diretto verso un punto incustodito della riva del lago, strisciando tra folti cespugli, e d'un tratto aveva scorto una barca attraccata a un palo. L'idea gli era balenata all'improvviso, spingendolo a sciogliere gli ormeggi e a salire a bordo. Poi aveva invitato i compagni a seguirlo, intenzionato a prendere il largo.

Tutto sarebbe andato a gonfie vele se quel lago non si fosse rivelato tanto esteso. Suger era l'unico abbastanza in forze per remare, ma non potendo scegliere una destinazione per via dell'oscurità, era costretto a vagare senza meta. Non aveva la minima idea di dove sarebbe approdato, e ciò lo terrorizzava.

L'unica a non dar segni di paura era Adelisia. Sembrava insensibile a tutto.

Sforzandosi di non pensare a nulla, Suger continuò a remare fino allo sfinimento.

Finché gli occhi non si chiusero.

47

Quando Uberto si destò non era ancora l'alba. Si ritrovò in un bagno di sudore, la mente sconvolta dagli incubi, a chiedersi cosa l'avesse strappato dal sonno. Si massaggiò il volto e non appena ebbe il pieno controllo dei sensi capì di essere stato svegliato dall'intenso vociare che proveniva dalla strada. Insospettito, si portò alla finestra e si accorse che le vie erano gremite. Gli abitanti di Palermo sembravano usciti di comune accordo dalle loro case per festeggiare una misteriosa ricorrenza prima del sorgere del sole. Per la maggior parte avanzavano al lume di fiaccole, dirigendosi a frotte verso la zona portuale. Ignaro di cosa stesse accadendo, il giovane si vestì in fretta, scese le scale e non appena fu in strada fermò il primo passante che gli capitò a tiro. «Cosa succede?», gli chiese.

«Ancora non lo sapete?», rispose l'uomo, entusiasta. «L'imperatore sta sbarcando a Palermo!».

Uberto lo lasciò correre via mentre un'idea folle prendeva forma nella sua mente. Federico II era dunque vivo, di ritorno dall'Oriente, e si trovava proprio nel porto di quella città.

Si mescolò in fretta alla gente e allungò il passo verso il mare, avanzando a spintoni e improperi pur di giungere il prima possibile. Aveva udito molte cose su Federico II. Forse non era tra i reggenti più magnanimi, ma veniva descritto come saggio e affascinato dagli uomini di intelletto. Se quell'ultima affermazione corrispondeva al vero, forse Uberto poteva chiedere clemenza per il padre. Il problema era raggiungerlo in tempo e trovare il modo di presentarsi al suo cospetto. Le possibilità di riuscita erano scarsissime, ma doveva continuare a sperare.

Riuscì a farsi strada fino alla banchina principale, nel porto affollato. Al largo vi era una nave di enormi dimensioni. Le facevano da ventaglio una decina di uscieri e galee di proporzioni più ridotte, con le vele ammainate. Le fasi dello sbarco si preannunciavano lunghe e complicate, poiché quei legni non imbarcavano soltanto uomini, ma anche merci e cavalli.

Uberto osservò meglio la grande nave, la più idonea a trasportare l'imperatore, e scorse nelle sue vicinanze una scialuppa che oscillava tra i flutti. A bordo c'era un gruppo di cavalieri, tra cui un personaggio alto e distinto, probabilmente lo stesso Federico. Teneva lo sguardo rivolto verso il mare, in un punto ben preciso, dove mezza dozzina di uomini continuava a immergersi e ad affiorare in superficie.

«Cosa succede?», chiese a un anziano pescatore che aveva a fianco.

«L'imperatore ha perso un anello mentre saliva sulla scialuppa», gli rispose il vecchio. «Un gingillo assai pregiato, si dice. Gli è caduto in mare, e ora paga cento tarì a chiunque glielo ripeschi».

Uberto osservò i nuotatori. Seguitavano a calarsi in acqua, ma non facevano in tempo a toccare il fondo che risalivano per riprendere fiato. L'impresa si preannunciava più difficoltosa del previsto, eppure quegli uomini non demordevano, correndo il rischio di morire affogati. Non era soltanto la promessa del denaro a spingerli. Il figlio del mercante conosceva la natura umana ed era ben consapevole che per molti non vi era premio più grande se non quello di potersi inchinare al cospetto di un sovrano. I meno sciocchi nutrivano più interesse nei cento tarì.

A quel punto fu folgorato da un'altra idea. Forse aveva trovato il modo per parlare a sua maestà! Sperando di essere ancora in tempo, uscì dalla calca e non appena gli fu possibile iniziò a correre per le banchine. Gli serviva l'aiuto di Cola Pesce. Non si era scordato della sua abilità a immergersi e a restare sott'acqua per un lasso di tempo ben superiore rispetto alla norma.

Giunto presso la menaica, ancora attraccata dov'era sbarcato con il padre, iniziò a guardarsi intorno in cerca del barese. Lo trovò seduto su uno scoglio, intento a mangiarsi un polpo ancora vivo.

«Vi interessa guadagnare cento tarì?», gli chiese Uberto.

Il marinaio strappò con i denti un tentacolo del mollusco. «Chi devo ammazzare?», chiese.

«Nessuno. Dovrete soltanto immergervi in mare e recuperare un oggetto, un anello dell'imperatore. Credete di farcela?»

«Roba da ridere». Cola Pesce si pulì la bocca con il dorso della mano. «E voi, bel signorino, cosa ci guadagnate?»

«Se riuscirete nell'impresa, dovrete farmi un piacere».

«Un piacere?».

Uberto annuì. «Quando vi troverete davanti all'imperatore, dovrete supplicarlo di concedermi udienza».

48

Suger riaprì gli occhi e vide un uccellino appollaiato sulla falcetta della barca. Si sforzò di ricordare, ma la presenza del piccolo volatile lo distraeva. Con quella livrea variopinta doveva trattarsi di un esemplare esotico, forse fuggito da una gabbia del palazzo. Non cinguettava. Si limitava a osservarlo incuriosito, muovendo la testolina di un verde tanto intenso da disturbare lo sguardo. Il medico ebbe l'istinto di acchiapparlo, ma non ci riuscì, e mentre veniva sfiorato da un frullo d'ali si ricordò della notte precedente. Rivisse il brivido della fuga, la spossatezza del manovrare i remi, poi l'angoscia di essersi perso nel buio. Stiracchiò la schiena e le braccia indolenzite, accorgendosi che la barca si era arenata lungo le sponde del lago. Non immaginava quanto fosse distante dal Castello della Favara, ma l'idea di aver raggiunto la terraferma lo riempiva di sollievo.

Ringraziò il Signore e, usando cautela, sbarcò. Davanti ai suoi occhi si estendeva un prato, ai piedi di un monte, in cui si riverberavano le luci dell'alba. Si sciacquò il viso e inspirò l'aria fresca, nel silenzio assoluto. Fu allora che si accorse di essere solo. Dov'erano il vecchio e la bambina? Si chiese se non fossero caduti in acqua durante la notte, ma respinse quel pensiero. Il movimento della barca, gli schiamazzi e il rumore l'avrebbero svegliato. Era più probabile che si fossero allontanati mentre dormiva. Notò infatti delle orme fresche sull'erba, dirette verso il monte.

Non sapendo quale altra direzione prendere, decise di seguirle.

I cavalli avevano gli occhi dolci e il manto lucente. Le loro ferite non erano le stesse che Adelisia aveva visto in sogno, sanguinavano appena. Grafeo le spiegò che si trattava di piccoli tagli praticati sotto le orecchie perché le bestie attenuassero il loro temperamento. Nondimeno i cavalli erano là, ai piedi dello stesso monte sognato dalla bambina decine di volte, in un pascolo dominato da un grande abete. Benché la terra non fosse brulla e annerita dal fuoco, trasudava un sentore di sciagura imminente.

L'oculista si avvicinò al più mansueto della mandria. «Volete accarezzarne uno, piccola mia?», le chiese.

«No», rispose Adelisia. «Non voglio». Accorgendosi che il vecchio non le prestava più attenzione, lo strattonò per la manica. «Torniamo al lago, vi prego».

Grafeo continuò a ignorarla.

Assai contrariata, la bambina lo scrutò in volto e lo trovò pallido, con gli occhi sbarrati puntati a valle. Teneva le ginocchia piegate e le spalle alzate, come pietrificato nell'atto di fuggire. Incapace di comprendere, Adelisia guardò nella sua stessa direzione... E vide un cavaliere a venti passi da loro. Imponente come un gigante, la tozza lancia rivolta contro Grafeo.

Lo riconobbe al primo sguardo.

Ricordò la vampata scarlatta e le urla della madre, insieme al bruciore del fuoco sulle mani. Avrebbe voluto tramutarsi in una belva per avventarsi su di lui, ma fu pervasa da uno spavento così feroce da non riuscire a muovere nemmeno un dito. Quel terrore era troppo grande, troppo doloroso perché potesse trattenerlo. Proruppe sotto forma di un grido capace di farle tremare le tempie. Lei lo assecondò, liberando tutto il fiato che aveva in corpo. E per un attimo fu quasi felice. Ma quando il grido cessò, sentì la gola riempirsi di una tenebra densa e amara. Una tenebra che le nasceva da dentro. Allora capì che non sarebbe mai riuscita a liberarsi del terrore. Ormai faceva parte di lei, come le lacrime di cristallo.

Gridò di nuovo, ma questa volta per allertare l'amico.

Grafeo non accennava a muoversi. Teneva gli occhi fissi sulla punta della lancia, che già iniziava a sfolgorare minacciosa... Prima che il colpo partisse, un uomo sbucò dal nulla e afferrò le briglie del destriero, facendo perdere la mira al cavaliere. Il proietto schizzò con un sibilo acutissimo e andò a esplodere contro l'abete, mandandolo in fiamme.

La bambina osservò attonita l'inaspettato salvatore. Era Suger de Petit-Pont. Lo vide cadere a terra, tramortito da un calcio del cavaliere.

Poi udì il tambureggiare degli zoccoli e si voltò in preda a un istintivo terrore. La mandria di cavalli, spaventata dalle fiamme, stava puntando verso di lei, imbizzarrita, in una folle carica. Come nel suo sogno.

Sarebbe stata travolta.

Fu allora che un dolore lancinante le colpì gli occhi. Un dolore improvviso e violento. Si ritrovò cieca e terrorizzata di fronte alla morte. Poi sentì qualcuno spingerla a terra e sovrapporsi a lei per coprirla, mentre il frastuono dei cavalli la sommergeva. E per un lasso di tempo che parve infinito, fu sovrastata da un oceano roboante.

Non appena il rumore cessò, provò a liberarsi dal corpo che l'aveva protetta, ma non ci riuscì. Era troppo pesante e la soffocava al punto da impedirle persino di gridare. Nel frattempo il dolore agli occhi le lacerava la carne, impedendole di pensare. Desiderò l'oblio, poter scivolare nel buio, poi la pressione svanì e sentì i raggi del sole sulla pelle.

Udì la voce tremula di Suger: «Il giudeo non ce l'ha fatta».

«E la bambina?», chiese una voce cavernosa. «I suoi occhi sanguinano».

«La curerò io, ho visto come si fa», disse il medico, quasi servile. «Ma dovrete risparmiarmi la vita».

Infine Adelisia sentì due braccia nerborute sollevarla da terra.

49

Cola Pesce stava sott'acqua da così tanto che Uberto cominciò a sospettare che fosse affogato. A quel pensiero si intristì per il marinaio, ma non abbastanza da perdonargli di aver mandato all'aria la sua unica speranza di incontrare l'imperatore. La scialuppa di Federico II continuava a galleggiare tra i flutti, in attesa, mentre il popolo assisteva all'evento formulando le ipotesi più bizzarre. Alcuni sostenevano che l'anello caduto in mare fosse un dono dell'imperatrice, altri un monile dai poteri miracolosi. Uberto si rammentò di aver sentito parlare di anelli dotati di pietre che cambiavano colore se messe a contatto con i veleni. Anelli molto ambiti dai sovrani.

Interruppe i pensieri nel momento in cui vide la botte di Cola Pesce tornare a galla. Del barese, tuttavia, nessuna traccia. Poi si accorse che era riemerso a una certa distanza e stava raggiungendo a bracciate la scialuppa regia. Tornò a sperare.

Cola Pesce si aggrappò all'imbarcazione e, senza salire a bordo, porse qualcosa all'imperatore. Uberto immaginò l'espressione di meraviglia sul volto di Federico II, che dopo un'iniziale titubanza batté le mani in segno di ammirazione. Gli uomini al suo seguito lo imitarono, e il popolo si mise a esultare.

Cola Pesce si era guadagnato i cento tarì e lui, forse, l'occasione di riscattare suo padre.

Giunta al molo, la delegazione regia sbarcò per ritirarsi sotto un tendone che era stato approntato per accogliere sua maestà. Cola Pesce tornò a riva e raggiunse di corsa quel luogo, per uscirne con una grossa scarsella e un sorriso soddisfatto. Una guardia lo scortò per un tratto di strada, affinché nessuno tentasse di derubarlo.

Quando la guardia fu sul punto di congedarsi, il barese la pregò di attendere e cercò tra la folla il volto di Uberto, che aveva fatto di tutto per avanzare tra la calca di curiosi. Cola Pesce lo vide e gli fece cenno di avvicinarsi.

«Sua maestà acconsente a darvi udienza», disse la guardia, intimando alla folla di lasciarlo passare.

Uberto non se lo fece ripetere, ma prima di seguire l'armigero si avvicinò al marinaio e lo strinse in un abbraccio. «Vi sono debitore!», gli disse, quasi commosso.

Cola Pesce ricambiò il gesto battendogli una mano sulla schiena.

Poi ognuno andò per la propria strada.

Federico II era attorniato da serve e valletti impegnati a sfilargli la cotta di maglia interamente d'oro. L'unica personalità di spicco al suo cospetto era un notabile basso e grassoccio che gli stava esponendo una serie di questioni. Uberto scrutò entrambi con ossequio, e si prostrò in attesa che gli venisse data licenza di esprimersi. Benché impacciato nel togliersi l'armatura, l'imperatore trasmetteva un forte senso di autorità, ma anche una naturalezza – *umanità* sarebbe stata la parola adatta – spesso estranea a nobili e prelati. Sotto una criniera di capelli biondi rivelava uno sguardo attento e vivace, più comune da incrociare nelle piazze e nei mercati che in una sala gentilizia.

Il notabile esaurì i propri argomenti e si rivolse a Uberto, facendogli cenno di alzarsi. «Ebbene messere, sua maestà è stato tanto magnanimo da concedervi udienza», lo informò. «Io sono Taddeo da Sessa, giurista ai suoi comandi. Parlate in fretta e senza troppi fronzoli, poiché si ha ben altro a cui pensare».

Uberto si rialzò con eleganza e ringraziò il Cielo di indossare abiti decenti che non lo facessero passare per un comune villano. «Chiedo venia per l'ardire dimostrato nel presentarmi al vostro cospetto», disse, «ma ho dovuto fare di necessità virtù. Sono qui per una supplica, non per me ma per mio padre».

Il sovrano lo osservò incuriosito. «Un accento straniero», e si rivolse al notabile. «C'è quasi da dubitare sia nostro suddito».

«Infatti non lo sono, maestà», disse il figlio del mercante. «Il mio nome è Uberto Alvarez e provengo dalla Castiglia, tuttavia mio padre è tenuto prigioniero a Palermo, in un vostro castello presso il monte Grifone».

«Per volere di chi?», chiese Taddeo da Sessa, scrutandolo con maggior attenzione.

«Di un prete germanico di nome Konrad von Marburg, agli ordini di Sua Santità».

«Mai sentito nominare». Il monarca respinse una serva che gli stava slacciando la cuffia dell'usbergo e afferrò il giurista per il bavero. «Con quale autorità, di grazia, un prete oserebbe dare ordini in casa nostra?».

Il notabile mostrò carattere e lo fissò dritto in faccia, manifestando disappunto. «Be', se costui opera davvero in nome di Sua Santità...».

«Sua Santità un accidente!», sbottò Federico II, lasciando la presa. «Papa Gregorio sguinzaglia i suoi Clavigeri nel Regnum Siciliae in nostra assenza e noi dovremmo far finta di niente? Non avete idea di quante milizie si dovranno mobilitare per ricacciare quegli sciacalli da dove sono venuti! E ora, ecco un ispanico che ci racconta di un altro emissario del pontefice giunto addirittura alla Favara...». Scrutò Uberto con crescente interesse. «Ebbene, messere», disse rabbonito, «cos'ha fatto vostro padre per meritarsi il castigo di un prete?»

«Nulla, maestà, ve lo giuro. È vittima di un malinteso».

«Chi non lo è?». Federico II sorrise. «Spiegatevi meglio, e non provate a mentire».

«È stato accusato di eresia senza alcuna ragione», disse il giovane, sperando di dare la giusta enfasi alle parole. «Lo si crede addirittura un adoratore del diavolo, ma non è vero, ve l'assicuro. Si è soltanto trovato nel posto sbagliato...».

Taddeo da Sessa lo zittì con un cenno.

Il monarca si indispettì. «Ebbene, Taddeo, perché lo fate tacere?»

«Inutile ascoltarlo ora, maestà», spiegò il notabile. «La questione non va risolta qui, in assenza di testimoni, e certo non prima di aver ascoltato le ragioni di quel prete… quel von Marburg. Inoltre, se mi è concesso parlare con franchezza, vi so fin troppo incline a simpatizzare per certe stranezze. È mio dovere rammentarvi i vostri obblighi verso Sua Santità riguardo i crimini di eresia…».

«Mio padre non è un eretico!», lo interruppe Uberto, carico di sdegno.

«Chiudete il becco, impertinente», lo rimproverò il giurista, fulminandolo con lo sguardo. «Come osate interrompermi?»

«Siete facile a rammentare doveri, Taddeo». Federico II si espresse con un tono irritato che lo rese ben più temibile di quando aveva reagito con rabbia. «Il papa non merita la nostra lealtà».

«La situazione è fin troppo delicata per coltivare livori», lo consigliò il notaio, imperturbabile.

L'imperatore scosse il capo. «Dimenticate che abbiamo preso la croce *per lui*!». Le ultime parole furono un sibilo. «E lui… lui… Come ci ripaga?»

«Avete ragione», lo calmò Taddeo, «ma dovete essere lungimirante, maestà, se aspirate a un compromesso con Santa Romana Chiesa. Sapete che non potete permettervi di sbilanciare i contrappesi del potere…».

Il sovrano lo fissò a lungo, accarezzandosi la barba bionda, e nel frattempo cercava di ritrovare la quiete. «Avete ragione», disse infine, accomodandosi su un seggio.

«Quindi i vostri ordini, maestà?»

«Andiamo al castello per parlare con questo… prete». Poi ebbe un ripensamento e indicò Uberto con fare annoiato. «E costui?»

«Lasciarlo qui non si può», rispose il notaio con un ghigno molesto. «Consiglierei a sua maestà di farlo mettere ai ferri e di condurlo con noi al palazzo».

50

Ulfus temeva quella bambina. Per un attimo aveva addirittura sperato che finisse schiacciata dalla mandria di cavalli imbizzarriti, ma l'anziano giudeo si era sacrificato per lei, facendole scudo con il proprio corpo pur di proteggerla. Persino il medico francese, ben lungi dal sembrare un cuor di leone, era intervenuto in sua difesa credendo che la folgore dello Scettro del Fuoco fosse destinata a lei. Ma il Mago aveva sentenziato una morte soltanto. Benvenuto Grafeo conosceva fin troppi segreti, aveva detto, senza chiarire quali. Ulfus si era limitato a obbedire, incapace di comprendere. L'ipotesi di una minaccia era per lui qualcosa di talmente impalpabile da lasciarlo indifferente. Il Mago, invece, teneva sempre lo sguardo rivolto verso le nebbie degli eventi futuri, per scongiurare l'incombere di pericoli che non aveva neppure la certezza si sarebbero concretizzati. E con quel continuo manipolare, forse, contribuiva a crearli.

Tuttavia il Mago sembrava aver ignorato l'insidia più grande. Ulfus non riusciva a capacitarsene. Pareva che tutti fossero disposti a difendere Adelisia, a costo della loro stessa incolumità. C'era da chiedersi se portasse con sé una maledizione.

Non era certo una bambina comune, i suoi occhi la dicevano lunga al riguardo. Era proprio per quegli occhi che Ulfus la temeva, pur essendo costretto a prendersene cura. Il Mago gliel'aveva ordinato, dopo un lungo colloquio con il mercante ispanico, raccomandandosi di rapirla dal palazzo per portarla subito da lui. Giunto al Castello della Favara, Ulfus era venuto a sapere della fuga di Suger, Grafeo e Adelisia, e aveva dovuto ritrovarli prima delle guardie.

Il Mago temeva per la sorte della bambina come non aveva mai fatto per nessun altro. Del resto, da quando era stato messo al corrente della morte di Remigarda non sembrava più lo stesso. Nell'apprendere la notizia, i suoi occhi si erano inumiditi e le sue labbra avevano tremato. Come una persona qualunque. Ma dietro quella maschera di dolore, Ulfus aveva scorto il balenio di una rabbia diabolica. La stessa che trapelava a volte dallo sguardo di Adelisia.

E benché fosse un uomo dai pensieri semplici, Ulfus era ben consapevole di una cosa. Persino il Mago, l'individuo più temibile che avesse mai conosciuto, sarebbe stato disposto a tutto pur di difendere il sangue del proprio sangue.

51

L'astrologo e la bambina sedevano l'uno di fronte all'altra.

Per la prima volta da molto tempo, lo Scoto non sapeva cosa dire né come comportarsi. Era impreparato, quasi spaventato dal risvolto degli eventi. Tutta colpa di Ignazio da Toledo, che l'aveva coinvolto in una magistrale partita a scacchi per poi sottoporlo a uno stallo tra padre e figlia. Impossibile capire se quella mossa fosse strategia, improvvisazione o semplice casualità. Di fatto, si era rivelata di un'efficacia devastante. L'astrologo aveva dovuto sacrificare molte pedine per difendersi. E ora, mentre vedeva le ombre del vespro insinuarsi fra spicchi di luce, prendeva coscienza di quanto il suo studio somigliasse a una scacchiera. Una scacchiera dilatata nello spazio e nel tempo come un mantello zodiacale ove si disponevano idee, ricordi e corpi celesti. In mezzo a quell'universo chiaroscurale c'era lui, di fronte a una figlia della quale fino al giorno prima non aveva neppure immaginato l'esistenza.

«Come vi chiamate?», chiese la bambina. Portava ancora nel viso i segni dello spavento e del dolore, ma anche di una lenta ripresa.

«Michael», rispose lui, pronunciando d'istinto il nome proibito, reliquia di un'infanzia sacrificata alla *damnatio memoriae*.

«Michael... Come l'arcangelo?».

L'astrologo le sorrise e annuì. Qualcosa, in lei, gli ricordava Remigarda. Forse la sua voce schietta. O forse i lineamenti gentili, che lasciavano trasparire l'orgoglio e il temperamento già appartenuti alla madre. D'un tratto gli parve addirittura di rivederla, così come gli si era presentata quell'ultima notte. La notte in cui l'aveva schiaffeggiato.

Allungò la mano per accarezzare Adelisia, alla ricerca di altri particolari che potessero ricordargli l'unica donna mai amata, ma si fermò prima di toccarla. Un uomo attendeva sulla porta d'ingresso, Suger de Petit-Pont.

Lo Scoto si irrigidì all'istante e accennò un saluto. Il medico era trattenuto per un braccio da Ulfus, seminascosto dietro lo stipite. Un gesto superfluo, dato che Suger non aveva certo l'aria di volersi ribellare.

L'astrologo si alzò in piedi, invitando Adelisia a fare altrettanto. «Dovete scusarmi, mia cara, ma ho un'incombenza da sbrigare».

La bambina si ritrasse. «Non lasciatemi sola con lui!», protestò, vedendo Ulfus avanzare verso di lei.

«Non vi farà del male», la tranquillizzò lo Scoto, sussurrandole all'orecchio. «Al contrario, vi terrà al sicuro in un luogo nascosto, fino al mio ritorno».

Lei annuì debolmente. L'armigero la prese per mano e si congedò con un breve cenno. Prima di andarsene, incontrò lo sguardo dell'astrologo. Lo fissò con aria complice, poi varcò l'uscita insieme alla piccola.

Adelisia indugiò un attimo, opponendo resistenza. «Avete promesso», lo ammonì, come era usa fare sua madre. «Avete promesso, Michael».

Lui le sorrise di nuovo, infine indurì l'espressione e si rivolse al medico che attendeva sull'uscio. «Messere, accomodatevi».

Suger entrò con circospezione, le mani intrecciate sul ventre. Nonostante l'aspetto modesto, incedeva con passo orgoglioso, quasi irritato.

Lo Scoto era persuaso che il modo di camminare rivelasse il carattere delle persone. Il portamento, lo slancio e il ritmo della falcata rendevano manifesti fin da subito la disinvoltura o l'impaccio, la sicurezza o il timore. In specie, l'uomo che aveva di fronte pareva in bilico tra l'arroganza e la codardia, ma soprattutto era assai provato. «Non intendo punirvi per il vostro tentativo di fuga», volle rassicurarlo, avvicinandosi con discrezione alla porta per chiuderla a chiave. «Tuttavia, abbiamo più di una questione da discutere».

Il medico gli rivolse una smorfia perplessa. «In tutta onestà, messere, non capisco la ragione di questo incontro. Vi ho già visto, ma ignoro quale ruolo ricopriate a corte».

«Lo saprete presto, non abbiate fretta».

«Saprò pure cosa vi lega al misterioso armigero che mi ha catturato e condotto fin qui?». Il francese si fece scuro in volto. «Immagino uccida ai vostri comandi».

«Una cosa per volta». L'astrologo si fece guardingo. «Tanto per cominciare, raccontatemi come siete finito in questa spiacevole vicenda».

«Un equivoco, è palese».

«Sminuite l'entità delle vostre sciagure. Da Parigi fin qui dev'essere stato un inferno, specie al seguito di un uomo di ferro come von Marburg».

«Non è stato piacevole, lo ammetto».

Lo Scoto si lisciò il pizzetto, riordinando i pensieri. Aveva voluto quell'incontro per due ragioni precise. Ora che Ignazio da Toledo era fuori gioco, l'individuo al suo cospetto restava l'ultimo in grado di collegarlo ai delitti, quindi di attirare su di lui i sospetti di von Marburg. «Ignazio da Toledo mi ha parlato di voi», disse, per metterlo alla prova. «Pare non godiate della sua stima».

Suger si limitò a fare un gesto di stizza.

«Sostiene di aver ricevuto il mantello del Sagittario da voi». L'astrologo attese commenti. Non ricevendone, lo incalzò: «C'è da chiedersi quale interesse riponevate in siffatto cimelio, e dove l'abbiate preso».

Le mani del medico, ancora intrecciate sul ventre, parvero trattenere un conato. «Non vedo come ciò possa interessarvi».

Lo Scoto detestava quell'atteggiamento sfuggente e si innervosì al pensiero di disporre di pochissimo tempo. «Vi ho fatto condurre fin qui per determinare il vostro grado di coinvolgimento, non per dare spiegazioni». Gli girò intorno con passi da predatore. «Vi consiglio di non fare l'ottuso, messere».

A quelle parole, Suger ebbe un repentino sbalzo di umore. «Non capisco perché mi inquisiate», replicò combattivo, puntandogli l'indice sotto il naso, «ma siate certo che Konrad von Marburg verrà informato di questa conversazione!».

L'astrologo non si lasciò intimidire. Riconosceva in Suger de Petit-Pont lo stesso comportamento dei cani di piccola taglia, inclini ad azzannare al minimo accenno di pericolo. Tuttavia quell'uomo non era un sempliciotto, era intelligente e orgoglioso. Forse addirittura ambizioso, quindi corruttibile. Valeva la pena tentare. «Ribadisco che non vi sono ostile», lo quietò. «Anzi, se voleste spiegarmi come siete entrato in possesso del mantello, non è escluso che potreste ottenere da me ciò che vi è stato promesso».

Il medico titubò e, per un istante, sembrò voler fare una rivelazione. Poi il suo sguardo acquisì un'intensità che tracimava nello spavento. «Giunto a questo punto, messere, sono pago di aver salva la vita».

Il sorriso che si profilò sulle labbra dello Scoto fu un autentico capolavoro, un connubio fra omertà e accondiscendenza. Il francese doveva aver tratto una qualche morale dalle proprie disavventure. Oppure, cosa ben più grave, conosceva l'entità del rischio che correva. L'astrologo soppesò la questione, poi decise di dedicarsi alla seconda questione che gli stava a cuore. «Mi scuso di tanta insistenza. Soltanto ora comprendo fino a che punto simili eventi vi abbiano turbato... Dunque, se vi aggrada potremmo passare ad altro. Parlatemi della bambina, per esempio».

Il nuovo argomento giovò alla loquacità del medico. «Ben poco», rispose infatti, già più rilassato, «e tuttavia una cosa importante la so. Soffre di un grave disturbo».

«Spiegatevi».

«Avrete notato i suoi occhi, immagino».

«L'ho avuta di fronte soltanto per poco tempo... Sì, ho visto le pupille infiammate. Ebbene?»

«Ebbene, perde lacrime di cristallo».

Lo Scoto si portò la mano alla bocca, nascondendo lo sconcerto. In principio pensò a una menzogna, poi si ricredette. «Piuttosto insolito», commentò.

«Per dirla tutta, ha del miracoloso».

«Lasciamo i miracoli ai preti e agli sciocchi. Voi siete medicus, suppongo vi sarete fatto un'opinione al riguardo».

Suger parve apprezzare quelle parole. «Per quanto possa sembrare assurdo, i sintomi di Adelisia mi rammentano il mal della pietra. Ho avuto modo di parlarne con Benvenuto Grafeo, l'oculista, ma a suo dire non esistono rimedi».

L'astrologo si sforzò di dissimulare le emozioni, ma faticò a mantenere il controllo. Era davvero sconvolto, perché gli era affiorato alla memoria un ricordo d'infanzia, una cugina morta giovanissima a causa di una misteriosa malattia agli occhi. Non l'aveva mai vista, i genitori l'avevano sempre tenuta nascosta poiché nata deforme. Michael ne aveva sentito parlare più di una volta. Il sospetto che la malattia di Adelisia scorresse nel sangue della sua famiglia gli provocò un improvviso senso di colpa.

La voce di Suger lo riportò alla realtà. «L'unico modo di intervenire è proteggerla dalla luce solare, tenerla tranquilla ed estrarre i cristalli al manifestarsi delle crisi».

La situazione era grave. Il turbamento dello Scoto, però, nasceva anche da altre ragioni. «Immagino che von Marburg ne sia al corrente. Cosa ne pensa?».

Un sorriso amaro sul volto del medico. «Che sia opera del demonio».

L'astrologo colse nella sua espressione una sfumatura di dispiacere. «Avete a cuore quella bambina», constatò.

«Anche voi, e non poco», ribatté Suger, «benché la ragione sfugga al mio intendimento. Ho notato il modo in cui la guardate e mi sono posto delle domande. Vedete, il fatto è che io ho avuto occasione di conoscerla, di starle accanto e di provare pena per le sue sciagure. Ma voi, perché mai dovreste interessarvi a lei?».

Lo Scoto colse l'allusione, e il pericolo che ne poteva derivare. Non sapeva dire se il medico nutrisse dei semplici sospetti o fosse a conoscenza dell'intera vicenda, ma non gli importava. Non più. Quell'uomo non avrebbe dovuto parlarne con anima viva, men che meno con von Marburg. Prendendo licenza, raggiunse quindi uno scaffale dov'era riposto un servizio da vino e scelse una caraffa di vetro che conteneva del liquido rosso. «Mio caro messere», disse, «non abbiate fretta di giudicarmi». Poi riempì un secondo calice e glielo porse, tenendo il primo per sé. «L'amore e l'autoconservazione sono forze che muovono l'intero universo, non solo le vite degli uomini. E noi non possiamo che sottostare alla loro tirannia, o soccombere».

Il francese fece segno di non comprendere, poi avvicinò il calice alle labbra e sorseggiò. Michele Scoto invece non bevve. Accostò il proprio calice a una candela e studiò il liquido contenuto all'interno, infine si voltò di spalle.

Non voleva che Suger vedesse il suo sguardo.

Fu come se il vino, scendendo nello stomaco, lasciasse una scia rovente. Suger portò una mano alla gola e l'altra al ventre, piegandosi sulle ginocchia in un inferno di dolore. Provò a urlare ma dalla sua bocca uscì soltanto un rantolo strozzato. Allora iniziò a strisciare sul pavimento verso l'uomo che gli aveva negato lo sguardo, afferrandogli le vesti per trascinarlo a terra. Ma l'astrologo si voltò di scatto e lo respinse con un calcio. Il medico cadde sulla schiena mentre una zaffata acida risaliva per l'esofago, provocandogli un conato.

«Mi rincresce debba finire così», sentenziò lo Scoto, glaciale, «ma potevate causarmi troppo danno».

Suger non poté vederlo in faccia, accecato dalle lacrime e dall'agonia. Era come se un fuoco liquido gli mordesse le viscere e cercasse di farsi strada verso l'esterno. Prese a rotolarsi sul pavimento, in preda a un dolore sempre più atroce. Gli spasimi erano tanto violenti da non concedergli di provare paura.

C'era spazio soltanto per la rabbia, una rabbia disperata che nasceva dalla consapevolezza dell'inganno e dal senso di impotenza. Ancora una volta qualcun altro aveva deciso per lui, lo aveva usato come una pedina e si era arrogato il diritto di prendersi la sua vita, privandolo della possibilità di realizzare le proprie ambizioni, i propri sogni.

Fu così che si rifugiò dentro un miraggio, quattro pareti raccolte intorno a un letto dov'era coricato un moribondo. Suger lo accarezzava, rassicurandolo con parole gentili. Era suo padre. Doveva avere solo un po' di pazienza e l'avrebbe guarito. Una bambina pallidissima uscì dall'ombra e si offrì di aiutarli con le sue lacrime di cristallo, Suger disse che non ce ne sarebbe stato bisogno. Finalmente sapeva come agire. Serviva coraggio. Soltanto coraggio. Il coraggio che gli era mancato per tutta la vita.

Qualcosa turbò la visione, un rumore di unghie che graffiavano il pavimento, una contrazione di viscere allo spasimo. Poi tutto si quietò, diluendosi intorno al sorriso grato di suo padre.

Lo Scoto restò a guardare il corpo del medico finché non udì bussare alla porta. Allora rinvenne da una sorta di dormiveglia e dovette respingere un'ondata di disgusto. Fece scattare la serratura e lasciò entrare Ulfus, indicandogli il cadavere. L'armigero lo afferrò per le caviglie e lo trascinò sul tappeto più vicino, lasciando una scia di sangue misto ad altri liquidi. Nel frattempo l'astrologo raggiunse l'armadio e sbloccò il meccanismo che dava accesso al passaggio segreto.

Ulfus avvolse nel tappeto ciò che restava di Suger de Petit-Pont, lo caricò sulle spalle senza sforzo e si avviò verso il cunicolo, sparendo nell'ombra.

Lo Scoto richiuse l'ingresso e rammentò a se stesso di farlo murare al più presto, come promesso a Ignazio da Toledo. Poi osservò la macchia di sangue fresco sul pavimento e pensò che avrebbe dovuto chiamare un servo per farla ripulire, prima che Ulfus, sotterrato il cadavere, tornasse indietro con la bambina.

Nell'attesa, si sedette di fronte al camino, dove sotto un alito di fumo grigio rosseggiavano ancora le ceneri del mantello.

Il nome del Cacciatore sarebbe stato avvolto dal silenzio. Per sempre.

52

Ignazio non l'aveva ancora vista, ma sapeva che la pira per il rogo era già pronta. I servi l'avevano eretta sul lato anteriore del castello, ai margini dell'ampio spiazzo che serviva al transito di carri e cavalli. Scoprire la verità sul culto di Nembrot non gli era servito a scagionarsi dalle accuse, tantomeno a portare lo Scoto dalla sua parte. Era stato riconsegnato alle guardie del palazzo e rinchiuso su ordine di von Marburg *intra arctos muros*, in una prigione ben più angusta e scomoda della precedente. Inutile gridare la propria innocenza. L'ineluttabilità della sconfitta era stata una presa di coscienza graduale, maturata nel corso degli ultimi giorni. Del resto, aveva presagito fin da subito che si sarebbe battuto contro qualcosa al limite delle sue possibilità, e si diceva contento di aver salvato almeno Uberto. Ciò che non riusciva a tollerare era l'idea di morire tra le fiamme, nella sofferenza e nell'umiliazione. Il terrore era troppo per essere represso, ma non offuscò il suo discernimento. Il mercante conosceva quel sentimento fin da bambino. Si limitò ad accoglierlo dentro di sé come un fiele nero. Per l'ultima volta.

Quando la porta della cella si aprì, fu incatenato e scortato alla commissione di giudizio. Non si ribellò. Era stanco di battersi, stanco di cercare scappatoie. Ormai vedeva i limiti della scacchiera delinearsi con chiarezza, confini invalicabili da cui sapeva di non poter uscire. Seguì le guardie attraverso una rete di passaggi sempre più ariosi e illuminati, finché non si trovò in una grande aula dominata da un lungo tavolo rettangolare dietro cui prendevano posto varie personalità. Konrad von Marburg sedeva al centro, Michele Scoto al margine sinistro. Altri cinque uomini, tutti religiosi, occupavano i rimanenti seggi.

Ignazio li osservava in piedi, a circa dieci passi dal tavolo, le braccia lungo i fianchi e il peso delle catene che pendevano dai polsi. Non aveva l'aria dello sconfitto. Consapevole dell'interesse che suscitava, si mantenne ritto con una smorfia di fierezza sul volto. Che gli togliessero pure la vita, si disse, ma non l'orgoglio di affrontare a viso aperto i propri nemici.

Konrad von Marburg lo scrutò con noncuranza, infine fece un cenno allo scrivano seduto a sinistra del tavolo, perché iniziasse a stendere il verbale. «In nome di Sua Santità papa Gregorio IX, episcopo della Chiesa Cattolica e servo dei servi di Dio, il sottoscritto Konradus de Marburc, *predicator verbi Dei*, gravato del compito di indagare sull'errore eretico, si accinge con l'aiuto di Dio a interrogare il principale sospetto di una serie di delitti perpetrati a causa di un culto blasfemo e necromantico rivolto a una trinità luciferina». Attese che la formula venisse trascritta, poi proseguì. «Giunto fin qui, a Palermo, limite estremo del Sacro Romano Impero, il soprascritto condurrà la *quaestio* con ogni mezzo consentito, al solo beneficio di verità e giustizia. A scanso di negligenze e vizi di procedura, simile ufficio verrà svolto alla presenza dei testimoni Michele Scoto, consigliere imperiale, e Berardo di Castagna, arcivescovo di Palermo», rivolse un cenno di ossequio all'anziano prelato che gli sedeva accanto, «insieme a quattro monaci del duomo di Monreale, i cui nomi figureranno in calce al verbale».

Il mercante ascoltò senza tradire emozioni, e mentre deglutiva seguì l'annotare frenetico dello scrivano. Per un attimo, l'unico rumore ad attraversare l'aula fu il graffiare della penna sulla pergamena.

Dopo una breve pausa, il prete germanico scrutò uno a uno i presenti. «Prima di iniziare, è bene che riassuma alle vostre graziose signorie i fatti, affinché tutti siano informati della vicenda. Così facendo, si eviterà di incorrere in fraintendimenti durante l'interrogatorio», e soffermò lo sguardo sullo Scoto, quasi per ottenere licenza.

«Vi prego, reverendo», l'astrologo era impassibile, «continuate».

C'era un lampo di inquietudine negli occhi di Ulfus. Adelisia l'aveva scorto per un attimo, prima di vederlo scomparire dietro le sue iridi opache. Non riusciva a immaginare cosa potesse spaventare un uomo tanto imponente, ma se fosse stata capace, avrebbe trasformato quell'inquietudine in un veleno mortale. Non le importava che l'armigero si fosse preso cura di lei, tenendola nascosta in una grotta e portandole del cibo. Era l'assassino di sua madre. Lo odiava e lo temeva al punto di provare repulsione nello stargli accanto. Nello studio dell'astrologo, zeppo di oggetti misteriosi, la bambina poteva per fortuna tenerlo a distanza. Ogni cosa, lì dentro, le parlava di Michael, facendola sentire al sicuro e rilassata. Non sapeva perché, ma si era subito trovata a suo agio con lui, come se lo conoscesse da sempre. Tuttavia qualcosa la turbava. L'uomo schivo e premuroso che portava il nome dell'arcangelo era legato al carnefice di sua madre. Al solo pensiero, provava il desiderio di fuggire via, lontano da tutto.

«Perché l'avete uccisa?», chiese d'un tratto, incapace di reprimere lo sdegno.

Ulfus era affacciato a una finestra. La guardò in tralice, ben attento a non fissarla negli occhi. «Un ordine», rispose con la sua voce cavernosa.

«Un ordine di chi?».

L'armigero indicò il tavolo con la scacchiera. Il tavolo da cui poco prima si era alzato Michael.

«Non è vero!», ribatté Adelisia, sconvolta.

Ulfus riprese a fissare la finestra.

«Non è vero!», gridò ancora la bambina.

Ulfus non la ascoltava più, lo sguardo già perso in altri regni. La sua faccia era una maschera inespressiva, il suo corpo una massa inerte. Ma a un risuonare di cardini, quella fissità si spezzò.

L'armigero si voltò di scatto, puntando gli occhi verso l'ingresso. Il battente socchiuso... Adelisia era scomparsa!

Imprecando contro se stesso, si lanciò all'inseguimento.

Konrad von Marburg aveva concluso l'esposizione dei fatti, elencando i delitti di Seligenstadt, Parigi, Napoli e Salerno avvenuti negli ultimi quattro mesi. Aveva inoltre descritto per sommi capi i riti del culto innominabile associato all'Homo Niger, meglio noto come magister di Toledo, di cui era venuto a conoscenza durante le proprie indagini. Michele Scoto spiava la sua espressione venata di sacro furore, sforzandosi di nascondere l'irritazione e il disprezzo. Quel dannato prete aveva davanti agli occhi quasi tutti gli elementi, eppure non riusciva a cogliere la bellezza del culto di Nembrot. Il Cacciatore rappresentava l'eredità mistica dell'era dei giganti, un retaggio che nasceva dall'antica Caldea e si era arricchito del sapere ermetico egizio, greco e orientale. Secondo quegli insegnamenti, gli astri non erano soltanto dei corpi inanimati intenti a gravitare nei cieli, bensì un intricato sistema di simboli e forze primordiali che definiva i rapporti tra l'uomo, la natura e Dio. Non vi era verità più originaria, né culto più arcano. E Nembrot ne era stato il primo grande sacerdote.

Soltanto Ignazio da Toledo pareva aver compreso quel segreto, mostrandosene interessato ben oltre il desiderio di trovare salvezza. Lo Scoto aveva ancora presente la sua espressione rapita mentre scrutava gli astri. Finalmente un uomo che sa dove rivolgere lo sguardo, si era detto in uno slancio di compiacimento. Il mercante era un suo pari, ne era certo. Ecco perché non gli aveva negato alcuna spiegazione. Ma era anche un nemico. Emise un sospiro e lo guardò ergersi con coraggio di fronte al germanico, in orgoglioso silenzio. Era un peccato che un simile individuo dovesse soccombere a causa dell'ottusità di un esaltato.

All'improvviso, Konrad von Marburg riprese a parlare. «Se nessuno tra i presenti ha obiezioni», disse, «passerei all'interrogatorio».

Nessuno accennò a voler ribattere. Il resoconto era stato esauriente e cristallino. Ma prima che il germanico potesse riprendere la parola, per rivolgersi finalmente all'accusato, fu interrotto da un concitato bussare all'ingresso. I monaci di Monreale sobbalzarono per la sorpresa. Lo Scoto invece si alzò di scatto e fece cenno a due guardie di aprire.

Entrò un valletto trasfigurato da uno strano entusiasmo.

«Ebbene?», lo interrogò l'astrologo, troncando con un gesto le proteste di von Marburg.

«Sua maestà!», disse il valletto, riprendendo fiato. «Sua maestà è giunto alla Favara!».

Adelisia correva come una forsennata per i corridoi del palazzo, incurante della direzione da prendere. Non era vero!, gridava dentro di sé. Non poteva credere che Michael avesse ordinato la morte di sua madre. Perché mai avrebbe dovuto farlo? Lui era un uomo buono, desiderava proteggerla.

D'un tratto si sentì inseguita e scoprì di avere Ulfus alle calcagna. Non si sarebbe lasciata prendere. Si mosse ancora più rapida, sconvolta da un tumulto di emozioni. Voleva andarsene, dimenticarsi di ogni cosa. Attraversò in fretta un'arcata di tufo e deviò a sinistra, la testa bassa e i pugni chiusi. Sentiva soltanto il rumore del suo respiro, in testa un turbinio di pensieri sempre più frenetico e confuso. All'improvviso urtò qualcosa. Cadde riversa, battendo la schiena sul pavimento.

Confusa e intorpidita, si rialzò subito sulle ginocchia per riprendere la fuga. Ma di fronte a lei c'era un soldato.

Ignazio aveva i muscoli contratti fino allo spasimo, il petto e lo stomaco pervasi da ondate di emozioni. Si chiedeva se l'annuncio dell'arrivo di sua maestà avrebbe potuto mutare la sua situazione, ma non immaginava se in meglio o in peggio. Nel tavolo di fronte a sé, tutti avevano perso la loro algida compostezza. Lo Scoto sembrava il più inquieto. Il mercante lo vide rivolgere a von

Marburg la richiesta di sospendere la quaestio e precipitarsi fuori dall'aula insieme al valletto.

Ne seguì una lunga attesa, durante la quale Ignazio restò in piedi a misurarsi con le occhiate rapaci del germanico. Nell'atteggiamento di Konrad, tutto era specchio di un'impeccabile disciplina marziale. Rigido e assolutamente immobile, von Marburg pareva attendere paziente di riprendere l'esercizio del proprio ufficio, quasi l'interruzione fosse dovuta a una semplice formalità. Soltanto le sue iridi nere tradivano una collera trattenuta a stento, la brama ferina di annientare la preda. Ignazio finse di ignorarlo, covando la speranza che l'avvento di Federico II potesse per lo meno rimandare il giudizio. Ma non si illudeva. A desiderare la sua morte non era soltanto von Marburg, ma anche lo Scoto. L'astrologo avrebbe fatto di tutto pur di accelerare l'esecuzione, in modo da liberarsi dell'unico uomo in grado di smascherarlo e della presenza a corte dell'inviato del papa.

D'un tratto la porta si riaprì, lasciando rientrare lo Scoto.

«Ebbene», annunciò l'astrologo, imperscrutabile, «con sommo giubilo annuncio l'arrivo di sua maestà. Federico II ha raggiunto Palermo dopo un approdo a Brindisi e ora è qui, nel Castello della Favara. L'ho appena incontrato per informarlo del giudizio in corso, ma a quanto pare sua maestà ne era già al corrente e ha insistito per prendervi parte insieme al notabile Taddeo da Sessa».

Konrad von Marburg sussultò. «Come può essere che ne sia già al corrente? Da quali fonti ha saputo?»

«Durante lo sbarco, pare si sia imbattuto in un sospettato», spiegò lo Scoto, lanciando uno sguardo allusivo al mercante.

Ignazio si sentì raggelare mentre udiva il germanico dare voce al suo stesso interrogativo: «Quale sospettato?»

«Uberto Alvarez».

Fu trascinato in catene a fianco del padre. Osservò il lungo tavolo che dominava l'aula e le personalità sedute dietro di esso, soffermandosi su Konrad von Marburg. Non lo vedeva da Napoli, dopo la morte di Alfano Imperato, ma fu subito pervaso dall'astio e dal senso di sfida, come se da quella terribile notte fosse trascorso soltanto un giorno. Non appena si rese conto di avere attirato i suoi sguardi, Uberto lo fissò con un tale sdegno da sfiorare l'impudenza. Non osate!, pensò. Non osate scrutarmi a quel modo, poiché sono uomo dabbene. Fu quasi sul punto di pronunciarlo ad alta voce, ma si trattenne per rivolgersi al padre. «Volevo riscattarti», mormorò costernato.

«Stolto», lo rimproverò Ignazio. Non staccava gli occhi dal germanico, quasi si aspettasse un agguato improvviso. La fronte era madida di sudore, contratta in solchi di rabbia e paura.

Rabbia e paura ingigantite a causa sua, pensò Uberto. Il padre aveva fatto di tutto per salvarlo, mentre lui, con la sua avventatezza, ne aveva vanificato il sacrificio.

«A quanto pare», l'accento ironico di von Marburg spezzò le sue riflessioni, «si dovrà erigere una seconda pira».

«Non è detto, magister», intervenne il vescovo di Palermo, senza cogliere il motteggio. «Se ben legati, due uomini si possono ardere allo stesso palo».

I monaci di Monreale si scambiarono dei commenti sottovoce, ma all'udire un rumore di passi zittirono all'istante.

Il rumore aumentò finché Federico II fece ingresso nella sala, attorniato da un ventaglio di cavalieri. Indossava abiti eleganti ma semplici, che tradivano nei particolari un'attenzione per la moda araba. Al suo fianco, Taddeo da Sessa.

I cavalieri intimarono ai presenti di alzarsi dai loro seggi per porre omaggio. Von Marburg fu l'unico a opporsi. «Inammissibile!», commentò, con gli occhi che parevano schizzare fuori dalle orbite.

Taddeo da Sessa lo scrutò con sdegno. «Inginocchiatevi, *frater*!», sibilò per riportarlo all'ordine. «Siete al cospetto di Federico II Hohenstaufen, *Imperator Romanorum*».

«E io sono un inviato di Sua Santità, rappresentante di Cristo in terra». Konrad scattò in piedi con aria di sfida. «Essere al mio cospetto equivale a trovarsi di fronte alla sua persona, pertanto...».

Federico II passò oltre senza degnarlo della minima attenzione. «Papa Gregorio dev'essere uscito di senno se invia persino i suoi presbiteri a molestarci», e rabbonì i cavalieri con un gesto. «Che il prete torni pure a sedersi, non sapremmo cosa farcene dei suoi ossequi». Attese che il vescovo gli porgesse omaggio, quindi occupò il centro del tavolo con il giurista alla sua destra e l'astrologo alla sua sinistra.

Soffocando l'umiliazione, Konrad prese posto insieme al vecchio Berardo di Castagna, mentre i monaci di Monreale furono costretti a restare in piedi.

Sua maestà osservò i due accusati, infine von Marburg. «Reverendo», lo apostrofò, «auspichiamo abbiate solide ragioni per giustificare questa intrusione. Sarete pure estensione della mano del papa, ma siffatto palazzo non è sede indicata per ospitare un tribunale spirituale».

«Sono stato costretto a fare di necessità virtù, maestà». Riacquistando padronanza di sé, Konrad indicò Ignazio con un gesto rapace. «Già una volta costui mi sfuggì, non gli offrirò certo una seconda occasione».

«Avventato e poco accorto, dunque», lo derise l'imperatore. «Sua Santità sceglie i propri mastini con sempre minor oculatezza».

Il germanico scosse il capo. «La fuga di quel losco individuo non è da imputarsi alla mia scarsa virtù. Egli è dotato di una furbizia diabolica, in grado di ingannare persino il più zelante indagatore».

Federico II era scettico. «Voi dite? A noi pare un uomo qualunque».

«Non lo è, sire», intervenne lo Scoto. «Il reverendo Konrad von Marburg è persuaso di quanto afferma e di poterlo dimostrare senz'ombra di dubbio».

«Non prima di aver interrogato l'imputato», puntualizzò il germanico. «È la prassi. Pertanto, con licenza di sua maestà...».

«E sia, ma siate breve», disse il sovrano. «Per accondiscendere ai vostri capricci abbiamo dovuto rimandare urgenti incombenze. A tal proposito, ringraziate Taddeo da Sessa. Non fosse stato per il suo consiglio, saremmo stati tentati di rispedirvi a Roma in groppa a un somaro».

Konrad chinò il capo in segno di riconoscenza, ma Uberto scorse distintamente il sorriso di cattiveria che iniziava a deformargli il volto.

Von Marburg si levò in tutta la sua statura e, aggirando il tavolo, si mise di fronte agli imputati. «Siete voi Ignazio Alvarez da Toledo, mercante di reliquie?», chiese con voce metallica.

«Sono io».

«E costui è vostro figlio, Uberto Alvarez?»

«Lo è».

«Confermate di esservi trovato a Napoli nella giornata del venerdì 13 aprile dell'anno corrente e di aver venduto false reliquie a un uomo di chiesa, il canonico Alfano Imperato, pur conoscendo le proibizioni vigenti in merito?».

Prima che il mercante potesse rispondere, Federico II batté un pugno sul tavolo, facendo schizzare via la penna dello scrivano. «Reverendo! Non avrete sollevato un polverone per un semplice caso di mercimonio di false reliquie!».

«Questo è soltanto l'inizio, maestà», lo rassicurò il germanico, altero. «L'accusa nei confronti di costoro è duplice, eresia e negromanzia». Poi si rivolse all'interrogato. «Attendo la vostra risposta, messere».

Ignazio si mantenne impassibile. «Confermo di essermi trovato a Napoli e di aver incontrato il reverendo Alfano nella data da voi resa nota», disse, soppesando ogni parola. «Ma come già ebbi modo di spiegarvi, la questione non riguardò la vendita di alcuna reliquia. Si trattò piuttosto di un...».

«So bene di cosa si trattò», lo zittì Konrad. «Me ne parlò lo stesso Alfano, pace all'anima sua, prima che cadesse vittima di un vostro agguato. Non è forse vero?»

«La memoria vi inganna, reverendo», ribatté il mercante. «Mentre il canonico Alfano veniva trucidato a pochi passi dalla cattedrale di Santa Restituita, ero ancora segregato nel Castello Marino per vostro ordine. Non posso certo essere stato io a commettere quell'omicidio».

Von Marburg parve quasi grato della precisazione. «Infatti l'ha commesso vostro figlio, per voi». Incrociò le braccia al petto. «L'ho visto con i miei occhi».

Nel sentirsi chiamato in causa, Uberto avanzò d'un passo. «Tutto ciò che avete visto», vociò indignato, «è stato il mio tentativo di salvare la vita ad Alfano. Purtroppo non ho fatto in tempo, e me ne rammarico, ma non sono stato io a ucciderlo. Se foste sopraggiunto un attimo prima, avreste scorto il vero omicida fuggire via...».

«Tacete, voi!», sibilò il germanico. «Non siete stato ancora interpellato».

«E tuttavia», intervenne Taddeo da Sessa, «non possiamo ignorare una simile obiezione. A onore del vero, inviterei il figlio dell'Alvarez a continuare».

Uberto diresse un cenno di gratitudine al giurista, quindi parlò a tutti i presenti. «Era mia intenzione scongiurare il canonico Alfano di intercedere per mio padre, trattenuto ingiustamente da von Marburg. Mi recai con simile intento alla cattedrale di Santa Restituita e gli parlai dopo la messa dei vespri, fuori dall'edificio. Fu allora che comparve il vero responsabile dell'omicidio. Un cavaliere». Scrutò rapidamente l'espressione di Ignazio e soprattutto quella dello Scoto, che d'un tratto era diventato pallido. Si chiese se il patto con l'astrologo fosse ancora valido e, nel dubbio, decise di non coinvolgerlo. «Un cavaliere di cui ignoro il nome e la provenienza, come pure le ragioni del suo agire», specificò. «Ciò nondimeno, si tratta dello stesso uomo che uccise Gebeard von Querfurt nelle catacombe di Napoli, davanti agli occhi di mio padre e dello stesso Alfano».

«Pur ammettendo che siate sincero», perseverò Taddeo, «potreste chiamare in causa qualcun altro in grado di confermare l'esistenza di questo cavaliere?»

«Suger de Petit-Pont», disse il giovane, speranzoso. «Mi ha confidato di averlo visto a Parigi».

«Suger de Petit-Pont è scomparso», si affrettò a intervenire lo Scoto, «in seguito all'incendio del palazzo». Fissò con aria dispiaciuta il giurista e il prete germanico. «Ci sono buone probabilità che sia perito tra le fiamme, tentando la fuga».

«Insieme all'altro testimone», soggiunse Konrad, irritato.

«L'oculista giudeo», precisò l'astrologo, in risposta alle occhiate interrogative di Federico II. Il monarca annuì, sempre più confuso.

«Una vera ecatombe», commentò il vescovo di Palermo, inarcando le bianche sopracciglia.

«Non certo avvenuta per caso», commentò Konrad, riprendendo la parola. «L'incendio è stato appiccato proprio nel luogo di detenzione di quell'uomo». E indicando Ignazio, gli chiese: «Non siete forse stato voi l'artefice di tutto questo?»

«Ho tentato la fuga, l'ammetto», rispose il mercante, «ma non era mia intenzione arrecare danno a chicchessia».

«Eppure sono morte delle persone», insistette von Marburg. «E per uno strano caso, proprio le uniche in grado di testimoniare contro di voi».

«Congetture vostre».

«Lo vedremo», replicò il germanico, e si rivolse ai presenti con voce squillante: «Cosa avevano in comune Alfano Imperato, Suger de Petit-Pont e Benvenuto Grafeo con ogni altro sventurato perito in questa vicenda? Ve lo dirò io, signori miei! Avevano tutti a che fare con il magister di Toledo, meglio noto come Homo Niger! E costui è...».

«Non potete dimostrarlo!», intervenne Uberto, impedendogli

di completare la frase. «Nessuna delle tre persone da voi menzionate aveva i tatuaggi!».

Konrad dominò una reazione ferina, allargando un sorriso da sciacallo. «Oh, bene! I tatuaggi! Quasi me ne scordavo». E con maggior veemenza, parlò ancora all'uditorio: «Le vostre graziose signorie forse ignorano che i seguaci del magister di Toledo recano come segno di riconoscimento dei tatuaggi impressi sulla loro mano destra, al pari dei frigi devoti a Sabazio. Badate bene! Non faccio riferimento a una congrega qualsiasi, bensì a una *Luciferianorum secta* che sta infettando ogni angolo del Sacro Romano Impero. Il suo culto è di un tale abominio da non ammettere nessun perdono. E tutto nasce dai precetti di un solo uomo. Un magister che io, senza ombra di dubbio, riconosco nel mercante ispanico al nostro cospetto!».

Ignazio evitò di controbattere, si limitò solo a fissare Federico II con aria indignata. «Congetture, vostra maestà». Ma non poté sottrarsi alla sferza dialettica del germanico, che avanzò di scatto verso di lui.

«Non avete forse riconosciuto i segni necromantici rinvenuti nell'alloggio di Gebeard von Querfurt?», inquisì von Marburg.

«Ho formulato delle supposizioni su di essi», disse il mercante, «ma...».

«E in tale frangente non mi avete forse parlato di magia, evocazioni e filosofie occulte?»

«Avevate chiesto una mia opinione in merito, e io ve l'ho data».

Konrad digrignò i denti, quasi si preparasse ad azzannarlo. «Cercavate di corrompere anche me, non è vero? Volevate iniziarmi alle vostre turpi dottrine!». Senza attendere risposta aprì le braccia, trasformando il proprio corpo in un crocifisso vibrante di ossessioni. «Ma io ho saputo scorgere la turpitudine laddove si annidava! Ora dite, mastro Ignazio, o forse dovrei chiamarvi magister... Dite! Volete rivelarci l'autentica natura del tenebroso cavaliere comparso in questi mesi a Napoli, a Salerno e persino a Parigi?».

Il volto del mercante era teso e lucido di sudore. Il suo sguardo andò per un attimo allo Scoto, infine ritornò sull'accusatore. Sperava ancora di poter salvare Uberto, e a tal fine cercò di guadagnarsi la complicità dell'astrologo. «Né io né mio figlio abbiamo mai avuto a che fare con quel cavaliere, chiunque egli sia. Tanto basta, dato che voi non siete in grado di provare il contrario».

«Ne siete persuaso?». Il tono di von Marburg si era fatto beffardo. «Io invece ho la certezza che voi e vostro figlio abbiate assistito alla morte di almeno tre adepti dell'Homo Niger. Gebeard von Querfurt, Alfano Imperato e Remigarda di Acquanegra. Tutti e tre stroncati da una fiammata che consumò le loro carni... Osate contraddirmi?». Si voltò di scatto verso l'imperatore. «Quale sfacciataggine, maestà!», poi ancora verso Ignazio, che si ostinava a tacere. «Non ho bisogno che mi rispondiate! Tenetevi pure le vostre menzogne e parlateci piuttosto di quelle fiamme assassine. Non sono certo di natura terrena, dico bene? Suppongo provengano da un cacciatore infernale o da un qualsiasi altro spirito maligno. L'avrete certo evocato grazie a uno di quei cerchi magici di cui vi siete mostrato tanto esperto conoscitore!».

Il mercante scosse il capo, pervaso dal disprezzo per quell'assurdo sproloquio. «Reverendo padre», disse, «se anteponeste l'intelletto al fanatismo, capireste che quelle morti non furono causate da alcun genere di sortilegio, bensì da proietti infuocati. Ordigni alquanto ingegnosi, l'ammetto, ma pur sempre opera di un uomo in carne e ossa». Subito dopo aver parlato, si rese conto di essere caduto nell'ennesima trappola.

«Ancora una volta vi mostrate più informato di chiunque altro», ribatté Konrad, per poi voltarsi verso Taddeo da Sessa. «Non è già questa un'ammissione di colpa?».

Sentendosi chiamato in causa, il giurista si strinse nelle spalle. «Non saprei dire, padre. Il coinvolgimento degli imputati è palese, come pure la scarsità di prove a loro carico. Chiedo venia, pertanto, se in materia di eresia mi rimetto al parere di sua eccellenza il vescovo».

Tirato in ballo, Berardo di Castagna fece un gesto vago. L'età avanzata pareva affievolire il suo grado di attenzione, eppure non gli impedì di prendere parola: «Non mi è consentito esprimermi *in spiritualibus*, poiché fino a ora non si è specificato quasi nulla su questa setta di Luciferiani. Il suo nome giunge nuovo alle mie orecchie e la sola menzione dell'Homo Niger non basta a comprendere di cosa si stia esattamente parlando».

«Per vostra informazione, eccellenza», disse Konrad, «sappiate che questa setta è devota a una trinità blasfema che si antepone a quella della vera fede. Una trinità che si dice più antica, gettando fango sul mistero del Padre, del Figlio e dello Spirito Santo! Non mi è dato conoscere altro, a parte simboli misteriosi tracciati sul pavimento e il culto di uno strano mantello, di cui venni a conoscenza in sede di interrogatorio».

Il vescovo di Palermo fece cenno di aver compreso, pur mostrandosi scettico. «Ma avete mai sorpreso uno degli inquisiti in flagranza di reato, ovvero nell'adempimento dei rituali da voi descritti?»

«No, vostra grazia».

Berardo di Castagna si rivolse al mercante. «E voi, messere, siete forse in possesso del mantello di cui il reverendo von Marburg fa menzione?».

Ignazio gli rivolse un sorrisetto confuso. «Non ho altri mantelli a parte quello che indosso», e ne sollevò i lembi con un gesto teatrale, strappando alcune risate a chi gli sedeva di fronte.

«Però», Konrad era sempre più combattivo, «non si può ignorare che quest'uomo sia giunto fin qui... Nel cuore della curia regis». Guardò il mercante. «Confessate! Volevate diffondere in questo luogo il seme dell'eresia?»

«Assolutamente no», rispose candidamente l'ispanico, fomentando ancora l'ilarità generale. «Sono giunto a Palermo per implorare la clemenza dell'imperatore, e tentare di porre fine a questo grottesco equivoco».

«Come si suol dire», intervenne Federico II, quasi soddisfatto, «non si è cavato un ragno dal buco».

Ma von Marburg non aveva certo l'aria dello sconfitto. «È presto per dirlo, maestà». Scrutò il mercante in un misto di rabbia ed eccitazione. «Non si è ancora ricorsi alla tortura», e mentre si rivolgeva alle guardie appostate all'ingresso in cerca del boia, vide un uomo intento a sbracciarsi per attirare la sua attenzione. Era uno dei soldati che aveva portato al proprio seguito dal Castello Marino. Konrad scorse *qualcosa* alle sue spalle, e riconoscendola ebbe un'improvvisa folgorazione. Agitò le mani in avanti, come per cancellare le ultime parole dette, poi le giunse in segno di supplica. «Chiedo una breve interruzione», annunciò, pregustando il momento della prossima offensiva. «Vorrei meditare in solitudine, per chiedere consiglio al Signore».

E senza attendere alcun permesso, uscì dall'aula per intrattenersi con quel soldato.

Al ripresentarsi di von Marburg, Ignazio si trovò di fronte a una scena del tutto inaspettata. Il germanico era rientrato in compagnia di una bambina. La tenne per mano, strattonandola come un mulo testardo finché non giunse dinanzi alla commissione di giudizio.

«Ma è Adelisia...», mormorò Uberto, preoccupato. «Sai cosa ci fa qui?».

Il padre scosse il capo, altrettanto stupito. Quella notte, prima di essere riconsegnato alle guardie del palazzo, aveva parlato della bambina allo Scoto, mettendolo a parte del triste segreto di Remigarda. Nell'apprendere di avere una figlia, l'astrologo si era quasi commosso, lasciando trasparire una gran pena per le sue sciagure. Mi prenderò cura di lei, erano state infine le sue parole. Ignazio non ne aveva dubitato, poiché d'un tratto si era trovato di fronte a un uomo assai diverso dall'astuto avversario che aveva imparato a temere. Michele Scoto, nato sotto l'influsso di Mercurio, sapeva essere tanto spietato quanto protettivo. Ecco perché il mercante aveva creduto fino ad allora che Adelisia fosse al sicuro, sotto la custodia di Ulfus... Cosa ci faceva tra le grinfie di von Marburg?

L'astrologo sembrava porsi la stessa, inquietante domanda. Sempre più pallido, stringeva i braccioli del seggio con nervosismo, combattendo contro l'istinto di scattare in piedi. «Reverendo padre, perché portate una bambina al nostro cospetto?», chiese con tono indignato. Benché tentasse di nasconderlo, doveva essere fuori di sé per la rabbia e per lo spavento. Il germanico l'aveva giocato. Aveva giocato tutti quanti.

Konrad alzò le sopracciglia con noncuranza. «Un mio soldato l'ha trovata che correva tra i corridoi del palazzo».

«E dunque?», continuò l'astrologo. «Non è luogo indicato per bambini, questo».

Adelisia gli rivolse un'occhiata implorante. Pareva troppo spaventata per riuscire a parlare, ma lo fissava come se fosse la sua unica fonte di salvezza.

«Vi ingannate, messere, non è una comune bambina», spiegò il germanico a gran voce. «È figlia di una seguace di Ignazio da Toledo, la fattucchiera Remigarda di Acquanegra, che fu trucidata la stessa notte in cui l'ispanico fuggì da Salerno». Poi scrutò il mercante con aria di sfida. «Mastro Alvarez, è anche questo un equivoco?»

«Remigarda di Acquanegra non era una fattucchiera, ma una guaritrice», disse Ignazio, immaginando le vere intenzioni del prete. «Non l'avevo mai vista prima di qualche giorno fa e mi recai da lei soltanto per avvertirla di un imminente pericolo, ma i miei sforzi non valsero a nulla. È stata uccisa dallo stesso cavaliere...».

«Ancora quel cavaliere!», sbottò il germanico. «Vi nascondete dietro argomenti privi di sostanza, menzogne e chiacchiere da taverna... Invece io posso finalmente esibire una prova concreta del vostro potere demoniaco!». Strattonò in avanti Adelisia con una tale brutalità da strapparle un grido. «Questa fanciulla, seppur di tenera età, è già stata infettata dal vostro male», e con la mano libera mostrò ai presenti un piccolo oggetto dai riflessi biancastri. «Vedete questa pietruzza, graziose signorie? La vedete tutti? Ebbene, non ha un'origine comune alle altre pietre! Fu prodotta per *stregamentum*, uscendo dagli occhi di questa sciagurata bambina!».

«Bontà divina!», esclamò il vescovo di Palermo, fissando d'un tratto l'interrogato con malcelata ostilità. «Mastro Ignazio, come spiegate questa... aberrazione?»

«Una semplice malattia, eccellenza», rispose il mercante, consapevole di sprecare fiato. Lui stesso stentava a credere che il disturbo di Adelisia fosse dovuto a cause naturali, figurarsi uomini che vedevano il diavolo in ogni dove. «Una malattia rara e terribile», ripeté.

L'anziano prelato si sporse in avanti. «Sapreste essere meno vago?».

Incapace di trovare parole più esaustive, Ignazio dovette rassegnarsi al silenzio. Non era medicus, e benché dotto, non sapeva nulla in fatto di malattie oculari. Se soltanto Benvenuto Grafeo fosse stato tra i presenti...

«Un disturbo simile al mal della pietra, suppongo», spiegò lo Scoto, togliendolo dall'imbarazzo. Temeva per Adelisia, a ragion veduta, e con quell'intervento sperava di scagionarla dai sospetti. Se la schermaglia tra il mercante e il prete germanico non avesse assorbito l'attenzione comune, chiunque si sarebbe accorto del suo sforzo di nascondere le emozioni.

«Magister!», strepitò von Marburg. «Negate l'opera del Maligno benché sia a tal punto manifesta?».

L'astrologo si coprì il volto con fare riflessivo, osservando la bambina che cercava ancora di ribellarsi, lo sguardo fisso su di lui.

«Michael...», piagnucolò a quel punto Adelisia, attirando un'occhiata sospettosa del suo costrittore.

Ignazio temette che il germanico potesse intuire il loro legame. «Dite, reverendo», esclamò di slancio, per evitargli di trarre conclusioni. «A vostro giudizio, quale sorte spetterebbe alla bambina?»

«L'esorcismo», rispose Konrad, «per liberarla dalla corruzione».

«E se poi continuasse a piangere cristalli?»

«Il fuoco».

Il mercante annuì, lanciando un'occhiata significativa in direzione dello Scoto. Il dado era tratto, pensò. Se fosse stato un uomo cinico e indifferente alle sofferenze altrui, avrebbe potuto ribaltare la propria situazione con poche parole. Sarebbe bastato rivelare il legame tra l'astrologo e Adelisia, tirando in ballo il coinvolgimento sentimentale di Remigarda e l'obbedienza di Ulfus, per riuscire a scagionare se stesso e Uberto. Konrad era un fanatico, ma il suo istinto di segugio non avrebbe tardato a scorgere la trama stretta intorno allo Scoto. E l'astrologo era fin troppo scosso per protrarre ancora a lungo la sua commedia. Sarebbe stato facile farlo confessare... Ma in tal caso, cosa sarebbe accaduto a Adelisia? Al pensiero di una creatura tanto fragile nelle mani di un carnefice, Ignazio fu pervaso dall'orrore. «La bambina è innocente», disse d'istinto. «Lasciatela andare, confesserò ogni cosa».

Uberto gli rivolse uno sguardo commosso. Doveva aver compreso, e approvava.

Konrad von Marburg fu attraversato da un tale fremito di vittoria che liberò di colpo Adelisia, facendola cadere a terra. «Confermate dunque le mie accuse?»

«Il responsabile sono soltanto io», esclamò il mercante, pervaso da una spossatezza fisica e morale.

«Sia messo a verbale!», ordinò subito, senza staccargli gli occhi di dosso. «Dunque, messere, ammettete di essere voi il magister di Toledo?»

«Non mi riconosco in tale nome», rispose Ignazio, «ma a onore del vero, so bene di rappresentare ciò che voi odiate sopra ogni altra cosa».

Von Marburg avanzò con lunghe falcate verso di lui, avvicinandosi al punto da fargli respirare il suo alito amaro. «E vostro figlio?».

L'inquisito sostenne il suo sguardo. «Fu costretto a obbedirmi contro la sua volontà. È privo di colpa, come la bambina».

«Ma è vostro figlio...», rimarcò il prete, diffidente.

«Soltanto io!», gridò Ignazio, costringendolo a indietreggiare. «Questa faccenda è tra voi e me, dico bene? Siate maledetto, soltanto io sono colpevole!».

«Non posso permetterlo». Konrad digrignò i denti in uno spasimo di emozioni violente. «Uberto Alvarez non scamperà al giusto supplizio».

«Invece sì, se gli ordinerete di prostrarsi e di baciare la croce!». Il mercante non demordeva, benché con ogni fibra del suo essere desiderasse ritrattare e accusare lo Scoto. Ma non poteva abbandonare Adelisia a un destino tanto crudele. Come avrebbe convissuto con la colpa di aver mandato al rogo una bambina? Si lasciò cadere in ginocchio, pervaso dal terrore più grande che aveva mai provato. Ciò nondimeno, trovò la forza di implorare il suo accusatore. «Vi supplico, reverendo! Mio figlio è un cristiano fervente. Se gliene darete la possibilità, invocherà il perdono del Cristo Salvatore e della Santa Romana Chiesa... e sarà salvo!».

Von Marburg torreggiava su di lui, una figura nera e implacabile. «E voi non sareste disposto a farlo?»

«No, non lo farò». Ignazio alzò il viso, un'espressione intagliata nel dolore. «Perché voi bramate una vittima, e non sarete soddisfatto finché non ne avrete trovata una. Sono io il vostro uomo. Io il colpevole».

«A quanto pare», disse il vescovo, arroccato dietro il tavolo, «l'imputato rifiuta l'ultima possibilità di redenzione».

«Così sia», sentenziò Konrad. «Sia portato alla pira».

«Non tanto in fretta». La voce di Michele Scoto li costrinse improvvisamente a voltarsi. «Se lor signori lo consentono, l'etica imporrebbe un ulteriore scrupolo». Scambiò un'occhiata con Federico II e Taddeo da Sessa. «Data la quasi totale assenza di prove, non si può escludere che Ignazio da Toledo si stia sacrificando per tutelare le vite di due innocenti, il giovane e la bambina. In tal caso il suo comportamento non sarebbe da intendersi quello di un negromante recidivo, bensì di un uomo di grande nobiltà d'animo».

«Ha confessato!», sbraitò von Marburg, nel timore di vedersi sottratta la preda. «Ha ammesso la propria colpa!».

«Ha pure ammesso di non riconoscersi nel magister di Toledo», chiosò il giurista, invitandolo a calmarsi.

«Ordunque?». Gli occhi del germanico interrogarono ogni personalità assisa al tavolo. «Cosa vale più di un'ammissione di colpa?».

I monaci di Monreale si consultarono tra loro mentre la maggior parte dei presenti teneva lo sguardo puntato sull'astrologo. Fu proprio lui, infatti, a trovare la risposta. «Propongo che Ignazio da Toledo sia sottoposto all'ordalia del fuoco», disse con tono quasi ingenuo. «Siano le fiamme a decidere la sua salvezza o la sua condanna, in ottemperanza al volere divino».

Nessuno ebbe da obiettare.

Il braciere di pietra somigliava allo scudo di una divinità remota nata dalle profondità di un vulcano. Era percorso ai bordi da strani bassorilievi e poggiava su un elegante treppiede di metallo. Proveniva dallo studio di Michele Scoto. Ignazio pensò che l'astrologo dovesse essersi divertito assai nel pensare di aggiungere il danno alla beffa. Nessuno si aspettava certo che la Grazia divina l'avrebbe protetto dalle fiamme, come voleva l'usanza per i giusti, ma il mercante non poteva tirarsi indietro. E mentre sentiva il terrore mordergli le viscere, scoprì il braccio destro per avvicinarlo al braciere.

«Non farlo!», lo scongiurò Uberto. «Ritratta». Il suo volto era un intreccio di lacrime e rabbia, ma Ignazio poté scorgervi soltanto un immenso amore. L'amore di un figlio che non aveva mai conosciuto fino in fondo e che gli era sempre stato accanto, pur non condividendo le sue scelte. Uberto era ciò di cui, nella sua vita, andava più fiero, benché non esistesse uomo più dissimile a lui. Un uomo di buona volontà. Un uomo retto. Un uomo che sarebbe stato un padre migliore di lui.

Cercò di rivolgergli un sorriso rassicurante, poi lanciò un'occhiata astiosa allo Scoto. Strinse il pugno e lo accostò alla fiamma sotto gli occhi dei testimoni.

Le lingue di fuoco avvolsero le dita, le nocche e il dorso della mano.

Il mercante non capì. Pervaso da un folgorante stupore, spinse il braccio in avanti, esponendo il polso, poi l'intero arto fino al gomito.

Continuò a non capire.

Riconobbe la sua stessa meraviglia nei volti di tutti coloro che stavano assistendo alla scena.

Avvertiva un lieve bruciore e vedeva i peli del braccio arricciarsi sull'epidermide, fino a consumarsi pian piano... Ma non provava dolore.

La sua pelle non stava bruciando!

Restò immobile e incredulo di fronte allo sbigottimento generale, finché sua maestà Federico II si levò dal seggio e batté le mani, affascinato dal prodigio. «La volontà divina ha parlato attraverso il fuoco», esclamò concitato. «Costui è innocente!».

Konrad von Marburg fissava a bocca aperta il braccio di Ignazio da Toledo, avviluppato dalle fiamme e ancora intatto. «Non è possibile...», balbettò in preda allo sgomento. «Dio mio, non è possibile...».

Il suo stato di ebetudine si spezzò al risuonare della voce dell'astrologo: «Potete scostarvi dal braciere, messere».

Il mercante ritrasse il braccio tenendo gli occhi puntati su quella fiamma che ardeva ma non bruciava. Possibile fosse davvero opera della volontà divina? Ancora una volta si sentì esausto e vacillante. Un attimo prima di stramazzare a terra, due forti braccia lo sorressero. Era Uberto.

Si accorse che una folla di persone gli si stava stringendo intorno. Parevano molti di più dei dieci assisi che lo avevano giudicato. Poi udì la voce di von Marburg. Lo vide farsi largo finché non gli fu di fronte, lo sguardo benevolo. Pareva aver riposto ogni traccia di ostilità.

«Perché l'accusa venga completamente ritirata», spiegò il prete germanico, «l'imputato dovrà baciare la croce». E così dicendo, si tolse il crocifisso di metallo che portava appeso al collo e lo avvicinò al suo volto.

Mentre Ignazio stava per accontentarlo, colse un improvviso balenare di luce e capì che quello non era un comune crocifisso... Nascondeva una lama! Si ritrasse di scatto per evitare un affondo alla gola.

Konrad avanzò con un balzo, continuando a brandire il pugnale cruciforme. «Sarete mio!», gridò con una rabbia venata di follia, e sferrò una gomitata a un monaco che tentava di trattenerlo. «Sarete mio, dannato!».

Un fendente sibilò nell'aria.

Un attimo prima che il colpo andasse a segno, il prete venuto dal freddo e dal buio fu afferrato dai soldati di guardia, e trascinato a viva forza fuori dall'aula.

Le sue urla rabbiose echeggiarono per le sale del palazzo.

EPILOGO

La nave stava ormai per togliere gli ormeggi, ma Uberto indugiava a salire a bordo. C'era qualcosa di inespresso nel suo volto. Qualcosa che soltanto in parte trovò sfogo nelle parole. «Non riesco ancora a capacitarmi», sospirò, in preda alla commozione, «come sia stato possibile che quelle fiamme…».

Ignazio gli rivolse un sorriso indecifrabile. Delle molte cose che avrebbe voluto dirgli, le meno difficoltose riguardavano la spiegazione dei prodigi a cui avevano assistito. Nascondere la tristezza era un grave fardello. «Non si è trattato di un miracolo, ma del genio di Michele Scoto», rivelò. «Nel corso dei suoi viaggi, quell'uomo ha approfondito gli studi nei campi più oscuri della conoscenza. La lancia di Ulfus, per esempio, è frutto di esperimenti sulla polvere pirica. Mi ha confessato di averla costruita dopo essere stato informato sull'impiego di simili ordigni in estremo Oriente… Ma questo non è nulla paragonato al suo braciere!». Alzò le mani per dare maggiore enfasi alle parole. «Hai mai sentito parlare del leggendario "Fuoco Sacro" di Gerusalemme? Corre voce che presso il Santo Sepolcro vi siano fiaccole e lanterne in grado di sprigionare fiamme fredde. Fiamme che non bruciano! Ne parlano da secoli i padri della Chiesa e persino i crociati… Ebbene, lo Scoto ne ha scoperto il segreto ed è riuscito a riprodurlo».

Uberto annuì, quasi incredulo. «L'astrologo ti ha anche rivelato perché ha deciso di aiutarti?»

«No», rispose il mercante. «Suppongo abbia agito nell'interesse di Adelisia. Forse temeva che Konrad non si sarebbe accontentato di giustiziare soltanto me… Tuttavia non escludo che dubitasse della mia buona fede. Forse ha pensato che, di fronte al rogo, avrei ritrattato e accusato lui per salvare me stesso. Credo che in fondo non fosse tanto sicuro di uscirne indenne. La sua situazione era assai più precaria di quanto desse a intendere».

«Sono della stessa opinione. Altrimenti non si spiegherebbe un gesto tanto estremo come far massacrare i propri vecchi discepoli, uno a uno, compresa Remigarda».

Ignazio non era del tutto d'accordo. Aveva nascosto al figlio le sue supposizioni sulla scomparsa di Suger e di Grafeo, non potendole dimostrare, e tuttavia era persuaso che la spietatezza dell'astrologo superasse addirittura quella di Konrad von Marburg. «Lo Scoto non è certo estraneo al dover ritrattare tesi condannate dalla Chiesa, ma sa bene che le sue opinioni sull'astrologia gli costerebbero assai più care. Senza contare il coinvolgimento dell'imperatore… Però», disse, invitando il figlio a incamminarsi verso il punto d'imbarco, «sospetto che il culto di Nembrot sia più esteso di quanto immaginiamo. Lo Scoto deve averne lasciato ben più di una traccia durante i suoi viaggi. È possibile che il mantello del Cacciatore non sia l'unica, né forse la più insidiosa».

Uberto osservò per un attimo le increspature del mare oltre le banchine, poi, amareggiato, il padre. «Come potrai vivere in balia di un individuo del genere?».

Il mercante si strinse nelle spalle. «Non ho scelta, te l'ho detto. Non ci avrebbe mai lasciati andare via entrambi», e indicò con un gesto eloquente il monolitico Ulfus che attendeva a una ventina di passi da loro.

«In altre parole, ti terrà in ostaggio per assicurarsi che io non parli ad anima viva dei suoi segreti».

Il mercante scosse il capo, poi la sua voce si fece rassicurante. «Non darti pena, figliolo! Michele Scoto non ha alcun interesse a uccidermi. Al contrario, ha bisogno di un uomo di intelligenza pari alla sua, in grado sia di aiutarlo a far progredire i suoi studi, sia di dargli manforte nei complicati giochi di palazzo. La curia regis può essere un luogo periglioso senza validi alleati, e la forza di Ulfus non è certo garanzia sufficiente di sicurezza».

«Quindi ti vuole come *socius*», esclamò Uberto, visibilmente colpito. Meditò un attimo, poi annuì. «A pensarci bene, ricordo come ti osservava durante il nostro primo colloquio... E ora, forse, comprendo anche la vera ragione per cui ha deciso di salvarti da von Marburg. Ti ha sempre stimato!».

Al sentir nominare Konrad, il mercante fu scosso da un brivido. «Quel germanico! Non ha rinunciato fino all'ultimo, neppure di fronte all'ordalia!», esclamò. «La vista del suo pugnale, per un attimo, mi ha riportato indietro a tanti anni fa...».

«Il pugnale cruciforme». Uberto colse l'allusione. «Come quello usato dai sicari della Saint-Vehme! Credi che Konrad appartenga a quel tribunale segreto?»

«La Saint-Vehme è una congrega di matrice germanica, quindi non lo escludo», rispose Ignazio, adombrandosi al ricordo di quanto aveva patito anni prima a causa del Tribunale Segreto. «Ma non ho prove del coinvolgimento di von Marburg... Quel maledetto, tuttavia, è già ripartito con la coda fra le gambe per Magonza».

«Dopo lo smacco della sconfitta, immagino farà tappa a Roma per protestare dinanzi al pontefice», disse Uberto, guardando la nave che l'avrebbe riportato in Spagna. Al pensiero di Moira e Sancha, l'espressione del suo viso si addolcì. «E tu invece... Tu tornerai a fare ciò per cui eri destinato fin dai tempi della Scuola di Toledo. I tempi di Gherardo da Cremona. Sarai uno dei sapienti della Corte dei Miracoli!».

Il padre gli prese le mani, poi vinse ogni ritrosia e lo abbracciò. «Ma Toledo sarà lontana... *Voi* sarete lontani!».

A quelle parole, il giovane ebbe una stretta al cuore. «Mia madre... Cosa le dirò? Come potrà mai accettare un tuo nuovo esilio?».

Ignazio abbassò il capo per nascondere le lacrime e gli affidò un piccolo rotolo di pergamena. Uberto lo soppesò tra le mani, quasi volesse immaginare cosa ci fosse scritto.

Il mercante intuì i suoi pensieri e gli sorrise. «Una promessa», disse a bassa voce.

Lo accompagnò lungo la banchina finché gli fu concesso, lo abbracciò un'ultima volta e lo salutò mentre lo guardava salire a bordo della grande galea.

Poi osservò la nave prendere il largo e la seguì veleggiare finché non sparì all'orizzonte, dove le onde del mare sfioravano il cielo terso. E per un attimo ingannò il dolore immaginando di essere sospeso sotto quella volta blu lucente, che si estendeva ben oltre i confini del mondo.

NOTA DELL'AUTORE
(LA STORIA, IL ROMANZO, IL LABIRINTO)

Nel riordinare gli appunti che mi hanno aiutato nella stesura di questo romanzo, ho avvertito la necessità di chiarire gli elementi salienti del *Labirinto ai confini del mondo*. E di un labirinto in effetti si tratta, almeno sul piano documentario, dal momento che fra queste pagine compaiono molte nozioni singolari, anche se perfettamente spiegabili. A partire dal titolo. La parola latina *mundus*, con il suo significato di "universo", si rifà a un asserto di sant'Agostino, *firmamentum unde corporeus incipit mundus* (*De Genesi ad litteram*, V, 14), secondo cui il firmamento è l'inizio – ovvero il confine – del mondo materiale. L'antica astronomia, infatti, interpreta il firmamento come una sfera di cristallo ai limiti estremi del sistema cosmologico, sede immobile delle stelle fisse. Lo zodiaco.

Se si sposta l'attenzione dai corpi celesti alla *ville lumière*, non si può ignorare il tragico conflitto tra l'aristotelismo e la teologia avvenuto presso lo Studium di Parigi nel XIII secolo. Già nel 1210, quando ormai circolavano in traduzione latina negli ambienti colti, le opere di Aristotele furono condannate dal sinodo provinciale di Sens insieme alla filosofia naturale e a tutti i relativi commenti. Suger de Petit-Pont non è che l'esempio dei molti docenti che dovettero abbandonare l'insegnamento a causa di questa censura. D'altro canto, egli incarna lo spirito dei magistri provenienti dalla famosa scuola di Petit-Pont che, secondo certi studiosi, si spostarono verso Salerno alla ricerca di nuovi testi da tradurre e commentare. Ma come sovente accade, i personaggi della *fiction* sono assai più preparati dei loro creatori. Oltre a rivelarsi medico capace, Suger vanta infatti la conoscenza dei principi di *physiognomica* di Aristotele, che consentono di "leggere" i tratti somatici delle persone, e di buona parte del *corpus* dei lapidari medievali, da cui provengono i nomi e le proprietà curative delle pietre citate nel romanzo.

Per quanto riguarda i tragici accadimenti di Parigi avvenuti il martedì grasso del 1229, l'unica fonte a nostra disposizione è invece l'*Historia Maior* di Matteo di Parigi, in cui si fa menzione dell'incidente all'osteria del borgo di Saint-

Marcel fuori le mura. Si parla a tal riguardo di una discussione sorta tra un gruppo di studenti e l'oste per il pagamento del conto, seguita il giorno successivo da disordini (tra cui il danneggiamento del locale) che interessarono il centro cittadino. Il parroco del borgo di Saint-Marcel ne informò il vescovo, che a sua volta si rivolse al legato papale presente in quei giorni a Parigi, finché la notizia giunse alle orecchie della regina Bianca di Castiglia. Fu per suo ordine che si attuò la repressione armata destinata a provocare l'uccisione di alcuni studenti estranei agli episodi sopra citati.

In quei tempi, Philippus de Noyon deteneva il titolo di cancelliere del Capitolo e fra Rolando da Cremona si trovava già presso lo Studium di Notre-Dame. Altro personaggio realmente vissuto è il monaco Riccardo di San Germano. Grazie alla sua *Chronica*, ho potuto ricostruire gli eventi dell'anno 1229 riguardanti la calata dei Clavigeri (o *Clavesignati*, soldati del papa) nel Regnum Siciliae e le imprese del Gran Giustiziere, di Raone di Balbano e di Adenulfo d'Aquino. E a proposito della schiatta aquinate, non è escluso che il giovane Tommaso d'Aquino, destinato a diventare santo e dottore della Chiesa, si trovasse nel Cassinate già in quel periodo. Egli nacque in data imprecisata, tra il 1220 e il 1227, e all'età di cinque anni fu presentato dal padre come oblato all'abbazia di Montecassino.

Vorrei poi spendere qualche parola su Konrad von Marburg. Membro del clero secolare di Magonza e *iudex sine misericordia* responsabile di molti roghi, fu certo uno dei primi a ricoprire la carica di *inquisitor haereticae pravitatis*, ottenendo già nel 1227 da papa Gregorio IX la facoltà di adunare compagni e ricercare eretici. Resta tuttavia un mistero la sua ossessione per il movimento dei Luciferiani (da non confondersi con i seguaci del vescovo scismatico Lucifero di Cagliari, vissuto nel IV secolo). A tal riguardo, il monaco Alberico delle Tre Fontane parla nel suo *Chronicon* di una *secta Luciferianorum* sterminata in Alemannia nel 1233. *Facta est tanta hereticorum conbustio*, scrive. Il 25 luglio dello stesso anno si riunì a Magonza un grande concilio per fissare la procedura da seguire contro l'eresia. Vi partecipò anche Konrad von Marburg, che dopo tre giorni fu assassinato per rappresaglia insieme a due frati minori suoi compagni, tra cui Gerhard von Lützelkolb.

Si possono evincere altre notizie sulla lotta contro i Luciferiani dalle lettere indirizzate da Gregorio IX allo stesso Konrad il 10 e 13 giugno 1231. Attraverso tali documenti, il papa lo autorizzò – al pari dei prelati di Magonza e di Hildesheim – a punire e correggere gli eretici con l'aiuto dei suffraganei della provincia di Renania e dell'imperatore Federico II. Dopo la morte di questo indomito inquisitore, il pontefice fece compilare un testo che descriveva i

Luciferiani come una setta pericolosissima, poiché persuasa che Lucifero fosse il vero fondatore dell'universo.

Ritorniamo ora ad Alberico delle Tre Fontane, che sempre per il 1233 accenna di una *villa* detta Maestricht, tra Brabantia e Colonia, dove un certo magister di Toledo, *nigromanticus totus dyabolo deditus*, convinse con l'inganno alcuni chierici ad assistere a un rito evocativo. Quell'uomo misterioso *fecit maximum circulum cum caracteribus suis* e dispose tre sedie ai lati dello stesso circolo, dando a intendere che si sarebbero seduti sopra di esse i tre magi del Vangelo. Impossibile stabilire se egli fosse il tanto temuto Homo Niger, ma quando giunse la mezzanotte rivolse le proprie preghiere non ai magi bensì a tre demoni. Il caso è emblematico, dato che proprio in quegli anni va definendosi il concetto di *crimen magiae*, inteso dalla Chiesa come peccato contro l'unicità di Dio, poiché basato sul culto dei demoni.

Troppo spesso, tuttavia, si chiama in causa il diavolo quando ci si trova di fronte a fenomeni che, semplicemente, non riusciamo a spiegare. La malattia di Adelisia, per esempio, non è dovuta ad alcun sortilegio. Si tratta di una patologia cronica nota come cistinosi, che colpisce ancora oggi circa duemila persone in tutto il mondo, soprattutto bambini. Ben poco avrebbe potuto fare per guarirla Benvenuto Grafeo, oculista ebreo realmente vissuto, autore di un *Liber sanitate oculorum* e forse addirittura inventore delle lenti da vista. Altrettanto documentata è la figura di Urso, insigne magister della Scuola salernitana a cui si attribuiscono diverse opere scritte, tra cui un trattato sulle urine e un altro sull'anatomia del porco. Cola Pesce, al contrario, è nato dall'incrocio tra una fiaba, una leggenda e i versi di Raimon Jordan. Ma il Castello Marino al largo di Napoli esiste davvero, al pari di tutti gli edifici descritti in questo romanzo. Si tratta di Castel dell'Ovo, nome probabilmente ancora ignoto all'epoca.

Prima di passare alla figura forse di maggior fascino del romanzo, Michele Scoto, è necessario precisare che la bibliografia pubblicata su di lui è sconfinata. Ho consultato numerosi testi sull'argomento, prima fra tutti la biografia di Lynn Thorndike, *Michael Scot* (London 1965), che traccia un profilo sfaccettato e alquanto carismatico di questo formidabile studioso. Non è mia intenzione dilungarmi in un saggio sull'astrologia alla corte di Federico II, ma è opportuno precisare che lo Scoto conosceva di certo il *Liber Nembrot*, che ancora oggi sopravvive in pochi esemplari, tra cui uno custodito nella Biblioteca Marciana di Venezia e un altro nella Bibliothèque Nationale de France. Nel suo *Liber introductorius* (opera astronomica fondata sulla somiglianza fra anima e natura, quindi potenzialmente blasfema), lo Scoto fa cenno del gigante Nembrot (o

Nimrod) che «giunse in Persia dopo la dispersione delle settantadue lingue e apprese dagli spiriti ad adorare il fuoco». Poi cita un secondo Nembrot, pronipote del primo, che «scrisse un libro su tutta l'astronomia». Altrettanto nota è la passione di Michele Scoto per le immagini dello zodiaco, al punto da trovarci di fronte a schemi figurativi capaci di innovare la tradizione iconografica. Ma a dir poco rivoluzionario è altro genere di immagine! Mi riferisco al disegno dell'uomo intento a scrutare il cielo grazie a un ordigno capace di contemplare le stelle. Quel disegno esiste davvero in alcuni documenti medievali, tra cui uno custodito nella Biblioteca Vaticana (il codice Vat. Lat. 644, compilato nel monastero di San Gallo nel X secolo) e un altro nella Marciana di Venezia (Marc. Lat. VIII.22, corrispondente proprio al *Liber Nembrot*), a testimonianza che il primo prototipo di telescopio fu concepito almeno cinque secoli prima di Galileo.

Ritornando a Michele Scoto, si narra che riuscì a predire la propria morte. Ne fa menzione il cronista domenicano Francesco Pipino da Bologna (XIII-XIV secolo), rivelando che la morte sarebbe avvenuta a seguito della caduta di una pietra e che, per evitarla, l'astrologo prese l'abitudine di indossare un elmo di acciaio. Secondo un'antica tradizione scozzese, invece, lo Scoto perì a causa della malvagità di una donna. Una donna di cui non sappiamo nulla, al contrario di Ulfus.

Si narra che l'astrologo avesse ai propri ordini un cavaliere che si chiamava in quel modo, benché è probabile che non avesse preso il nome dalla figura di Ulf il Notturno (Kveld-Ulf), il "guerriero licantropo" evocato nella saga dello scaldo Egill Skalla-Grimsson (X secolo). È anche assai probabile che Ulfus non provenisse da Tikili Taš, la Foresta Paurosa presso Ruse (Bulgaria), sulla sponda destra del Danubio. In quel luogo, nel 1931, fu scoperta su una parete rupestre la prima rappresentazione del "Cavaliere trace", figura divina venerata dalle genti antiche di quella terra. Non ho resistito ad assimilarla a Orione e a Nembrot, ma anche al tema di Hellequin e della caccia infernale. Dopotutto la storia, come la *fiction*, è fatta di sovrapposizioni e di labirinti.

Allo Scoto è attribuita inoltre l'invenzione della polvere pirica. Da qui, l'idea di dotare Ulfus di una "Lancia del Fuoco" simile a quella – più rudimentale – ricamata in uno striscione di seta del X secolo proveniente da Dunhuang (Cina). Si tratta di una sorta di picca innestata a un tubo che andava riempito con della polvere nera, e dove poi si inseriva il proietto. Esperimenti del genere non furono certo ignoti neppure in terra di conquista crociata.

Anche il grande teschio con un'orbita sola trova spiegazione. Pare che le leggende dei ciclopi, in Sicilia, siano legate al rinvenimento di teschi fossilizzati alti più di un metro, ma non per questo appartenuti a esseri mitologici. Sono da attribuirsi invece a una specie di mammut nano (*Deinotherium Gigantisium*) vissuta nelle isole del Mediterraneo circa sette milioni di anni fa. Il buco che recano al centro fu frainteso in passato come orbita di un unico occhio, quando invece si tratta del pertugio della cavità nasale.

Giunti alla fine, resta da spiegare il perché della scelta di un mantello come oggetto a cui affidare la chiave di un terribile segreto. Semplicemente, ero in cerca di qualcosa che potesse somigliare a una scacchiera fatta di simboli e di corpi celesti... E l'ho trovata! D'altro canto, la fantasia corre spesso a fianco della realtà storica, e lo dimostra il fatto che i mantelli zodiacali sono davvero esistiti. Basti pensare a quelli posseduti dagli imperatori Ottone III ed Enrico II per rendersi conto che gli uomini, da sempre, hanno voluto legare il loro destino e la loro dimensione mortale a un labirinto di figure grandiose e irraggiungibili. Un labirinto in cui ognuno di noi, almeno una volta nella propria vita, ha amato perdersi.

RINGRAZIAMENTI

Scrivere romanzi è un modo come un altro – ma quello che preferisco – per parlare di se stessi. È anche un modo per nascondersi dietro un gioco di specchi, poiché credo che nessuno sia in grado di accettarsi completamente per quello che è. E tuttavia, quel lato di noi stessi che maggiormente ci lascia insoddisfatti, o addirittura ci delude, non passa certo inosservato a chi sceglie ogni giorno di starci accanto. A quelle persone va la mia gratitudine. Grazie quindi a Giorgia, la mia compagna, e a Luigi e Rosaura, i miei genitori, per non aver mai smesso di credere nei miei sogni e nei miei progetti. Grazie alle mie agenti, Roberta Oliva e Silvia Arienti, per la loro costante presenza. Grazie infine a Raffaello Avanzini, il mio editore, e ad Alessandra Penna, la mia editor, che insieme allo staff Newton Compton condividono con me il piacere di lavorare duro e con passione.

INDICE

p. 7 Prologo

PARTE PRIMA. IL SEGNO DEL SAGITTARIO

15 Capitolo uno
24 Capitolo due
29 Capitolo tre
41 Capitolo quattro
44 Capitolo cinque
50 Capitolo sei
62 Capitolo sette

PARTE SECONDA. IL CERCHIO DEL MALIGNO

73 Capitolo otto
82 Capitolo nove
93 Capitolo dieci
95 Capitolo undici
105 Capitolo dodici
113 Capitolo tredici
116 Capitolo quattordici
121 Capitolo quindici
124 Capitolo sedici

PARTE TERZA. IL CASTELLO SUL MARE

p. 135 Capitolo diciassette
143 Capitolo diciotto
148 Capitolo diciannove
156 Capitolo venti
168 Capitolo ventuno
170 Capitolo ventidue
177 Capitolo ventitré
187 Capitolo ventiquattro
195 Capitolo venticinque

PARTE QUARTA. LACRIME DI CRISTALLO

203 Capitolo ventisei
207 Capitolo ventisette
212 Capitolo ventotto
218 Capitolo ventinove
225 Capitolo trenta
235 Capitolo trentuno
237 Capitolo trentadue
249 Capitolo trentatré
252 Capitolo trentaquattro
257 Capitolo trentacinque

PARTE QUINTA. NEMBROT L'ASTRONOMO

261 Capitolo trentasei
264 Capitolo trentasette
269 Capitolo trentotto
274 Capitolo trentanove
284 Capitolo quaranta

p. 290 Capitolo quarantuno
292 Capitolo quarantadue
299 Capitolo quarantatré
301 Capitolo quarantaquattro
308 Capitolo quarantacinque
319 Capitolo quarantasei
321 Capitolo quarantasette
324 Capitolo quarantotto
327 Capitolo quarantanove
331 Capitolo cinquanta
333 Capitolo cinquantuno
341 Capitolo cinquantadue
363 Epilogo

367 *Nota dell'autore*
372 *Ringraziamenti*

Nuova Narrativa Newton

Ultimi volumi pubblicati

Juliet Grey, *Il diario proibito di Maria Antonietta*
Lisa Jane Smith, *Il diario del vampiro. L'alba*
Lorenza Ghinelli, *La colpa*
Varg Gyllander, *Il cadavere*
Sharon Dogar, *La stanza segreta di Anna Frank*
Roberto Fabbri, *Il tribuno*
Marek Halter, *Il cabalista di Praga*
Stuart MacBride, *La stanza delle torture*
Steve Alten, *2012 La fine del mondo*
Saskia Noort, *La febbre*
Simon Scarrow, *Roma o morte*
Adriana Koulias, *Il segreto della sesta chiave*
Francesco Fioretti, *Il quadro segreto di Caravaggio*
Andrea Frediani, *La dinastia*
Roberto Genovesi, *La mano sinistra di Satana*
Francesca Bertuzzi, *La paura*
Will Lavender, *La cella del male*
Robin Maxwell, *Caterina da Vinci e il segreto di Leonardo*
Lisa Jane Smith, *Il diario del vampiro. La maschera*
David Gibbins, *Il tesoro della legione fantasma*
Roberto Masello, *333. La formula segreta di Dante*
Harry Sidebottom, *Il guerriero di Roma. Il silenzio della spada*
Anna Jansson, *Riposa in pace*
James Becker, *Il vangelo di Nosferatu*
Giulio Massobrio, *Occhi chiusi*
Ethan Cross, *Il castigo degli innocenti*

José Rodrigues Dos Santos, *Vaticanum. Il manoscritto esoterico*
Dana Stabenow, *CSI Alaska. Dispersi*
Tony Black, *La stanza dei cadaveri*
David Chandler, *La profezia della torre nera*
Barbara Ewing, *Il circo fantasma*
Marcello Simoni, *La biblioteca perduta dell'alchimista*
Jon Trace, *I custodi della cattedrale proibita*
Adam Jay Epstein – Andrew Jacobson, *The Familiars. Il segreto della Corona*
Bjorn Jacobsson, *Alla fine della strada*
Matt Rees, *La profezia segreta di Mozart*
Simon Scarrow, *Il pretoriano*
Agustín Bernaldo Palatchi, *Il patto dei penitenti grigi*
Massimo Pietroselli, *Alphabetum*
Lisa Jane Smith, *Il diario del vampiro. Fantasmi*
Juliet Grey, *Maria Antonietta. I segreti di una regina*
Paul Pen, *Il presagio*
Paul Christopher, *La spada dei Templari*
Douglas Jackson, *L'eroe di Roma*
Heike Koschyk, *La pergamena maledetta*
I mille volti del giallo, a cura di G. Pelecanos e O. Penzler
John Underwood, *Il libro segreto di Sherlock Holmes*
Valter Binaghi, *Melissa, la donna che cambiò la storia*
Jack Hight, *Il signore delle crociate. È nato un guerriero*
Alex Churton, *La mappa segreta della Massoneria*
C.J. Lyons, *L'esecuzione*
Gabrielle Kimm, *L'ultima duchessa*
Mark Sullivan, *L'undicesimo comandamento*
David Kirk, *L'onore del samurai*
Lisa Jane Smith, *Il diario del vampiro. Luna piena*
Bruce MacBain, *I pilastri di Roma*
Flavia Ermetes – Paolo Di Reda, *La formula scomparsa delle SS*
C.M. Palov, *La cripta occulta dei Templari*
Michael Ennis, *La congiura Machiavelli*
Franco Matteucci, *Il suicidio perfetto*
Víctor Amat, *Il monastero perduto del Santo Graal*
Anton Gill, *Codex templare*

Roberto Fabbri, *Il giustiziere di Roma*
Sara Poole, *Il veleno dei Borgia*
Silvia Montemurro, *L'inferno avrà i tuoi occhi*
Ilaria Beltramme, *La società segreta degli eretici*
Ted Dekker, *Il segreto del santuario*
Paul Doherty, *Il mago dei templari*
Kate Quinn, *L'amante di Roma*
Vito Bruschini, *Educazione criminale*
Fabio Delizzos, *La loggia nera dei veggenti*
Stuart MacBride, *Cartoline dall'inferno*
José Luis Corral, *Il vangelo esoterico*
T.S. Learner, *La mappa dei tre labirinti*
Christopher Brookmyre, *Dove sono sepolti i cadaveri*
Marek Halter, *Protocollo Cremlino*
Anthony Riches, *L'impero. La battaglia dell'aquila perduta*
Marko Hautala, *Allucinazioni*
Massimo Lugli, *Gioco perverso*
Giulio Castelli, *Il diario segreto di Marco Aurelio*
Roberto Genovesi, *Il templare nero*
Roberto Masello, *La croce esoterica dei Romanov*
Juan Carlos Martínez Barrio, *Il custode del libro dei sogni*
Davide Mosca, *La cripta dei libri profetici*
Alec Nevala-Lee, *Il ladro di reliquie*
Tami Hoag, *Ragazza numero 9*
Jonathan Holt, *Sconsacrato*
Andrea Frediani, *Gli invincibili. Alla conquista del potere*
Stefano Lanciotti, *Israel. Operazione Tel Aviv*
Jonathan Grimwood, *La ricetta proibita*
Sara Poole, *Il romanzo perduto dei Borgia*
Sam Christer, *L'enigma della Sindone*
Lorenzo de' Medici, *La lettera rubata*
Glenn Meade, *Il secondo Messia*
Sherry Jones, *Quattro sorelle tutte regine*
Gerard O'Donovan, *Morte a Dublino*
Torsten Pettersson, *I sabotatori*
Simon Scarrow, *La battaglia finale*
Francesco Fioretti, *La profezia perduta di Dante*

Corrado Spelli, *La stanza del dipinto maledetto*
David Zurdo – Ángel Gutiérrez, *La torre proibita*
Enrico Vanzina, *Il gigante sfregiato*
Francesca Bertuzzi, *La belva*
Tom Harper, *Mappa per l'inferno*
Eric Giacometti – Jacques Ravenne, *Il settimo templare*
Lars Rambe, *Le donne del lago*
Matt Rees, *La profezia di Caravaggio*
Chris Roberson, *Il libro dei segreti*
Lisa Jane Smith, *Il diario del vampiro. Destino*
Diana Lama, *L'anatomista*
Mary Novik, *L'amante del papa*
P. Johansson, *La tempesta*
Varg Gyllander, *Di ghiaccio e di sangue*
Marek Halter, *Maria, la madre di Gesù*
Marcello Simoni, *L'isola dei monaci senza nome*
Unni Lindell, *Dolce come la morte*
Mark Oldfield, *I quindici cadaveri*
Margarita Torres, *Il cardinale nero*
Peter Prange, *Il papa bambino*
AA.VV., *Estate in giallo*
G. L. Barone, *La cospirazione degli Illuminati*
Gina Buonaguro – Janice Kirk, *I lupi del Vaticano*
Remo Guerrini, *L'estate nera*
Javier Negrete, *La regina del Nilo. Il trono d'Egitto*
Javier Negrete, *La regina del Nilo. L'amante dell'imperatore*
Javier Negrete, *La regina del Nilo. Il rogo delle piramidi*
Didier Convard, *La cattedrale del peccato*
Joseph Kanon, *Omicidio a Istanbul*
Martin Rua, *Le nove chiavi dell'antiquario*
Marcello Simoni, *Il labirinto ai confini del mondo*
Andrea Frediani, *La battaglia della vendetta*
Tiffany Reisz, *Peccato originale. L'innocenza*
Tiffany Reisz, *Peccato originale. Il gioco*
Tiffany Reisz, *Peccato originale. Il padrone*
Heike Koschyk, *L'alchimia della notte*
Lisa Jane Smith, *I diari delle streghe. La maledizione*

Marcello Simoni

Il mercante di libri maledetti

VINCITORE PREMIO BANCARELLA

Volume rilegato di 352 pagine. € 5,90

È il mercoledì delle ceneri dell'anno 1205 quando padre Vivïen de Narbonne è costretto a fuggire, braccato da un manipolo di cavalieri che indossano strane maschere. Il monaco possiede qualcosa di molto prezioso, che non è disposto a cedere ai suoi inseguitori. Sono passati tredici anni da quel terribile giorno, quando Ignazio da Toledo, un mercante di reliquie, riceve da un nobile veneziano l'incarico di mettersi sulle tracce di un libro rarissimo, l'*Uter Ventorum*. Si dice che contenga antichi precetti della cultura talismanica orientale, e permetta di evocare gli angeli. Inizia così il viaggio di Ignazio tra Italia, Francia e Spagna, sulle tracce di un manoscritto smembrato in quattro parti accuratamente nascoste. Solo chi è in grado di risolvere complicati enigmi, e di decifrare strani messaggi disseminati nel percorso che conduce al libro, potrà trovarlo e accedere ai suoi segreti. Ma Ignazio non è l'unico a volerlo. Ci sono personaggi loschi e ambigui che intendono entrar ne in possesso, anche con l'inganno. Chi riuscirà per primo a scoprire dove si trova? E cosa saranno pronti a rischiare, tutti coloro che lo inseguono, per svelare per primi i suoi arcani misteri?

Marcello Simoni

L'isola dei monaci senza nome

Volume rilegato di 336 pagine. € 9,90

La reliquia più ricercata della storia sta per essere ritrovata. Il 2 luglio 1544 l'armata del corsaro ottomano Khayr al-Dīn Barbarossa mette sotto assedio le coste dell'isola d'Elba. Lo scopo è liberare il figlio di Sinan il Giudeo, suo generale delle galee, tenuto in ostaggio dal principe di Piombino. Il vero interesse del corsaro non è però il giovane, bensì il terribile segreto che egli custodisce. Il figlio di Sinan è infatti l'ultimo depositario di un mistero risalente ai tempi di Gesù e in grado di minare le basi della fede cattolica. Ma il Rex Deus è stato occultato per oltre quindici secoli ed entrarne in possesso sarà tutt'altro che semplice. Il giovane dovrà seguire un'antica pista di indizi lasciata da un monaco templare, destreggiandosi tra rivalità di corsari, intrighi di corte e battaglie navali. E dovrà anche sventare il complotto della Loggia dei Nascosti, intenzionata a mettere le mani su quell'antico segreto…

Europa
Islanda
Oceano
Atlantico
Irlanda
Inghilter
Parigi
Francia
Spagna
Algeria
Marocco
Tunis
Africa
N
E
O
S